Klaus Wanninger
Schwaben-Teufel

Vom Autor bisher bei KBV erschienen:

Schwaben-Rache
Schwaben-Messe
Schwaben-Wut
Schwaben-Hass
Schwaben-Angst
Schwaben-Zorn
Schwaben-Wahn
Schwaben-Gier
Schwaben-Sumpf
Schwaben-Herbst
Schwaben-Engel
Schwaben-Ehre
Schwaben-Sommer
Schwaben-Filz
Schwaben-Liebe
Schwaben-Freunde
Schwaben-Finsternis
Schwaben-Träume
Schwaben-Fest

Klaus Wanninger, Jahrgang 1953, evangelischer Theologe, lebt mit seiner Frau Olivera und der schwäbischen Katzendame Micki in der Nähe von Stuttgart. Er veröffentlichte bisher 37 Bücher. Seine überaus erfolgreiche Schwaben-Krimi-Reihe mit den Kommissaren Steffen Braig und Katrin Neundorf umfasst nun 20 Romane in einer Gesamtauflage von über 650.000 Exemplaren.

Klaus Wanninger

Schwaben-Teufel

KBV

Originalausgabe

www.kbv-verlag.de
E-Mail: info@kbv-verlag.de
Telefon: 0 65 93 - 998 96-0
Fax: 0 65 93 - 998 96-20
Umschlaggestaltung: Ralf Kramp
Lektorat: Volker Maria Neumann, Köln
Druck: CPI books, Ebner & Spiegel GmbH, Ulm
Printed in Germany
ISBN 978-3-95441-457-4

1. Kapitel

Das schrille Kreischen einer unbekannten Stimme war das Erste, was sie hörte. Weiter entfernt zwar, aber doch so laut, dass es in ihre vom Schlaf verschleierte Realität vordrang. Langsam löste sie sich aus ihrer verschwommenen Umgebung, tauchte aus dem Dämmerreich des Unbewussten auf.

Sie hatte geträumt, lange und intensiv.

Die grellen Flammen stachen gleißend hell in die rabenschwarze Nacht. Riesigen Fackeln gleich loderte das Feuer in den Himmel. Einander fest an den Händen haltend tanzten sie die alten Rhythmen im Blut um das tosende Inferno, wichen trotz der weit in die Umgebung stiebenden Funken nicht einen Millimeter zurück. Weit über fünfzig Augenpaare starrten in das Flammenmeer, den Augenblick ersehnend, der den Höhepunkt signalisierte.

Als es endlich soweit war, sackte das mächtige Gestell ächzend und knirschend in sich zusammen. Schindeln prasselten von dem schmalen Dach, schlugen auf dem Boden auf, zerbarsten in unzählige, winzige Teile. Das Feuer schien zu explodieren. Es schoss in die Höhe, als wollte es den gesamten Himmel in Brand setzen, schien alles in seiner Nähe zu versengen. Sie spürte den stechenden Schmerz der Hitzewelle, tauchte schwer atmend in die Realität.

Wieder drang die schreiende Stimme in ihr Ohr, lauter jetzt und teilweise verständlich. Sie wachte endgültig aus ihren Träumen auf, glaubte Worte wie *Blut* und *Tod* zu hören. Der erste Lichtschein des anbrechenden Tages drang durch das Fenster. Sie tastete nach ihrem Handy, versuchte, die genaue Zeit zu eruieren. 5.58 Uhr. Kurz vor sechs, nur wenige Minuten bis zum Läuten des Weckers. Was war da draußen so früh los?

Thea Storm schob die Decke zurück, kroch aus dem warmen Bett. Die Stimme war immer noch zu hören, in gedämpfterem Tonfall jetzt und mit kurzen Unterbrechungen, als wäre die Person in eine Unterhaltung vertieft. Sie lief zum Fenster, spähte zwischen den grünen Zweigen und Blättern ihrer Zimmerblumen hindurch, sah den Hohenasperg mit seinen Festungsanlagen aus dem morgendlichen Dunst der Umgebung ragen. Rings um die markante Anhöhe flaches Land, im Vordergrund ihre eigenen Äcker, Gärten und Felder. Sie beugte sich nach vorne zum Fenster, richtete ihren Blick auf die unmittelbar ans Haus angrenzende Fläche. Das Areal, auf drei Seiten von Gebäuden umgeben, lag noch im leichten Dämmer. Sie suchte es mit ihren Augen ab, fand alles in der gewohnten Ordnung: Den Kombi samt Anhänger vor den Garagen, die Fahrräder rechts an der Wand des Fabrikationskomplexes, die beiden Blumenkübel mit den weit ausladenden Fuchsienbüschen beidseits der Eingangstür. Sie folgte dem Hof zur nach der Straße hin offenen Seite, sah die aufgeregte Gestalt eines mit einer sportlichen Jacke und einer langen, eng anliegenden Hose bekleideten Mannes unruhig hin und her laufen. Sein Handy am Ohr, haspelte er irgendetwas in den Apparat.

Was den Mann so in Rage brachte, wurde Thea Storm erst ersichtlich, als sie ihr Gesicht an die Scheibe drückte und unmittelbar im Eingangsbereich zum Hof die bäuchlings auf dem Boden liegende Gestalt eines Menschen erblickte. Arme und Beine seltsam verwinkelt, das Gesicht im Staub der Straße verborgen.

Thea Storm spürte, wie ihr übel wurde. Ihre Hände zitterten, die Beinmuskulatur schien ihr den Dienst zu versagen. Sie drückte sich vom Fenster weg, ließ sich wieder auf ihr Bett fallen. Was war da passiert? Sie ahnte augenblicklich, dass die verrenkte Gestalt auf dem Boden unmittelbar vor ihrem Haus nichts Gutes bedeutete, hörte wieder das Schreien des Mannes. Ob sie es wollte oder nicht, sie konnte sich der Sache nicht länger entziehen.

Sie erhob sich vom Bett, zog sich eine Jacke über, suchte nach ihren Schlüsseln, lief zur Tür. Ein Hauch kühler Luft umfing sie, als sie ins Freie trat. Fröstelnd querte sie den Hof.

2. Kapitel

Was ihn mitten in der Nacht geweckt hatte, irgendein ungewohntes Geräusch etwa oder ein nur kurz dem Unterbewusstsein entwichener furchterregender Traum – Kriminalhauptkommissar Steffen Braig wusste es nicht zu sagen. Für ein paar Momente blieb er still liegen, lauschte den gleichmäßigen Atemzügen seiner Partnerin neben sich. Weder aus dem Zimmer ihrer Tochter noch sonst aus dem Haus war etwas zu hören. Sowohl ihr Vermieter Dr. Genkinger als auch die Tiere schienen zu schlafen. Er hoffte, nicht wieder in die wochenlang anhaltende Serie fast pausenlos durchwachter Nächte und von unerträglichen Kopfwehattacken geprägter Tage zurückzufallen, die ihn im vergangenen Herbst und Winter nach dem überraschenden Tod seines Kollegen Mario Aupperle geplagt hatten, versuchte, das schreckliche Geschehen erst gar nicht wieder an sich herankommen zu lassen. Der junge Kriminalkommissar war längst zu Grabe getragen, an seinem Schicksal nichts mehr zu ändern. Die Verbrecher, die dafür verantwortlich zeichneten, wuschen ihre Hände in Unschuld; niemand war bereit, sie zur Rechenschaft zu ziehen. Sie bewegten sich in den führenden Etagen dieser Gesellschaft, abgeschirmt und beschützt durch korrupte Politiker, denen Recht und Gesetz gleichgültig, die Profite der Konzerne aber heilig waren. Braig musste zur Ruhe finden, wollte er seine Gesundheit nicht vollkommen ruinieren.

Er war gerade dabei, wieder in den Schlaf zu fallen, als die Geräusche in sein Ohr drangen. Schläge, Schreien, dann wieder Ruhe. Er lauschte, war sich sicher, dass es von irgendwoher außerhalb des Hauses gekommen war. Der rechte Flügel ihres Fensters war gekippt, ein Luxus, den sie sich fast das gesamte Jahr über leisteten, sofern die Temperaturen es erlaubten. Und jetzt, in der zweiten Juni-Hälfte, war das kein Problem. Zwei, drei kräftige Schläge glaubte Braig vernommen zu haben, unmittelbar darauf das Schreien. Alles äußerst gedämpft. Nicht draußen im Freien. Sondern irgendwo in einem der Nachbarhäuser.

Er kämpfte mit dem Schlaf, überlegte, was er tun sollte. Bei den Nachbarn vorsprechen? Jetzt, mitten in der Nacht? Er spähte zur Seite, sah Ann-Katrin friedlich in ihrer Hälfte des Bettes liegen. Sollte er sie wirklich aus dem Schlaf reißen? Er zögerte, hörte erneut das Schreien. Irgendjemand schien eine andere Person zu verprügeln, irgendwo im Schutz eines Hauses und der Nacht.

Braig konnte die Ungewissheit nicht länger ertragen, schälte sich vorsichtig aus dem Bett. Er stakste auf Zehenspitzen zum Fenster, schielte durch die Luken des nur unvollständig geschlossenen Ladens. Im diffusen Licht einer entfernten Straßenlampe sah er die Umrisse ihres Gartens, daneben – immer noch etwas ungewohnt – die Silhouette des erst im Vorjahr durch einen radikalen Umbau vollständig veränderten Nachbarhauses. Über Monate hinweg hatten sie mitangesehen, wie das alte, von einem rechteckigen Erker und zwei schmalen Dachgauben geprägte Bauwerk im Gefolge des Verkaufs an neue Besitzer Stück für Stück seines ursprünglichen

Aussehens beraubt worden war. Nach Auskunft des Poliers hatte sich das Mauerwerk als marode erwiesen, sodass es notwendig geworden war, das Gebäude fast vollständig zu entkernen. Der Erker und die Gauben waren auf der Strecke geblieben, stattdessen ein von vielen Glas- und Stahlelementen gekennzeichnetes Haus entstanden. Braig war gerne bereit, ihm einen gewissen Charme zu attestieren, hatte man die meisten neuen Teile doch in überraschend filigranen Formen ausführen lassen. Die Atmosphäre der Umgebung hatte sich seiner Empfindung zufolge dennoch zum Nachteil verändert. Primäre Ursache dafür war der Verlust des alten, verwilderten Gartens. Einen großen Teil des üppigen Grüns hatten die neuen Besitzer durch eine kahle Steinwüste ersetzen lassen. Helle Kieselsteine, terrassenförmig voneinander abgesetzt, betteten das Gelände auf drei Seiten ein, nur im unmittelbaren Eingangsbereich von einem halben Dutzend Bonsaisträuchern ergänzt.

Und dann hatte sich ausgerechnet der Mann, der ihm seit vielen Jahren beruflich ständig aufs Neue Unannehmlichkeiten bereitete, als neuer Nachbar erwiesen: Söderhofer, der vor Arroganz und Inkompetenz sprühende Oberstaatsanwalt war gemeinsam mit dessen neuer Partnerin, einer Zahnärztin, und deren gemeinsamer pubertierender Tochter nebenan eingezogen – genau dort, wo Braig jetzt die Quelle eines erneuten Aufschreis vermutete.

Er starrte durch die schmalen Luken des Ladens, entdeckte auf der rechten, ihnen zugewandten Seite des Steinwüstenbunkers ein schmales, oben aufgeklapptes Fenster. War dort der Herkunftsort der seltsamen Geräusche? Er hörte, wie sich seine Partnerin bewegte, verharrte in seiner unbequemen Stellung. Irgendwo in der Ferne röhrte der Motor eines Fahrzeugs, dann kehrte wieder Ruhe ein.

Braigs Blick blieb erneut am Nachbargebäude hängen. Zwei, drei kräftige Schläge glaubte er vernommen zu haben, daran anschließend die Schmerzensschreie eines Menschen. Wenn ihn seine Sinne nicht täuschten, konnte das nur eines bedeuten: Söderhofer stritt sich mit seiner Partnerin. Er sah die etwa 1,90 Meter große, massige Gestalt des Oberstaatsanwalts ebenso wie die feingliedrige Figur der Zahnärztin augenblicklich vor sich, hatte keine Schwierigkeiten, sich die Konsequenzen einer Auseinandersetzung zwischen den beiden körperlich so verschieden ausgestatteten Personen auszumalen. Sollte Söderhofer die Frau tatsächlich geschlagen haben, würde das kaum ohne sichtbare Blessuren verlaufen. Blieben nur die Fragen, wo er sie getroffen und wie schwer er sie verletzt hatte …

Wieder hörte er die Geräusche von Fahrzeugen, das Aufheulen von Motoren auf einer entfernten Straße, überlegte, wie er reagieren sollte. Jetzt mitten in der Nacht im Nachbarhaus vorstellig werden? Er trat einen Schritt zurück, schielte nach dem Wecker, stolperte über die Bettkante. Zehn Minuten nach Mitternacht.

Ann-Katrin sah überrascht auf. »Was ist los?«, presste sie mit müder Stimme hervor.

»Nichts. Verzeihung, ich wollte dich nicht aufwecken.«

»Mario Aupperle? Du hast wieder geträumt?«

»Nein«, wehrte er ihre Befürchtung ab. »Das ist es nicht.«

»Was dann?«

»Seltsame Geräusche.« Er sah ihren fragenden Blick, setzte zur Erklärung an. »Wie Schläge …« Im gleichen Moment war es wieder zu hören: Ein, zwei Schläge, dann ersticktes Schreien.

»Wo ist das? Bei uns?« Sie schoss in die Höhe. »Ann-Sophie?«

Er streckte seine Hand aus, versuchte, sie zu beruhigen. »Nein, nicht bei uns. Die Kleine schläft. Es war draußen. Ich glaube, bei Söderhofer.«

»Bei dem?«

»Ich weiß es nicht. Es kam mir so vor. Schläge und Schreien.«

Ann-Katrin hüpfte aus dem Bett, stakste auf Zehenspitzen ins Nachbarzimmer zu ihrer Tochter. Braig verharrte auf der Stelle, bis sie fast geräuschlos wieder zurückschlich.

»Sie schläft. Tinnitus an ihrer Seite.«

Er nickte, hatte es nicht anders erwartet. Seine Tochter und ihre jüngste Katze waren ein unzertrennliches Paar. Gemeinsam gingen sie zu Bett, gemeinsam standen sie wieder auf. Dr. Genkinger hatte das Tier als Waisenbaby ins Haus gebracht. Inzwischen betrachtete es Ann-Sophie als seine Bezugsperson, der es auf Schritt und Tritt folgte. Und ihn, seine Partnerin und ihren Vermieter als seine Familie.

»Du glaubst, Söderhofer schlägt seine Frau?«

Braig wandte sich vom Fenster ab, folgte seiner Partnerin ins Bett. »Keine Ahnung. Ich kann nur hoffen, dass ich mich getäuscht habe.«

»Aber du traust es ihm zu.«

»Was soll ich sagen? Du kennst ihn inzwischen ja auch.«

»Kennen …« Sie schüttelte den Kopf. »Die Zahnärztin. Die wiegt keine fünfzig Kilo. Nicht die Hälfte von ihm. Wenn der sie wirklich schlägt, wird das nicht zu übersehen sein.«

»Was soll ich tun? Sie in ihrer Praxis besuchen und darauf ansprechen?«

»Sie wird dir wohl kaum eine ehrliche Antwort geben.«

»Es sei denn, ihre Verletzungen sind nicht zu verbergen.«

»Irgendwie wird sie das schon schaffen. Und wenn sie zwei Eimer Schminke benötigt, um sich zuzukleistern. Im Vertuschen von Verletzungen, sei es physischer oder psychischer

Gewalt, sind wir Frauen wahre Meister. Dazu werden wir seit Jahrtausenden erzogen.«

»Was ist mit dir los?«, fragte Braig. »Warum so aggressiv?«

»Aggressiv?« Ann-Katrin ließ ein leises Lachen hören. »Ich bin doch nicht aggressiv. Höchstens realistisch. Die Opferrolle ist nun mal weiblich. Männer teilen aus, Frauen stecken ein. Damit die Ordnung unserer christlichen Gesellschaft nicht auseinanderbricht.«

»Unsere Nachbarin ist Zahnärztin. Sie besitzt eine eigene Praxis.«

»Was willst du mir damit sagen? Dass ihre akademische Bildung oder ihr Doktortitel sie automatisch vor den Aggressionen ihres wild gewordenen Partners schützen?«

»Natürlich nicht. Aber ...« Er wusste nicht weiter, verstummte.

»Warum wehrt sie sich nicht?«, nahm sie seinen Gedanken auf. »Warum nimmt sie nicht einen ihrer Bohrer mit nach Hause und schlitzt dem widerlichen Schläger damit den Leib auf? Das wolltest du doch sagen, oder?«

Braig gähnte leise, fühlte sich zu müde, in eine ernsthafte Diskussion einzusteigen.

»Darauf gibt es nur eine Antwort«, hörte er Ann-Katrins Stimme, bevor er wieder in den Schlaf abtauchte. »Sie wurde als Frau erzogen, nicht als Mann. Deshalb zieht sie die vielen Bohrer in ihrer Praxis erst gar nicht in Erwägung, sondern lässt sich lieber von dem aggressiven Kerl schlagen. Wäre sie dagegen als Mann sozialisiert ...«

Erst das Läuten des Telefons holte ihn in die Realität zurück. Er hatte von einer kleinen, weiß gekleideten Person geträumt, die mit einem widerlich surrenden Bohrer in der Hand auf eine hünenhafte Gestalt losgeht, hatte Mühe, sich zurechtzufinden. Erst beim vierten oder fünften Signalton hatte er den Hörer am Ohr.

Kriminalobermeister Stöhrs nuschelnde Stimme katapultierte ihn endgültig in die Wirklichkeit. Der Kollege sprudelte irgendetwas von einem noch nicht identifizierten Körper, verhaspelte sich mehrfach.

»... eine unbekannte Person«, wiederholte Braig die Worte, die er glaubte, verstanden zu haben. »Und die Kollegen holen mich am Bahnhof in Bietigheim ab.«

Stöhr geriet endgültig ins Stottern. »Bietigheim, nein, es ist so: Tamm. Nicht Bietigheim, nein. Tamm. Haben Sie verstanden? Tamm.«

»Tamm, ja«, brummte Braig.

»Und, es ist so, die Informationen sind unterwegs. Wie gewohnt.«

»Wie gewohnt, ja.« Er beendete das Gespräch, wurde von Ann-Katrins Stimme überrascht.

»Was ist jetzt schon wieder?« Sie drehte sich gähnend zur Seite.

»Ein unbekannter Toter. Ich muss raus.«

»Wie viel Uhr ist es?«

»Kurz vor sieben.«

»So spät schon?«

»Leider, ja«, bestätigte er. »Du hast schlecht geschlafen?«

Sie stöhnte laut auf. »Unsere Nachbarn. Das ging mir nicht mehr aus dem Kopf.«

»Tut mir leid, dass ich dich mitten in der Nacht geweckt habe.«

»Wenn der Kerl die Frau wirklich schlägt ...«

»Vielleicht habe ich mich verhört«, versuchte Braig, sie zu beruhigen. »Oder die Geräusche kamen aus einem anderen Haus.«

»Aus einem anderen Haus? Du meinst, Söderhofer hat nichts damit zu tun?«

Braig sprang aus dem Bett. »Ich weiß es nicht. Wir können auf jeden Fall nichts tun, solange wir keine eindeutigen Beweise haben. Und selbst dann … Dr. Mander ist eine erwachsene Frau. Sie muss selbst die Initiative ergreifen. Wenn sie dazu nicht bereit ist …« Er schüttelte den Kopf, lief ins Bad.

»Machst du es dir nicht etwas einfach?«, hörte er sie rufen, bevor er das kalte Wasser aufdrehte. Er hoffte, auf diese Weise das Surren des Bohrers aus seinem Kopf zu verjagen.

Eine gute halbe Stunde später saß er in der S-Bahn nach Tamm. Er war mit der in kurzen Abständen verkehrenden Stadtbahn vom Augsburger Platz zum Hauptbahnhof gefahren, hatte sich dort einen Becher Kaffee und zwei Brezeln besorgt, war dann zum Bahnsteig geeilt. Die Luft war jetzt schon so warm, dass wieder mit einem extrem heißen Tag zu rechnen war. Braig suchte sich einen Platz im Zug, teilte den Kollegen seine voraussichtliche Ankunft in Tamm mit. Dann ließ er sich die Brezeln und den Kaffee schmecken. Die stadtauswärts fahrende Bahn war nur schwach besetzt, die meisten Fahrgäste dösten vor sich hin.

Dass er am frühen Morgen so abrupt aufbrechen musste, ohne gemeinsam mit seiner Familie frühstücken zu können, war nichts Neues. Zu fast jeder Stunde des Tages beruflichen Aufgaben zur Verfügung zu stehen, gehörte zu den Pflichten seines Berufes – er hatte lange benötigt, sich damit abzufinden. Verbrecher gleich welcher Couleur hielten sich nun einmal nicht an die üblichen Bürozeiten – im Gegenteil: Wochenenden und Feiertage waren ähnlich bevorzugte Arbeitszeiten wie die Stunden nach Einbruch der Dunkelheit. Wann und wohin er gerufen wurde – er wünschte sich nur, konzentriert und in Ruhe arbeiten zu können, mit den gewohnten Kollegen und den seit Jahren bewährten Methoden. Unbehelligt von der üblichen Verkehrshektik mit der Bahn anreisen zu können, bot dafür die besten Voraussetzungen. In einem Zug Platz zu nehmen und sich in einem der Sitze zurückzulehnen, ermöglichte es ihm, wenigstens für eine kurze Zeit aus der Realität abzutauchen und sich von all dem Dreck und Elend zu befreien, in dem zu wühlen er beruflich ständig gezwungen war. Wann immer es möglich war, nutzte er die Minuten oder auch Stunden unterwegs, innezuhalten und neue Kraft zu schöpfen.

Braig schaute aus dem Fenster, sah, dass der Zug die weitläufigen Anlagen des Ludwigsburger Bahnhofs verließ und nach Westen abbog. Er hatte beide Brezeln gegessen, trank den Rest des Kaffees. Die Kopfschmerzen hatten etwas nachgelassen.

Leichenfund, hatten die Kollegen gemailt, *im Außenbereich eines kleinen Betriebs.* Männlich, nicht identifiziert, keine Papiere, starke Verletzungen im Gesicht. Geschätztes Alter: *40 - 55 Jahre. Von einem Jogger gegen sechs Uhr am Morgen entdeckt. Dr. Schäffler und Spurensicherung informiert.*

Braig fühlte sich augenblicklich erleichtert, als er den Namen des Gerichtsmediziners las. Er wusste aus seiner jahrelangen Zusammenarbeit mit dem Mann, dass Dr. Schäffler zurecht als weithin bekannte Koryphäe galt. Der Arzt war zwar meist recht wortkarg bezüglich erster Stellungnahmen, doch absolut treffsicher, sobald er sich fachlich äußerte. In fast allen Fällen hatten sich seine Ausführungen nach der Obduktion als korrekt erwiesen.

Die uniformierte Kollegin mitten auf dem Bahnsteig in Tamm war nicht zu übersehen. Da außer ihm nur eine Gruppe junger Leute ausgestiegen war, steuerte sie zielstrebig auf ihn zu und empfing ihn mit kräftigem Händedruck. »POM Nicole Runding«, stellte sie sich vor. »Kein schöner Morgen, wie?« Von der frühen Stunde gezeichnet, blinzelte sie aus schmalen Augen ins grelle Licht der schräg stehenden Sonne. Sie schien von kräftiger, durchtrainierter Statur, wies zu den Treppen.

Braig schätzte sie auf Mitte, Ende dreißig, überlegte, woher er sie kannte. Er nannte seinen Namen. »Ich hätte mir in der Tat einen erfreulicheren Anfang vorstellen können«, bestätigte er ihre Bemerkung.

»Und dazu diese Affenhitze, die sie für heute Mittag wieder angekündigt haben. So langsam habe ich genug davon«, erklärte sie.

Braig glaubte, einen bitteren Unterton in ihrer Stimme zu hören, verzichtete darauf, das Thema zu vertiefen. Nicht jetzt am frühen Morgen schon über das Elend dieser Welt philosophieren. Er folgte ihr auf den Bahnhofsvorplatz, nahm im Dienstwagen neben ihr Platz. Das kräftige Aroma eines herb-fruchtigen Parfums lag in der Luft.

»Marios Tod liegt jetzt schon fast ein Dreivierteljahr zurück«, sagte sie unvermittelt.

Braig wandte überrascht seinen Kopf, musterte sie von der Seite. Im gleichen Moment wusste er wieder, woher er sie kannte. Nicki Runding, Mario Aupperles Freundin. »Heute Nacht habe ich wieder an ihn gedacht«, bekannte er, bereute aber in derselben Sekunde seine Offenherzigkeit. Er kannte die Frau zu wenig, um sich derart gehen zu lassen.

Sie warf ihm einen kurzen Blick zu, startete den Wagen. »Mario mochte Sie sehr. Sie waren der freundlichste Chef, den er je hatte. Das sind seine eigenen Worte.«

»Danke.« Ihre warmherzigen Worte ließen ihn seine Selbstvorwürfe vergessen. »Ich habe gern mit Mario zusammengearbeitet. Mit ihm war manches leichter zu ertragen. Wenn wir wieder mal vor einem übel zugerichteten Menschen standen ... Sie wissen ja selbst, wie beschissen unser Alltag manchmal sein kann.«

»Marios Lebensfreude war stärker«, bestätigte sie. »Stärker als jeder Frust. Was glauben Sie, wie ich ihn vermisse.«

Braig sah, wie sie sich in den Verkehr einfädelte, stimmte ihr vorbehaltlos zu. Aupperles Anwesenheit hatte dazu beigetragen, viele nur schwer zu bewältigende Situationen erträglicher zu gestalten. Gleichgültig, mit welchem wie auch immer entstellten Opfer einer Gewalttat oder eines Unfalls sie konfrontiert worden waren, Aupperles zutiefst lebensbejahende Zuversicht war durch nichts zu erschüttern gewesen. Natürlich war auch er im Moment des Anblicks und den darauffolgenden Minuten, manchmal gar Stunden der Untersuchung und Begutachtung der Leiche dem Schock unterlegen, der sie alle, selbst die erfahrensten Kollegen in diesen Augenblicken überwältigte, er hatte es aber verstanden, sehr schnell zu einer Art professioneller Distanz zu finden, die lebensnotwendig war, um in diesem Beruf zu überleben und sich das seelische Gleichgewicht zu bewahren, ohne das die letztendlich sinnfreie Existenz auf diesem Planeten nicht zu bewältigen war. Braig konnte die psychischen Schmerzen der Kollegin deshalb nur allzu gut nachempfinden, versuchte, sie abzulenken. »Und jetzt haben wir den neuesten Fall«, erklärte er. »Sie waren heute Morgen schon vor Ort?«

Nicole Runding ließ ein zustimmendes Brummen hören. »Kein schöner Anblick«, meinte sie dann. »Das wünscht man nicht mal seinem schlimmsten Feind.«

»Immer noch nicht identifiziert?«

Die Kollegin schüttelte den Kopf. »Kein Handy und keine Papiere, nein. Und das Gesicht ...« Sie hustete, winkte mit der Rechten ab. »Da hat jemand ganze Arbeit geleistet.«

»Wie ist es passiert? Gibt es Hinweise auf eine Schussverletzung?«

»Der Arzt kam gerade, als ich losfuhr. Wir selbst haben keine entdeckt.«

»Sie haben den Toten nicht ...«

»Nur die erste Inaugenscheinnahme«, erklärte sie. »Wir kennen die Vorschriften. Schließlich wollen wir Ihnen die Arbeit nicht zusätzlich erschweren.«

Braig musterte die Frau von der Seite, konnte keine Anzeichen dafür erkennen, dass sie ihre Aussage ironisch gemeint hatte. Er bedankte sich für ihre Umsicht. Ab und an kam es vor, dass die als Erste an einen Tatort gerufenen Beamten Spuren verwischten oder verunreinigten – sei es im Rahmen ihrer Bemühungen, einem schwer verletzten Opfer schnellstmöglich zu helfen, oder aus purer Unachtsamkeit. Braig kannte den daraus resultierenden Ärger seiner Kollegen, deren Arbeit dadurch noch komplizierter wurde, zur Genüge. Derartige Vorkommnisse belasteten oft nicht nur den Fortgang der Untersuchungen, sondern auch die Atmosphäre ihrer Zusammenarbeit.

»Wo genau wurde der Tote gefunden?«, erkundigte er sich. »In der Info war vom Außenbereich eines Betriebes die Rede.«

»Er liegt an der Zufahrt zu den Storms«, erklärte Nicole Runding.

»Zu den Storms?«, hakte Braig nach. »Wer soll das sein? Der Name sagt mir nichts.« Er warf einen Blick auf die letzten Häuser von Tamm, die hier an die Felder grenzten, sah im Hintergrund den Hohenasperg in die Höhe ragen.

»Sie betreiben eine kleine Naturkostfirma. Biologisch angebaute, vegetarische Lebensmittel. *Storms Bio Veggies.*«

»*Storms Bio Veggies*?«, wiederholte er.

»Noch nicht gehört? Die verkaufen sehr gut.« Sie bremste, bog von der Straße ab.

Braig rutschte leicht zur Seite, hatte erneut den markanten Duft ihres Parfums in der Nase. Angenehm, mit einer leicht herben Note, aber nicht zu kräftig. Wildrosen oder so, überlegte er. »*Storms* … Vielleicht haben wir schon davon gekauft. Wir ernähren uns weitgehend ohne Fleisch und Wurst. Ich achte nur selten auf den Namen.« Er sah, dass sie einem schmalen, asphaltierten Feldweg folgten.

»Dann schauen Sie mal nach. *Storms Bio Veggies* haben einen hervorragenden Ruf.«

»Ich werde mich bemühen«, versprach er.

Sie verlangsamte die Fahrt, weil eine angerostete, alte Maschine derart unglücklich am Rand eines Ackers abgestellt war, dass sie ein Stück weit in den Feldweg ragte, passierte das Monstrum in gemäßigtem Tempo.

»Was war das?«, fragte er. »Illegal entsorgter Müll?«

Nicole Runding schüttelte den Kopf. »Eine Art Notwehr der Bauern gegen Raser. Irgendwelche Idioten brettern immer wieder wie die Verrückten über die Feldwege.«

Sie näherten sich einer Art Aussiedlerhof, einem Ensemble aus mehreren älteren Gebäuden, an deren Zufahrt ein Polizeifahrzeug parkte. *Storms Bio Veggies* verkündete ein großes, mit einer Fülle der verschiedensten Obst- und Gemüsesorten in bunten Farben gestaltetes Schild. Vor dem Anwesen erstreckte sich eine große Wiese, in deren Mitte Ansammlungen dunkler Asche zu erkennen waren.

»Was war da los?«, erkundigte er sich.

»Hier haben sie gefeiert«, erläuterte Nicole Runding.

»Mit einem Feuer?«

Die Kollegin nickte.

»Wann war das?«, fragte er. »Heute Nacht?«

»Am vergangenen Samstag«, erklärte sie. »Da war ganz schön was los.«

»Waren Sie dabei?«, fragte Braig überrascht.

Ihre Antwort wurde von einer krächzenden Lautsprecherstimme unterbrochen. »Schwerer Unfall auf der B 27. Mehrere Fahrzeuge ineinander verkeilt. Eventuell Schwerverletzte. Sämtliche verfügbaren Einsatzkräfte zum Unfallort.«

»Da muss ich hin«, meinte Nicole Runding. »Ich setze Sie hier ab. Wir sind ohnehin vor Ort.« Sie aktivierte das Funkgerät, meldete sich.

»Bitte kommen Sie so schnell als möglich«, bat der Kollege.

Sie sagte es ihm zu, brachte das Auto zum Stehen, verabschiedete sich von Braig.

Er trat ins Freie, musterte die Szenerie. Links die Wiese, auf der das Fest stattgefunden hatte, vor ihm die Einfahrt zu einem auf drei Seiten von Gebäuden umgebenen, asphaltierten Hof. Flankiert von mehreren Backstein-Garagen, vor denen ein Kombi samt Anhänger geparkt war, erhob sich geradeaus ein massives, ursprünglich wohl landwirtschaftlich genutztes Gebäude mit einem großen Tor und dem Braig inzwischen bekannten Label der Firma, rechts ein zwei Stockwerke hohes, von einem roten Ziegeldach gekröntes Haus. Rings um das große Anwesen erstreckten sich weitläufige, landwirtschaftlich genutzte Flächen, teilweise wie bei Gärtnereien üblich von Glasdächern eingefasst. Gemeinsam mit der markanten Erhebung des Hohenaspergs im Hintergrund bot sich ihm ein eindrucksvolles Panorama.

Der seine flachhügelige Umgebung zwar nur um etwa hundert Meter überragende, aber dennoch weithin sichtbare Berg war aufgrund seiner außergewöhnlichen Geschichte im ganzen Land bekannt. Seine Hänge zeigten im Norden und Osten teilweise dichte Vegetation, im Süden dagegen üppig grüne Weinreben. Vor über 2000 Jahren schon hatten ihn die Kelten als Residenz eines ihrer Fürsten genutzt, später wurde er zur Kultstätte der Römer. Im Mittelalter von einer Burg gekrönt, ließen die Herrscher Württembergs die Festung im 18. Jahrhundert in das wohl bekannteste Gefängnis des Landes umbauen. Unzählige Unschuldige waren als Opfer übelster Despoten gezwungen, hier ihr Dasein zu fristen. Im Volksmund erhielt der Hohenasperg bald den Titel »Höchster Berg Württembergs«, dauerte es doch unzählige Jahre, bis die hier eingesperrten Personen wieder ins freie Leben zurückkehren konnten. Einer der bekanntesten Gefangenen war der Journalist Christian Friedrich Daniel Schubart gewesen, der wegen seiner Kritik am sein Volk ausplündernden Luxusleben des damaligen Herzogs Carl Eugen über zehn Jahre teilweise in Isolationshaft auf dem Hohenasperg hatte zubringen müssen. Zur Erinnerung an diese Zeit beherbergten die Anlagen auf der Anhöhe heute ein Gefängnismuseum.

Trotz seiner Geschichte eine beeindruckende Szenerie, ging es Braig kurz durch den Kopf. Und ausgerechnet hier …

»Vorsicht, bitte!«, hörte er die Stimme Dr. Kai Doldes. »Wir sind noch nicht soweit.«

Braig begrüßte den Spurensicherer, reichte dann Dr. Schäffler, der sich vom Boden erhob, die Hand.

»Meine Arbeit ist vorläufig getan«, erklärte der Gerichtsmediziner. »Sie sollten sich den Anblick ersparen. Dem wurde übel mitgespielt.«

Braig wusste augenblicklich, was die Worte seines Gegenübers zu bedeuten hatten. Wenn Dr. Schäffler sich zu dieser Warnung hinreißen ließ … Er warf einen kurzen Blick auf den Toten, sah den seltsam verformten Rücken und den Hinterkopf des Mannes. »Er wurde so gefunden?«, fragte er. »Das Gesicht nach unten?«

»Genau so. I zeig dir nachher die Bilder«, hörte er Helmut Rössles Stimme hinter sich. »Mir hent alles ordentlich dokumentiert.« Der Spurensicherer klopfte ihm freundlich auf die Schulter.

Braig grüßte den Kollegen, erkundigte sich danach, ob die Identität des Mannes inzwischen geklärt werden konnte.

»Noi«, gab Rössle zur Antwort. »Mir hent nix. Koi Handy, koi Papiere, nix.«

»Woran ist er gestorben?«, wandte Braig sich an Dr. Schäffler.

Der Gerichtsmediziner zog sich die Schutzkleidung von den Schuhen und den Händen, schnäuzte sich in ein Papiertaschentuch. »Die Todesursache kann ich Ihnen leider noch nicht liefern.« Er machte eine kurze Pause, steckte das Taschentuch weg. »Eine Kombination von heftigen Schlägen auf den Kopf und den Leib und danach … Er wurde überfahren. Ich nehme an, als er wehrlos auf dem Boden lag. Wahrscheinlich mehrmals.«

»Mehrmals?«, stöhnte Braig. Er spürte, wie ihm übel wurde. »Von mehreren Fahrzeugen?«

Der Gerichtsmediziner streckte seine Rechte abwehrend von sich. »Ich möchte Sie bitten, keine voreiligen Schlüsse zu ziehen. Ich kann nicht ausschließen, dass es ein und dasselbe Fahrzeug war. Vor und zurück, ich will nichts beschwören. Wenn es nicht so absolut barbarisch wäre, würde ich sagen, der oder die Täter wollten sein Gesicht zerstören, ihm die Identität rauben …«

»Das Gesicht …« Braig ließ den Rest des Satzes offen, schüttelte den Kopf. Er drehte sich von dem Toten weg, starrte in die Weite der Landschaft. So oft er sich in seinen mehr als zweieinhalb Jahrzehnten Berufserfahrung auch schon mit dem Anblick und der Untersuchung toter Menschen konfrontiert gesehen hatte, zur Routine war ihm dieser Vorgang nicht geworden. Smarte, mit coolem Grinsen von einer Leiche zur nächsten spazierende Kommissare gab es vielleicht in primitiven Fernsehkrimis – mit der Realität, wie er sie kannte, hatte das nichts zu tun. Einen Toten zu begutachten, gehörte zu den unerfreulicheren Momenten seines Berufes – auch langjährige Praxis hatte daran nichts geändert. Es handelte sich schließlich nicht um eine aus Kunststoff gefertigte Puppe, die hier vor ihm lag, sondern um einen vor wenigen Minuten oder Stunden mitten aus dem Leben gerissenen Menschen, dem in seinen letzten bewussten Augenblicken übel mitgespielt worden war.

»Die fehlenden Papiere. Die Misshandlung seines Körpers«, hörte er Dr. Schäfflers Stimme. »Das könnte doch darauf hindeuten, oder?«

Braig sah Dolde mit dessen Laptop neben sich treten, warf einen Blick auf den Bildschirm. »Oh Gott, nein.« Er schnappte nach Luft, wandte sich von den Fotos ab. Das Gesicht des Toten war wirklich bis zur Unkenntlichkeit zerstört. Trotz seiner langjährigen Routine hatte er zu kämpfen; seine Atemwege drohten zu verkrampfen, der Puls ins Unendliche zu beschleunigen. Er kramte in seinen Taschen, ertastete ein übrig gebliebenes Hustenbonbon, zog es vor. Es dauerte eine Weile, bis er es endlich von seiner Umhüllung befreit hatte. Der mentholhaltige Geschmack verschaffte ihm Erleichterung. Er schob das Bonbon auf seiner Zunge hin und her, spürte, wie sich seine Verkrampfung löste. Langsam zwar, quälend langsam, aber immerhin. Nach zehn, fünfzehn Sekunden fühlte er sich wieder imstande durchzuatmen.

»Geht es wieder?«

Braig sah die fragende Miene des Gerichtsmediziners auf sich gerichtet. »Danke, ja«, sagte er.

»Ich habe es vorhin Ihren Kollegen hier erklärt«, meinte Dr. Schäffler, auf Braigs kurzes Unwohlsein anspielend, »auch ich sehe mich so einem Anblick nicht jeden Tag ausgesetzt.«

»Das wäre auf Dauer kaum auszuhalten, oder?«

Der Arzt zog seine Augenbrauen hoch. »Das ist es auch so manchmal nicht. Trotz aller Routine.«

Braig nickte verständnisvoll, pfiff leise. »Das sagen Sie?«

»Ich bin auch nur ein Mensch«, brummte der Gerichtsmediziner. Er schaute sich um, wies auf den Platz, wo der Tote lag. »Hier ist es aber nicht passiert.«

Braig benötigte eine Weile, um zu verstehen. »Er wurde nicht hier getötet?«

»Nein. Die Spurenlage ist eindeutig. Wir konnten weder Blut noch sonstige Ausscheidungen nachweisen. Er war tot, als er hier abgelegt wurde. Eine ganze Weile schon.«

Wie lange?, lag es ihm auf der Zunge. Er verzichtete aber darauf, die Frage auszusprechen, weil er wusste, dass sich der Gerichtsmediziner erst dann auf eine genauere Definition der Zeitspanne einlassen würde, wenn er sich selbst sicher war. An einem anderen Ort getötet und später dann hier abgelegt, ging es ihm durch den Kopf. Das trug nicht gerade zur Erleichterung seiner Ermittlungen bei. »Haben wir Reifenspuren?«, wandte er sich an die Spurensicherer.

»Uf dem Asphalt?«, antwortete Rössle vom Boden her. Er kniete unmittelbar neben dem Toten, säuberte eine kleine Fläche mit einem Pinsel. »Alle achtzig Deifel von Sindelfinge, du hasch Humor.«

»Wäre ja auch zu schön gewesen.« Braig spürte einen leichten Windhauch, hatte unvermittelt das Dröhnen der Fahrzeuge auf einer entfernten Straße im Ohr.

»I an deiner Stell dät mi frage, wieso die den grad do na glegt hent. Hier direkt vor das Haus statt oifach drauße irgendwo in der Pampa.«

Braig musterte den Kollegen, war sich darüber im Klaren, dass er einen wichtigen Sachverhalt angesprochen hatte.

Wenn der Unbekannte nicht hier, sondern an einem anderen Ort getötet worden war, stellte sich in der Tat die Frage, was den Täter veranlasst haben mochte, ihn hierher zu transportieren. Weshalb war er dieses Risiko eingegangen, warum hatte er ihn nicht draußen auf dem Feld oder an einer anderen abseits gelegenen Stelle abgelegt, wo die Möglichkeit, gesehen und erkannt zu werden, viel geringer war als hier? Er musste die Bewohner des Anwesens genau unter die Lupe nehmen, sie zumindest daraufhin überprüfen, ob es nicht irgendeinen Zusammenhang zwischen ihnen und dem Toten gab – was aber erst möglich war, wenn er dessen Identität ermittelt hatte.

»Wer wohnt hier?«, fragte er, auf das Haus deutend.

»Die Besitzer von dem kloine Unternehme«, antwortete Rössle, das Schild an dem Fabrikationsgebäude im Visier. »Angeblich handelt es sich um die Mitglieder von so oiner Öko-Sekte. Die feieret irgendoin abstruse Kult. Wenn's genau wisse willsch, frag den Kollege. Der hat scho einiges erzählt.« Er wies auf den uniformierten Beamten, der drei, vier Meter entfernt die unmittelbare Umgebung des Fundorts der Leiche überwachte. Der Mann schien ihr Gespräch verfolgt zu haben.

»Sie kennen die Leute?«, wandte sich Braig ihm zu.

Der Polizeibeamte nickte. »Zwangsläufig. Die Felder hier gehören zu unserem Revier.«

»Was hat es mit der Sekte auf sich?«

»Na ja, das sind etwas überzwerche Öko-Spinner. Die verhalten sich wie die Angehörigen einer Sekte. Mit nichts zufrieden, an allem was auszusetzen. Die suchen ständig Krach.«

»Mit wem?«

»Mit Bauern zum Beispiel, die sich nicht genau an ihre Vorstellungen halten, mit Autofahrern, die die Feldwege benutzen, oft auch mit Wanderern oder Radfahrern, die ihre Felder betreten. Irgendwas finden die immer. Besonders, wenn sie ihre verrückten Feste feiern. Wie jetzt am Wochenende.«

»Was für Feste?«

»Na ja, offiziell feiern sie den Anfang des Sommers. Behaupten sie jedenfalls«, antwortete der Kollege. »Mit Musik und wilden Tänzen. Auf der Wiese vor dem Gehöft. Mit Scharen von Leuten. Es gibt Hinweise …« Er zögerte, weiterzusprechen, presste seine Lippen aufeinander.

»Ja?«, drängte Braig.

»Na ja, angeblich sind Alkohol und Drogen im Spiel. Reichlich Alkohol und Drogen. Jedenfalls soll es bei diesen Feiern immer wieder zu Exzessen kommen.«

»Gibt es Ermittlungen deswegen?«

»Immer mal wieder«, erklärte der Beamte. »Aber bisher ohne Ergebnis. Wir wurden mehrfach gerufen …«

»Von wem?«

»Anonym.«

»Und?«

»Immer wenn wir auftauchen … Wir konnten nichts nachweisen.«

»Sie meinen, die waren vorgewarnt?«

»Möglicherweise.«

Braig musterte den Mann, wunderte sich, dass ihn seine Kollegin nicht auf diese Vorwürfe hingewiesen hatte. »Und die Inhaber der kleinen Firma hier machen da mit?«, setzte er hinzu.

»Die sind die Hauptdrahtzieher«, bestätigte der Beamte. »Besonders Storm. Der sorgt ständig für Unruhe.«

»Aber er wurde noch nicht verurteilt. Habe ich das richtig verstanden?«

»Das ist richtig.«

»Und es liegt auch nichts Konkretes gegen ihn vor?«

»Nichts Konkretes. Nur so ein Gerücht …«

»Was für ein Gerücht?«

»Ich weiß nicht, was ich davon halten soll.« Der Kollege legte seine Stirn in Falten, wog den Kopf hin und her. »Ich bin erst seit zwei Jahren hier, deshalb habe ich immer nur Andeutungen von der Sache gehört.«

»Um was geht es?«

»Storms Tochter wurde irgendwo hier draußen überfahren. Der Täter beging Fahrerflucht. Angeblich …«

»Ja?«

»Angeblich soll Storm damit zu tun haben«, erklärte der Mann. »Aber, wie gesagt«, fügte er schnell hinzu, »ich weiß dazu nichts Genaues. Und meine Kollegin, Frau Runding, wird wild, wenn sie davon hört. Das sei üble Verleumdung, sagt sie, reine Schikane.«

»Sonst ist Ihnen nichts über die Sache bekannt?«

Seine Gesprächspartner schüttelte den Kopf.

Braig bedankte sich für die Auskunft, erkundigte sich nach der Person, die den Toten entdeckt hatte.

»Der steht dort bei den Kollegen.«

Er wandte sich zur Seite, lief zu den beiden uniformierten Beamten, die wenige Meter entfernt die Absperrung der Straße überwachten. Sie unterhielten sich mit einem mit einer dünnen Jacke und einer eng anliegenden Hose bekleideten Mann, der sich wohl sportlich betätigt hatte. »Des hätt mir niemand glaubt, wenn i des erzählt hätt«, hörte er ihn sagen. »An Toter hier nach dene ihrem Teufelskult.«

Braig räusperte sich laut, stellte sich vor. Er wunderte sich, dass sich noch keine Schaulustigen eingefunden hatten, die mit unverhohlener Neugier und aggressivem Geschrei Auskunft von den Beamten verlangten, wie er das sonst von fast jedem Tatort gewohnt war. Gaffende und mit ihren Handys ungeniert das notdürftig abgeschirmte Gelände filmende Passanten gehörten inzwischen zu fast jeder Szenerie, an der ein Mensch verunglückt oder getötet worden war. Oft genug hatte er es schon erlebt, dass skrupellose, sensationsgeile Typen die Polizeiabsperrungen durchbrachen und die verunstalteten, wehrlosen Opfer mit ihren Kameras abzulichten versuchten. Das waren die Momente, in denen er jedes Mal aufs Neue Mühe hatte, die Contenance zu bewahren. Wahrscheinlich hatten sie es der abseitigen Lage des Anwesens hier zu verdanken, dass ihnen diese Unannehmlichkeiten bisher erspart geblieben waren.

»Herr Weitbrecht«, wies einer der beiden Beamten auf den sportlich gekleideten Mann. »Er hat den Toten entdeckt.«

Braig bedankte sich für die Information, musterte sein Gegenüber. Er schien Mitte vierzig, hatte eine durchtrainierte Figur, ein breites, von einer großen Nase gezeichnetes Gesicht. Die sportliche Aufmachung und sein athletischer Körperbau wiesen darauf hin, weshalb er so früh unterwegs gewesen war. »Sie waren joggen?«, vergewisserte er sich.

Weitbrecht wandte sich ihm zu, bestätigte seine Vermutung. »Sofern ich die Zeit dazu finde. Zwei, drei Mal die Woche. Jedenfalls in der warmen Jahreszeit.«

Braig nickte. »Immer denselben Weg?«, erkundigte er sich.

»Meistens. Von Markgröningen, wo ich wohne, über die Felder zum Asperg und zurück.« Der Mann zeigte in die Richtung, aus der auch Braig gekommen war, dann zur Silhouette des Hohenaspergs, der hinter den Gebäuden in die Höhe ragte.

»Sie kommen immer hier vorbei.«

»Fast immer, ja. Wenn ich so früh dran bin, ist es schön ruhig.«

»Wie haben Sie den Toten bemerkt?«

Weitbrecht schnappte nach Luft. »Sie werden es nicht glauben, aber ich habe den schon von Weitem gesehen«, japste er. »Also nicht den Toten, sondern, wie soll ich es sagen, einen Fleck vor der Hauswand. Ich habe zuerst gedacht, es handle sich um irgendwelches Gerümpel, aber dann habe ich gemerkt, dass mit dem Zeug irgendwas nicht stimmt. Das ist ja gar kein Gerümpel, fuhr es mir durch den Kopf, das ist …« Der Mann hielt inne, trat einen Schritt auf Braig zu. »Ob Sie es glauben oder nicht, ich dachte, dass da eine Puppe liegt. Eine große Puppe. Fragen Sie mich nicht, wieso.« Er schniefte, fuhr sich über die Nase. »Und erst als ich direkt vor ihm stand, habe ich bemerkt, dass das ein Mensch ist. Ein richtiger Mensch. Mit dem Gesicht auf dem Boden, ganz seltsam verrenkt.«

»Sie haben ihn untersucht?«

»Um Gottes willen, nein! Dass mit dem nichts mehr los ist, habe ich sofort gespannt. Das war nicht zu übersehen. Ich stand ja nur ein paar Schritte entfernt. So legt sich niemand freiwillig auf den kalten Boden, nicht in der unmöglichen Haltung. Ich habe ihn nicht angerührt. Sondern sofort den Notruf gewählt.«

»Um wie viel Uhr war das?«

Weitbrecht musste nicht lange überlegen. »So gegen sechs.«

»Sonst haben Sie niemand gesehen? Irgendeine Person, die Ihnen entgegenkam oder sich davonschleichen wollte, als sie sich dem Anwesen näherten? Ein Auto vielleicht? Denken Sie bitte genau darüber nach. Das ist sehr wichtig.«

»Was glauben Sie, was mir schon den halben Morgen durch den Kopf geht? Aber nein, so sehr ich mich bemühe: Ich habe niemand gesehen.«

»Was war mit den Bewohnern des Anwesens? Haben Sie jemand bemerkt?« Braig spürte das Pochen in seinem Kopf, massierte seine Schläfen.

»Das war doch viel zu früh. Von denen war keiner auf den Beinen.«

»Dann bekamen Sie sie überhaupt nicht zu Gesicht?«

»Doch. Frau Storm. Sie wurde wach, weil sie mich schreien hörte. Ich war ja total aufgeregt. Das war wohl nicht zu überhören. Und gerade als ich den Notruf gewählt hatte, kam die Frau aus dem Haus.«

»Nur Frau Storm? Sonst niemand?«

»Nein.«

»Wie reagierte sie?«

»Na, wie wohl?«, maulte Weitbrecht. »Die war total verschlafen und bekam kaum die Augen auf. Und dann, als ich ihr den Toten gezeigt hatte, war sie genauso überrascht und schockiert wie ich selbst. Jedenfalls nicht so aggressiv wie sonst.«

Braig horchte auf. »Aggressiv?«, hakte er nach.

Weitbrecht kratzte sich im Nacken. »Die Storms. Mit denen ist nicht gut Kirschen essen. Das ist hier in der Gegend allgemein bekannt.«

»Nicht gut Kirschen essen? Was meinen Sie damit?«

Sein Gesprächspartner wusste sich sofort zu erklären. »Die gehören zu einer obskuren Öko-Sekte und sind ständig in den Schlagzeilen. Vor allem ihr Ober-Guru. Der ist total fanatisch, überhaupt nicht zu bremsen. Liegt immer mit irgendjemand im Clinch.«

»Weshalb?«

»Na ja, wegen dem Zeug, was sie produzieren. Pflanzenpampe. Bio und ohne Fleisch.« Weitbrecht verzog seinen Mund, sprach die Worte voller Abscheu aus. »Dort, das Schild, haben Sie es nicht gesehen?« Er zeigte zu der Werbetafel. »*Storms Bio Veggies.* Große Worte, nichts dahinter. Ein ungenießbarer Fraß. Dazu irrsinnig teuer. Für die bekloppten Ökos in Stuttgart und Tübingen.« Er wandte den Kopf zur

Seite, musterte Braig mit prüfendem Blick. »Also ich jedenfalls – uns kommt das Zeug nicht ins Haus. Mir geht nichts über ein saftiges Stück Fleisch. Und meiner Frau und meinem Sohn genauso. Sollen die doch die neureichen Spinner mit ihrem Bio-Krempel abzocken. Uns nicht!«

»Von wie vielen Leuten sprechen Sie?«

»Fragen Sie nicht mich. Ich bin kein Experte. Ich kenne nur den aggressiven Kerl, der ständig Schwierigkeiten macht. Storm. Aber der ist nicht allein. Soweit ich weiß, gehören noch ein paar Weiber dazu.«

»Welche Art Schwierigkeiten sind das?«

»Ich sagte Ihnen doch: Der Kerl ist völlig durchgeknallt«, antwortete Weitbrecht. »Der stört sich an allem und jedem. Gerade gibt es wieder Zoff mit einem Bauern. Er würd ihre Felder vergifte beziehungsweise die ihrer Zulieferer, behauptet Storm. Als ob …« Er verstummte, weil der Lärm der entfernt verlaufenden Straße für einen Moment anschwoll, redete dann weiter. »Als ob das heute überhaupt noch möglich wäre.«

Braig hatte Schwierigkeiten, dem Mann zu folgen. »Was?«, fragte er.

»Etwas anzubauen, das nicht von der Umgebung beeinflusst wird.«

»Na ja«, meinte Braig. »Sie müssen verhindern, dass konventionell mit Pestiziden und anderem Gift arbeitende Landwirte direkt in der Nachbarschaft tätig sind. Wenn man die weiträumig von den Biobetrieben trennt …«

»Ach was«, maulte Weitbrecht. »Storm stört sich doch schon an den Straßen hier in der Nähe. Die Abgase, die angeblich ihre Pflanzen mit Schadstoffen belasten. Wenn es nach dem ginge, hätten alle zu Fuß zu gehen oder bestenfalls ein Fahrrad zu benutzen. Und die anderen werden als Ausgeburt des Teufels verbrannt, so wie Samstagnacht.«

»Wer wird als Ausgeburt des Teufels verbrannt?« Braig musterte den Mann eingehend, konnte keine Spur von Ironie oder Spott erkennen.

»Alle, die denen im Weg stehen. Gift sprühende Bauern, Fleischfresser, Autofahrer, Politiker. Was weiß ich, wer noch alles. Die feiern total verrückte Feste. Irgendwelche Teufelsbeschwörungen angeblich. Im Sommer und im Winter. Die treffen sich hier draußen, basteln Strohpuppen und machen große Feuer. Dann hauen sie sich mit Drogen voll, geben den Strohpuppen die Namen ihrer Gegner und verbrennen sie. Und tanzen und singen die halbe Nacht dazu.«

»Woher wollen Sie das wissen? Waren Sie dabei?«

Weitbrecht winkte mit seiner Rechten ab. »Ich doch nicht. Im Netz kursieren die wildesten Bilder. Haben Sie sie noch nicht gesehen?«

Braig warf ihm einen misstrauischen Blick zu, hatte Mühe, seine Aussagen einzuordnen. Er erinnerte sich an einen seiner ersten Fälle als Kommissar des Stuttgarter Landeskriminalamtes etwa zwanzig Jahre zuvor, als man ihn auf den Feldern in der Nähe des Flughafens schon einmal mit angeblichen satanischen Messen konfrontiert hatte. So skeptisch er damals den Berichten über die nächtlichen Feste auch entgegengetreten war, hatte es doch langwieriger Ermittlungen bedurft, sie als esoterisch angehauchte, harmlose Erntedankfeiern zu identifizieren. Wahrscheinlich hatte er es hier mit ähnlichen Ritualen zu tun. Er musste sich auf jeden Fall bei den Besitzern des kleinen Betriebes über die Hintergründe ihrer Firma und der Festivitäten erkundigen.

»Aber von Storms Amokfahrt im Drogenrausch haben Sie gehört?« Weitbrechts Frage riss ihn aus seinen Gedanken.

»Was für eine Amokfahrt?«, fragte Braig.

»Er raste im Drogenrausch über die Felder und überfuhr seine eigene Tochter«, erklärte der Mann.

»Storm?«

Sein Gesprächspartner nickte.

»Wann soll das passiert sein?«

»Vor ein paar Jahren. So genau weiß ich das nicht. Bei einem ihrer Drogenexzesse.«

»Der Mann wurde dafür verurteilt?«

»Ich glaube, die machen immer noch dran herum. Bisher konnte es ihm nicht eindeutig nachgewiesen werden, wenn ich richtig informiert bin«, gab Weitbrecht zur Antwort.

Braig wusste nicht, was er von den Aussagen des Mannes halten sollte. Sie kamen ihm doch recht vage und sensationsheischend vor. Der uniformierte Kollege hatte den angeblichen Vorfall zwar auch angedeutet, das Ganze aber zugleich als kaum glaubwürdiges Gerücht dargestellt. Also tat er wohl gut daran, erst einmal objektive Informationen einzuholen, bevor er sich darauf einließ.

Er bedankte sich bei dem Mann für die Auskunft, notierte sich seine Daten. »Falls wir noch Fragen an Sie haben.«

Braig wartete, bis sich der Jogger verabschiedet hatte, zog dann sein Handy vor und beauftragte Stöhr, sämtliche Quellen über die Inhaber der Firma Storm zu durchforsten und ihm deren Inhalte zukommen zu lassen. Nachdem er dem Kollegen den Namen sicherheitshalber Buchstabe für Buchstabe erklärt hatte, wandte er sich an die uniformierten Beamten und erkundigte sich nach dem Verbleib der Frau.

»Die müsst in ihrem Fabrikle sei«, antwortete der jüngere Kollege. »Des hat sie uns jedenfalls erklärt.«

Braig nickte, folgte dem Weg zurück zu dem Anwesen. Die Absperrung lag immer noch friedlich in der Morgensonne, nicht ein einziger Neugieriger, der sie zu überwinden trachtete. Allein der von der entfernten Straße herrührende Lärm der Autos zeugte von der Realität dieser Welt. Der Gerichtsmediziner schien gerade dabei, aufzubrechen; er wandte sich von den beiden Spurensicherern, die unweit des Toten mit der Untersuchung des Asphalts beschäftigt waren, ab, schüttelte, dem Kommissar zugewandt, den Kopf.

»Nichts Neues«, sagte er. »Wenn mir nichts anderes dazwischenkommt, nehme ich ihn mir heute Morgen noch vor. Versprochen.«

Braig wusste, dass er sich auf Dr. Schäfflers Worte verlassen konnte, bedankte sich.

»Er wird abgeholt«, fügte der Arzt hinzu. »In wenigen Minuten müssten die da sein. Es sei denn …«

Braig schüttelte den Kopf. »Wir haben alles dokumentiert, oder?«

»Alles«, pflichtete Dr. Dolde bei. Er hob den Kopf, wies auf den Boden. »Das Profil eines Reifens«, sagte er dann. »Wir haben es tatsächlich geschafft.«

»Hier auf dem Asphalt?«, wunderte sich Braig. Er winkte Dr. Schäffler zu, warf einen Blick auf die Straße. Außer den Arbeitsgeräten der Kollegen konnte er nichts erkennen.

»Ma könnt grad denke, ma wär mitte in Sindelfinge«, brummte Rössle. »Irgend so ein Halbdackel isch da losgrast wie a Sau. Des Rindvieh hat's ganz schön eilig ghabt. Ob des aber was mit dem zu tun hat?« Er wies in die Richtung des Toten. »Koi Ahnung.«

»Aber allzu alt wird der Abdruck nicht sein, oder?«

»Auf jeden Fall nach dem letzten größeren Regen entstanden«, erklärte Dolde. »Sonst hätten wir da nichts mehr entdeckt.«

»Nach dem letzten größeren Regen? Das ist doch mindestens zwei Monate her!«

»Allerdings, Herr Kommissar«, stimmte Rössle ihm zu. »Seit April hat sich dieses Jahr da nix mehr getan.«

Braig betrat den Hof des Anwesens, sah, dass eines der Tore des Fabrikgebäudes offen stand. *Storms Bio Veggies Werksverkauf* prangte in großen Lettern an der Fassade. Er lief an den beiden prächtig gewachsenen Fuchsienbüschen vorbei, die den Eingang des Wohnhauses säumten, hatte den würzigen Duft verschiedener Kräuter in der Nase. Irritiert musterte er die Blütenpracht neben sich – unzählbar viele rote Blüten – wunderte sich über das herbe Aroma, das überhaupt nicht zu ihnen passte. Erst als er das offene Tor erreicht hatte, wurde ihm bewusst, woher der Duft kam. Eine Wolke intensiven Kräuteraromas strömte ihm entgegen. Er schnappte nach Luft, betrat das Gebäude.

Der Raum, der ihn empfing, ähnelte einer großen, überdimensionierten Puppenstube, wie er sie von den Spielzeugen der Großeltern kannte. Breite, fast bis zur Decke reichende Regale aus massivem Holz, angefüllt mit einer fast unübersehbaren Anzahl von Gläsern und in kleine, bunte Papiertüten gefassten Kräutern. Auf der linken Seite eine mit den verschiedensten Erzeugnissen der Firma und einer wuchtigen, alten Ladenkasse vollgestellte Theke, im rückwärtigen Teil des Raumes eine offen stehende Tür, die weiter ins Gebäude führte. An der Wand hinter der Theke zeigte ein leicht vergilbtes Plakat ein Sammelsurium von Pflanzen und Früchten, die im Haus verarbeitet wurden.

Braig hörte das Rumoren einer Maschine im Inneren des Gebäudes, betrachtete die anscheinend handgemalten, liebevoll verzierten Etiketten der Gläser. *Storms Bio Veggie Hack, Storms Bio Veggie Zwiebelschmalz, Storms Bio Veggie Gourmet-Aufstrich, Storms Bio Veggie Schnitzel.* Das Sortiment der kleinen Firma schien außergewöhnlich umfangreich. *Wir ver-*

wenden ausschließlich naturreine Produkte gemäß den Leitlinien des Demeter-Landbaus las er auf einem mit dickem, rotem Stift ausgeführten Vermerk neben der Kasse.

Er nahm eine der bunten Papiertüten in die Hand, studierte die schriftlichen Ausführungen auf der Rückseite. *Getrocknete Salatkräuter aus eigenem Anbau. Petersilie, Schnittlauch, Knoblauch, Sellerie.* Als er die Packung wieder zurückstellte, betrat eine schlanke, mit dunklen Jeans und einem blauen Sweatshirt bekleidete Frau den Raum. Sie hatte kurze, dunkelblonde Haare, war etwa Mitte vierzig. »Guten Morgen«, grüßte sie, den Besucher aufmerksam musternd.

Braig zog seinen Ausweis aus der Tasche, stellte sich vor. »Ich ermittle im Fall des unbekannten Toten«, erklärte er. »Sie sind Frau Storm?«

Die Frau nickte, wischte sich die Hände an einem Tuch sauber. Sie zeigte keine Anstalten, ein Gespräch zu eröffnen.

»Ich nehme an, Sie haben sich den Mann angeschaut«, ergriff Braig deshalb die Initiative.

»Tut mir leid.« Thea Storm schüttelte den Kopf. »Der lag mit dem Gesicht auf dem Boden. Da gab es nichts *anzuschauen*.« Sie nahm das Verb, das er benutzt hatte, auf, artikulierte es mit sarkastischem Unterton.

»Sie haben ihn nicht angefasst?

»Angefasst?« Ihre Stirn lag in Falten. »Wozu?«

»Um sein Gesicht zu sehen.«

»Weshalb denn? Ich fürchte, das ist kein besonders erfreulicher Anblick.«

»Sicher nicht«, gab er zu. »Ich würde aber gerne wissen, ob Sie den Mann kennen.« Er überlegte, ob er ihr den Anblick eines der Fotos des Toten antun konnte. So streitlustig und aggressiv ihm zumindest ihr Mann bisher geschildert worden war, mochte das durchaus zumutbar sein. Angesichts der üblen Entstellung besann er sich dann aber doch eines Besseren.

»Nein, ich habe ihn nicht angefasst, um sein Gesicht zu sehen. Und so, wie er da lag …« Sie schüttelte den Kopf. »Ich kenne ihn nicht.«

»Haben Sie eine Erklärung dafür, wieso er ausgerechnet vor Ihrem Haus liegt?«

Thea Storm musterte ihn mit entrüsteter Miene. »Wie bitte? Woher soll ich das wissen? Wir haben mit der Sache nichts zu tun.«

Braig ließ sich nicht beirren. »Wie wurden Sie auf den Mann aufmerksam?«, erkundigte er sich.

»Das Geschrei dieses Joggers«, antwortete die Frau. »Der brüllte wie ein Verrückter. Das riss mich aus dem Schlaf.«

»Vorher haben Sie nichts bemerkt?« Braig musterte ihr Gesicht, sah ihr Kopfschütteln.

»Wir haben gestern lange gearbeitet. Ich war müde, habe fest geschlafen.«

»Sie wurden nicht zwischendurch mal wach? Zum Beispiel durch ein ungewohntes Geräusch?«

Thea Storm blieb bei ihrer Aussage. »Nein«, bekräftigte sie.

»Was ist mit Ihrem Mann, Ihrer Familie? Haben die vielleicht etwas gehört?«

»Von uns hat niemand etwas gehört.«

»Woher wollen Sie das wissen?«

»Weil wir vorhin darüber gesprochen haben.«

»Das würde ich aber gerne von den Leuten persönlich hören. Wo ist Ihr Mann – noch im Haus?«

»Er wird Ihnen nichts erzählen können, was Sie nicht schon wissen.«

»Das soll er mir bitte persönlich erklären.«

Thea Storm ließ einen lauten Seufzer vernehmen, wies ins Innere des Gebäudes. »Er ist beschäftigt. Eine unserer Maschinen macht wieder Schwierigkeiten.«

Braig verzog keine Miene, blieb hart. »Es dauert nicht lange.« Er sah, wie es in ihr arbeitete, nickte ihr freundlich zu.

»Also gut«, erklärte seine Gesprächspartnerin. »Kommen Sie mit.«

Er folgte ihr durch die rückwärtige Tür, fand sich in einem großen, mit hellen Fliesen ausgelegten Raum wieder, der von zwei voluminösen Maschinen und unzähligen, mit Früchten und Kräutern gefüllten Kisten in Beschlag genommen wurde. Der herbe Duft, den er schon im Eingangsbereich des Gebäudes bemerkt hatte, lag hier in noch weit intensiverer Form in der Luft. Braig fühlte sich für einen Moment wie betäubt, wandte den Kopf zur Seite, um frischen Atem zu schöpfen. Als er sich wieder auf den Raum vor sich konzentrierte, sah er einen kräftigen Mann auf der rückwärtigen Seite unter einer der Maschinen auf dem Boden liegen. Er schien voll mit seiner Arbeit beschäftigt, hielt erst inne, als sich die Frau zu ihm niederbückte und auf sein rechtes Bein klopfte.

»Was ist los?«, hörte er ihn mit kräftiger Stimme rufen.

»Polizei«, antwortete Thea Storm.

»Ja, und?«

»Der Beamte will mit dir reden.«

»Das fehlt mir gerade noch. Halte mir die Idioten vom Leib. Du siehst doch, dass die Scheiße hier nicht funktioniert.«

»Dann lass mich mal ran. Ich kümmere mich drum.«

»Himmeldonnerwetter! Muss das jetzt sein?«

»Vielleicht kriege ich das Mahlwerk wieder in Schwung. So wie letzte Woche auch.«

Storm ließ erneut einen kräftigen Fluch hören, schob sich dann langsam unter der Maschine vor. Er hatte offensichtlich nicht mitbekommen, dass Braig den Raum bereits betreten hatte, musterte den Besucher mit überraschter Miene. »Sie sind der …«, maulte er, sich vom Boden abstützend. Er ersparte sich den Rest des Satzes, wischte seine Hände an einem Tuch sauber, klopfte sich anschließend den Schmutz von der Hose. Er war nicht allzu groß, dafür aber von kräftiger, breitschultriger Statur, hatte kurze, dunkle Haare, ein schmales, von einem markanten Kinn geprägtes Gesicht. Braig schätzte ihn auf Mitte vierzig.

»Die Maschine ist defekt?«, fragte der Kommissar, nachdem er sich kurz vorgestellt hatte.

Storm blies sich den Staub von der Jacke, winkte mit seiner Rechten ab. »Zu alt. Und zu lange in Betrieb«, schimpfte er. »Fällt dauernd aus. Da muss bald eine neue her.«

Braig verfolgte die Bemühungen der Frau, sich auf einem alten, mit einer dünnen Schicht Heu oder Stroh gefüllten Sack rücklings unter die Maschine zu schieben, erkundigte sich dann bei dem Mann nach dem Toten. »Haben Sie ihn erkannt?«

Storm prustete laut. »Sie wissen doch, wie der auf der Straße liegt. Ich habe nur seinen Rücken und seine verwinkelten Beine gesehen. Na ja, auch noch einen Teil von seinem Hinterkopf.«

Braig nickte. »Er wurde übel zugerichtet«, erklärte er. »Aber vielleicht kam er Ihnen doch bekannt vor.«

»Wieso soll der mir bekannt vorkommen?« Der Mann schüttelte den Kopf, warf ihm einen unübersehbar missbilligenden Blick zu.

»Wie wurden Sie auf ihn aufmerksam?«

»Thea«, erklärte er, auf die Maschine deutend, unter der Thea Storm sich zu schaffen machte. »Sie hat mich geweckt und es mir erzählt. Heute Morgen gegen sechs etwa. Sie war sehr aufgeregt.«

»Sie haben den schreienden Jogger nicht gehört? Er soll ziemlich laut gewesen sein.«

Storm schüttelte den Kopf. »Nein, ich habe ihn nicht gehört«, antwortete er mit zunehmend gereiztem Unterton. »Ich habe in unserer Wohnung in Stuttgart übernachtet. So weit waren die Schreie des Kerls nicht zu hören.«

»Wie bitte?«, fragte Braig überrascht. »Wieso erzählen Sie mir dann, Ihre Frau habe Sie gegen sechs Uhr geweckt?« Er war einen Schritt zurückgetreten, musterte sein Gegenüber mit unverhohlener Skepsis.

»Noch nichts von Handys gehört?«, maulte Storm.

Braig hatte Mühe, ruhig zu bleiben. »Sie behaupten also, heute nicht hier bei Ihrer Familie, sondern in Stuttgart übernachtet zu haben. Darf ich wissen, wieso?«

»Ich habe in unserer Wohnung in Stuttgart übernachtet«, beharrte der Mann in unüberhörbar gereiztem Tonfall. »Wie immer, wenn abends im Laden dort so viel zu tun ist.« Er betrachtete Braig mit abweisendem Blick. »Allerdings weiß ich nicht, was Sie das überhaupt angeht.«

»Was mich das angeht? Hier liegt ein toter Mann vor Ihrem Anwesen.«

»Damit haben wir nichts zu tun. Weder meine Frau noch ich.«

»Sie haben einen Laden in Stuttgart?« Braig holte tief Luft.

»Ja, im Stuttgarter Westen.« Storm winkte mit seiner Rechten ab, schien sich zu beruhigen. »Wir verkaufen dort jeden Abend von 17 bis 20 Uhr. Wenn danach noch viel zu tun ist, bleibe ich manchmal dort. So wie heute Nacht. Thea hat mich heute Morgen angerufen, dann bin ich sofort hergekommen. Ich weiß nicht, wieso da draußen ein Toter liegt. Mit uns hat das nichts zu tun.«

»Wer außer Ihrer Familie lebt noch hier?«, fragte Braig.

»Nur noch Marga. Meine Schwiegermutter. Sie ist schon achtundsiebzig, hilft aber jeden Tag fleißig mit. Ohne ihre Arbeit könnten wir den Laden dichtmachen.«

»Wo finde ich sie? Ich möchte Sie noch sprechen.«

»Sie ist hinten, Früchte sortieren.« Storm wies auf den rückwärtigen Teil des Gebäudes. »Marga hat aber nichts mitbekommen, das kann ich Ihnen jetzt schon sagen. Wir haben uns darüber unterhalten.«

»Das möchte ich von ihr persönlich hören«, erklärte Braig. »Sie haben keine Angestellten?«

»Nur Aushilfskräfte. Wenn die Ernte ansteht, zum Beispiel. Das sind meistens Kunden, die von unserer Arbeit und unseren Produkten so begeistert sind, dass sie uns helfen wollen. Oder Freunde und Freundinnen. Im Moment ist aber niemand da.«

»Sie betreiben Ihr Unternehmen mit drei Personen?« Braig wies auf die Maschinen und den vorgelagerten Verkaufsraum. »Ich nehme an, das ist nicht einfach. Wie steht es mit Konkurrenz?«

»Sie glauben doch nicht ernsthaft, der Mann da draußen ist einer unserer Konkurrenten, der uns in die Quere kam …« Storm ließ ein sarkastisch klingendes Lachen hören.

»Ist er es nicht?«

»Wir bringen ihn also um und lassen ihn einfach vor unserer Haustür liegen«, fuhr er kopfschüttelnd fort.

»Das wäre doch das beste Alibi«, meinte Braig. »Niemand würde Sie verdächtigen. So dumm kann man ja nicht sein, sein Opfer vor der Tür liegen zu lassen.«

»Danke für den Tipp«, frotzelte der Mann. Er kratzte sich am Kinn. »Dann wissen wir ja Bescheid, wie wir uns in Zukunft unserer Konkurrenz erwehren.«

Braig versuchte, sich nicht aus dem Konzept bringen zu lassen. »Wie steht es mit konventionell arbeitenden Landwirten? Ich hörte, Sie hatten mehrfach erbitterte Auseinandersetzungen wegen der Belastung Ihrer biologisch angebauten Pflanzen.«

»Ja und? Wir legen eben Wert auf die weitgehend schadstofffreie Qualität unserer Produkte. Den hervorragenden Ruf von *Storms Bio Veggies* haben wir uns hart erarbeitet. Wir erhalten Anerkennung und Preise von vielen Seiten. Wenn Sie glauben, dass das alles von selbst läuft … Ich weiß nicht, in welcher Welt Sie leben«, entrüstete sich Storm.

»Dass hinter Ihrem Erfolg eine große Menge Arbeit steckt, ist mir vollkommen klar«, versuchte Braig, seinen Gesprächspartner zu besänftigen. »Genau deshalb werden Sie die Prinzipien, auf denen dieser Erfolg beruht, aber auch mit aller Kraft verteidigen. Nehme ich mal an.«

»Wenn wir dazu nicht bereit wären, könnten wir unseren Betrieb schließen. Die Landwirte, die uns beliefern, wissen Bescheid, dass wir sie und ihre Anbaumethoden ständig überprüfen. Vertrauen allein wäre blauäugig, ohne regelmäßige Kontrolle könnten wir die Garantie für die besondere Qualität unserer Produkte nicht übernehmen. Da kommt es öfter mal vor, dass wir den Kauf bestimmter Lieferungen verweigern. Andererseits: Wenn unsere Partner-Betriebe erstklassige Pflanzen liefern, versteht es sich von selbst, dass wir sie in ihrer Arbeit unterstützen. Und sei es, dass wir gemeinsam gegen Saboteure vorgehen.«

»Saboteure?«, hakte Braig nach.

»Leute, die unsere Vertrags-Landwirte daran hindern, weitgehend schadstofffreie Ernten einzufahren.«

»Was für Leute sollen das sein?«

»Konventionell arbeitende Bauern zum Beispiel, die Glyphosat oder ähnliche Schädlingsbekämpfungsmittel verwenden. Der Wind achtet nicht auf die Grenzen der Ackerflächen. Deshalb sind die Bereiche, in denen unsere Partner-Betriebe tätig sind, genau definiert. Dort darf nur nach unseren Richtlinien gearbeitet werden.«

»Das funktioniert aber nicht immer vollkommen korrekt«, warf Braig ein.

»Wie überall im Leben gibt es ab und an Typen, die sich nicht an Abmachungen halten«, bestätigte sein Gesprächspartner.

»Die bekommen es dann aber mit Ihnen zu tun.«

»Logisch«, erklärte Storm mit in Falten gelegter Stirn und genervtem Blick. »Wir schlagen die aber nicht tot und lassen sie dann draußen vor unserer Hofeinfahrt liegen.«

»Auf Ihren Festen scheint es dafür umso rabiater zuzugehen. Da sollen eine Menge Drogen im Spiel sein.«

»So?«

»Mehr fällt Ihnen dazu nicht ein?«, fragte Braig.

Storm bedachte ihn mit mitleidigem Grinsen. »Was soll mir zu derart hirnrissigem Gelaber einfallen?«

»Gehört es zum hirnrissigen Gelaber, dass Sie mit der Vernichtung von Leuten, die Ihnen im Weg stehen, langjährige Erfahrung haben? Indem Sie sie als Ausgeburt des Teufels denunzieren und sie dann als Strohpuppen verbrennen?«

»Sie sind ja bestens informiert«, stieß Storm hervor. »Jetzt fehlt nur noch der Vorwurf, wir seien Mitglieder einer ständig kiffenden Öko-Sekte.«

»Sind Sie das nicht?«, konterte Braig. Er fixierte sein Gegenüber, sah, wie sich seine grinsende Miene in eine hasserfüllte Fratze verwandelte.

»Es ist besser, wenn Sie jetzt verschwinden«, erklärte Storm. Er wandte sich von Braig ab, lief in den rückwärtigen Teil des Raumes.

3. Kapitel

Die im Volksmund allgemein als *Asperg* bezeichnete Erhebung ragte mitsamt ihren wuchtigen Festungsanlagen weithin sichtbar in die Höhe, als Braig die Rückfahrt nach Stuttgart antrat. Ein Mahnmal gegen den Missbrauch der Macht durch die Herrschenden, ging es Braig durch den Kopf, heute nicht weniger aktuell als zu den Zeiten der übelsten Despoten. Er stieg in die Bahn, suchte sich einen ruhigen Platz im rückwärtigen Teil, ließ die Ermittlungen des Morgens Revue passieren. Die Schmerzen in seinem Kopf hatten zum Glück nachgelassen, nur ab und an fühlte er sich noch unangenehm von ihnen traktiert.

Ein unbekannter Mann mittleren Alters war in der Nacht an einem bisher unbekannten Ort niedergeschlagen, übel misshandelt und von einem oder mehreren Fahrzeugen mehrfach überrollt worden. Sein Gesicht war dabei derart entstellt worden, dass sich seine Identität auf konventionelle Weise nicht mehr ermitteln ließ. Nach seinem Tod hatte man den Mann vor das Gebäude eines kleinen Unternehmens verfrachtet, das abseits jeder Siedlung mitten auf dem freien Feld lag und auf die Herstellung von biologisch angebauten, vegetarischen Lebensmitteln spezialisiert war. Die Besitzer von *Storms Bio Veggies,* in der Region als exzentrische Öko-Fanatiker verschrien, hatten nach eigener Aussage keine Ahnung, um wen es sich bei dem Toten handelte und weshalb er unmittelbar vor ihrem Anwesen abgelegt worden war.

Braig holte sich die Gespräche mit den Storms und Marga Heinrich, die er im rückwärtigen Teil des Fabrikationsgebäudes aufgesucht hatte, noch einmal in Erinnerung. Die achtundsiebzig Jahre alte Frau lebte nach eigener Auskunft gemeinsam mit ihrer Tochter und deren Mann auf dem Anwesen, hatte aber vom Schreien des Joggers nichts mitbekommen, weil sie auf der hofabgewandten Seite des Wohngebäudes schlief. Die von ihrem fortgeschrittenen Alter gezeichnete, auffallend mager, ja ausgezehrt wirkende Frau hatte weder zur Identifizierung noch zu der Frage, wie der unbekannte Tote auf den Hof gekommen war, etwas beitragen können. Sie versuchte, so hatte er erfahren, sich bei der Arbeit auf dem Anwesen nützlich zu machen, soweit es ihr möglich war, litt aber zunehmend unter gesundheitlichen Problemen, die sie stunden- oder gar tageweise ins Bett oder zumindest ins Haus zwangen. Marga Heinrich war weitaus weniger aggressiv aufgetreten als Julian Storm, hatte sich aber ähnlich wie ihre Tochter wenig auskunftsfreundlich gezeigt. Ihre angeschlagene körperliche Verfassung vor Augen war Braig dennoch freundlich geblieben.

Er war sich darüber im Klaren, dass jetzt allen Bemühungen, die darauf abzielten, die Identität des Toten zu ermitteln, höchste Priorität zukommen musste. War die Frage, um wen es sich bei dem Opfer handelte, erst einmal geklärt, konnten sie den Kreis der Leute eingrenzen, in dem sich der Mann zu Lebzeiten bewegt hatte. Erfahrungsgemäß waren der oder die Täter mit einiger Wahrscheinlichkeit in diesem Umfeld zu Hause. Dass die Überprüfung der Fingerabdrücke des Toten sie nicht weitergebracht hatte, war deshalb besonders ärgerlich. Rössle hatte sie mit allen zur Verfügung stehenden Dateien verglichen, ohne Ergebnis. Der Unbekannte war bisher offensichtlich noch nicht mit dem Gesetz in Konflikt gekommen.

Zudem musste er die Hintergründe der üblen Gerüchte, die über die Storms und die von ihnen veranstalteten Feierlichkeiten im Umlauf waren, klären. Was war dran an der angeblichen Aggressivität des Firmeninhabers, gab es Verbindungen zu dem vor ihrem Betrieb gefundenen Opfer?

Braig schreckte auf, weil sein Handy einen Anruf aus dem Amt signalisierte, nahm das Gespräch an.

»Storm, also S-t-o-r-m«, meldete sich Stöhr zu Wort. »Sie wollten, ähm, wissen, was über eine Firma dieses Namens und deren Besitzer zu finden ist.«

»Genau. Sie haben sich informiert?«

»Es ist so, ähm, ja, ein ziemlicher Knaller.«

»Ein Knaller? Das müssen Sie mir genauer erklären.«

»Ähm, deshalb rufe ich an. Der Inhaber, also Julian Storm, ihm gehört das Unternehmen gemeinsam mit Thea Storm, also der …«

»Ja?« Braig sah, dass der Zug in Kornwestheim zum Stehen kam, fühlte sich von Stöhrs umständlicher Berichterstattung sofort genervt.

»Also, über den finden Sie dermaßen viel …« Die Verbindung schien für einen Moment unterbrochen, dann hatte er die Stimme des Kollegen wieder im Ohr. »Wenn ich das alles ausdrucke … Das ist nicht möglich.«

»Dann beschränken Sie es vorerst auf die wichtigsten Inhalte«, schlug Braig vor. »Hatte er mit uns zu tun?«

»Mit uns? Ähm …« Stöhr geriet ins Stottern.

»Vorstrafen? Anzeigen? Straf- oder Zivilprozesse?«

»Vorstrafen, nein. Anzeigen, ja. Zwei verschiedene, wenn ich das richtig sehe. Wurden aber beide wieder zurückgezogen.«

»Was war der Anlass?«, fragte Braig.

»Ähm, es ist so«, Stöhr suchte nach einer Antwort. »Beleidigung eines Maklers.«

»Und die andere Anzeige?«

»Tätlicher Angriff auf einen Pharmavertreter.«

»Tätlicher Angriff?«, wiederholte Braig. »Das müssen Sie mir genauer erklären. Wie heißt der Mann?«

»Ich lese da etwas von einem Stedner. Moment, das ist dieser Makler. Und ein Pharmavertreter namens Fröhlich.«

»Gut. Dann mailen Sie mir jetzt sofort alles, was Sie dazu ermitteln konnten. Außerdem benötige ich eine Übersicht über alle vermisst gemeldeten Männer zwischen, sagen wir, fünfunddreißig und sechzig. Und von mir erhalten Sie das Foto des unbekannten Toten. Überprüfen Sie es mit dem Gesichtserkennungsprogramm. Ich fürchte zwar, dass das aufgrund der üblen Verletzungen nichts bringt, aber wir müssen es trotzdem versuchen. Das war es dann vorerst.«

»Ähm, das sollten Sie aber wissen. Dieser Julian Storm ...«

»Ja?«

»Es gab heftigen Streit mit einem Bauunternehmer.«

»Wann?«

»Gestern Abend.«

»Gestern Abend?«, rief Braig überrascht. Zwei ältere Frauen, die wenige Meter von ihm entfernt Platz genommen hatten, unterbrachen ihre Unterhaltung und wandten ihm ihre Aufmerksamkeit zu. »Wo war das?«, setzte er in gedämpfter Tonlage hinzu.

»Ähm, es ist so. Das kann ich im Moment nicht sagen. Sie können es sich aber selbst anschauen.«

»Wie bitte?« Braig nickte den beiden Frauen freundlich zu, registrierte erfreut, dass sie sich wieder von ihm abwandten.

»Was soll das heißen?«

»Der Streit, ähm, es lief im Fernsehen. Gestern Abend.«

»Im Fernsehen? In welchem Programm?«

»Im SWR. Ich konnte es nur ein kurzes Stück verfolgen, aber, ähm, ein Knaller. Sie sollten es sich anschauen. Dieser Storm war außer Kontrolle.«

Braig bedankte sich bei dem Kollegen, beendete das Gespräch. Storm im heftigen Streit mit einem Bauunternehmer. Gestern Abend. Davon hatte der feine Herr ihm nichts erzählt. Er beschloss, sich die Mediathek des SWR auf den Bildschirm zu holen, sobald er in seinem Büro angelangt war, wechselte den Zug.

Zwanzig Minuten später hatte er das Landeskriminalamt erreicht. Er setzte sich an seinen Schreibtisch, suchte das entsprechende Programm. *Unsere Städte ersticken im Verkehr,* verkündete die Übersicht für den Vorabend. *Wie schaffen wir es, wieder ein lebenswertes Umfeld zu gewinnen? Info und Diskussion.*

Er wusste zwar nicht, was Storm mit diesem Thema zu tun haben sollte, rief die Sendung aber trotzdem auf. Den Worten des Moderators nach handelte es sich tatsächlich um eine Veranstaltung, die am vorherigen Abend um 20.15 Uhr in einem Fernsehstudio in Stuttgart live aufgezeichnet worden war. Sie begann mit einer kurzen Einführung ins Thema, zeigte die alltägliche Situation der von unaufhörlich rollenden Autolawinen verstopften Landeshauptstadt und ihrer Nachbarstädte mitsamt ihrer von Stress, Lärm, Hektik und Abgasen geprägten Atmosphäre. Im Anschluss daran wurden die derzeit laufenden Neu- und Ausbauten unzähliger Straßen im Großraum Stuttgart sowie die in naher Zukunft geplanten Erweiterungen und Neubauten vorgestellt: Ein fast unüberschaubares Geflecht zusätzlicher Fahrspuren und neu durchs Land gezogener Asphalttrassen, von Orts- zu Stadtteilumgehungen und mehrspurigen Entlastungsspangen.

Braig übersprang die Informationssequenz, schaltete zur Diskussion. Er sah einen jovial lächelnden Politiker, der mit überschwänglichen Worten die Verwirklichung der aufgezeigten Straßenbauprojekte als das Nonplusultra zur Beseitigung sämtlicher Verkehrsprobleme schilderte und seine Partei als Garanten für eine neue stau- und stressfreie Epoche pries. Braig hörte sich die Argumente an, verfolgte, wie der Moderator das Mikrofon weitergab. Ein groß gewachsener, etwas übergewichtiger Mann stellte sich als Mitinhaber eines Autohauses vor und wies in nicht enden wollenden Ausführungen auf die Bedeutung der schnellen Realisierung der vorgestellten Aus- und Neubauten hin. Erste Zwischenrufe waren zu hören. Der Mann ließ sich nicht beirren, beharrte auf seiner Darstellung. Als er endlich zum Ende kam, meldeten sich mehrere Teilnehmer zu Wort. Der Moderator zögerte einen Moment, reichte das Mikrofon dann einem Mann auf der anderen Seite des Raumes. Braig erkannte ihn sofort. Julian Storm.

Er sah, wie er sich von seinem Stuhl erhob, konzentrierte sich auf seine Aussage.

»Mein Name ist Storm. Gestatten Sie mir, dass ich zuerst in Erinnerung rufe, worüber wir hier sprechen: Es geht um den Ort, die Umgebung, in der wir uns Tag und Nacht aufhalten und bewegen. Allein, mit unserem Partner, unserer Familie, Freunden, Kollegen, auch Fremden. Manche nennen diesen Ort gern Heimat, andere sprechen von ihrem Lebensmittelpunkt. Es geht auf jeden Fall um einen Platz, eine Umgebung, in der wir uns gerne aufhalten, uns gerne bewegen, uns wohlfühlen, den wir gerne als unser Zuhause betrachten.

Wenn wir die Menschen fragen, was zu einem solchen Ort gehört, erhalten wir von der überwältigenden Mehrheit immer dieselben Antworten: Dieser Ort und sein Umfeld sollen von einer ruhigen Atmosphäre geprägt sein, er soll über saubere, unbelastete Luft verfügen und angenehme, stressfreie, weitgehend vor Gefahren jeder Art geschützte Bewegungsfreiheit bieten. Das sind die wichtigsten Bedürfnisse, die nicht nur uns selbst, sondern auch unseren Kindern sowie älteren und behinderten Menschen als Grundlagen für ein angenehmes Leben dienen. Eigentlich sollte man denken, dass es einfach sein müsste, diese Bedingungen zu verwirklichen. Und doch fällt es immer schwerer, diesen Ort, diese Heimat zu finden und als solche zu bewahren.

Wir haben es in den vergangenen Jahrzehnten zugelassen, dass unser unmittelbares Umfeld zum Spielball rücksichtsloser Egomanen und skrupelloser Geschäftemacher wurde. Ausgerechnet unsere wichtigsten Bedürfnisse haben wir den falschen Versprechungen von Lügenpropheten geopfert, die uns gebetsmühlenartig einzutrichtern versuchen, wichtigstes und unabdingbares Ziel unserer Existenz sei es, sich Tag und Nacht isoliert in großvolumigen Blechkisten fortzubewegen und dafür unsere Städte und unsere Dörfer, ja unsere Gesundheit und das Leben unzähliger Mitbürger zu opfern. Wie willfährige Marionetten haben wir es akzeptiert, dass die ständige Erreichbarkeit jeden Ortes isoliert und von mehreren Tonnen Blech umgeben das wichtigste Menschenrecht darstellt, das unsere Spezies errungen hat.

Die Folgen dieser perversen Lebensgestaltung sind grotesk: Wo üppiges Grün, Blumen, Büsche und Bäume rings um unsere Häuser für frische Luft und Ruhe sorgen könnten, parken unübersehbare Blechkarawanen auf eigens für sie asphaltierten Flächen. Angesichts des Lärms, der Hektik und der vergifteten Luft um uns herum, ist es selbstverständlich geworden, dass wir bei geöffneten Fenstern nicht schlafen und zur Straße hin gelegene Balkone nicht nutzen können. Schicksalsergeben akzeptieren wir, dass jeder Schritt außer Haus angesichts der tobenden Blechlawine zur tödlichen Gefahr werden kann. Selbst dort, wo keine Autos unterwegs sind, tobt der Hintergrundlärm einer oder mehrerer entfernter Straßen. Menschen, die auf ein Auto verzichten, sind den Abgasen, dem Lärm, der Hektik und den Gefahren der anderen Karossen nicht weniger ausgesetzt. Unsere Städte und viele Dörfer wurden in den vergangenen Jahren in weiten Teilen zu No-Go-Areas, nicht wegen irgendwelcher Kriminellen, sondern wegen unserer eigenen Blechkarawanen. Messungen haben ergeben, dass in einer Metropole wie Paris nicht einmal fünf Prozent der täglichen Wege mit Autos zurückgelegt werden – über 95 Prozent dagegen mit Bahnen, Bussen, per Rad oder zu Fuß, aber diese nicht einmal fünf Prozent terrorisieren die gesamte Stadt Tag und Nacht mit ihrem Lärm, ihren Abgasen und der unmenschlichen Atmosphäre, die sie verbreiten. In Stuttgart kommen dem Autoverkehr zwar höhere Anteile zu, seine Folgen sind jedoch nicht weniger katastrophal. Wo außer in den wenigen Fußgängerbereichen, Parks und unseren Stäffele können wir uns denn noch unterhalten, ohne schreien zu müssen, wo wir unsere Kinder spielen oder Rad fahren lassen, ohne Angst um ihr Leben zu haben?«

Aufkommendes Gemurmel begleitete seine Worte.

»In einer Zeit, in der unsere Städte und Dörfer in immer stärkerem Ausmaß im unaufhörlichen Lärm- und Abgasterror des Autowahns versinken, genau diese Verkehrsart weiter zu fördern, zeugt von krimineller Verantwortungslosigkeit und einzigartiger Verblendung. Unsere Lungen sind vom

Giftcocktail der Benziner, von den Stickoxidbomben der Diesel und den Feinstaubwolken des Reifenabriebs sämtlicher Fahrzeuge zerfressen. Tag und Nacht finden wir angesichts unablässig heulender Motoren kaum zur Ruhe. Unsere Städte ersticken in Blech und Beton, an allen Ecken und Enden fehlen Grünanlagen und abgasfreie Räume der Begegnung. Gehwege und Gebäudezugänge sind zugeparkt, überall Karossen.

Spielplätze? Viel zu wenige. Freie Wege für Fußgänger? Vereinzelt. Gefahrloses Radfahren? Unmöglich.

Hinzu kommt die rasant fortschreitende Erwärmung unserer Erde. Das Tempo, mit dem sich Luft und Wasser aufheizen, ist atemberaubend. Wissenschaftler rufen in eindringlichen Worten dazu auf, jetzt sofort die Notbremse zu ziehen und den Ausstoß von Treibhausgasen drastisch zu reduzieren. Heute, nicht erst morgen. Die Zunahme der Temperatur schreitet so schnell voran, dass die unvorstellbaren Mengen an Methan, die in den bisher noch vereisten Sümpfen des Nordens wie auch dem Festlandsockel der Weltmeere enthalten sind, in die Atmosphäre zu entweichen drohen. Hat dieser Prozess einmal begonnen, ist er nicht mehr zu stoppen. Methangas trägt derart intensiv zur Aufheizung der Erde bei, dass ein Weiterleben von Pflanzen, Tieren und Menschen im heutigen Stil unmöglich wird.

In Kenntnis dieser Tatsachen wurden von Wissenschaft und Politik auf den Weltklimakonferenzen Maßnahmen beschlossen, deren Durchführung für das Überleben unserer Zivilisation unabdingbar sind. Jede Verzögerung würde die Gefahren der Klimaveränderung in extremem Ausmaß verschärfen. Hierzu gehört die drastische Reduzierung des Ausstoßes von Treibhausgasen auch im Verkehr. Ohne einschneidende Veränderungen ist das nicht machbar. Autoverkehr im heutigen Ausmaß kann es in naher Zukunft nicht mehr geben. Politiker, die sich nicht voll und ganz für diese Verkehrswende einsetzen, handeln völlig unverantwortlich. Sie stellen die Zukunft der menschlichen Zivilisation aufs Spiel.

Es führt kein Weg daran vorbei: Wir brauchen die Verkehrswende. Unsere Städte und Dörfer müssen endlich wieder von uns Menschen in Besitz genommen werden. Autos haben dort nichts zu suchen. Wir haben weder die Energie noch den Platz, uns in derart überdimensioniertem Blech fortzubewegen. Gleich ob Diesel, Benziner oder Elektroautos. Wir brauchen keine Fahrverbote für Diesel, wir brauchen Fahrverbote für Autos aller Art. Elektroautos sind keine Lösung. Sie rauben den Platz, den wir für Grünflächen benötigen, genau wie die anderen. Sie verstopfen die Städte, verletzen und töten Radfahrer und Fußgänger wie jedes andere Blech. Sie verbrauchen andere Ressourcen als konventionelle Autos, aber davon ebenfalls zu viel. Wir müssen unsere Städte von Lärm, Abgasen, Stress und Hektik befreien und ihnen Licht, Luft und Räume der Begegnung verschaffen, damit wir uns in ihnen endlich wieder wohlfühlen können. Heimat für uns alle sollen sie sein, nicht das Paradies für Blechkarossen. Zum Glück sind immer mehr Menschen auf der ganzen Welt dabei, das zu begreifen.

Wien befreit sein Zentrum von Parkplätzen, Paris reduziert seine Fahrspuren, Gent räumt seine Innenstadt frei von Blech. In Kopenhagen werden seit Jahren Parkplätze aufgegeben, Fahrspuren für Autos gesperrt, stattdessen Radweg um Radweg kreuzungsfrei errichtet. Oslo verbannt private Fahrzeuge aus der gesamten Innenstadt. Wo immer sie mit den Menschen in den neu errichteten Stadtvierteln sprechen, hören sie, wie sehr sich die Atmosphäre dort zum Guten verändert hat. Sie fühlen sich weit entspannter, sehen sich nicht mehr von der Hektik, dem Lärm und dem Getöse auf den Straßen geplagt, können das Leben neu genießen.

Weniger Autos bedeuten also nicht etwa Einschränkungen und Verzicht, sondern – im Gegenteil – neue Lebensqualität. Die können wir uns auch in Stuttgart gönnen. Dazu bedarf es mehrerer Maßnahmen: Weniger Fahrspuren für Autos, Reduzierung der Parkplätze, Errichtung von Radwegenetzen, neuen Bahnstrecken, eigenen Busspuren und mehr Grünflächen. Vor allem benötigen wir Menschen, die sich für diese Verkehrswende engagieren, und mutige Politiker, die Maßnahmen in die Wege zu leiten. Diejenigen, die immer noch nicht begreifen wollen, was die Stunde geschlagen hat, seien erinnert: Wir haben uns auf den Klimakonferenzen gemeinsam mit den anderen Ländern dazu verpflichtet, unsere Lebensgestaltung drastisch zu ändern, um die Reduzierung der Treibhausgase zu realisieren. Es gibt keinen anderen Weg, das Überleben unserer Zivilisation zu sichern.«

Braig hörte den Beifall, der Storm von einer großen Gruppe des Publikums zuteilwurde, sah, wie der Moderator ein paar Schritte zur Seite trat und das Mikrofon an einen anderen Diskussionsteilnehmer weiterreichte. Es handelte sich um einen kräftigen Mann, der sich als Ralf Orban vorstellte und es als sein fundamentales Grundrecht bezeichnete, jederzeit mit seinem Wagen jeden Ort in diesem Land anfahren zu können. Er sei nicht länger bereit, die immer weiter fortschreitende Einschränkung seiner persönlichen Freiheit hinzunehmen. Rauchen, Trinken, der Spaß am Sex – alles sei in den vergangenen Jahren von einer hinterhältigen Truppe verkappter Moralprediger madiggemacht oder gleich verboten worden, jetzt also noch der Rest des ihm verbliebenen Vergnügens. Autofreie Städte? »Nur über meine Leiche!«

Das Auftreten wie die Aussagen des etwa Fünfzigjährigen wirkten derart plump und arrogant, dass Braig sich wunderte, weshalb der Mann überhaupt in die Sendung eingeladen worden war. Hatten die verantwortlichen Redakteure befürchtet, dass keine Diskussion zustande kommen könnte?

Was immer sie bewogen hatte – das provokative Intermezzo zeigte Folgen. Mehrere Teilnehmer meldeten sich unaufgefordert zu Wort und gaben dem Mann Kontra. Der Moderator versuchte, mäßigend einzugreifen, hatte aber keine Chance. Eine kräftige Männerstimme übertönte alle anderen. Braig wusste sofort Bescheid: Julian Storm. Er war kaum mehr zu erkennen.

Der vor wenigen Minuten noch freundlich auftretende Mann warf Orban mit zornerfüllter Miene hemmungslosen Egoismus vor. Sein Kontrahent zeigte keine Anstalten, klein beizugeben, polterte nicht weniger erregt zurück. Dass der Disput nicht in eine handgreifliche Auseinandersetzung ausartete, schien nur an der räumlichen Trennung der beiden Männer zu liegen, die von zwei entgegengesetzten Ecken des Raumes aus einander anbrüllten. Braig musterte das Gesicht und den Körperbau Orbans, versuchte ihn mit dem geschundenen Körper abzugleichen, den er vor Storms Anwesen hatte begutachten müssen. Angesichts der starken Entstellungen sah er sich außerstande, zu einem eindeutigen Urteil zu finden. Er verfolgte die langwierigen Bemühungen des Diskussionsleiters, wieder Ruhe einkehren zu lassen, gab Stöhr insgeheim recht. Ein Knaller, in der Tat. Der Kollege hatte den Auftritt Storms treffend charakterisiert. Er sah sich nur nicht imstande nachzuvollziehen, was den Mann derart hatte entgleisen lassen.

Er beendete das Programm, bat Stöhr um die Telefonnummer Ralf Orbans. Zwei Minuten später hatte er mehrere Handy- und Festnetzverbindungen auf seinem Display. Er wollte gerade die erste Ziffernfolge eingeben, als sein Telefon läutete.

»Der Herr Oberstaatsanwalt ist in der Leitung«, hörte er die Stimme des Kollegen.

»Oh Gott, was will der schon wieder?«, maulte er laut. Söderhofer, der hatte ihm gerade noch gefehlt. »Ist der nicht für ein paar Tage bei einer Konferenz?«

»Äh, keine Ahnung«, meinte Stöhr. »Er möchte Sie unbedingt sprechen.«

Haben Sie sich heute Nacht nicht genug an Ihrer Partnerin abreagiert?, lag es ihm als Begrüßung auf der Zunge. Er verzichtete aber darauf, den Gedanken auszusprechen, hatte die Stimme des Oberstaatsanwalts bereits im Ohr.

»Gerade will ich in die Liederhalle zu meinem Symposium, da erhalte ich die Nachricht von Storms neuem Opfer. Braig, wieso informieren Sie mich nicht?«

»Wie bitte?«

»Ein unbekannter Toter vor Storms Firma. Braig, diesmal müssen wir den Kerl schnappen! Der darf uns nicht schon wieder durch die Lappen gehen.«

Er wunderte sich über das volkstümliche Vokabular des Mannes, hatte keine Lust, sich auf eine lange Diskussion einzulassen. »Von wem sprechen Sie?«

»Storm. Einer der übelsten Querulanten im ganzen Land. Wer stand ihm diesmal im Weg?«

»Falls Sie den unbekannten Toten meinen: Seine Identität ist bisher noch nicht geklärt. Und ob irgendjemand von der Familie Storm damit zu tun hat, ist ebenfalls …«

»Braig, kommen Sie zur Vernunft! Der Kerl sabotiert seit Jahren sämtliche Verkehrsprojekte im Land, zieht mit seinen Kumpanen gegen jeden Straßenbau vor Gericht. Typen wie der sind schuld daran, dass sich bald nichts mehr bewegt. *Naturschützer* schimpfen die sich.« Söderhofer formulierte das Wort mit unüberhörbarem Abscheu. »Und dann geht er auch noch ständig gegen unsere Landwirte los. Zu viele Tiere im Stall, zu viel Gift auf dem Feld. Als ob es die Aufgabe der Bauern wäre, dem Viehzeug ein Luxusleben zu garantieren. Was glauben Sie, wie viele Bauunternehmer sich ständig beklagen, dass der und seine Truppe ihnen die Geschäfte erschweren? Meine Partei ist gerade dabei, diesen *Naturschützern* die Gemeinnützigkeit zu entziehen …«

Braig spürte Gänsehaut über seinen Rücken kriechen, hielt den Hörer von seinem Ohr weg. Er war nicht länger bereit, sich das unqualifizierte Geschwafel anzuhören, fiel dem Mann mitten ins Wort. »Ich dachte, Sie sind diese Woche auf einer Konferenz?«

»Das hindert mich nicht daran, meine Pflicht zu tun. Natürlich bin ich gerade dabei, mich mental auf mein Symposium einzustimmen. Haben Sie eine Ahnung, mit wem ich in den nächsten Tagen kommuniziere?« Söderhofer legte eine kurze Pause ein, um seinem Gesprächspartner die Möglichkeit zu geben, über die Antwort nachzudenken. Weil der aber keine Anstalten machte, sich zu äußern, fügte er selbst hinzu: »Mit den bedeutendsten Führungspersönlichkeiten dieses Landes!«

Die Gänsehaut auf Braigs Rücken gewann explosionsartig an Umfang. *Der Fisch stinkt vom Kopf her,* ging es ihm durch den Sinn. Er verzichtete aber darauf, den Gedanken auszusprechen, zwang sich stattdessen ein hoffnungsvolles »Dann sind Sie die nächsten Tage beschäftigt!« ab.

»Das hätten Sie wohl gerne!«, polterte der Oberstaatsanwalt. Er ging auf den Inhalt seines Symposiums ein, führte die einzelnen Punkte der Veranstaltung mit großen Worten aus. Braig machte sich nicht die Mühe, dem Geschwafel zu lauschen. Er hatte kein Interesse zu hören, womit sich der egomanische Selbstdarsteller die Zeit vertrieb. *Wie schaffe ich es noch schneller als bisher ins Rampenlicht der Kameras,* etwa. Oder: *Wie verprügle ich meine Partnerin, ohne sichtbare Spuren zu hinterlassen?* Er ließ den Mann eine Weile reden, vernahm irgendetwas von *Optimierung der Präsentation politischer Aktivitäten in der Öffentlichkeit,* schaltete vollends ab. Erst als sich das Geschwafel seinem finalen Höhepunkt zu nähern schien, drückte er den Hörer wieder ans Ohr. »Auch wenn ich die nächsten Tage auf meinem Symposium weile, bin ich nicht aus der Welt. Wir tagen in der Liederhalle. Frau Staatsanwalt Herdegger wird mich in dieser Zeit vertreten. Ich erwarte, dass Sie meine Kollegin über jeden Schritt Ihrer Ermittlungen detailliert in Kenntnis setzen.«

Er sagte es ihm zu, nahm erfreut wahr, dass Söderhofer das Gespräch beendet hatte.

4. Kapitel

Das Abbild eines in überaus barocker Pracht auf einen Arm tätowierten weiblichen Körpers erreichte Braig, als er gerade damit beschäftigt war, den Nachtisch – ein kleines Vanilleeis in zartbitter schmeckender Schokocreme – auszulöffeln. Er hatte es gerade noch geschafft, in der Kantine des Amtes ein Mittagessen zu ergattern, war dann gezwungen, den Ausführungen seines Kollegen Felsentretter zu lauschen, der ihn mit weit ausholenden Gesten an seinen Tisch gewunken hatte. So sehr er sich bemühte, das *Chili sin carne* hatte nicht schmecken wollen.

»Ich hätte dem Kerl eine in die Fresse hauen sollen, gleich im ersten Moment«, hatte der für sein barsches Vorgehen bekannte Kriminalhauptkommissar mit laut dröhnender Stimme geäußert. »Mich juckt es jetzt noch in den Fingern, wenn ich an den schwarzen Affen denke.«

Der Faustschlag, den er zur Begleitung seiner Worte dem Tisch hatte zuteilwerden lassen, war nicht ohne Folgen geblieben: Gläser und Teller waren mit schrillem Klirren über die Platte geschrammt, mehrere Löffel, Gabeln und Messer mit lautem Getöse auf dem Boden gelandet. Die Blicke der meisten Anwesenden hatten sich Braig und seinem Gesprächspartner zugewandt.

Kurz nach zwei Uhr in der Nacht waren sie, eine Truppe von zwölf fast komplett vermummten Beamten, in die vom Land betriebene Unterkunft für Asylbewerber gestürmt, um drei Männer zur Abschiebung in ihr afrikanisches Herkunftsland abzuholen. »Du stellst dir das so einfach vor«, hatte Felsentretter gepoltert, »aber es ist jedes Mal dieselbe Scheiße: Du hast 200 oder 300 Kanaken um dich rum, und jetzt geh hin und such dir die drei Richtigen aus. Eine Visage wie die andere. Du glaubst, du hockst mitten im Urwald. Und dann stellen die sich alle schlafend, und dir bleibt nichts übrig, als das ganze Gebäude auf den Kopf zu stellen, um die Affen rauszuholen. Hast du es endlich gepackt, macht das schwarze Schwein Zicken und behauptet, er sei schwer krank und müsse im Bett bleiben. Angeblich 40 Grad Fieber, aber sonst kommt dem kein deutsches Wort über die Lippen!«

»Und? Habt ihr seine Körpertemperatur überprüft?«, hatte Braig gefragt.

Felsentretters erneuter Fausthieb war Antwort genug. »Leck mich am Arsch!«, hatte er gebrüllt, während das Geschirr über den Tisch tanzte. »Sonst noch ein Wunsch, der Herr?«

Der barocke weibliche Körper tauchte genau in dem Moment auf Braigs Handy auf, als der pöbelnde Kollege endlich verschwunden war. Dr. Schäfflers erklärende Worte vor Augen ging es ihm augenblicklich besser. Der akkuraten Arbeit des Gerichtsmediziners war es zu verdanken, dass sie einen entscheidenden Schritt weitergekommen waren.

Diese etwa fünf auf fünf Zentimeter kleine Tätowierung trägt unser Unbekannter auf dem rechten Oberarm, lautete seine Mail, *ich hoffe, sie hilft bei der Identifizierung*?

Braig bedankte sich bei Dr. Schäffler, machte sich auf den Weg in sein Büro. Die Liste der vermissten Männer lag mitten auf seinem Schreibtisch, Stöhrs handschriftliche Notiz *Da passt nichts so recht?* auf dem Titel. Er blätterte die Seiten durch, sah, dass es sich beim Ersten um einen geschiedenen Fliesenleger aus Sindelfingen handelte, der seit dem 8. Januar vermisst wurde. Dem Mann fehlte die Fingerkuppe am vierten Finger der linken Hand. Der nächste Vermisste war ein getrennt lebender Versicherungskaufmann aus Neckarsulm, der als besonderes körperliches Merkmal eine Zahnlücke oben links hatte.

Braig wollte sich gerade der nächsten Seite zuwenden, als er die Stimme seiner Sekretärin hörte.

»Oh, Härr Hauptgommissar, schön, dass Sie da sind! Ham se die Vermisstenlisde gesähn? Der Härr Stöhr hat mich extra gebätn, Sie darauf aufmergsam zu machen!«

»Vielen Dank, Frau Prießnitz. Ich bin gerade dabei.«

»Nu, dann will ich Se nich länger störn.«

Er wandte sich den übrigen Personen zu, konnte keine Verbindung zu dem unbekannten Toten feststellen. Es gab zwar den Hinweis auf eine Tätowierung, doch handelte es sich dabei um das Abbild eines Hundes und sollte zudem auf der rechten Hand des Vermissten zu finden sein. Braig schob die Liste zur Seite, erinnerte sich an die Fernsehdiskussion vom Vorabend, in der Storm mit einem Mann namens Ralf Orban aneinandergeraten war. Er griff zum Telefon, erreichte beim ersten Versuch nur die Mobilbox des Bauunternehmers. Braig äußerte seinen Wunsch um einen Rückruf, um sich mit dem Mann kurz zu unterhalten, gab die zweite Nummer ein. Es dauerte etwa eine halbe Minute, dann hatte er eine aufgeregte weibliche Stimme am Ohr.

»Ja?«

»Hier ist Braig. Ich bin Polizeibeamter und würde gern Herrn Orban …«

»Haben Sie ihn gefunden?«, fiel sie ihm mitten ins Wort.

»Wen?«

Die Frau am anderen Ende schien verstummt. »Wer sind Sie?«, fragte sie, gerade als Braig erneut zu einer Erklärung ansetzte.

Er wiederholte sein Anliegen.

»Sie suchen ihn, ja?« Ihre Stimme klang gehetzt, fast hysterisch.

»Ja«, sagte er. »Was ist mit ihm?«

Sie zögerte mit ihrer Antwort, atmete tief durch. »Aber Sie suchen ihn doch. Oder nicht?«

Braig hatte Mühe, zu begreifen. »Wer sucht ihn?«

»Die Polizei«, kreischte die Frau. »Sie sagen doch, Sie sind von der Polizei. Und ich habe Sie gebeten, nach meinem Mann zu suchen.«

Er spürte, wie sich alles in ihm verkrampfte. Ralf Orban wurde vermisst? Dann war es tatsächlich möglich …

»Sie suchen doch nach ihm«, unterbrach die Frau seine Gedanken.

»Ihr Mann ist verschwunden?«, fragte er. »Seit wann?«

»Gestern Abend«, schluchzte die Frau. »Nein: Heute Nacht.«

»Doch nicht nach der Diskussion im Fernsehen?«

»Wie oft soll ich es noch wiederholen?« Sie verfiel wieder in ihr fast hysterisches Schreien. »Ich habe es doch genau erklärt: Ralf war bei der Diskussion in Stuttgart. Er kam aber nicht nach Hause.«

»Sie haben auf ihn gewartet?«

»Das erkläre ich doch schon den ganzen Morgen! Er kam aber nicht.«

»Wann haben Sie zuletzt mit ihm gesprochen?«

»Gestern Nachmittag.«

»Und danach haben Sie ihn nicht mehr gesehen und nichts mehr von ihm gehört?«

»Das sage ich doch. Er wollte zu der Diskussion nach Stuttgart. Aber seither ist er spurlos verschwunden.«

5. Kapitel

Der kleine Ort mit dem im ersten Moment ungewohnt klingenden Namen *Buoch* thronte in 520 Metern Höhe auf einem lang gestreckten Ausläufer des Welzheimer Waldes. Der famose Blick ins unmittelbar südlich gelegene, dicht besiedelte Remstal, auf die Anhöhen des Schurwaldes sowie die im Hintergrund in die Höhe ragenden Gebirgsmassive der Schwäbischen Alb und des Schwarzwaldes machte die Gemeinde zu einem begehrten Ziel unzähliger Touristen. Das Gerücht, an zwei bis drei Tagen im Jahr seien – die entsprechende Wetterlage vorausgesetzt – die Gipfel der Schweizer Alpen mit bloßem Auge zu erkennen, veranlasste an vielen Wochenenden der warmen Jahreszeit ganze Heerscharen von Neugierigen, von Buoch aus mit Ferngläsern in den Süden zu starren und sich von den gleißenden Strahlen der Sonne blenden zu lassen. Angesichts dieser exponierten Lage war es kein Wunder, dass Historiker von Hinweisen sprachen, die darauf hindeuteten, dass die Buocher Höhe von den Alemannen schon in vorchristlicher Zeit zum Standort eines bedeutenden Heiligtums, einer Thingstätte auserkoren worden sei.

Braig kannte die kleine, heute der Stadt Remshalden eingegliederte Gemeinde von mehreren beruflichen wie privaten

Besuchen, wusste deshalb, wie er sie am schnellsten erreichen konnte. Er hatte von Vanessa Orban erfahren, dass sie in Buoch wohnte, und ihr zugesagt, sie im Verlauf der nächsten Stunde aufzusuchen.

Das spurlose Verschwinden des Mannes beunruhigte ihn mehr als es das nach seiner langjährigen Erfahrung hätte tun dürfen. Dass Menschen für Stunden, manchmal sogar für einen oder wenige Tage abtauchten, war nicht so selten, wie Laien sich das häufig vorstellten. Unverhoffte Begegnungen, überraschende berufliche Anforderungen, unvermittelt auftretende gesundheitliche Probleme, psychische Ausnahmesituationen – immer wieder gab es Anlässe, dass einzelne Personen kurze Zeit vermisst wurden, ohne dass ihre Gesundheit oder gar ihr Leben ernsthaft gefährdet waren. Dass die unwissenden Angehörigen dennoch schnell unruhig wurden, ja in Panik verfielen, musste nicht verwundern, waren sie mit dieser Situation doch nicht vertraut. Erfahrene Ermittler jedoch warteten mindestens 24 Stunden, bis sie einen Vermissten offiziell suchen ließen – auch weil diese Prozedur eine Unmenge an polizeilichen Ressourcen band, die in anderen, zu diesem Zeitpunkt vielleicht notwendigeren Bereichen dann fehlten. Im vorliegenden Fall jedoch …

Braig war sich bewusst, dass seine innere Unruhe weniger auf rationalen Überlegungen als vielmehr auf seinem Bauchgefühl basierte. Die Bilder vom Auftreten Orbans während der Fernsehdiskussion waren in seinem Kopf haften geblieben: Das plump-provozierende Gehabe des Mannes, seine polemischen Parolen, das marktschreierische, pöbelhafte Verhalten, seine theatralischen Worte. Die Qualität seiner Argumente entsprach der eines hirnlosen Zombies, die Art, wie er sie hervorgebracht hatte, dem urweltlichen Getrampel eines Dinosauriers. Musste man sich wirklich wundern, wenn ein ähnlich primitiv strukturierter, vom Gegenteil überzeugter Psychopath es nicht bei der bloßen Absonderung hohler Worthülsen belassen hatte, sondern wie bei hohlköpfigen Testosteronprotzen üblich zur Tat geschritten war?

Braig hörte sein Handy läuten, nahm es zur Hand. Ann-Katrins Name erschien auf dem Display.

»Nicolette Mander, unsere Nachbarin«, sprudelte sie unvermittelt los. »Dr. Genkinger hat sie heute Morgen gesehen. Sie huschte aus dem Haus, als er mit Cannabis an der Leine spazieren ging. Unter ihrem rechten Auge trug sie ein großes Pflaster.«

»Du meinst ...« Braig hatte die nächtlichen Geräusche sofort wieder im Ohr, begriff augenblicklich, worauf seine Partnerin anspielte.

»Er hat es auch gehört heute Nacht«, erklärte sie.

»Und? Hat er sie darauf angesprochen?«

»Es ging viel zu schnell. Sie huschte an ihm vorbei zur Garage. Ein kurzer Gruß, schon war sie verschwunden.«

»Das entspricht nicht gerade ihrer Art«, meinte Braig. »Ich kenne sie als sehr kontaktfreudig.«

»Er wunderte sich auch. Kein Small Talk wie sonst, kein Winken. Entweder war sie zu spät dran oder ...«

»Wenn sie mit dem Pflaster alles abdecken konnte, hat sie noch Glück. Er hat keine weiteren Anzeichen von Verletzungen bemerkt?«

»Es ging zu schnell«, antwortete Ann-Katrin. »Bis er auf sie aufmerksam wurde, war sie auch schon an ihm vorbei. Du hattest heute schon Kontakt mit Söderhofer?«

»Leider. Zum Glück aber nur telefonisch. Was soll ich tun? Ihm das Gespräch verweigern? *Mit Schlägern rede ich nicht?*«

»Natürlich nicht. Aber wir müssen ihn darauf ansprechen. Offen, nicht am Telefon.«

Braig sah, dass die Bahn in Grunbach einfuhr, beeilte sich, den Bus nach Buoch zu erreichen. Er schilderte seiner Partnerin in kurzen Worten den Kern seiner neuesten Ermittlungen, empfahl ihr, sich die Fernsehdiskussion des Vorabends in der Mediathek anzusehen, sobald ihre Arbeit in der Tierarztpraxis beendet war. »Zwei seltsame Typen. Zum einen dieser Storm, zuerst sehr freundlich und dann plötzlich nicht mehr wiederzuerkennen. Und dann noch dieser Orban mit seinen dämlichen Parolen.«

»Heute Abend«, sagte sie ihm zu. »Wir haben jetzt noch zwei wichtige Termine. Daimlerdirektorengattinnenhunde. Dreharbeiten zu neuen Filmen. Äußerst vielversprechend.«

»Oh, prima! Ich höre die Tausender klingeln.«

Mit Ann-Katrins Lachen im Ohr beendete er das Gespräch. Er wartete, bis der Bus den steilen Anstieg nach Buoch bewältigt hatte, suchte dann nach der angegebenen Adresse. Selbst hier oben flimmerte die Luft vor Hitze. Das Haus, ein frisch renovierter Altbau am Rand der Ortschaft, war leicht zu finden. Büsche, Rasen, Blumenrabatten säumten die Mauern. Braig las die Namen *Vanessa und Ralf Orban*, läutete an der Glocke neben dem offen stehenden Gartentor. Er hatte gerade die paar Schritte zum Haus bewältigt, als eine Frau mit üppig blonden Locken die Tür öffnete und ihn von Kopf bis Fuß musterte. Sie schien sehr aufgeregt, hatte Mühe, sich auf den Besucher zu konzentrieren. »Sie sind der Polizeibeamte? Er ist verschwunden«, sprudelte sie übergangslos hervor. »Seit gestern Abend.«

Sie war schlank, etwa 1,70 Meter groß, trug eine weiße Sommerbluse und hellblaue Jeans. Unter ihren Augen zogen sich dunkle Ringe über die Wangen; offensichtlich waren Teile ihrer Schminke einer allzu kräftigen Tränenflut zum Opfer gefallen. Die auffallende Haarpracht reichte ihr bis auf die

Schultern. Braig schätzte sie auf Mitte, Ende dreißig. »Frau Orban?«, vergewisserte er sich.

Sie nickte, warf einen fahrigen Blick auf seinen Ausweis.

»Mein Name ist Braig, wir haben miteinander telefoniert.« Er bat darum, ins Haus eintreten zu dürfen, folgte ihr in einen großen, mit einem fast bis zur Decke reichenden Panoramafenster ausgestatteten Raum. Die Aussicht, die sich ihm bot, war so beeindruckend, dass er überrascht stehen blieb und nach draußen starrte.

Das von einer leicht violetten Sonnenschutzfolie geschützte Zimmer war direkt nach Süden ausgerichtet, der Kernbereich des Remstals mitsamt den Anhöhen des Schurwaldes und der senkrecht aufragenden Mauer der Schwäbischen Alb im Hintergrund zu sehen. Wälder, Obstbaumwiesen und Weinberge dominierten die Hänge und Kuppen; Häuser, Industrieanlagen und Verkehrstrassen das Tal. Der schmale Lauf der Rems zeigte sich über weite Strecken von üppig grünen Flächen begleitet; ein Resultat der Gartenschau, die dazu beigetragen hatte, das dicht besiedelte Tal aufzulockern und es mit naturbunten Farbtupfern lebenswerter zu gestalten. Braig folgte den weiß glänzenden Wagen eines Intercity-Zuges, der sich flussabwärts Richtung Stuttgart bewegte, sah eine knallrote S-Bahn in den Grunbacher Bahnhof einfahren. Er hatte Mühe, den Blick abzuwenden, brachte seine Begeisterung zum Ausdruck. »Phänomenal«, wandte er sich an Vanessa Orban. »Seit wann leben Sie hier?«

Die Frau wies auf das helle Ledersofa an der Wand, nahm selbst in einem der beiden Sessel Platz. Im massiven Glas des Tisches spiegelten sich die Wolken des Himmels. »Seit einem halben Jahr«, antwortete sie. »Wir wollten endlich raus aus Stuttgart.«

»Sie wohnten mitten in der Stadt?«

»In Vaihingen in der Nähe der Firma.«

»Die Diskussion gestern Abend. Ihr Mann hat sich da sehr«, er zögerte, überlegte, wie er die provokant-polemischen Worte Orbans möglichst diplomatisch umschreiben konnte, »engagiert.«

»Hat er das?«, meinte die Frau.

Er musterte sie mit strengem Blick, sah sich außerstande zu beurteilen, ob die Frage ironisch gemeint war.

»Ich denke schon. Seine Meinung war nicht zu überhören. Mehrere Leute haben ihm deutlich widersprochen. Haben Sie jemand von denen gekannt?«

»Von denen, die ihm widersprochen ...?« Vanessa Orban sprach den Satz nicht zu Ende.

»Ja. Oder sonst irgendjemanden, der bei der Diskussion dabei war. Ich nehme an, Sie haben die Sendung im Fernsehen verfolgt. Sie selbst waren nicht anwesend, habe ich das richtig verstanden?«

»Ich war nicht dort, das habe ich Ihnen doch erzählt. Und ich habe niemand gekannt, nein.«

»Auch nicht einen Herrn Storm? Julian Storm?« Braig sah sich einen Moment von der Sonne geblendet, rutschte ein paar Zentimeter zur Seite, um die Frau besser beobachten zu können.

Sie reagierte nur mit Kopfschütteln. »Wer soll das sein?«

»Der Mann, mit dem er sich am heftigsten stritt. Bei der Diskussion, meine ich.«

Sie starrte zur Seite, schüttelte erneut den Kopf.

»Herr Storm ist Ihnen also kein Begriff.« Er hatte Schwierigkeiten, sich zu konzentrieren, massierte seine Schläfen. »Was ist mit seinem Arbeitsplatz? Haben Sie dort schon ...«

»Mein Mann ist Bauunternehmer. Er ist heute noch nicht im Büro aufgetaucht. Seine Sekretärin ist völlig durcheinander. Sie weiß auch nicht, wieso er nicht gekommen ist.«

Braigs innere Unruhe verstärkte sich. Was die Frau zu berichten wusste, klang wirklich nicht gut. Er musste alle Kraft zusammennehmen, sie zu beruhigen. »Ihr Mann hat seit der Diskussion nichts mehr von sich hören lassen. Das ist jetzt gerade mal neunzehn, zwanzig Stunden her. Vielleicht hat er einen alten Freund getroffen, den er schon seit vielen Jahren nicht mehr gesehen hatte und sich mit ihm verabredet. Und weil es dann spät wurde, hat er bei ihm oder in einem Hotel übernachtet. Er wusste, dass Sie um diese Zeit längst zu Bett gegangen waren, deshalb hat er nicht mehr angerufen. Und heute Morgen, na ja, vielleicht wurde es gestern Abend nicht nur spät, sondern auch ziemlich feucht, und deshalb kam er noch nicht dazu, Sie zu informieren. Oder es gab einen Notfall bei einem Bekannten, es ging drunter und drüber und er fand einfach keine Zeit, Sie anzurufen. Vielleicht hatte er das Handy schon ein paarmal vorgekramt, aber es kam ständig was dazwischen. Der gute Wille war da, das Schicksal dagegen. Nichts zu machen. Sie glauben nicht, was alles passiert. Die unmöglichsten Ereignisse. Aber nach allen Erfahrungen meiner langjährigen Polizeiarbeit kann ich Ihnen versichern: In 95 Prozent aller Fälle, in denen Personen erst so kurze Zeit verschwunden waren, klärt sich alles wieder auf. Kein Grund zur Besorgnis. Wirklich nicht.« Er musste sich überwinden, die so logisch klingenden Worte zu formulieren, bemerkte am Gesichtsausdruck Vanessa Orbans, dass er sie nicht hatte überzeugen können.

»Er hätte mich informiert«, konterte sie. »Auf jeden Fall.«

»Sie sind sich sicher?«

»Garantiert. Es ist nicht seine Art, nichts von sich hören zu lassen.«

»Dann ist es heute zum ersten Mal passiert, dass er, ohne sie zu verständigen, nicht nach Hause kam?«

Vanessa Orban fuhr sich durch die Haare, starrte aus dem Fenster. »So lange, ja«, erklärte sie. »Natürlich kam es schon vor, dass ein Geschäftstermin länger dauerte oder er mit Freunden irgendwo zusammensaß und sie erst spät in der Nacht auseinandergingen, aber dann rief er an. Er hat ein Handy.«

Wer hat das nicht, überlegte Braig, verzichtete aber darauf, den Gedanken laut zu äußern. »Darf ich wissen, wie lange Sie verheiratet sind?«, fragte er stattdessen.

»Fünf Jahre. Es gibt keine andere Frau. Wenn Sie darauf anspielen«, beeilte sie sich, hinzuzufügen.

Er wusste nicht, wie oft er diesen Satz schon gehört, kurze Zeit später aber das Gegenteil hatte erfahren müssen. »Sind Sie sich da absolut sicher?«, fragte er deshalb.

Sie musterte ihn mit zusammengekniffenen Augen. »Was soll das?«, stieß sie wütend hervor.

»Ganz ausschließen kann man das leider nie«, sagte er.

»Das kann ich, doch. Er bekommt hier alles, was er braucht.«

»Das bezweifle ich nicht«, erklärte Braig. Er musterte seine Gesprächspartnerin, wunderte sich, dass sie selbst jetzt in dieser Situation die Energie gefunden hatte, sich derart herzurichten und ihre körperliche Attraktivität zu betonen, wusste jedoch, dass dies keine Garantie war, sich seines Partners absolut sicher zu sein. »Ich hoffe trotzdem, dass Sie sich nicht täuschen«, erklärte er deshalb.

Sie winkte nur noch ab.

Braig fragte nach der Kleidung, die Orban zuletzt getragen hatte, erfuhr, dass der Mann, wie in der Fernsehaufzeichnung zu sehen, in der warmen Jahreszeit immer in hellen T-Shirts und blauen Jeans unterwegs war. Genauso wie sie auch die Leiche vorgefunden hatten, ging es Braig siedend heiß durch den Sinn. Er ließ sich die Adresse von Orbans Firma sowie sämtliche Namen und Nummern der wichtigsten Bekannten und Geschäftspartner geben, bat um ein aktuelles Foto des Mannes sowie eine Zahnbürste und einen Kamm, die er bereits benutzt hatte. Auch sein Auto fehlte, ein neuer, schwarzer SUV. Er notierte sich den Typ und das Kennzeichen, versprach, alles zu tun, den Vermissten schnellstmöglich zu finden.

»Wenn er überraschend auftaucht oder sich telefonisch bei Ihnen meldet«, erklärte er beim Weggehen und reichte ihr seine Visitenkarte, »verständigen Sie mich bitte sofort, ja?«

Vanessa Orban versprach es, begleitete ihn zur Haustür. Er stand schon draußen auf der Straße, als er nochmals ihre Stimme hörte.

»Sie glauben selbst, dass ihm etwas passiert ist. Das habe ich gespürt«, meinte sie in weinerlichem Tonfall.

Braig blieb einen Moment stehen, obwohl er es eilig hatte, die Bushaltestelle zu erreichen.

»Sonst hätten Sie nicht seine Zahnbürste oder seinen Kamm verlangt«, setzte sie hinzu. »Glauben Sie etwa, ich weiß nicht, was das bedeutet?«

Braig suchte vergebens nach tröstenden Worten.

6. Kapitel

Noch auf der Rückfahrt im Zug war Braig bei der Sekretärin Ralf Orbans telefonisch vorstellig geworden. Die Frau hatte sich zwar weit weniger aufgebracht als Vanessa Orban gezeigt, ihre durchaus vorhandene Besorgnis aber dennoch nicht verleugnet.

»Also, was unseren Chef anbelangt«, hatte sie ihm nach kurzem Vorstellungsgeplänkel mit einer markant rauchigen Stimme erklärt, »das kann schon mal sein, dass der nach durchzechter Nacht erst am Mittag oder noch später im Betrieb aufkreuzt. Der hat längst begriffen, dass wir den Laden schmeißen. Da kommt es nicht unbedingt jeden Tag auf ihn selber an. Heute allerdings …« Sie hatte eine kurze Pause eingelegt und dem Geräusch nach ein Bonbon gelutscht.

»Heute?«, hatte Braig insistiert.

»Das ist scheiße gelaufen«, war sie fortgefahren. »Einer unserer Kunden. Seit heute Morgen will er unbedingt den Chef sprechen. Wegen der Baustelle. Der hat schon vier oder fünf Mal angerufen. Ich war die meiste Zeit damit beschäftigt, ihn auf normale Betriebsstufe runterzukühlen und auf später zu vertrösten. Nur, jetzt ist es 16 Uhr durch, und Orban ist immer noch nicht aufgetaucht. Und seine Holde hängt ebenfalls den halben Tag schon in der Leitung und macht mir die Hölle heiß. Also entweder hat der mächtig einen in der Birne …«

»Sie meinen, es kann durchaus sein, dass Ihr Chef gestern Abend so viel getrunken hat, dass er heute …«

»Natürlich kann das sein«, war sie ihm ins Wort gefallen. »Aber er kann natürlich genauso gut irgendwo an einem Baum kleben, gegen den er heute Nacht mit einem seiner Karren geknallt ist.«

»Dass er einen Unfall hatte? Ist das schon mal passiert?«

Die Frau am anderen Ende der Leitung war in kräftiges Lachen verfallen. »Orban hat schon manchen Karren zu Schrott gefahren«, hatte sie erklärt. »Das ist sozusagen sein Hobby.« Ihr Lachen hatte kein Ende nehmen wollen.

»Er fährt zu schnell.«

»Allerdings.«

»Dann müsste es aber heute Nacht passiert sein«, hatte er überlegt. »Oder gestern am späten Abend.«

»Ja, klar. Der ist oft nachts auf Tour. Da kann er richtig Gas geben, weil die Straßen leer sind.«

»Wissen Sie zufällig, in welcher Gegend er da unterwegs ist?«

Die Antwort war erst nach einem erneuten Lachanfall erfolgt. »Also, das müssen Sie ihn schon selber fragen! Da kann ich Ihnen nicht weiterhelfen.«

Braig hatte sich von der Frau verabschiedet, daraufhin sofort im Büro angerufen und seine Sekretärin gebeten, ihm eine Übersicht über alle Autounfälle mit Personenschaden der vergangenen Nacht zu erstellen.

»In welchem Gebiet?«, hatte Mandy Prießnitz sich erkundigt.

»Baden-Württemberg«, hatte er überlegt.

»Wie bitte?« Der schrille Aufschrei seiner Sekretärin hatte ihn unwillkürlich das Handy vom Ohr nehmen lassen. »Um

Gottes willen! Ich gloobe, Sie ham keene Ahnung, was da draußn los ist! Da bin ich ja bis morschn früh beschäfdigd!«

»Dann beschränken Sie es vorerst mal auf die Region Stuttgart. Es geht um Orban, der seit seinem Fernsehauftritt gestern Abend vermisst wird. Möglicherweise hatte er einen Unfall.«

Zwanzig Minuten später hatte er, die S-Bahn an der Station *Nürnberger Straße* verlassend, das Amt erreicht. Schweiß perlte ihm über den Rücken, das Hemd und die Hose klebten an seiner Haut. Die Luft war stickig und von Abgasschwaden durchsetzt – der Temperatur nach zu urteilen, war er irgendwo in den Tropen gelandet. Zum Glück funktionierte die Klimaanlage des Amtes. Er schaute bei den Technikern vorbei, um den Kamm und die Zahnbürste Ralf Orbans auf dessen DNA untersuchen und mit der des unbekannten Toten vergleichen zu lassen, lief dann in sein Büro. Mandy Prießnitz war gerade dabei, sich in den Feierabend zu verabschieden, als er durch die Tür trat.

»Uf Ihrem Schreibdisch liegt das Zeug. Een ganzer Packen. Wolln Se das alles durchguggn?«

»Mal sehen. Ich weiß selbst nicht, ob das wirklich was bringt. Spätestens morgen früh müsste ja der DNA-Abgleich der Techniker vorliegen. Dann wissen wir auf jeden Fall Bescheid, ob es sich bei dem Unbekannten in Tamm um Orban handelt.«

»Nu also. Dann dun Se sich das jetzt nicht mehr an, sondern gehen Se häme. Ihre Frau und die Kleene freun sich garandierd. Der Dag war wieder lang genug!«

Er gab ihr insgeheim recht, beschloss, nur noch einen kurzen Blick auf die Papiere zu werfen. Braig wünschte seiner Sekretärin einen angenehmen Feierabend, erfrischte sich am Waschbecken. Das kalte Wasser ließ ihn wieder zu sich finden. Er schenkte zwei Gläser voll, trank sie leer, nahm sich dann die Unfallberichte vor. Obwohl es nur die vergangene Nacht und den Großraum Stuttgart und allein die Ereignisse mit Personenschaden betraf, handelte es sich um einen dicken Packen. Unzählige Unfälle wegen überhöhter Geschwindigkeit, eine ganze Reihe alkoholbedingter Karambolagen, dazu insgesamt, wenn er richtig gezählt hatte, fünfzehn angefahrene, teilweise schwer verletzte Fußgänger und Radfahrer. Zwei Menschen waren in dieser Nacht zudem gestorben: eine junge Frau auf einem Gehweg in Leonberg als Opfer eines viel zu schnell um eine Kurve rasenden Autofahrers, dazu ein angetrunkener Motorradfahrer, der einem Lkw in die Quere gekommen war. Dreizehn weitere Personen waren schwer verletzt in verschiedene Krankenhäuser eingeliefert worden.

Braig spürte seine erneut aufkommenden Kopfschmerzen, fühlte sich zunehmend müde und ausgelaugt. Er wusste aus Erfahrung, wie mühsam es war, die verschiedenen Polizeidienststellen zu kontaktieren und die Namen der jeweiligen Opfer zu erfragen, verzichtete nach einem Blick auf die Uhr – zwanzig nach fünf – angesichts der Vielzahl der beteiligten Personen darauf, sich das noch anzutun. Wenn alles ordnungsgemäß verlief, hatte er morgen früh die Ergebnisse des DNA-Abgleichs vorliegen, spätestens dann war diese Arbeit überflüssig. Oder, noch besser: Orban meldete sich in den nächsten Stunden zurück. Von einem heißen Trip mit seiner neuesten Geliebten etwa. Dann hatte sich dieses mühselige Unterfangen ohnehin erledigt.

7. Kapitel

Dr. Otto Genkinger war gerade dabei, einen grelles Licht absondernden Strahler neu auszurichten, als Braig vor dem Haus ankam. Der Veterinär schob das Metallgestell zur Seite, erkundigte sich lauthals nach der richtigen Position des Geräts.

»Genau so! Prima!«, schallte es aus dem Garten zurück.

Braig war sofort klar, was das zu bedeuten hatte. Seit Marietta Feiler, eine freiberuflich tätige Filmregisseurin auf die unentgeltlich geleistete Arbeit seines Vermieters für bedürftige und in Not geratene Tierhalter aufmerksam geworden war, hatte sich der Tierarztpraxis ein neues Geschäftsfeld erschlossen: die kreative und möglichst vorteilhafte Darstellung der verschiedenartigsten Haustiere betuchter Zeitgenossen in Film und Bild. Aus einem achtminütigen Bericht über Dr. Genkingers jeden Dienstag angebotene, kostenfreie veterinärärztliche Dienstleistung in der Landesschau des Fernsehens war eine Liaison nicht nur beruflicher, sondern auch privater Art erwachsen.

Braig trat vorsichtig einen Schritt näher, schielte um die Ecke. Umgeben von mehreren in den verschiedensten Farben blühenden Rosensträuchern thronte eine unübersehbar frisch frisierte und auch schminktechnisch aufgepäppelte, ältere Dame mitten in einem filigranen Pavillon, einen bunt geschmückten, weißen Pudel auf dem Schoß. Welche Pracht der von Dr. Genkinger zurechtgerückte Lichtstrahler besser in Szene setzte, ob die der Blumen oder die der vielen Schleifen an den Beinen und dem Leib des Hundes vermochte Braig nicht zu beurteilen. Hauptsache, Marietta Feiler gelang es, das Ensemble möglichst plakativ auf ihren Chip zu bannen.

»So, jetzt noch zwei, drei Versuche … Hoppsassa, schon haben wir es geschafft!« Die Fotografin erhob sich von ihrem Klappstuhl, trat zu dem porträtierten Paar, reichte dem Hund eine Handvoll Leckerli.

Das vorher fast regungslos an der Brust seiner Herrin verharrende Tier sprang in die Höhe, gab sich dem Genuss der dargereichten Köstlichkeiten hin.

Braig wartete, bis sich der Veterinär und seine neue Partnerin von ihrer Kundin verabschiedet hatten, sah, wie der Dame von einem elegant gekleideten Chaffeur in eine dunkle Limousine geholfen wurde. »Oh, da fährt sie hin, die wichtigste Geldquelle des Jahres«, frotzelte er.

Dr. Genkinger ließ sein gewohnt kräftiges Lachen hören, klopfte dem Kommissar auf den Arm. »Keine Angst, wir haben bereits vier weitere Anmeldungen. Zwei Fotomodelle, zwei Filmstars.«

»Filmstars?«

»Zweimal dreißig Minuten«, bestätigte Marietta Feiler voller Stolz. »Gartenlaube, Kurpark und Neckarufer.«

»Wau! Da sprudelt Kohle ohne Ende!«

»Daimlerdirektorengattinnen«, kalauerte sie. »Da muss man ja abzapfen.« Sie strahlte übers ganze Gesicht, wies auf die von dem Strahler hell ausgeleuchtete Szenerie. »Und? Wie gefällt dir unser Paradies?«

Braig ließ seinen Blick über den in den vergangenen Wochen und Monaten neu angelegten Teil von Dr. Genkingers Garten schweifen, gestand ihr ohne jeden Vorbehalt zu, die richtige Wortwahl getroffen zu haben. Wo ein halbes Jahr zuvor noch eine alte Garage samt mit Kies ausgelegter Zufahrt den Platz eingenommen hatte, erstreckte sich jetzt ein üppig blühendes, in unzähligen Farben aufleuchtendes Gartenparadies. Rote, gelbe, apricotfarbene Rosenbüsche, blau und violett erstrahlende Hibiskusblüten, aristokratisch anmutende Blautöne des Silberstrauchs – und mittendrin das filigrane Kunstwerk eines achteckigen Gartenpavillons, Schauplatz unzähliger Fotosessions für Vierbeiner und ihre gut betuchten, meist weiblichen Besitzer. Der Abriss der Garage war dem Tierarzt leichtgefallen, hatte er doch ebenso wie Braig sein Auto längst durch ein E-Bike ersetzt. Ein schmaler, mit einem großen Fenster versehener Anbau ans Haus diente jetzt der Produktion seiner *Bad Cannstatter Dog-Power*, einer Kraft- und Vitaminpille für Hunde, die in immer größerer Anzahl verkauft wurde. Genkinger hatte die Zutaten gemeinsam mit Braigs Partnerin in monatelangen Experimenten ausprobiert und zusammengemischt.

»Welche Wundermittel sind da enthalten?«, hatte Braig anlässlich der Kreation des neuen Hundeergänzungsfutters gefrotzelt. »Ein Patent für das ewige Leben?«

»Unter uns gesagt: Mit meinem neuen Präparat verhält es sich genau wie mit den Vitaminpillen, die uns die Pharmaindustrie ständig mit riesigen Werbekampagnen aufzuschwatzen versucht«, hatte der Tierarzt geantwortet. »Nützen tun sie überhaupt nichts. Aber solange Sie nicht zu viele davon nehmen, richtet das Zeug wenigstens keinen Schaden an.«

Dass die neue Wunderpille reichlich Erträge erzielte, kam in allererster Linie den Tierheimen und den Not leidenden

Tierhaltern der Umgebung zugute. Dienstags war die Praxis offiziell geschlossen, das war auf dem Schild am Gartentor deutlich zu lesen. An diesem Tag stand seine Arbeit allein denen zur Verfügung, die ihren Vierbeinern sonst keine Hilfe zukommen lassen konnten. Der Veterinär behandelte die Tiere der Bedürftigen nicht nur unentgeltlich, er versorgte seine Kunden auch noch mit Taschen voller Futter, das er palettenweise alle paar Wochen ins Haus kommen ließ.

»Wissen Sie, was den höchsten Wert im Leben eines Menschen ausmacht, dem sonst nicht viel geblieben ist? Ein lebendiges Wesen, mit dem er Zärtlichkeiten austauschen, Zwiesprache halten, die Höhen und Tiefen der Existenz gemeinsam durchschreiten kann – und mancher findet diese Erfüllung nur in einem Tier. Obwohl das Wort *nur* an dieser Stelle völlig unpassend ist. Für viele sind Tiere weit passendere Partner als andere Menschen. Sie denken jetzt, der alte Genkinger spinnt? Verrennt sich in seinem Tierwahn, der verschrobene Menschenhasser, ja?«, hatte er Braig gegenüber sein Handeln erklärt. Er hatte die Katze gestreichelt, die ihm um die Beine gestrichen war. »Hatten Sie schon einmal näheren Kontakt zu einer dieser verarmten, nach unseren offiziellen Maßstäben gescheiterten Existenzen? Was haben diese Leute von anderen zu erwarten – was außer Vorwürfen, Zurechtweisungen, Ablehnungen, triefender Häme? Ein Tier ist das einzige lebendige Wesen, das ihnen nicht mit von Abscheu geprägtem Unwillen gegenübertritt, das seine Liebe, seine Zuneigung ohne jede Vorbedingung verschenkt. Was gibt es Wertvolleres im Leben als ein solches Wesen?«

»Dienstags umsonst. Die anderen Tage gegen Geld«, hatte Braig gefragt. »Warum diese Trennung?«

Dr. Genkingers Miene hatte jeden freundlichen Zug verloren. »Wie gut kennen Sie die Menschen?«, hatte er erwidert.

»Glauben Sie, ein einziger dieser Neureichen käme in meine Praxis, wenn er im Wartezimmer auch nur zehn Sekunden neben einem Obdachlosen Platz nehmen müsste?«

Nein, der Mann kam nicht von einem anderen Stern, er stand mit beiden Beinen auf dem Boden der Realität, war Braig sich bewusst. Der Realität, die den Alltag in dieser Gesellschaft prägte. Dass er denen gab, denen es an allen Ecken und Enden fehlte, war natürlich nur möglich, weil er von denen nahm, die genügend oder noch viel mehr hatten – eine Methode, die er in den letzten Jahren immer weiter entwickelt und jetzt zugunsten Marietta Feilers um eine weitere Komponente ergänzt hatte.

»Immerhin verdiene ich jetzt zum ersten Mal im Leben so viel Geld, dass ich mich selbst ernähren kann«, bekannte sie. »Als Film- oder Theaterregisseurin zu arbeiten bedeutet ein ständiges Auf und Ab zwischen Glamour und Hartz IV.«

»Aber es ist wohl kaum dein Lebenstraum, die verwöhnten Vierbeiner neureicher Aufschneider zu filmen, oder?«

»Hast du eine Ahnung, wovon ich träume!«, antwortete sie mit einem leichten Grinsen. »Dass ich dafür mit dem *Oscar* ausgezeichnet werde, ist wohl kaum zu erwarten. Aber ist das mein Ziel? Zugegeben, einige der Auftraggeber der letzten Wochen haben sich als gewaltige Kotzbrocken erwiesen. Mir und ihren Tieren gegenüber. Aber ich mag Tiere und die spüren das intuitiv. Mit denen arbeite ich sehr gern. Ich habe gelernt, dass es sich bei ihnen ausnahmslos um individuelle Existenzen mit völlig verschiedenen Charakteren handelt, genau wie bei uns Menschen. Kein einziger Hund, keine einzige Katze ist der oder dem anderen gleich. Was ich beim Drehen mit den meisten erlebe, ob im Kurpark oder am Neckar, ist jedes Mal ein neues Abenteuer. Dreharbeiten mit Tieren sind ähnlich wie die mit Kindern. Das läuft nie so, wie man sich das vorher zurechtgelegt hat. Man muss situationsbedingt immer neue Ideen entwickeln, wie man das Tier möglichst kreativ zur Geltung bringt. Das macht die Sache besonders reizvoll. Letzte Woche zum Beispiel: Wir waren am Max-Eyth-See unterwegs, eine hochgestylte Mittvierzigerin, ihr nicht mehr so junger Retriever und ich. ›Er hat große Angst vorm Wasser. Wir dürfen nicht zu nahe ans Ufer‹, erklärt sie mir. Wieso willst du dann unbedingt Szenen am See und am Neckar, frage ich mich, da springt der Hund ins Wasser. Ohne Aufforderung, einfach so. Während die Frau zetert und schreit, merke ich, wie sehr das Tier das Bad genießt. Er jault vor Freude, paddelt übermütig, gleitet durchs Wasser wie ein Fisch. So kann man sich täuschen. Aber das dürfte für dich ja eine alltägliche Erfahrung sein. Nicht, was Tiere betrifft, wohl aber Menschen, oder?«

»Das ist oft mein größtes Problem«, gab Braig zu. »Dass ich nicht weiß, ob ich mich in einem Menschen täusche. Ob er in ein Verbrechen involviert ist oder nicht.«

»Das klingt nach einem aktuellen Fall«, meinte Marietta Feiler.

»Durchaus, ja«, sagte er, seine aktuellen Ermittlungen im Sinn. »Aber im Moment ist es noch zu früh …«

»Papa, wo bleibst du?«, wurde er von einer ihm wohlbekannten Stimme mitten aus seinen Überlegungen gerissen. »Mama wartet schon ewig mit dem Abendessen!« Der vorwurfsvolle Tonfall war nicht zu überhören.

Er schaute auf, sah seine Tochter aus dem geöffneten Fenster über ihm winken.

»Oh, das klingt aber nach einer dringenden Angelegenheit«, frotzelte Dr. Genkinger. »Jetzt aber hurra!«

»Ich komme«, winkte Braig zurück, verabschiedete sich von seinen Gesprächspartnern.

Die folgenden zehn Minuten gehörten allein Ann-Sophie. Er drückte seiner Frau einen Kuss auf die Wange, ließ sich von seiner Tochter zum Wohnzimmersofa führen, wo sie neben ihm Platz nahm und von den Erlebnissen des Tages erzählte. Es sprudelte nur so aus ihr heraus. Zuerst das unmögliche Verhalten des Klassenrüpels am Morgen, der erneut ohne jeden Grund auf einen Mitschüler losgegangen war und auf ihn eingeprügelt hatte, danach die fiese Reaktion ihrer Freundin, die nicht bereit gewesen war, der Lehrerin gegenüber die eindeutige Schuld des Rüpels zu bekunden.

»Lena ist nicht mehr meine Freundin. Ich will sie nicht mehr sehen.«

»Oh, da ist Tinnitus aber traurig«, versuchte Braig zu beschwichtigen. »Der freut sich doch immer so, wenn Lena mit ihm schmust.«

»Tinnitus freut sich viel mehr, wenn *ich* mit ihm schmuse. Dann schnurrt er viel lauter als bei der blöden Tussi.«

»Na, na! Warum wollte sie der Lehrerin nicht erzählen, dass Philipp den Streit angefangen hat? Weil sie es nicht gesehen hat?«

»Die hat es gesehen! Ganz genau wie ich!«, protestierte Ann-Sophie mit sich überschlagender Stimme. »Die ist in Philipp verknallt! Deshalb!«

»Ach was! Lena ist in Tinnitus verknallt. Das habe ich selbst gesehen.«

»Das stimmt. Aber in Philipp auch. Die mag den, weil er so stark ist.«

»Ja gut, das kann natürlich sein. Manche Frauen mögen starke Männer.«

»Aber ich nicht. Der ist mir zu brutal.«

»Richtig so«, mischte sich Ann-Katrin ins Gespräch. »Papa hat genug mit brutalen Typen zu tun. Da ist es gut, wenn unsere Tochter nicht auch noch mit denen anfängt.« Sie bat Braig, den Tisch zu decken, stellte dann mehrere fast bis an den Rand gefüllte Schüsseln in die Mitte.

»Oh, du hast gekocht?«, freute er sich.

»In der Praxis war doch nicht so viel los. Ich musste nur bei zwei Aufnahmen assistieren. Die eine davon ein älteres Paar mit zwei Dalmatinern.«

»Dalmatiner? Gibt es die noch?«

»Die waren total aufgeregt, kaum zu bändigen.«

»Wer?«, fragte er. »Das ältere Paar?«

»Nein, Papa, die Dalmatiner!«, quietschte seine Tochter.

Der würzige Duft des Essens strich ihm in die Nase. Er spürte, wie sein Magen knurrte. »Mhm, das riecht aber gut!«

»Ist auch was ganz Besonderes«, erklärte Ann-Katrin.

Er verteilte die Teller und das Geschirr auf dem Tisch, warf einen Blick auf den Inhalt der Schüsseln. »Grüner Salat mit Rucola, Basmati-Reis und …« Er beugte sich nach vorne, schnupperte am Inhalt der letzten Schüssel.

»Papa, das macht man nicht«, tönte es hinter ihm. »Das ist unheigenisch.«

»Ja, wenn es aber so gut riecht! Außerdem heißt es: *unhygienisch*.«

»Egal. Man steckt seine Nase nicht in das, was andere Leute essen.«

»Ihr seid doch keine anderen Leute!«

»Doch! Wenn ich das mache, schimpft ihr immer.«

»Ja, also gut.« Er trat einen Schritt zurück, setzte sich auf seinen Stuhl.

»Und?«, fragte Ann-Katrin. »Was gibt es zum Reis und zum Salat?«

Braig zögerte. »Bolognese. Vegetarisch oder …« Er schob seine Nase erneut nach vorne, schnupperte.

»Papa!«

»Fleisch?«, überlegte er.

»Heute Mittag am Telefon, als du den Namen erwähnt hast. Da fiel es mir wieder ein«, sagte seine Partnerin. Sie wartete, bis ihre Tochter Platz genommen hatte, setzte sich dann ebenfalls. »Teresa hat es letzte Woche mitgebracht, weil es ihr so gut schmeckte. Du erinnerst dich?«

»Letzte Woche?« Er nahm die Teller der Reihe nach zur Hand, füllte sie jeweils zur Hälfte. Die Bolognese, ob Fleisch oder vegetarisch, duftete verlockend. Natürlich erinnerte er sich an den Besuch seiner Schwägerin. Sie hatten miteinander gegessen und getrunken und sich dann lange unterhalten. Einer der wenigen freien Abende der Pfarrerin. »Was hat Teresa mitgebracht? Ich weiß es nicht mehr.«

»Probier mal!«

Er nahm einen Löffel, vermischte den Reis mit der Bolognese, kostete davon. Ein wunderbarer, von einer pikanten Würze dominierter Geschmack. So wie eine ideale Bolognese sein musste. »Du kannst einfach hervorragend kochen. Viel besser als ich.«

»Das stimmt, Papa. Da hast du recht«, tönte es neben ihm.

»Danke«, meinte Ann-Katrin. »Es liegt aber nicht nur an mir.«

»Fleisch oder nicht? Ich weiß es nicht«, bekannte er.

»Oh, Papa! Du bist vielleicht …«

»*Storms Bio Veggie Hack*«, erklärte seine Partnerin.

»*Storms*?«, wiederholte er überrascht. Es schmeckte wirklich außergewöhnlich gut.

»Die bieten echte Qualität«, bekundete sie. »Ich musste nicht mal viel würzen. Nur etwas Thymian und Oregano, das war's. Und dann noch die anderen Zutaten, Tomaten, Oliven und Pilze, wie sonst auch. Manches Veggie Hack hat einen bitteren Nachgeschmack. Das hier nicht.«

Braig sah, mit welcher Begeisterung seine Tochter zulangte, tat es ihr gleich.

»Glaubst du wirklich, Storm hat was mit der Sache zu tun?«, fragte Ann-Katrin.

Er wog den Kopf hin und her. »Was soll ich sagen? Ich weiß es nicht. Noch ist die Identität des Toten nicht geklärt. Ob es sich wirklich um diesen Orban handelt? Vielleicht hat er gestern nach der Diskussion einen alten Kumpel getroffen und ist mit ihm gemeinsam versackt. Oder eine Frau. Oder, wie seine Sekretärin andeutete, ein Unfall. Und jetzt liegt er schwer verletzt irgendwo in einem Krankenhaus und kein Mensch weiß, um wen es sich handelt.«

»Seine Sekretärin hat einen Unfall in Betracht gezogen? Wieso?«

»Mama, Papa, mit vollem Mund spricht man nicht!«

»Ja!« Braig kaute zu Ende, fuhr seiner Tochter über die Haare. »Der fährt wohl ziemlich rasant«, sagte er dann. »Sie hat jedenfalls so etwas angedeutet.«

»Der Tote war übel zugerichtet, hast du erzählt.«

»So kann man das sagen, ja.« Er warf einen Blick auf Ann-Sophie, die gerade zu einem neuen Protest ansetzte, hielt ihr den Zeigefinger über den Mund. »Ich weiß«, kam er ihr zuvor. »In der Gegenwart unserer Tochter …«

»Ihr wollt nicht über deine Arbeit reden, wenn ich dabei bin«, schimpfte sie. »Das verdirbt meine Phantasie.«

»Jawohl, gnädige Frau. Deshalb nehme ich mir jetzt noch einen halben Teller. Dann bin ich beschäftigt. Und die Phantasie meiner Tochter leidet nicht noch mehr.« Er griff nach der Schüssel, schöpfte nach.

Auf die Ereignisse der vergangenen Nacht kamen sie erst zu sprechen, als sie ihre Tochter endlich ins Bett gebracht hatten.

Ann-Katrin fing unvermittelt damit an, kaum dass Braig auf dem Sofa Platz genommen hatte.

»Und wenn er sie heute Nacht wieder verprügelt, was dann?«, fragte sie.

Er spürte seine zunehmende Erschöpfung, atmete kräftig durch. »Söderhofer?«

»Frau Manders Verletzung im Gesicht. Hast du noch irgendeinen Zweifel?«

»Was willst du tun? Söderhofer zur Rede stellen?«

»Bevor er wieder zuschlägt, ja.«

»Jetzt, heute Abend noch?«

Sie seufzte laut, setzte sich neben ihn aufs Sofa. »In der *Cannstatter Zeitung* las ich heute einen Artikel über häusliche Gewalt. Männer, die ihre Frauen schlagen, seien meistens Intensivtäter, schrieb ein Wissenschaftler. Wer seine Hand gegen seine Partnerin erhebt, wird schnell zum Wiederholungsschläger. Hältst du es für möglich, dass er jede Nacht über sie herfällt?«

Braig schielte zum Fenster. Die Dämmerung war bereits weit fortgeschritten. »Was soll ich sagen? Ich weiß ja nicht mal, ob er es wirklich ist.«

»Wer sonst?«, zischte sie.

»Wir haben noch mehr Nachbarn«, gab er zu bedenken.

»Wieso zeigt dann ausgerechnet *seine* Partnerin Spuren einer Verletzung?«

»Die können theoretisch auch woanders herstammen. Von einem Sturz zum Beispiel.«

»Weil sie genau in der Nacht, in der wir die Schläge und das Schreien gehört haben, gestürzt ist? Was für ein Zufall!«

Braig wusste selbst, wie absurd es war, die Verletzung der Zahnärztin auf einen Sturz zu schieben, nachdem er selbst Ohrenzeuge der Schläge und Schmerzensschreie geworden war, musste nur an seine beruflichen Ermittlungen denken, die ihn und seine Kollegen oft genug mit den Folgen familiärer Auseinandersetzungen konfrontierten.

»Fast 120.000 Frauen wurden im letzten Jahr von ihren Partnern geschlagen, vergewaltigt, mit einem Messer oder einer anderen Waffe angegriffen, gewürgt oder tagelang eingesperrt. In Deutschland. Das sind nur die offiziellen, zur Anzeige gebrachten Fälle, du hast mir die Expertise selbst aus dem Amt mitgebracht«, erklärte Ann-Katrin. »Hundertfünfzig Frauen wurden getötet, das sind drei Frauen pro Woche, ich habe mir die Zahlen gemerkt. Die meisten Täter waren Deutsche, der überwiegende Teil aus der Mittelschicht, auch wenn wir das nicht wahrhaben und es am liebsten nur Migranten und Unterschicht-Angehörigen in die Schuhe schieben wollen. Der Herr Oberstaatsanwalt und die Frau Zahnärztin passen nicht in unser Wunschraster, ist es nicht so?«

Braig fühlte sich mehr und mehr unwohl. »Ich frage mich nur, wenn er es wirklich war«, er hatte Schwierigkeiten, seine Gedanken zu formulieren, »ich meine, warum? Wieso schlägt er die Frau?«

»Wieso?« Ann-Katrin schüttelte den Kopf. »Was ist da so schwer zu begreifen? Weil sie sich ihm gegenüber nicht devot genug verhält, zum Beispiel. Das ist der Herr Oberstaatsanwalt nicht gewohnt. Eine Frau muss kuschen, ihm zu Füßen liegen, den großen Mann bedienen, sonst fühlt er sich in seiner hochherrschaftlichen Stellung bedroht. So wie du ihn erlebst: geltungssüchtig, immer im Mittelpunkt stehen müssen, ist er in extremem Maß von narzisstischen Charakterzügen geprägt. Vielleicht kommt seine neue Partnerin diesen Anforderungen nur unzureichend nach, vielleicht erlaubt sie es sich, auch noch anderen Lebensinhalten zu frönen als nur ihm allein. Ihrem Beruf zum Beispiel oder ihrer Tochter.

Wahrscheinlich verdient sie auch noch mehr als er, das geht schon mal gar nicht. Das holt ihn runter von seinem hohen Sockel, auf ihre Ebene, gar noch darunter. So wird er aggressiv, lässt seinen Impulsen freien Lauf und straft sie für diese Missachtung seiner besonderen Stellung.«

»Und sie, die erfolgreiche, selbstständige Zahnärztin lässt sich das bieten? Warum schlägt sie nicht zurück oder wirft ihn aus dem Haus?«

»Woher willst du wissen, dass das Haus ihr allein gehört?«, wandte sie ein. »Vielleicht haben sie es gemeinsam gekauft, da kann sie ihn nicht einfach rauswerfen.«

Braig wusste nicht mehr, was er noch vorbringen sollte, um seine Partnerin zu besänftigen, verzichtete auf eine Gegenrede. »Ich weiß nicht, was ich tun soll«, bekannte er stattdessen. »Vielleicht haben wir Glück, und es war eine einmalige Entgleisung?«

»Das glaubst du doch selbst nicht«, zischte sie.

»Dann lass es darauf ankommen«, schlug er mit matter Stimme vor. »Wenn es heute Nacht tatsächlich wieder …«

»Dann gehe ich rüber!«, erklärte sie. »Und hole den Kerl aus dem Haus!«

»Einverstanden«, hauchte er, die Hoffnung mit in den Schlaf nehmend, dass ihm das erspart bleiben möge.

8. Kapitel

Dass ausgerechnet ihm so etwas passieren würde, hätte er noch vor wenigen Stunden für vollkommen unmöglich gehalten. Allen, nur nicht ihm, Ronny Bilker, dem erfolgreichsten Verkäufer der gesamten Firma.

Die Verhandlungen über den Verkauf der großvolumigen Limousinen hatten sich den ganzen Tag bis weit in den Abend hingezogen. Mühsam, zäh – stundenlang war keine Aussicht auf eine schnelle Einigung zu erkennen. Nicht in der Preisklasse, die die Geschäftsführung als Minimalertrag erwartete, und schon gar nicht in der Größenordnung, die dort als Erfolg definiert wurde.

Dabei hatte er unablässig, von Anfang an, alle Register seines Könnens gezogen, seinen jugendlichen Charme, sein Verkaufstalent, wo immer es nützlich war, in die Waagschale geworfen und all seine Erfahrungen, die er sich in den letzten Jahren erworben hatte, eingesetzt, um die beiden Männer auf der anderen Seite des Tisches glauben zu machen, es handle sich für sie um eine einzigartige Gelegenheit, diese nagelneuen Luxusschlitten derart günstig in ihren Besitz zu bringen. Er hatte getrickst, geblufft, geschummelt, alles in allem sehr hoch gepokert und das rettende Ufer dennoch weit jenseits des Flusses liegen sehen.

Frustriert, am Ende seiner Kraft hatte er sich fast schon mit dem Misserfolg abgefunden, von immer heftigeren Selbstzweifeln an seinem Verhandlungsgeschick geplagt. Sollte er in diesen beiden neureichen Russen, denen die großen Scheine doch fast aus den Ohren quollen, wirklich seine Meister gefunden haben? War er wirklich gezwungen, mit diesem für seine Verhältnisse völlig unzureichenden Ergebnis vor seine Vorgesetzten zu treten? Ronny Bilker wusste nur zu gut, was das bedeutete: der erste dunkle Fleck auf seiner ansonsten makellos reinen Weste. Ein Fleck, der sich in seiner bisher atemberaubend steilen beruflichen Karriere nicht gerade förderlich erweisen würde. Einer Karriere, für die er viel, sehr viel getan hatte. Nein, das durfte nicht geschehen, um nichts in der Welt.

Und dann, er hatte bereits jede Hoffnung aufgegeben – die Einigung in letzter Sekunde. Statt ständig ablehnender Gesten erstes zögerndes, dann immer unverhohleneres Kopfnicken auf der anderen Seite des Tisches. Ronny Bilker hatte es nicht glauben wollen, war sich erst durch die mahnenden Worte eines seiner Verhandlungspartner bewusst geworden, dass es sich nicht um einen unerfüllbaren Traum, sondern um die unverfälschte Realität handelte.

»Also gut, wir unterschreiben. Das ist doch in Ihrem Interesse, Herr Ronny, nicht wahr?«, hatte ihm der einigermaßen hochdeutsch sprechende Vertreter der beiden Männer erklärt, seinen Vor-, statt seinen Nachnamen benutzend.

Er hatte mehrere Sekunden gebraucht zu begreifen, dann die Papiere mit fast genau der sehr erfreulichen Summe unterzeichnet, die er sich insgeheim erhofft hatte. War das wirklich alles wahr?

Sie hatten den endgültigen Abschluss bis in die späte Nacht hinein mit mehreren Flaschen Champagner gefeiert, sich im

Hotelrestaurant dazu üppige Mahlzeiten gegönnt, waren schließlich zu den Absackern übergegangen. Kleine Gläser mit Wodka, wie es bei vielen Russen anscheinend üblich war. Nach diesem so erfolgreich verlaufenen Tag hatte er nicht den Spielverderber geben wollen, deswegen zwei, drei Runden mitgehalten und dann …

Dann? Er blickte um sich, hatte keine Ahnung, wo er sich befand. Schmutzig graubrauner Boden, von wenigen verdorrt wirkenden Grasbüscheln aufgelockert. Links und rechts von ihm hoch aufragende Weinreben. Weinreben, wohin er auch sah, eine Reihe neben der anderen. Er atmete kräftig durch, versuchte sich aufzurichten. Sein ganzer Körper schmerzte. Knochen, Muskeln, Gelenke. Genauso sein Kopf. Als wären Messer mit scharfen Klingen in seinem Inneren am Werk.

Kurz darauf hatte er es dennoch geschafft. Er drückte die Wirbelsäule durch, massierte mit seiner Rechten deren untere Partie. Mehr und mehr gelang es ihm, sich aufrecht zu halten. Er blickte hoch, sah den wolkenverhangenen Himmel über sich. Es war hell und trotzdem düster. Weinreben allüberall. Vor ihm, neben ihm, unter ihm. Er stand auf der Anhöhe eines Weinbergs, der sich den gesamten Abhang hinunter erstreckte, eine kleine Stadt zu Füßen. Eine Stadt oder ein Dorf, er hatte keine Ahnung. Die Straßen wirkten belebt, Autos und Passanten waren zu erkennen.

Ronny Bilker wusste weder, wo er sich befand noch, wie er hierhergekommen war. Er hatte nichts bei sich, weder seine Aktentasche noch den Laptop, nicht sein Handy noch die Geldbörse, so sehr er seine Jacke und Hose wie auch die Umgebung danach absuchte. Auch von der exklusiven Limousine, die er nur zu Probefahrten für betuchte Kunden nutzte, war nichts zu sehen. Er versuchte, sich zu erinnern, sah die erhitzten Mienen seiner beiden Gesprächspartner vor sich.

Sie hielten die Gläser in die Höhe, prosteten sich gegenseitig zu, kippten die alkoholische Flüssigkeit in den Rachen. Zwei, drei Mal oder noch öfter. Und dann? Er hatte nach einem Taxi verlangt, hörte sich die Worte lallen und nach seiner Geldbörse greifen …

Die Wolken über ihm öffneten unvermittelt ihre Schleusen. Von einer Sekunde auf die andere stürzte das Wasser in gewaltigen Kaskaden auf ihn nieder, zwang ihn in die Realität zurück. Ausgerechnet jetzt, wo es seit mehreren Wochen nicht mehr geregnet hatte und er sich irgendwo draußen in der Pampa befand, musste das passieren. Er fluchte und schimpfte, hatte keine Zeit, länger in die Vergangenheit abzutauchen. Wo in der Nähe gab es einen einigermaßen trockenen Ort?

Die Hände über den Augen starrte er in die Umgebung. Die Reste einer uralten, teilweise verfallenen Weinberghütte ragten hinter den Reben hervor. Keine zweihundert Meter entfernt. Augenblicklich sprang er los. Wasser von oben, Wasser von vorn, Wasser von der Seite, Wasser von unten. Nach wenigen Sekunden war er klatschnass, das Hemd, die Jacke, die Hose klebten am Körper, in den Schuhen stauten sich kleine Pfützen. Jeder Schritt verursachte schmatzende Geräusche. Er rutschte mehr als er lief, hatte Mühe, das Gleichgewicht zu halten. Seine Beine schmerzten, die Lungen schrien nach frischer Luft, ihm fehlte jede Kraft. Wenn er die Hütte jetzt nicht bald erreichte …

Plötzlich stand er unmittelbar vor ihr. Die Überreste einer wohl schon seit Jahren baufälligen, in ihrem rückwärtigen Teil eingestürzten, kleinen Bretterbude am Rand des Weges. Er rutschte und schlitterte die letzten Meter direkt auf sie zu, versuchte, das aus morschem Holz bestehende Brett, das einst wohl als Tür gedient hatte, zur Seite zu reißen. Vergeblich. Es klemmte. Verdammter Mist.

Er spürte, dass der Regen nicht nachließ, fühlte sich elend wie selten zuvor. Das Wasser schoss in dichten Kaskaden auf beiden Seiten vom Dach, prallte in gewaltigen Fontänen vom Boden zurück. Ronny Bilker rüttelte an dem Brett, riss es wütend vor und zurück. Wasser, überall nur Wasser. Im Gesicht, in den Haaren, auf der Brust, auf dem Rücken. Er wusste später nicht mehr, was ihn dazu veranlasst hatte, es geschah einfach so, ohne jede Überlegung. Er hob das rechte Bein, trat mit aller Kraft gegen das Holz. Es splitterte und krachte, gab sofort nach. Ein einziger weiterer Tritt und die Überreste der Bretterbude lagen frei zugänglich vor ihm.

Er zögerte keine Sekunde, schob sich ins Innere. Hauptsache, er fand einen trockenen Platz. Der Raum war dunkel, rabenschwarz, nichts zu erkennen. Ein seltsamer, nicht allein von abgestandenem Moder dominierter Geruch stach ihm in die Nase. Die rechte Hand nach vorne gestreckt, versuchte er, eventuell vorhandenes Mobiliar zu ertasten. Vergeblich, die Hütte schien leer. Erst als er einen weiteren Schritt nach vorne trat, spürte er Widerstand. Einen unerwartet weichen, nicht weit in die Höhe ragenden Widerstand.

Er starrte nach unten, wartete, bis sich seine Augen mehr und mehr an den Dämmer gewöhnt hatten. Immer klarer tauchte die Masse auf dem Boden aus dem Dunkel. Er riss seine Augen auf, so weit es ihm möglich war, erkannte einen menschlichen Körper, der sich nicht einen Millimeter zur Seite bewegte. Im gleichen Augenblick begriff Ronny Bilker, woher der seltsame Geruch kam.

9. Kapitel

Der Anruf erreichte Braig keine halbe Stunde, nachdem er an diesem Morgen im Büro eingetroffen war. Er hatte schlecht geschlafen, aufgewühlt von der Furcht, irgendwann in der Nacht wieder von Schlägen und Schmerzensschreien geweckt zu werden, hatte Stunden später mit dem Läuten des Weckers verwundert wahrgenommen, dass genau das nicht geschehen war. Hatte er die verdächtigen Geräusche überhört, oder war die bisher noch nicht identifizierte Nachbarin in dieser Nacht von gewaltsamen Attacken verschont geblieben? Ann-Katrins müdes Kopfschütteln hatte in ihm die Hoffnung aufkeimen lassen, dass es sich vielleicht doch um ein einmaliges Geschehen gehandelt hatte.

Im Büro angelangt, hatte er sich in die Ermittlungsakten des Todes der kleinen Melissa, der Tochter Julian Storms vertieft. Er hatte sich an die zurückhaltend geäußerten Andeutungen des Tammer Kollegen wie auch die unverblümte Behauptung des Mannes, der die bisher immer noch unbekannte Leiche dort entdeckt hatte, erinnert, Julian Storm habe angeblich mit dem Tod seiner eigenen Tochter zu tun, und daraufhin die Unterlagen zu der Untersuchung angefordert. Das damals zehn Jahre alte Mädchen war, wie in dem Bericht ausgeführt wurde, am späten Abend des 28. Juni drei Jahre zuvor auf seinem Fahrrad in unmittelbarer Nähe des Anwesens der Firma Storm von zwei mit hoher Geschwindigkeit über die Feldwege rasenden Fahrzeugen erfasst worden und kurz darauf seinen schweren Verletzungen erlegen.

Auf der Wiese neben dem Fabrikationsgebäude hatte zu der Zeit das alljährliche Sommerfest stattgefunden. Unzählige Besucher waren dort unterwegs gewesen. Die Mutter des Mädchens hatte sich fast die gesamte Zeit über in seiner Nähe aufgehalten, manchmal allerdings von Gesprächen mit verschiedenen Besuchern abgelenkt. Zum Zeitpunkt des Geschehens, kurz vor 22 Uhr, war die Dunkelheit noch nicht vollständig angebrochen. Deshalb hatten sie es dem Kind erlaubt, sich mit seinem neuen Fahrrad auf dem nahen Feldweg aufzuhalten.

Und genau dort, auf diesem nur für Anwohner freigegebenen, schmalen, asphaltierten Weg war es geschehen. Die beiden Autos hatten in kurzem Abstand hintereinander herrasend das Anwesen der Firma Storm passiert und unmittelbar darauf die Festwiese erreicht, in deren Bereich die kleine Melissa unterwegs war. Das Kind sei vom ersten der beiden Wagen erfasst und in die Luft geschleudert worden und dann voll auf das zweite Fahrzeug geprallt, so wollte es ein etwas entfernt stehender Zeuge beobachtet haben. Keiner der Fahrer habe das Tempo verringert oder Warnsignale gegeben, sie seien vielmehr mit einer Geschwindigkeit von etwa 80 bis 120 Kilometern pro Stunde (die Schätzungen zweier verschiedener Zeugen wichen voneinander ab) weitergerast. Er habe den Eindruck gehabt, schilderte es einer der Zeugen, es handele sich um eine Art Wettrennen über den schwierigen, kurvenreichen Parcours durch die Felder. Sowohl die Untersuchungen der Kriminaltechnik als auch der Obduktionsbefund der Gerichtsmedizin unterstützten diese Version des Geschehens.

Weder die Fabrikate der beiden Fahrzeuge noch ihre jeweilige Farbe konnten ermittelt werden. Die Aussagen der Besucher der Festwiese blieben vage; von der Möglichkeit, es könnte sich zumindest beim zweiten Fahrzeug um einen Kombi gleich welcher Marke gehandelt haben, bis hin zum C-Klasse-Daimler und 3er oder 7er BMW reichten die Einschätzungen. Lediglich bei der Festlegung, beide Autos seien dunkel, also schwarz, dunkelblau oder dunkelgrün lackiert gewesen, bestand Einvernehmen. Angesichts der Tatsache, dass die Dämmerung bereits eingesetzt hatte und beide Tatfahrzeuge im Bereich der Festwiese nur wenige Sekunden lang sichtbar gewesen waren, verwunderte das nicht.

Weder die Befragung von Anwohnern des betroffenen Gebietes, also in Bissingen, Bietigheim, Tamm, Markgröningen und Asperg noch die Auswertung verschiedener Überwachungskameras in diesen Orten ergaben Hinweise auf die Autos oder ihre Fahrer. Zwar wurden zur fraglichen Zeit an mehreren Orten der Umgebung schnell fahrende, dunkle Fahrzeuge beobachtet – so etwa im Bereich des Friedhofes in Tamm und der Ölmühle in Markgröningen –, doch konnten weder deren Fabrikat noch deren Kfz-Kennzeichen beschrieben werden. Die Befragung der Kfz-Werkstätten wie der Autohändler und Schrottverwerter der Region Stuttgart brachte ebenfalls keine Ergebnisse.

Hinweise von Anwohnern der umliegenden Ortschaften brachten den Vater des Kindes, Julian Storm, in Verdacht, er könne in das Tatgeschehen involviert sein. Storm hatte sich in den Wochen vor dem Geschehen mehrfach über illegale Rasereien im Bereich der Felder um das Anwesen der Firma beschwert und verschiedenen Zeugen gegenüber angekündigt, mit eigenen Aktionen dagegen einschreiten zu wollen, da die Polizei angeblich nichts unternehme. Tatsächlich konnte seine Anwesenheit zur Tatzeit von keinem der zahlreichen Besucher des Sommerfestes bestätigt werden. Auch für seine angebliche Tätigkeit innerhalb des Betriebes, mit der er nach eigener Aussage zu der Zeit beschäftigt gewesen sei (»Verpackung bestellter Waren für Festbesucher«) gab es keine Zeugen. Storm war bereits mehrfach bei lautstarken Aktionen gegen konventionellen Landbau, zudem durch Aktivitäten gegen Straßenbauprojekte aufgefallen. Zudem war den Aussagen mehrerer Anwohner zufolge der Konsum verschiedener, auch harter Drogen ein notorischer Bestandteil der Feste der Storms. Belastend kam hinzu, dass das Unternehmen über einen dunklen Kombi verfügte (mehreren Zeugen zufolge war das Tatfahrzeug möglicherweise ein solcher dunkler Kombi gewesen).

Der Verdacht wurde nicht ausgeräumt, Julian Storm sei an diesem späten Abend eventuell unter Drogeneinfluss mit dem Firmenfahrzeug über die Felder gerast, um ein mit überhöhter Geschwindigkeit fahrendes Auto zu verfolgen, wie er es vorher mehrfach angekündigt hatte. Dadurch habe er den Tod des Kindes verursacht. Die Überprüfung des Wagens der Firma Storm hatte keine Ergebnisse erbracht. Das beeinträchtigte die Identifizierung Julian Storms als Täter nicht: Storm konnte ein anderes, bisher noch unbekanntes Fahrzeug benutzt haben oder zur Beseitigung des Schadens eine bisher noch unbekannte, möglicherweise illegale Werkstatt aufgesucht haben. Da der dringende Tatverdacht gegen Julian Storm, ausgelöst durch die Hinweise mehrerer Anwohner erst vierzehn Tage nach dem Geschehen endgültig aktenkundig wurde, hatte der Tatverdächtige genügend Zeit und Gelegenheit gehabt, die Beschädigung des Firmenkombis restaurieren zu lassen.

Braig war den Ausführungen mit zunehmendem Unbehagen gefolgt, hatte die völlig willkürlich anmutende Vermischung von Fakten und subjektiver Interpretation, die den zweiten Teil des Berichtes prägte, kopfschüttelnd zur Kenntnis genommen. Außer *Hinweisen von Anwohnern* hatte er keine weiteren Faktoren entdeckt, die auf Julian Storm als Täter hinwiesen. Was sollten das für Hinweise sein? Wer hatte sich konkret mit welcher Begründung geäußert? Mit *Hinweisen von Anwohnern* waren früher tausende unschuldiger Menschen als Hexen verbrannt worden, sämtlichen Gewaltregimen der Erde dienten solche aus der Luft gegriffenen Behauptungen dazu, politisch missliebige Personen zu verfolgen und hinzurichten. Diese Begriffe beinhalteten keine sachlichen Argumente, sie waren Worthülsen ohne Inhalt. In einer rechtsstaatlich fundierten Ermittlung hatten sie nichts zu suchen. Dass hier dennoch mit diesen Luftbuchungen gearbeitet wurde, ließ nur zwei Schlussfolgerungen zu: Entweder der verantwortliche Kollege wie der ihn beaufsichtigende Staatsanwalt waren fachlich völlig unbedarfte Existenzen, oder sie hatten Julian Storm aus Gründen, die Braig im Moment nicht zugänglich waren, bewusst in Misskredit bringen wollen. Eine Methode, der sich die Mächtigen, auch in diesem Land, wie er aus langjähriger Erfahrung wusste, gerne bedienten.

»Härr Hauptgommissar!« Die Stimme seiner Sekretärin riss ihn aus seinen Gedanken.

Er warf einen Blick auf den Namen des Kollegen, der für die Ermittlungen verantwortlich zeichnete, wunderte sich nicht länger. *Kriminalhauptkommissar Felsentretter.* Für die Staatsanwaltschaft: Oberstaatsanwalt *Söderhofer.*

Alles klar, war er sich bewusst. Julian Storm hatte es, soweit er es bisher überblickte, in den vergangenen Jahren mehrfach gewagt, die Geschäfte der Mächtigen in diesem Land zu stören. Sein Engagement zugunsten einer ökologisch orientierten Landwirtschaft wie einer drastischen Reduzierung des Autoverkehrs brachte die Profite der etablierten Konzerne in Gefahr. Deshalb war es höchste Zeit, den Mann zum Schweigen zu bringen. Es gab genügend willfährige Marionetten in den Schlüsselpositionen dieses Landes, die darauf vorbereitet waren, störende Elemente mit subtilen Methoden aus dem Weg zu räumen. Weil Julian Storms Argumentation sachlich fundiert war und alles andere nichts half, musste man ihn in Misskredit bringen – und sei es auf so hinterhältige Weise. Er habe sein eigenes Kind getötet, weiß Gott der verkommenste Vorwurf, einen Menschen ins Abseits zu bringen. Alles unter dem Motto: Etwas bleibt immer hängen. Eine bei allen Despoten dieser Welt geschätzte Vorgehensweise.

»Härr Hauptgommissar!« Die Stimme seiner Sekretärin hatte um mehrere Dezibel zugelegt.

»Ja?«

»Da is een Anruf von eenem Härrn Rössle.«

»Von unserem Spurensicherer?«

Mandy Prießnitz winkte heftig ab. »Nee, den hätte ich doch nicht so förmlich angekündigt. Een Härr Rössle aus Reutlingen, so hab ich das verstanden. Die Kolläschn ham ihn mit uns verbundn. Die gloobn, das könnte was für uns sein. Weschn dem Dodn gestern.«

»Was will der Mann?«

»Ich gloobe, der vermisst eenen anderen.«

Braig horchte auf. »Gut, dann verbinden Sie mich bitte.«

Die Frau nickte, eilte aus dem Raum. Kurz darauf hatte Braig eine unbekannte Stimme in der Leitung.

»Karl Rössle hier. Einer unserer Mitarbeiter isch net erschienen. Mir hent alles versucht, ihn zu erreichen, aber mir krieget ihn oifach net. Der Beamte am Telefon, den i agrufe han, hat mich gebeten, dranzubleiben und Ihnen das persönlich mitzuteile.« Der Mann sprach ein Gemisch zwischen Hochdeutsch und gepflegtem Schwäbisch, schien bemüht, sich möglichst verständlich auszudrücken.

»Seit wann wird Ihr Mitarbeiter vermisst?«, erkundigte sich Braig.

»Hano, seit gestern Morgen. Da hätt er um 7.30 Uhr anfangen solle. Aber, wie i Ihne scho gesait han …«

»Haben Sie schon zu Hause bei ihm angerufen?«

»Ja, nadierlich. Der wohnt in einer von unsere Wohnunge in Lichtenstein. Der isch net dahoim.«

»Was ist mit seiner Familie? Haben Sie die schon …«

»Der isch Junggeselle«, antwortete Rössle. »Seine Eltern wohnet net in der Nähe. Aber mir hent die trotzdem angerufe, genau wie zwei von seine Freunde. Die wisset älle von nix.«

Braig wunderte sich über die etwas aus der Mode gekommene Ausdrucksweise seines Gesprächspartners, fragte nach dem Namen und dem Alter des Vermissten.

»Gernot Schanz«, erklärte der Mann. »Und er isch 41.«

Er notierte sich die Angaben, sprach die Vermutung aus, dass der Vermisste möglicherweise Freunde getroffen und im Schwelgen alter Erinnerungen seine Arbeitsverpflichtung vergessen hatte. »Das geschieht öfter, als Sie glauben«, fügte er hinzu.

»Noi, gwiss net«, erwiderte Rössle. »Des wär dem Gernot net passiert. Der hätte mi angrufe und Bescheid gsagt.«

»Darf ich fragen, wie Sie zu Herrn Schanz stehen?«, fragte Braig. »Sie sind ein Arbeitskollege, richtig?«

»Noi, i bin der Seniorchef. Mir ghört die Firma. Der Gernot isch einer von meine Arbeiter.«

»Ein Handwerksbetrieb?«, überlegte Braig. »Sie kümmern sich aber vorbildlich um Ihre Mitarbeiter.« Er hörte das Signal einer eingehenden Mail, wandte sich seinem Computer zu.

DNA-Abgleich der Haare und Zahnbürste: NICHT identisch mit dem unbekannten Toten. Gez. Rauleder.

Er fühlte sich augenblicklich besser. Wenigstens ein Punkt war geklärt: Bei dem Mann, dessen Leiche am Morgen des Vortags vor dem Anwesen der Storms gefunden worden war, handelte es sich nicht um Ralf Orban. Er atmete kräftig durch, widmete sich wieder den Worten des Anrufers.

»Noi, also Handwerksbetrieb trifft die Sache net ganz. Mir sind a kloines Unternehme mit fünfundachtzig Leut.«

»Und da kümmern Sie sich um einen einzelnen Mitarbeiter? Alle Achtung!«

»Hano, also des ghört sich doch so. Des han i von Anfang an so ghalte. I han schließlich Verantwortung für die Leut. Die schaffet ja au fleißig für mi.«

Braig hätte es wahrscheinlich bei der Bewunderung für die außergewöhnliche Haltung des Mannes belassen und den Fall des am Vortag nicht zum Dienst erschienenen Mitarbeiters als irrelevant für seine Ermittlungen zur Seite geschoben, wäre ihm Karl Rössle nicht mit einer weiteren Bemerkung zuvorgekommen.

»Aber i wollt Ihne noch was erzähle, was den Gernot betrifft.«

»Ja?«

»Seit a paar Woche hat der am Oberarm so a neumodische Tätowierung«, erklärte der Mann.

»Eine Tätowierung?« Braig horchte auf. »Wissen Sie zufällig, was für ein Motiv …«

»A nackertes Weibsbild«, fiel ihm sein Gesprächspartner mitten ins Wort. »Ond was für oines!«

10. Kapitel

Wir können es uns nicht aussuchen, wo und wann wir zum ersten Mal das Licht der Welt erblicken. Dabei hat kaum etwas mehr Einfluss auf den Verlauf unseres Lebens als der Ort und die Zeit, wo und in der wir auf diesem seltsamen Planeten ausgesetzt werden. Wer heute etwa in Ouagadougou oder einem anderen Ort in Afrika geboren wird, hat aller Wahrscheinlichkeit nach kaum eine Chance, jemals den Lebensstandard und die soziale Sicherheit genießen zu dürfen, die der überwiegenden Mehrheit der Menschen in Westeuropa selbstverständlich zur Verfügung stehen.

Nicht minder benachteiligt waren fast alle Individuen früherer Jahrhunderte, gleich wo das Schicksal sie dem Überlebenskampf aussetzte. Von mühevoller Arbeit, einseitiger und unzureichender Ernährung, ansteckenden Krankheiten sowie den grauenvollen Bildern höllischer Strafen geplagt, die ihnen die jeweiligen religiösen Betreuer in die Hirne pflanzten, um sie von jeder Auflehnung gegen die schmarotzende Oberschicht abzuhalten, fristeten sie ein karges, nur wenige Jahrzehnte währendes Dasein. Das ist so ungerecht wie der gesamte Lauf der Welt, lässt sich aber nicht ändern.

Man muss es nehmen, wie es kommt – Karl Rössle nahm es als Geschenk, dass er erst nach dem Ende der finstersten Epoche des Landes, 1946, in Lichtenstein am Fuß der Schwäbischen Alb ins Leben geworfen wurde. Dass er in einer der schönsten Regionen des Südwestens leben durfte, nahm er erst in späteren Jahren wahr. Von frühester Kindheit an verkroch er sich in die von unzähligen Arbeitsgeräten, Metall- und Holzteilen angefüllte Schlosserwerkstatt des Vaters, der Jahre nach dem Kriegsende als gebrochenes, mehr und mehr dem Alkohol verfallendes Wrack zurückkehrte. Weil es infolgedessen ständig an Geld mangelte, brachte er die Schulzeit so schnell es ging zu Ende. Theoretische Formeln und seitenlange Texte waren nicht seine Welt, das Drehen, Fräsen und Feilen umso mehr.

In der Zeit des Wiederaufbaus gab es für einen tüchtigen Schlosser viel zu tun, und weil er die seinem Vater erteilten Aufträge mehr und mehr übernahm und dem Betrieb durch sein besonderes Geschick und seinen Erfindungsreichtum einen immer weiter reichenden guten Ruf verlieh, wurden die Aufgaben zahlreicher, vielfältiger und kniffliger. Er schuf Platz in der Werkstatt, erwarb gebrauchte, aber funktionsfähige Maschinen, stellte Arbeiter ein, Landsleute, Flüchtlinge, später Italiener und Jugoslawen. Was er von ihnen verlangte, war nicht einfach zu bewältigen. Alles musste mit äußerster Präzision bis auf den letzten Millimeter genau erstellt werden. Oft genug steckten sie bis zum späten Abend in der Werkstatt fest. Kaum einer der Arbeiter aber war mit seiner Situation unzufrieden oder beschwerte sich, war sich der junge Unternehmer doch seiner Verantwortung den Beschäftigten gegenüber bewusst: Gemeinsam mit seiner Mutter räumte er Zimmer auf Zimmer im mühsam wiederaufgebauten Elternhaus und richtete sie als Unterkünfte für seine Arbeiter her. Je zahlreicher die Aufträge und somit auch die Anzahl seiner Leute wurden, desto häufiger wurde er bei den Nachbarn auf der Suche nach preiswerten Wohnungen vorstellig. Er rechnete die geleisteten Überstunden penibel ab, gewährte auch in Not geratenen Mitarbeitern Vorauszahlungen, um ihnen den Weg zurück in geordnete Verhältnisse zu bahnen. Was Gewerkschaften betraf – die konnte er nicht ab. Leute, die nicht *schafften*, sondern ständig große Reden führten und neue Forderungen stellten, standen in seiner persönlichen Wertschätzung weit unten. *Mit oinere große Gosche alloi isch noch lang koi Brot backe*, pflegte er solcherlei Verhalten zu beurteilen. Dass er durch all die Jahrzehnte hindurch jedem Angestellten prinzipiell 33 Pfennige je Stunde mehr zahlte, als es die Tarifverträge vorsahen, lag aber nur teilweise daran, dass er den Gewerkschaftern zeigen wollte, für wie überflüssig er sie hielt. Mindestens genauso wichtig war ihm die Wertschätzung, die er bei den meisten seiner Leute genoss. Schließlich führte die bei vielen zu ganz besonderem Engagement am Arbeitsplatz. Und davon profitierte natürlich auch er.

Man muss es nehmen, wie es kommt – ausgerechnet sein einziges Hobby, die Eisenbahn, sorgte dafür, aus dem kleinen, überschaubaren Unternehmen einen großen, weit über die Grenzen des Landes hinaus bekannten Betrieb heranwachsen zu lassen. Die Dampflokära ging endgültig zu Ende, Diesel- und Elektrofahrzeuge übernahmen die Regie. Mit großem Interesse hatte er die Planungen verfolgt, die wichtigsten Bahnstrecken im Land mit elektrischer Oberleitung auszurüsten, um der neuen Traktion Platz zu schaffen. Tausende von stabilen Masten, hunderte Kilometer Fahrdrähte wurden benötigt. Karl Rössle begriff sofort, welche technischen Probleme dabei überwunden werden mussten: Der unter 15 Kilovolt Wechselstrom gesetzte Fahrdraht musste straff gespannt sein, um jede Berührung mit anderen Gegenständen zu vermeiden; zugleich aber benötigte er eine gewisse Plastizität, um Windböen, extremen Temperaturunterschieden sowie Schnee- und Eisbefall gewachsen zu sein.

Wochenende für Wochenende suchte Rössle die nahen Nachbarländer auf, um die längst realisierten Varianten der Problemlösung direkt vor Ort zu studieren. Nächtelang tüftelte und experimentierte er wie ein Besessener an einer eigenständigen Ausführung, die die bis dahin in der Schweiz und in Frankreich verwendeten Modelle optimieren oder gar übertreffen sollte. War es sein unermüdlicher Eifer oder ein besonderes handwerkliches Geschick? Sein im Alter von gerade einmal dreiundzwanzig Jahren entwickelter Entwurf erwies sich für den alltäglichen Betrieb als derart perfekt, ja genial, dass er nach mehrmonatiger Erprobung von der Bahn für die Ausrüstung eines großen Teils ihres elektrischen Netzes auserwählt wurde. Dieser Auftrag war nicht mehr in den alten, beengten Arbeitsräumen zu bewerkstelligen, und so sorgte Karl Rössle gemeinsam mit seiner Bank nach reiflicher Überlegung für einen gewaltigen Neubau am Rand von Reutlingen. Gerade mal zehn Monate nach der Grundsteinlegung nahm die neue Fabrikationsstätte ihren Betrieb mit jetzt über fünfzig Beschäftigten auf, und je forscher die Bahn ihre Strecken unter Strom setzte, desto weiter schwoll die Zahl der Arbeitsplätze an.

Karl Rössles Lebensstil blieb trotz zunehmender Einnahmen bescheiden. Er wohnte weiterhin mitsamt seiner Familie im alten Elternhaus, verzichtete auf eine Villa oder einen Bungalow draußen bei der neuen Fabrik. Was an Gewinnen erzielt werden konnte, wurde Pfennig für Pfennig zur Verringerung der Schulden verwendet, auch wenn seine Bank- und Steuerberater ihm dringend davon abrieten. Seine Sympathie für diese Berufsstände entsprach in etwa der, die er für Gewerkschafter empfand; er benötigte die Geldleute, weil er sich in diesem Metier nicht auskannte, reduzierte die Kontakte aber auf das kleinstmögliche Maß. Nicht weniger scheu blieb er zeitlebens gegenüber den meisten Vertretern der Politik. Sei es, weil er schon in seinen Jugendjahren mit zunehmender Verwunderung verfolgt hatte, wie viele derjenigen, die den Berichten der Eltern zufolge bei den Braunen das Maul am Weitesten aufgerissen und Andersdenkende am Fanatischsten verfolgt und in den Tod getrieben hatten, jetzt plötzlich wieder ganz oben bei den neuen Strippenziehern zu finden waren und erneut für die rücksichtslose Durchsetzung ihrer Interessen sorgten, sei es, dass ihn das großkotzige und bedeutungsschwangere Gehabe etlicher dieser *Herren* so abstieß, dass er das ganz unverhohlen zum Ausdruck brachte. Dem unermüdlichen Werben der bald weite Teile des Landes dominierenden Seilschaften erteilte er jedenfalls deutliche Absagen. *Mein Arsch brauchet ihr net au no, ihr hent genug, die diesen Körperteil ufm Hals traget und ständig saudumme Parole rausfurzet.*

Hellhörig geworden von Rössles Worten am Telefon, mit denen er auf die Tätowierung seines Mitarbeiters zu sprechen gekommen war, hatte Braig dem Mann ein Foto des an der unbekannten Leiche entdeckten Tattoos gemailt und ihn um einen Vergleich gebeten.

Die Antwort hatte eine Weile auf sich warten lassen. »Wisset Se, I han des nur einmal gsehe. Aber des nackerte Weibsbild … Doch, genauso han i des in Erinnerung. Wie kommet Sie zu dem Bild? Isch dem Gernot was passiert?«

Braig war dem Mann die Antwort schuldig geblieben, hatte ihn stattdessen um ein Foto des Vermissten ersucht. Wenige Minuten später war Gernot Schanz' Porträt auf seinem Bildschirm eingetroffen.

Einen Vergleich zu erstellen, war dennoch nur schwer möglich gewesen. Kaum eine Partie des übel zugerichteten Gesichts ließ mehr den ursprünglichen Zustand erahnen. Braig hatte beide Darstellungen minutiös überprüft, dann eine verblüffende Übereinstimmung entdeckt: Die nach unten spitz zulaufenden Ohrläppchen. Sowohl auf dem Foto des lebendigen, als auch auf dem des toten Mannes.

»Ich muss persönlich mit Ihnen sprechen«, hatte er Karl Rössle erklärt. »Und ich will die Wohnung von Herrn Schanz sehen.«

»Dann glaubet Sie wirklich, ihm isch was passiert?«

»Ich fürchte, ja.«

Braig hatte sich die genaue Lage des Betriebs erklären lassen, war kurz danach nach Reutlingen aufgebrochen. Karl Rössle hatte ihn in dessen Büro unmittelbar neben der Werkstatt empfangen, einem kleinen Raum mit einem runden Tisch und mehreren bequemen Stühlen.

»I han a paar süße Stückle bsorgt«, hatte er ihm erklärt. »Und da, in der Thermoskanne, isch heißer Kräutertee, wenn's Ihne recht isch.«

Braig hatte sich bedankt, dann gemeinsam mit dem Gastgeber Platz genommen. Rössle war kaum 1,70 Meter groß, hatte ein breites, auf der linken Wange von einer Narbe gezeichnetes Gesicht. Trotz des schlohweißen, stoppeligen Haarrings, der seine Glatze wie ein Halbmond auf drei Seiten einrahmte, wirkte der Mann agil und quicklebendig. Er hatte seinen Besucher gebeten zuzugreifen und ihm dann einen kurzen Überblick über den Werdegang seiner Person und seines Betriebes gegeben. »Damit Sie verstandet, warum i mi so um unsere Leut bemühe«, hatte er seine Ausführungen begründet. »Des isch ja heut leider net mehr überall üblich.«

»Das ist es nicht, nein«, stimmte Braig ihm zu.

»Und Sie glaubet, dem Gernot isch was zugstoße.«

Braig schluckte die Reste einer wohlschmeckenden Schneckennudel, wischte sich mit einem Taschentuch über den Mund. Er überlegte, ob er dem Mann die Fotos des Toten zeigen sollte, legte sein Handy auf den Tisch. »Die Tätowierung am Oberarm«, sagte er. »Und seine spitz zulaufenden Ohrläppchen.« Er holte tief Luft, bemerkte die besorgte Miene Karl Rössles. »Gestern Morgen wurde eine männliche Leiche entdeckt, die beide Merkmale zeigt. Genau wie Ihr Mitarbeiter. Ich weiß nur nicht, ob ich Ihnen den Anblick zumuten kann.«

»Er sieht schlimm aus?« Der Mann hatte sofort begriffen, weshalb er zögerte.

Braig nickte.

»Zeigen Sie her.«

Er nahm sein Handy in die Linke, ließ eines der Bilder aufleuchten.

Karl Rössle rutschte auf seinem Stuhl hin und her, kämpfte um Luft. »Meine Herre!«, stieß er hervor. »Meine Herre!« Er stand auf, lief zum Fenster.

Braig blieb ruhig, ließ seinem Gesprächspartner Zeit. Einen Menschen, einen jungen noch dazu, derart entstellt vor sich zu sehen, überforderte jeden, der sich einen Rest von Mitgefühl bewahrt hatte. Handelte es sich gar um eine bekannte, vielleicht sogar nahestehende Person, eskalierte der Anblick zu einem emotionalen Gewittersturm, der kaum zu ertragen war. Er bemerkte die bleiche Miene des Mannes, hörte sein asthmatisch anmutendes Atmen.

»Der Gernot«, murmelte Karl Rössle, »wer hat ihn so zugerichtet?« Mit weit aufgerissenen Augen starrte er zu ihm her.

»Sie glauben, er ist es?«

Rössles Augen schweiften in die Ferne. »Die Ohren«, brachte er nach einer Weile in gedämpfter Tonlage hervor. »Sie hent's doch selber gsehe. Seine Ohren.« Er schüttelte den Kopf. »Wer macht so was? Wer isch zu so was fähig?«

Braig hob hilflos seine Hände. »Ich weiß es nicht. Wir stehen erst ganz am Anfang.«

Irgendwo in einem Nachbarraum läutete ein Telefon. Das Signal ertönte ein weiteres Mal, dann war eine Männerstimme zu hören. Rössle schien aus einer Art Trance zu erwachen, bat seinen Besucher, das Foto zu löschen. Er wartete, bis Braig das Handy an sich genommen hatte, kam dann an den Tisch zurück, setzte sich wieder auf den Stuhl. »Wo haben Sie ihn gefunden?«, fragte er in etwas gestelzt klingendem Hochdeutsch.

»Bei einem kleinen Unternehmen in der Nähe von Tamm. Firma Storm.«

»Storm?« Rössle schüttelte den Kopf. »Des sagt mir nix. Bei Tamm? Das liegt bei Ludwigsburg, ja? Unser Gernot Schanz?«

»Sie wissen nicht, ob er Beziehungen dorthin hat?«

»Hano, was soll i sage? I weiß net, was unsere Leut in ihrem Privatlebe so treibet. Ich bin nur sein Arbeitgeber. Natürlich kann der Gernot Beziehungen in diese Gegend …« Der Mann brach mitten im Satz ab. Langsam kam wieder Leben in seine Stimme. »Vielleicht …«

»Ja? Haben Sie eine Idee?«

»Er hat a neue Freundin. Noch net lang.«

»Sie kennen ihren Namen und wissen, wo sie wohnt?«

»Noi!« Rössle wedelte abwehrend mit seiner Hand durch die Luft. »Mir sind nur auf das Thema komme, als i seine Tätowierung entdeckt han. Vor a paar Woche etwa.«

»Was hat er erzählt?«

»I han ihn gfragt, wieso er sich so a nackertes Weib hat mache lasse. Und no hat er mir voller Freude erklärt, dass er a neue

Freundin hat. *Chef, weil ich so verliebt bin,* hat er gmeint. *Und genau so sieht sie aus, meine …*« Rössle hielt überlegend inne.

»Er nannte einen Namen?«, fragte Braig.

Der Mann nickte mit dem Kopf, suchte nach einer Antwort. »Aber welchen …« Karl Rössles Überlegungen schienen ohne Erfolg.

»Lassen Sie sich Zeit«, schlug Braig vor. »Vielleicht fällt es Ihnen später ein.« Er musterte ihn angestrengt. »Wer außer Ihnen könnte noch davon wissen?«

»Wenn i des wüsst! Arbeitskollegen eventuell. Aber wer genau? Da müsst i überlege.«

»Tun Sie das, bitte. Vielleicht können Sie die Leute informieren, dass ich mich kurz mit ihnen unterhalten möchte.« Er hielt inne, weil ein Mann in Arbeitskleidung den Kopf zur Tür hereinsteckte und Rössle ein paar Worte halblaut zuflüsterte.

»Chef, i sollt jetzt fahre. Wenn der Beamte da nach Lichtestoi will, no …«

Karl Rössle erhob sich von seinem Stuhl. »Herr Kommissar, Sie hent gsait, Sie wellet dem Gernot seine Wohnung sehe. Mein Mitarbeiter, der Hannes da, muss sowieso in die Nachbarschaft. Der könnt Sie mitnehme und Ihnen alles zeigen.«

Braig bedankte sich für das Angebot, folgte dem Mann aus dem Büro.

»Der Hannes schließt Ihnen die Tür auf«, rief Rössle ihm hinterher. »Es isch ja eine Betriebswohnung. Deswegen hent mir Ersatzschlüssel.«

Er stieg in einen kleinen Kastenwagen, nahm neben dem Mitarbeiter Platz. Der Mann starrte eisern auf die Straße, schien an Konversation nicht interessiert. Braig überlegte, was der Besuch in Reutlingen bisher gebracht hatte, kam zu einem eindeutigen Ergebnis. Die Reaktion Karl Rössles auf das Foto der Leiche ließ vermuten, dass es sich wirklich um Gernot Schanz handelte. Er hatte zwar trotz der markanten Form der Ohren noch keine hundertprozentige Gewissheit, hoffte aber, diese in der Wohnung des Mannes zu finden. Seien es Fotos, irgendwelche persönlichen Gegenstände oder ein Kamm oder eine Zahnbürste, an denen Haare bzw. Speichelreste des Mannes hafteten und deshalb einen DNA-Vergleich mit dem Toten ermöglichten. Außerdem erhoffte er sich Hinweise auf die Identität der erwähnten neuen Freundin. Sobald er ihren Namen und die Adresse kannte, wollte er sie aufsuchen und mit ihr sprechen. Immerhin konnte er nicht ausschließen, dass Schanz einem Rivalen ins Gehege gekommen war. Die üblen Entstellungen des Toten wiesen darauf hin, dass heftige Gefühle im Spiel gewesen sein mussten. Gefühle wie Eifersucht etwa.

Der Signalton seines Handys riss ihn aus seinen Gedanken. Er sah, dass es sich um einen Anruf Neundorfs handelte, nahm das Gespräch an.

»Störe ich?«, fragte sie.

»Nicht wirklich. Ich bin gerade unterwegs nach Lichtenstein. Es sieht so aus, als hätte ich den unbekannten Toten von Tamm identifiziert. Um was geht es?«

»Du glaubst, du hast ihn identifiziert? Dann sollte ich dich wirklich informieren«, erklärte sie.

Er hörte Stimmen im Hintergrund, mehrere Leute, die sich lauthals unterhielten, glaubte, Rössles Schimpfen zu vernehmen. »Wo bist du?«, erkundigte er sich.

»In einem Weinberg bei Brackenheim.«

»Schöne Gegend«, frotzelte er, obwohl ihm nicht danach zumute war. »Gibt es schon Federweißen?«

»Dir geht's wohl zu gut«, konterte Neundorf. »Dem Toten hier ist der Durst vergangen.«

»Oh, tut mir leid. Hätte ich mir denken können, wenn du im Gelände unterwegs bist.«

»Ja, das haben unsere beruflichen Exkursionen nun mal so an sich. Immerhin haben wir ihn identifiziert. Wir fanden sein Handy.«

»Na prima. Dann habt ihr mehr Glück als ich gestern.«

»Mag sein. Du sitzt gut?«

Braig verstand nicht, worauf sie anspielte. »Wieso?« Wieder hörte er lautes Rufen im Hintergrund. Doldes Stimme. Irgendwas von einem Fahrzeug. »Ihr habt das Auto des Toten?«, fragte Braig.

»Gerade gefunden«, bestätigte sie. »Das Auto von Ralf Orban. Falls dir der Name etwas sagt.«

Braig benötigte zwei, drei Sekunden, dann hatte er die Brisanz ihrer Aussage begriffen. »Ralf ...« Er hielt mitten im Kauen inne. »Der Orban, dessen Frau ich gestern ...«

»Genau. Kein Wunder, dass sie ihn vermisste. Laut Aussage der Gerichtsmedizinerin ist er seit mindestens dreißig Stunden tot, eher noch länger.«

»Gestern Morgen oder in der Nacht zuvor.«

»So ist es.«

»Dann hatte seine Frau doch recht mit ihrer Befürchtung. Ich habe versucht, es ihr auszureden, es sei noch zu früh, der tauche schon wieder auf.«

»War es eigentlich ja auch«, meinte Neundorf. »Dass es so kommt, konntest du ja nicht wissen. Hatte sie einen konkreten Verdacht?«

»Das nicht, nein. Mir gegenüber erwähnte sie jedenfalls nichts davon.«

»Jetzt müssen wir ohnehin mit ihr sprechen. Was die Todesursache betrifft ...« Sie verstummte einen Moment, weil sie von jemand angesprochen wurde. »Die Ärztin meint, dass er von einem Auto überfahren wurde. Keine zehn Meter von seinem eigenen Wagen entfernt. Er wurde in die Luft geschleudert, prallte auf den Asphalt. Genickbruch. Anschließend wurde er in eine alte, halb zerfallene ehemalige Weinberghütte geschleift, damit ihn niemand so schnell entdeckt. Spricht alles dafür, dass es nachts geschah. Gestern, nicht heute Nacht.«

»Wer hat ihn gefunden?«

»Das ist eine Story für sich. Ein etwas abgedrehter Typ. Ich weiß nicht, was ich von ihm halten soll. Angeblich wurde er gestern Abend nach einem Geschäftstermin in Heilbronn überfallen und hierher verschleppt. Klingt wie eine Räuberpistole, deshalb habe ich ihn sofort untersuchen lassen. 1,5 Promille. Der war aber nicht nur mit Alkohol abgefüllt. Keine Ahnung, mit was noch. Jetzt ist er im Krankenhaus in Heilbronn. Mal abwarten, was sich da ergibt. Ich habe Knudsen gebeten, sich den vorzuknöpfen.«

»Obwohl Orbans Tod länger als vierundzwanzig Stunden zurückliegt.«

»Schon klar. Sah es nicht so aus, als wäre Orban in deinen Fall involviert?«

»Anfangs schon, ja. Weil er am Dienstagabend, jetzt muss ich sagen, wenige Stunden vor seinem Tod, eine heftige Auseinandersetzung hatte.« Braig hielt inne, weil er Neundorf mit einem Kollegen sprechen hörte, hatte ihre Stimme wieder am Ohr. »In Leonberg, danke.«

»Was ist mit Leonberg?«, fragte er.

»Entschuldigung«, sagte sie. »Es ging um Orbans letzte Handy-Verbindungen.«

»Ihr seid bereits dabei, sie zu überprüfen?«

»Die sind seltsam, ja. Er hat nämlich mitten in der Nacht von Dienstag auf Mittwoch, nicht lange bevor er starb, in kurzen Abständen fünf Gespräche geführt.«

»Mit ein und derselben Nummer?«

»Nein. Mit zwei verschiedenen. Drei Mal die eine Ziffernfolge, zwei Mal die andere. Die mit den drei Gesprächen ist auf einen Sven Bahreis aus Leonberg angemeldet. Den anderen Kontakt haben wir noch nicht identifiziert.«

»Um welche Zeit war das genau?«

»Zwischen Mitternacht und ein Uhr. Alle fünf Gespräche. Wir wissen noch nicht, wo er sich da aufhielt. Das Bewegungsprofil seines Handy habe ich angefordert.«

»Zwischen null und ein Uhr? Mitten in der Nacht und kurz vor seinem Tod, ja? Das ist wirklich seltsam.«

»Das ist seltsam, ja. Ich muss dem auf jeden Fall nachgehen und die Leute überprüfen.« Im Hintergrund war eine männliche Stimme zu hören. Irgendwas mit Baustelle. »Dieser Bahreis ist Bauunternehmer, höre ich gerade. Und hält sich heute den ganzen Tag auf einer Baustelle in Ludwigsburg auf«, informierte sie ihn dann.

»Bauunternehmer?«, vergewisserte er sich. »Wie dieser Orban auch?«

»Anscheinend, ja.«

»Du solltest aber vorsichtig sein«, ermahnte er sie. »Der Termin dieser Telefonate ist äußerst problematisch.«

»Keine Angst«, gab sie zur Antwort. »Ich habe meine Waffe bei mir.«

11. Kapitel

Dann war Ralf Orban also doch einem Verbrechen zum Opfer gefallen.

Braig benötigte mehrere Minuten, Neundorfs überraschende Mitteilung zu verarbeiten. Gerade hatte er sich dem angenehmen Gefühl hingegeben, in seinen Ermittlungen einen Schritt weitergekommen zu sein, da wurde er mit diesem Querschläger konfrontiert. Orban ermordet? Stand das Geschehen eventuell doch im Zusammenhang mit dem Leichenfund vor dem Anwesen der Storms?

Er wusste nicht, was er glauben sollte, merkte, dass sie in Lichtenstein angekommen waren. Er trat auf die Straße, musterte die Umgebung. Links und rechts Ein- und Zweifamilienhäuser, eingebettet in schmale Vorgärten, keine hundert Meter dahinter auf beiden Seiten die schroff ansteigenden, bewaldeten Felsriegel der Schwäbischen Alb. Er folgte mit seinem Blick dem nach Süden hin schmal zulaufenden Tal der Echaz, entdeckte nach kurzem Suchen das atemberaubend auf der Spitze eines über zweihundertfünfzig Meter fast senkrecht in den Himmel ragenden Felsens thronende Gebäude, dessen Name der ganzen Landschaft besonderen Zauber verlieh: Der grazile, allem Anschein nach einem romantischen Märchen entlehnte pittoreske Bau des Schlösschens Lichtenstein.

Wie das Nest eines Vogels auf die höchsten Wipfel einer Eiche oder auf die kühnsten Zinnen eines Turmes gebaut, hing das Schlösschen auf dem Felsen …

So hatte sich der junge romantische Dichter Wilhelm Hauff, dem nicht einmal fünfundzwanzig Lebensjahre geschenkt waren, das Bauwerk ausgedacht und in seinem 1826 erschienenen Roman *Lichtenstein* niedergeschrieben. Und wo sich sonst Erzählungen und Bücher um auffällige Gebäude, Burgen, Schlösser rankten, so hatte sich hier, in der Gestalt dieses so unnachahmlich in die Natur eingepassten und so viel Charme ausstrahlenden Baus der gewohnte Ablauf der Dinge umgekehrt: Was des jungen schwäbischen Dichters Phantasie entsprungen war, wurde 1840 bis 1842 lange nach dessen frühem Tod im Auftrag des Herzogs Wilhelm von Urach, dem Cousin des württembergischen Königs Wilhelm I. und begeisterten Leser Hauffs, in Stein gemeißelt als mittelalterliche, deutsche Ritterburg erstellt.

Wie immer, wenn Braig im Echaztal unterwegs war, erlag er auch heute wieder dem einzigartigen Reiz des Schlösschens und seiner Umgebung. Er war am Rand der Straße stehen geblieben, den Blick in die Höhe gerichtet, hörte erst nach mehrmaligem Wiederholen die in älblerischem Schwäbisch formulierten Worte seines Begleiters.

»Ja, wellet Sie etzt in dem Schanz seine Wohnung oder et?«

Er riss sich aus seiner Erstarrung, folgte dem Mann zu einem der Häuser. Sein Begleiter öffnete die Tür. Sie betraten das Treppenhaus, liefen die hell glänzenden Steinstufen ins obere Stockwerk. Offenbar war vor nicht allzu langer Zeit frisch geputzt worden; ein intensiver Citrusgeruch lag in der Luft. Braig wartete, bis der Mann die Tür zu Schanz' Wohnung aufgeschlossen hatte. Er bedankte sich, stülpte sich Plastiküberzüge über Schuhe und Hände, betrat die schmale Diele.

Es handelte sich um eine kleine, aus zwei Zimmern, einer winzigen Küche sowie einer Bad-Toiletten-Kombination bestehende Wohnung. Der auffällige Geruch eines herben Aftershaves stach ihm vom ersten Moment an in die Nase. Der Duft hing in sämtlichen Räumen, am intensivsten im Bad, wo Braig einen kleinen Flacon der Marke *Marbert Man* entdeckte. Er nahm die Flasche auf, schnupperte daran, sah, dass bereits die Hälfte der Substanz verbraucht war.

Ein Geschenk der neuen Freundin?, überlegte er. Wie immer es in den Besitz des Mannes gekommen sein mochte, er hatte es wohl als Vorbereitung zu seinem Rendezvous mit ihr benutzt. Zu einem Rendezvous vorgestern Abend hier in der Wohnung? Wie war er dann aber zu Storms abgelegenem Anwesen gekommen?

Braig musterte die einheitlich in hellem Mobiliar eingerichteten Räume, bemerkte, dass sowohl das Schlaf- als auch das Wohnzimmer aufgeräumt und sauber wirkten. Selbst die Küche zeigte kaum Spuren einer aktuellen Nutzung: Lediglich ein ungespülter Teller mitsamt einem von Butter- oder Käseresten verschmutzten Messer und ein leicht angeschmuddeltes, einen Finger hoch mit Saft gefülltes Glas wiesen darauf hin, dass hier jemand vor nicht allzu langer Zeit etwas gegessen und getrunken hatte. Gernot Schanz?

Braig nahm das Glas vorsichtig auf, schüttete den Rest der Flüssigkeit in den Abguss, verstaute es dann in einer Plastiktüte. Anschließend suchte er im Bad nach einem Kamm und der Zahnbürste, nahm beide ebenfalls an sich. Arbeit für die Kollegen. Vielleicht gelang es ihnen, die DNA des Mannes zu isolieren.

Er überprüfte das Schlafzimmer, fand nur Kleidung und Bettwäsche, wandte sich dem Wohnraum zu. Ein schmaler Tisch, drei Stühle, dazu ein Zweisitzer-Sofa und ein helles

Sideboard, auf dem ein großer Fernsehbildschirm thronte. Braig öffnete die beiden Türen des Schränkchens, nahm den Berg an Papieren und Bildern wahr, der auf der linken Seite verstaut war. Er breitete sämtliche Fundstücke auf dem Tisch aus, blätterte sie durch. Kaufbestätigungen eines Kühlschranks, des Fernsehgeräts und eines gebrauchten Opel Astra, Finanzamtsbescheide, Werbeplakate, dann ein dünnes Heft mit mehreren Fotografien. Braig zog sich einen Stuhl vor, betrachtete Aufnahme für Aufnahme. Es handelte sich um ältere, teilweise leicht verblichene Motive mit immer denselben Personen: einer Familie mit zwei kleinen Kindern, einem Mädchen und einem Jungen. Mal in einer Wohnung, mal unterwegs. Irgendwo in einem Park, dann beim Baden, an einem See; auf den letzten Seiten in einem Zoo mit immer neuen Tieren im Hintergrund. Braig kannte keine der Personen, vermutete, dass es sich bei dem Jungen um Gernot Schanz handelte. Die Gesichter waren jedoch ausnahmslos zu klein oder zu unscharf abgelichtet, um die Form der Ohren genau zu erkennen.

Er schob das Heft zur Seite, wandte sich dem Rest des Materials zu: weitere Rechnungen, Handball-Magazine, Ansichtskarten aus verschiedenen Ländern, plötzlich ein ganzer Stapel ausgedruckter Fotos im DIN-A4-Format. Er bemerkte auf den ersten Blick, dass sie neueren Datums waren, zeigten doch mehrere Motive die Hamburger Elbphilharmonie als Hintergrund. Davor, an wechselnden Standorten, mal mit mehr, mal mit weniger Schiffen junge Männer in meist völlig überspannten Posen in die Kamera grinsend. Zwei von ihnen trugen T-Shirts mit dem Aufdruck *Frischauf Göppingen.* Ein Handball-Fan-Ausflug in den Norden, überlegte Braig. Er sah die nach unten spitz zulaufenden Ohrläppchen von einem der Männer, glaubte Gernot Schanz zu erkennen. Ein lebenslustig am Ufer der Elbe auf seine Kameraden gestützter Mann Mitte dreißig, offensichtlich ein Handball-Fan. Vielleicht war in diesem Umfeld etwas über seine letzten Stunden zu erfahren.

Braig nahm die Fotos an sich, setzte die Suche fort. Das Sideboard enthielt eine Sammlung verschiedener CDs und DVDs, dazu die beiden Geräte. Er schaute die Scheiben durch, fand ausnahmslos Spielfilme und Rock beziehungsweise Pop. Nichts, was ihm weiterhalf. Er hörte sein Handy läuten, zog es vor.

»Karl Rössle. Herr Kommissar, es geht um Gernots Kollegen. Sie erinnern sich?«

»Ja, klar«, antwortete Braig. »Sie wollten mir die Namen der Leute mitteilen, die ihm am nächsten standen.«

»Genau.« Das Gespräch war einen Moment unterbrochen, dann hörte Braig die Stimmen mehrerer Männer im Hintergrund. »Peter Stenger steht hier bei mir. Er isch Handballer, genau wie Gernot. Wollet Sie mit ihm sprechen?«

»Er war mit Herrn Schanz befreundet?«

»Ja. Sie besuchet beide die Spiele von *Frischauf Göppingen*.«

Wahrscheinlich einer der Männer auf den Fotos, überlegte Braig. »Dann würde ich mich gerne persönlich mit ihm unterhalten.«

»Soll ich ihn rüberschicke? Sie sind noch in der Wohnung vom Gernot, oder?«

»Wenn das möglich wäre, gerne. Herr Stenger wird nicht an seinem Arbeitsplatz benötigt?«

»Noi, der hat grad Mittagspause. Ich gebe ihm sofort Bescheid.«

Braig warf einen Blick aufs Display, nahm erstaunt wahr, wie weit die Zeit schon fortgeschritten war. 12.20 Uhr. »Prima«, sagte er. »Ist Ihnen sonst noch jemand eingefallen?«

»Ja«, antwortete Karl Rössle. »Der Gerd Wiechner. Aber der isch krank. Vielleicht reicht Ihne seine Telefonnummer und seine Adresse? Der wohnt in Esslinge.«

»Wenn Sie so freundlich wären, ja.« Er notierte sich die Daten, erkundigte sich nach dem Auto von Schanz. »Ich bin auf die Kaufbestätigung eines Opel Astra gestoßen. Wissen Sie, ob er das Fahrzeug noch besitzt und wo er es normalerweise parkt?«

»Oh, dem Gernot sein Auto! Des kann ich Ihne leider net sage.« Er wirkte verlegen. »Fraget Sie doch bitte die beide Kollege, die ich Ihne genannt hab. Vielleicht wisset die Bescheid.«

»Und was ist mit dem Namen der neuen Freundin?«

»Der Wiechner. Mit dem war er meistens unterwegs. Bei dem solltet Sie's versuche.«

Braig bedankte sich, ließ sich Schanz' Handynummer geben, verabschiedete sich von dem Mann.

»Wenn Sie sich endgültig sicher sind, ob es sich um den Gernot handelt, lasset Sie mich das bitte wisse«, fügte Karl Rössle zum Abschluss noch an.

Braig sagte es ihm zu, bat dann Mandy Prießnitz, die Techniker mit der Ortung von Schanz' Handy zu beauftragen. »Außerdem benötige ich seinen Provider und die Verbindungsdaten der letzten sechs Monate.«

»Wird sofort ärlädischt«, erklärte sie. Im gleichen Moment wurde sie von einem ohrenbetäubend schrillen Geräusch übertönt.

Braig riss das Handy von seinem Ohr weg, schnaufte vernehmlich. »Was war das jetzt?«, keuchte er.

Mandy Prießnitz schien überhaupt nicht erschrocken. »Oh, ham Sie das gehört?«, wunderte sie sich.

»Ja, allerdings.«

»Das waren grad drei Domadn. Im Mixer. Für meine Smuhfie-Diät.«

Braig schnappte nach Luft. »Dann gibt es diese Woche nur Tomaten?« Er kannte die außergewöhnliche Ernährungsweise seiner Sekretärin inzwischen zur Genüge. Eine, wie er empfand, absonderliche Diät folgte der anderen. Mal nahm sie vom Morgen bis zum Abend nur Fleisch und Wurst ohne jede Beigabe zu sich, mal ausschließlich Kuchen. Ob sie in den letzten Jahren zwischen all den seltsamen Kuren irgendwann mal eine – wenn auch nur kurze - Phase *normaler* Ernährung eingelegt hatte, wusste er nicht zu beurteilen. Auch nicht, wie sich all das auf ihre Gesundheit und ihr Körpergewicht auswirkte. Im Büro fehlte sie seiner subjektiven Empfindung nach selten. Ob sie jedoch wirklich weniger Krankheitstage als der Durchschnitt der Kollegen aufzuweisen hatte, war ihm nicht bekannt. Und was ihr Körpergewicht anbelangte – ihm schien es weitgehend konstant. Hauptsache, sie selbst fühlte sich einigermaßen wohl. Und genau das schien der Fall, überraschte sie ihn doch immer wieder mit der voller Begeisterung vorgetragenen Schilderung der Inhalte ihrer neuesten Diät und der erstaunlichen Anzahl an Kilos, die sie angeblich gerade wieder abgenommen hatte.

»Smuhfie«, berichtigte sie seine Vermutung. »Keene ganzn Früchde. Und ooch nich jedn Dag. Domadn gibt's nur heute. Morgn ist Brokkoli an der Reihe. Jedn Dag nur eene Fruchd-Sorde. Darin liegt das Geheimnis.«

»Das Geheimnis?«

»Nu ja, dass ich wirklich das eene oder andere Kilo von de Hüfdn kriesche.« Ihre letzten Worte erstarben in lautem Gekichere.

Braig ersparte sich sein gewohntes »Ach, Frau Prießnitz, das haben Sie doch überhaupt nicht nötig«, beendete das Gespräch. Er spürte, wie es in seinem Bauch rumorte. Die Erwähnung der verschiedenen Diäten seiner Sekretärin hatte sein Hungergefühl geweckt. Höchste Zeit, sich nach etwas Essbarem umzuschauen. Er legte die Papiere zurück in das Sideboard, überprüfte die Küche. Die Schränke und Schubladen enthielten nur das Übliche: Töpfe, Geschirr, Besteck, dazu bescheidene Essensvorräte. Er war gerade dabei, das Fach unter der Spüle zu überprüfen, als die Wohnungsglocke läutete. Er wischte seine Hände sauber, öffnete die Tür. Ein kräftiger, mit einem grünen T-Shirt und Jeans bekleideter Mann Mitte vierzig stand im Treppenhaus.

»Stenger«, stellte er sich vor. »Herr Rössle schickt mich.« Er spähte an Braig vorbei in die Wohnung. »Was ist mit dem Gernot?«

Braig hatte den Mann sofort erkannt. Einer der Handball-Freunde, die er auf den Fotos gesehen hatte. »Herr Rössle hat Ihnen nichts erzählt?«

Stenger kratzte sich in seinem Nacken. »Er hatte möglicherweise einen Unfall, meinte er. Genaueres wusste er nicht.«

»Ich fürchte, dass er Sie richtig informiert hat. Wir sind uns aber noch nicht sicher, dass es sich wirklich um Herrn Schanz handelt.«

»Was ist passiert?« Der Mann nahm die Hand aus dem Nacken, musterte sein Gegenüber mit sorgenvoller Miene. »Er ist doch nicht …«

Braig ging nicht auf die Frage ein, bat ihn stattdessen in die Wohnung. »Ich nehme an, Sie waren schon öfter hier.«

Stenger nickte. »Na klar. Wir sind befreundet. Alte Handballer. Das verbindet.«

Braig wies zum Wohnzimmer, blieb vor dem Bildschirm stehen. »Sie treffen sich nach Feierabend?«

»Je nachdem. Ich habe Familie. Frau und zwei Kinder. So viel Zeit bleibt da nicht. Freitagabends spielen wir Handball. Gernot und die anderen. Alte Herren.« Er lachte etwas gezwungen.

»Vorgestern Abend ebenfalls?«

»Vorgestern? Am Dienstag?« Stenger schüttelte den Kopf. »Nein. Wieso fragen Sie?«

»Wissen Sie, wo Herr Schanz vorgestern war? Oder was er vorhatte, am Dienstagabend?«

Der Mann wusste keine Antwort. »Am Dienstag haben wir uns nicht gesehen. Ich war auf einer Baustelle, den ganzen Tag.«

»Er hat nichts von einer Freundin erzählt?«

»Ach, das meinen Sie?« Stenger grinste über beide Ohren. »Ja, er hat wieder was am Laufen. Um wen es sich handelt, wollte er nicht sagen. Er tat jedenfalls so geheimnisvoll in letzter Zeit. Dabei ließ er sich sogar ihren Körper auf den Arm tätowieren.« Er lachte. »Deshalb riecht es hier auch so intensiv nach Rasierwasser. Oder ist das Ihres?«

Braig verneinte. »Der Name der Frau. Er hat ihn nie erwähnt?« Er sah, wie sein Gesprächspartner den Kopf schüttelte. »Oder wissen Sie, wo sie wohnt?«, fügte er hinzu.

»Nein, wirklich. Darüber haben wir uns nicht unterhalten. Wenn Sie das wissen wollen …« Der Mann verstummte, tippte sich an die Stirn. »Fragen Sie Gerd. Gerd Wiechner. Mit dem steckt er öfter zusammen. Wollen Sie seine Nummer haben?«

»Danke, Herr Rössle hat sie mir gegeben. Eine Frage noch. Herrn Schanz' Auto. Wissen Sie, wo er es normalerweise parkt?«

»Den Astra? Ja, natürlich. Er hat einen festen Platz. Da steht er meistens. Gernot benutzt ihn nur selten. Er hat Schwierigkeiten mit seinen Augen. Vor allem abends. Soll ich ihn Ihnen zeigen?«

»Gerne.«

Stenger trat ins Treppenhaus, wartete, bis Braig ihm folgte. Der Kommissar zog die Wohnungstür hinter sich zu, bemerkte den fragenden Blick des Mannes. »Sie haben mir immer noch nicht erklärt, was mit Gernot passiert ist.«

Braig atmete kräftig durch, setzte seinen Fuß auf die nach unten führenden Stufen. Von draußen waren die Stimmen spielender Kinder zu hören, dazu die Geräusche von Autos und anderen Fahrzeugen. Er folgte der Treppe bis zum nächsten Absatz, blieb dann stehen. Es gab keinen Grund, dem Mann das Geschehen noch länger zu verschweigen. »Wir haben einen Toten. Möglicherweise handelte es sich um Herrn Schanz.«

Stenger verharrte mitten im Schritt, erbleichte. »Gernot? Durch einen Unfall?«

»Unfall?« Braig wog seinen Kopf hin und her. »Nein«, sagte er dann. »Wie erwähnt: Der Mann, von dem wir sprechen, ist noch nicht endgültig identifiziert. Aber er wurde Opfer einer Gewalttat ...«

»Gewalttat?«, fiel der Mann ihm mitten ins Wort. »Gernot wurde ermordet?« Stocksteif wie eine Statue lehnte er an der Treppenhauswand, starrte mit weit aufgerissenen Augen zu Braig herunter. »Aber das kann doch nicht sein! Wer sollte denn ...«

»Wir wissen es nicht. Fällt Ihnen jemand ein, mit dem Herr Schanz Streit hatte?«

Stenger benötigte mehrere Sekunden, die Frage zu begreifen. »Streit?«, keuchte er. »Um Gottes willen. Das wird doch nichts mit seinem Unfall letzte Woche zu tun haben?«

Braig wurde augenblicklich hellhörig. »Ein Unfall letzte Woche? Was ist da passiert?«

»Ich kann es nicht genau sagen.« Sein Gesprächspartner zögerte. »Ich sah nur die Kratzer und die Delle auf der Beifahrerseite seines Astra und erkundigte mich nach der Ursache.«

»Wann war das?«

»Letzten Freitag. Auf dem Heimweg vom Training.«

»Und? Was hat er Ihnen erzählt?«

»Na ja, ich …« Stenger hielt inne. »Also, ich will Gernot jetzt nicht schlechtmachen. Das können Sie nicht von mir verlangen.«

»Schlechtmachen?«, schimpfte Braig. »Wenn die Sache vielleicht mit seinem Tod zu tun hat?« Er musterte den Mann, merkte, wie es in ihm arbeitete.

»Es war auf dem Rückweg von seiner neuen Freundin«, führte Stenger schließlich aus. »Die hatten sich in Esslingen getroffen, am Donnerstagabend. In einem Lokal, er hat das alles nur angedeutet. Jedenfalls …«

»Ja?«

»Er hatte etwas getrunken … nicht viel, aber immerhin. Und abends, wie gesagt, er hat Probleme mit den Augen. Deswegen meldete er sich nicht bei der Polizei, also Ihren Kollegen, sondern fuhr einfach davon. Weil er Angst hatte wegen Alkohol und so.«

»Was ist passiert?«, drängte Braig.

»Nicht viel«, versuchte Stenger zu beschwichtigen. »Er fuhr wohl etwas zu schnell in eine Kurve. Den Kombi, der dort parkte, bemerkte er erst, als es zu spät war. Das Auto bekam ein paar Kratzer und zwei, drei Beulen ab, sonst nichts. Der war abgestellt, niemand zu sehen. Das glaubte er jedenfalls.«

»Wo war das?«

»In Esslingen-Zell. Keine Ahnung, wo genau.«

»Und das Auto? Ein Kombi, sagten Sie. Hat er sich die Nummer notiert?«

Stenger schüttelte den Kopf. »Nicht dass ich wüsste. Mir gegenüber hat er nichts erwähnt. Ich weiß nur, dass er kurz ausstieg und sich die Sache ansehen wollte. Aber dann …«

»Was dann?«

»Dann hörte er plötzlich zwei Männer, ich glaube, die brüllten ihn schon von Weitem an, ziemlich aggressiv. Na ja, da machte er sich schnell davon, es war ja schon spät.«

Braig pfiff leise, fuhr sich über die Stirn. »Die haben ihn, also sein Auto gesehen?«

»Ich weiß es nicht. Er machte sich davon, so schnell es ging.«

»Bemerkte er, ob er verfolgt wurde?«

»Davon weiß ich nichts. Sie glauben doch nicht …«

»Das Auto, ein Kombi. Er hat es nicht genauer beschrieben? Marke, Farbe, ein auffälliges Merkmal?«

»Es war dunkel, das dürfen Sie nicht vergessen. Er erwähnte nur etwas von einer Aufschrift. An der Seite des Autos.«

»Was für eine Aufschrift?«

Stenger fuchtelte mit beiden Händen durch die Luft. »Ein Firmenwagen, glaube ich. Irgendwas mit …«

»Mit was?«, fragte Braig ungeduldig.

»Mit Lebensmitteln, wenn ich mich richtig erinnere. Mit Lebensmitteln und dazu der Name der Firma. Den kann ich Ihnen aber beim besten Willen nicht nennen. Wenn er ihn mir gegenüber überhaupt erwähnt hat.«

»Mit Lebensmitteln?« Braig schnappte nach Luft. Ihm fiel da im Moment nur eine einzige Firma ein. »Erwähnte er etwa *Storms Bio Veggies*?«

Sein Gesprächspartner überlegte. »*Storms Bio Veggies*?«, wiederholte er Braigs Frage. Er fuhr sich mit der Rechten über den Nacken, kratzte sich am Hinterkopf. »Möglich wäre es«, sagte er dann. »Ich kann es aber nicht beschwören.«

12. Kapitel

Sven Bahreis zu sprechen, war kein leichtes Unterfangen. Die Baustellen verteilten sich auf mehrere Straßen im Kern Ludwigsburgs bis in den Stadtteil Ossweil. Überall stauten sich die Fahrzeuge. Pkws, Lastwagen, Busse, alle steckten fest. Aufheulende Motoren, nervtötendes Gehupe, quietschende Bremsen, wohin Neundorf auch kam. Dazu die jetzt schon wieder glühend heiße, von Abgaswolken getränkte Luft. Höchste Zeit, endlich das lange versprochene Straßenbahnnetz aufzubauen, ging es ihr durch den Kopf, um wenigstens einen Teil der stinkenden und lärmenden Karossen aus der Stadt verbannen und die lebenswert-charmante Atmosphäre Ludwigsburgs wieder aufblühen lassen zu können.

Sie drückte sich an einem der qualmenden Busse vorbei, sah einen Bauwagen mit einem großen Plakat des Bauunternehmens Bahreis vor sich. Ein stämmiger Mann trat auf die Straße, die einzige Person im Umfeld der Baustelle, die keine Arbeitskleidung trug. Sie stellte sich dem etwa Fünfzigjährigen in den Weg, fragte nach Sven Bahreis.

»Was wollen Sie von mir?«, schallte es ihr mit kräftiger Stimme entgegen.

Neundorf zog ihren Ausweis aus der Tasche, zeigte ihn dem Mann.

Bahreis musterte ihn eingehend, reckte sein Kinn nach vorne. »Und?«

Seine klobigen, von schmutzigen Schlieren überzogenen Hände standen in augenfälligem Kontrast zu seiner gepflegten Kleidung. Er trug ein helles, eng anliegendes Hemd, das seine muskulösen Oberarme gut zur Geltung brachte, dazu dunkelblaue Jeans, die nicht einen einzigen Fleck zeigten, war glatt rasiert. So barsch der Ton des Bauunternehmers auch war, von seiner ersten Erscheinung her machte er einen vorteilhaften Eindruck.

»Ralf Orban«, sagte Neundorf, das Gesicht ihres Gegenübers aufmerksam musternd. »Der Name sagt Ihnen etwas?«

»Was soll er mir sagen?«, maulte Bahreis.

»Sie kennen sich gut?«

»Er ist Bauunternehmer. Wie ich.«

Autos heulten an ihnen vorbei, Bremsen quietschten, Reifenabrieb und Staub ließen das Atmen zur Qual werden. Neundorf hatte Mühe, den Mann zu verstehen. Sie wies auf den Bauwagen. »Könnten wir uns dort unterhalten?«

Bahreis verzog sein Gesicht. »Ich bin mitten im Geschäft. Muss das sein?«

»Das muss sein, ja«, beharrte Neundorf. Sie ließ dem Bauunternehmer den Vortritt, folgte ihm die Stufen hoch in das mit Arbeitsgeräten, Straßenschildern, Wasserflaschen und Kleidungsstücken vollgestopfte Gefährt, wartete, bis Bahreis zwei Klappstühle vorgezerrt und hergerichtet hatte, ließ sich dann vorsichtig nieder. »Orban ist Ihr Konkurrent, richtig?«

»Mein Gott, was wollen Sie mit dem Kerl? Er hat ein Bauunternehmen, wie ich auch, ja.«

»Aber Sie stehen miteinander in Kontakt.«

»Das bleibt nicht aus, wenn man sich ab und an für dieselben Aufträge bewirbt.«

»Deshalb führt man aber nicht mitten in der Nacht intensive Telefongespräche miteinander.«

Bahreis riss seinen Mund auf, schnappte nach Luft. Mit der Frage hatte er offenbar nicht gerechnet. Der Mann war unübersehbar überrascht. »Was soll das?«, polterte er los. »Habt ihr nichts Besseres zu tun, als mich zu überwachen?« Er stampfte mit dem Fuß auf den Boden, dass der ganze Wagen vibrierte, schimpfte lauthals. »Verdammter Mist, was wollen Sie von mir?«

»Wo waren Sie in der Nacht von Dienstag auf Mittwoch?«

Bahreis sprang von seinem Klappstuhl auf, starrte von unverhohlener Wut geprägt zu seiner Besucherin herunter.

Neundorf tat es ihm nach. »Setzen Sie sich!«, donnerte sie. »Los!«

»Was wollen Sie von mir?« Die Stimme des Mannes drohte sich zu überschlagen.

»Sie sollen sich setzen!« Neundorf wies auf den Stuhl, wartete, bis der Mann sich wieder etwas beruhigt hatte und ihrer Aufforderung nachgekommen war. »In der Nacht von Dienstag auf Mittwoch telefonierten Sie drei Mal mit Ralf Orban. Wo waren Sie da?«

»Im Bett!«, brüllte Bahreis. »Ich war im Bett! Fragen Sie meine Frau! Die wurde genauso wach wie ich.«

Neundorf nahm ebenfalls wieder Platz. »Sie telefonieren mitten in der Nacht im Bett?«

Der Bauunternehmer schob seinen Kopf nach vorne, bis er nur noch wenige Zentimeter vom Gesicht der Kommissarin entfernt war. »Orban hat angerufen, nicht ich! Der Vollidiot, mitten in der Nacht!«

»Das ist mir bekannt«, gab Neundorf zu, den Atem des Mannes in der Nase.

»Also!«

»Was wollte er von Ihnen?«

»Das geht Sie nichts an!« Bahreis rutschte auf seinem Stuhl zurück, nahm den gewohnten Abstand ein.

»Dann nehme ich Sie mit ins Amt, und wir unterhalten uns dort weiter. Aber jetzt sofort.«

Der Mann donnerte mit dem Fuß auf den Boden, verschaffte sich Luft. »Sie haben doch keine Ahnung!«, schimpfte er.

»Dann klären Sie mich auf.«

Bahreis zischte verächtlich. »Orban, dieser Idiot! Geld, es ging um Geld.«

»Mitten in der Nacht?«

»Was weiß ich, was mit dem los war. Besoffen oder auf Speed. Oder beides. Auf jeden Fall nicht normal.«

»Um was für Geld ging es?«

»Um was für Geld?«

»Ja«, insistierte Neundorf. »Um was für Geld?«

»Er schuldet mir noch einiges.« Bahreis Antwort wirkte trotzig.

»Sie machen Geschäfte miteinander? Ich dachte, Sie seien Konkurrenten?«

»Ich habe als Subunternehmer für ihn gearbeitet.«

»Weshalb ruft er Sie dann mitten in der Nacht zwischen null und ein Uhr drei Mal hintereinander an? Weil er Ihnen mitteilen will, dass er das Geld nicht zahlen kann?« Neundorf musterte die Miene des Mannes, sah, wie Bahreis sich unwillig von ihr abwandte.

»Er war ganz schön im Verzug«, beharrte er.

»Dann haben Sie ihn bedroht. Wenn er das Geld nicht bald bezahlt …«

»Nein!«

»Um wie viel geht es? Welche Summe, meine ich.«

»Vierstellig.«

Neundorf sprang von ihrem Stuhl, baute sich vor dem Mann auf. »Wenige tausend? Und deshalb bringen Sie ihn um?«

»Wie bitte? Was sagen Sie da?« Bahreis warf den Kopf zurück, starrte mit weit aufgerissenen Augen zu seiner Besucherin hoch. »Er ist …«

»Sie haben ihn bedroht.« Die Kommissarin ging nicht auf die Frage des Mannes ein, wiederholte stattdessen ihre Überlegung. »Er hatte Angst vor Ihnen, weil Sie sich das Geld mit Gewalt holen wollten. Was Sie dann ja auch getan haben.«

Bahreis schien es die Sprache verschlagen zu haben. Er lehnte rücklings auf dem Klappstuhl, wirkte plötzlich müde und verbraucht. »Orban ist tot? Deshalb sind Sie hier?«

»Wir werden Ihre Frau befragen und überprüfen, wo Ihr Handy während der drei Gespräche eingeloggt war, das ist Ihnen doch hoffentlich klar.«

»Sie glauben wirklich, ich habe mit seinem Tod zu tun? Es war keine natürliche Sache? Er wurde …«

»Das wissen Sie doch. Er fühlte sich von Ihnen bedroht, weil Sie des Geldes wegen hinter ihm her waren. Deshalb rief er Sie mitten in der Nacht an und flehte Sie an, ihm nichts zu tun. Aber Sie waren nicht mehr zu bremsen …«

»Nein!« Bahreis sprang von seinem Stuhl, drückte sich an Neundorf vorbei, klopfte mit seiner rechten Faust an die Innenwand des Bauwagens. »Ich bin doch kein Mörder. Sie können mein Handy gerne überprüfen«, erklärte er dann. »Und meine Frau fragen. Wir wurden beide wach, als er mitten in der Nacht anrief. Ich war zu Hause, lag im Bett. Die ganze Zeit.«

»Das können Sie irgendwelchen Idioten erzählen, aber nicht mir. Der ruft Sie doch nicht aus Spaß mitten in der Nacht an, wo er Ihnen Geld schuldet …«

»Dann war der doch nicht besoffen oder auf Speed«, fiel Bahreis ihr mitten ins Wort. »Der laberte irgendwas von Verfolgung oder so ...«

»Verfolgung? Welchen Bären wollen Sie mir jetzt aufbinden?«

»Keinen. Orban behauptete, er werde von einem Auto verfolgt, mitten in der Nacht. Mehrere Minuten schon, immer von demselben.«

»Deshalb soll er Sie angerufen haben?«

»Ja«, Bahreis zögerte, fuhr sich mit der Hand übers Gesicht. »Er glaubte tatsächlich, ich sei das. Wegen unserer Rallye-Touren.«

»Was für Rallye-Touren?«, wollte Neundorf wissen.

»Wir sind manchmal unterwegs. Einfach so.«

»Wer ist *wir*?«

»Ein paar Freunde eben.«

»Wie? Jeder mit seinem eigenen Fahrzeug?«

Bahreis nickte.

»Und dann rasen Sie mit Ihren Karren hintereinander übers Land? Auch bei Nacht?«

»Oft bei Nacht. Da ist es aufregender. Das macht mehr Spaß«, verteidigte sich Bahreis.

Neundorf holte tief Luft, schüttelte den Kopf. »Und was haben diese Rallye-Touren mit Ihren Geldforderungen zu tun?«

»Nichts«, antwortete der Mann. »Überhaupt nichts. Orban laberte in der Nacht irgendwas von Verfolgung. Er glaubte, ich sei das. Ich würde ihn verfolgen, weil ich seinen Anteil wolle.«

»Was für einen Anteil?«

»Na, das Geld. Fünftausend Euro.«

»Wieso Anteil?«

Bahreis wischte mit der Rechten durch die Luft. »Das ist eine andere Sache.«

»Das will ich jetzt erklärt haben«, beharrte die Kommissarin. »Orban wurde ermordet, vergessen Sie das nicht!«

Ihr Gesprächspartner verzog das Gesicht. »Damit habe ich nichts zu tun. Und der Anteil, den er mir schuldet, genauso wenig.«

»Was für ein Anteil?«

»Mein Gott, Sie sind vielleicht hartnäckig! Es geht um eine Zuwendung, die wir beide gemeinsam geleistet haben. Jeder die Hälfte. Ich habe ihm seinen Anteil vorgestreckt.«

»Was für eine Zuwendung?«

Bahreis stöhnte laut auf. »Das verstehen Sie nicht. In unserem Beruf ist das manchmal nötig. Wir müssen uns um neue Aufträge bemühen. Das beinhaltet bestimmte Verpflichtungen.«

Neundorf erhob sich von ihrem Stuhl, um wieder auf Augenhöhe mit ihrem Gesprächspartner zu kommen, trat einen Schritt zurück. »Eine Zuwendung von zehntausend Euro, um an neue Aufträge zu gelangen?« Ihr schwante, wovon hier die Rede war. »An bestimmte Amtsträger«, sagte sie dann. »Die darüber entscheiden, ob eine neue Straße gebaut wird oder nicht.«

Ihr Gegenüber winkte nur ab.

»Zehntausend sind da genug?«, setzte Neundorf hinzu.

»Natürlich nicht«, konterte der Bauunternehmer. »Das geht manchmal über Jahre hinweg. Manche der Typen sind ganz schön hartnäckig. Bis wir die soweit haben …«

Neundorf schüttelte den Kopf. »Na ja, seit Stuttgart 21 wissen wir ja, welche korrupten Figuren in unseren Entscheidungsgremien sitzen.« Sie hörte den Signalton ihres Handys, sah, dass Braig sie sprechen wollte, trat an die Tür des Bauwagens. »Einen Moment, bitte«, gab sie die Verbindung frei.

»Hast du Bahreis erreicht?«, fragte Braig.

Die Kommissarin öffnete die Tür, machte einen Schritt nach draußen. Eine Wolke stinkender Abgase waberte ihr in die Nase. »Ich bin gerade im Gespräch, ja«, bestätigte sie.

»Und? Wie erklärt er die nächtlichen Anrufe?«

»Orban schuldete ihm Geld. Fünftausend Euro.«

»Und deshalb ruft der ihm mitten in der Nacht an? Drei Mal hintereinander?«

»Scheint mir auch nicht …«

»Der fühlte sich verfolgt«, unterbrach Bahreis mit lauter Stimme das Gespräch. Er war an den Eingang des Wagens unmittelbar neben Neundorf getreten, wandte sich in die Richtung des Mobiltelefons. »Der war völlig außer sich. Ein Auto sei hinter ihm her und verfolge ihn. Ich solle das lassen, schimpfte er, das mit dem Geld sei kein Problem. Ich könne es sofort haben.«

»Hast du verstanden?«, erkundigte sich Neundorf. Sie nahm das Handy vom Ohr, setzte den Lautsprechermodus in Gang.

»Orban fühlte sich verfolgt?«, hörten sie Braig fragen.

»Ja«, antwortete der Bauunternehmer. »Und jedes Mal, wenn er anrief, klang er noch aufgebrachter. Regelrecht hysterisch beim dritten Mal. Ich dachte wirklich, der sei auf Speed, ein paar Tabletten zu viel. Anders konnte ich mir das nicht erklären.«

»Wieso ruft er Sie an, wenn er sich verfolgt fühlt?«, hakte der Kommissar nach. »Haben Sie Orban wegen des Geldes bedro…?«

»Nein!« Braig hatte das letzte Wort noch nicht zu Ende formuliert, als Bahreis bereits protestierte. »Ich habe ihn nicht bedroht. Natürlich wollte ich, dass er seinen Anteil endlich bezahlt, aber deswegen rase ich ihm doch nicht wie bei unseren Rallye-Touren mitten in der Nacht hinterher.«

»Was für Rallye-Touren?«, fragte Braig.

»Wir sind manchmal unterwegs.«

»Und fahren kreuz und quer umher?«

»Wenn wir Bock haben, ja.«

»Dann waren Sie also gestern Nacht ebenfalls unterwegs«, erklärte der Kommissar.

»Nein!«, brüllte Bahreis. »Ich lag im Bett und schlief. Fragen Sie meine Frau. Orban hat uns mit seinen verrückten Anrufen geweckt.«

»Das behauptet Ihre Frau auch«, bestätigte Neundorf. »Kollegen haben sie in Leonberg befragt.«

»Das kann abgesprochen sein«, erklärte Braig. »Sofern seine Frau zu ihm hält.«

»Die hält zu mir, ja«, meinte der Bauunternehmer. »Es ist aber trotzdem nicht abgesprochen, sondern es war so.«

»Das Bewegungsprofil seines Handy bestätigt diese Aussage«, sagte Neundorf.

»Ihr habt es schon überprüft?«, zeigte sich Braig überrascht. »So schnell?«

»Könnten wir das Gespräch bitte wieder auf uns beide beschränken?« Neundorf wandte sich von Bahreis ab, drückte die Tür hinter sich sorgsam zu.

»Was willst du mir sagen?«, fragte Braig.

»Wir haben das Bewegungsprofil tatsächlich bereits vorliegen. Der jungen Staatsanwältin sei Dank. Sie hat die Sache übernommen. Kotzbrocken ist zum Glück auf einer Fortbildung.«

»Die Optimierung der Präsentation politischer Statements und ihres Backgrounds.«

»Oh Gott, nein! Präsentieren ist doch sowieso das Einzige, wozu der fähig ist.«

»Bahreis' Handy loggte sich bei allen drei Anrufen in Leonberg ein?«, bemühte sich Braig, nicht vom Thema abzuschweifen.

»Im Bereich seines Hauses, ja. Das ist eindeutig. Bleibt als einzige Möglichkeit, dass nicht er selbst, sondern eine andere Person, zum Beispiel seine Frau, die Anrufe annahm. Während er selbst hinter Orban her war und ihn dann auch …«

»Traust du ihm das zu?«, fragte Braig.

»Du weißt doch: Ich traue prinzipiell jedem alles zu.«

»Und im konkreten Fall?«

Neundorf seufzte laut auf. »Was soll ich sagen? Ausschließen würde ich es auf jeden Fall nicht. Der Mann hat ein souveränes Auftreten. Er weiß sich gut zu verkaufen. Und *sportlich* scheint er auch zu sein. Zumindest nachts, wenn er mit anderen Vollidioten über Land rast.«

»Das ist ein anderes Kapitel. Wer weiß, ob wir ihn nicht irgendwo in unseren Fahndungslisten haben. Als bisher unbekannter Unfallverursacher.«

»Gut möglich. Darum kann ich mich jetzt aber nicht kümmern.«

»Was ist mit der Ortung von Orbans Handy? War er nachts bei seinen Anrufen wirklich unterwegs, wie Bahreis behauptet?«

»Das war er, ja. Zwischen Bietigheim und Brackenheim. Beim ersten Anruf loggte sich sein Handy am nördlichen Rand von Bietigheim ein, beim zweiten in Besigheim, dann in Walheim, in Kirchheim und schließlich in Brackenheim.«

»Dann kann es tatsächlich stimmen, dass er sich verfolgt fühlte und deshalb zu seinem Handy griff«, überlegte Braig. »Genau wie es Bahreis erzählte. Wie steht es mit den beiden anderen Anrufen? Habt ihr den Adressaten identifiziert?«

»Das hat leider nicht geklappt. *Datenerstellung nicht möglich.*«

»Wie bitte?«

»Eine Geheimnummer. Für Normalsterbliche nicht zu identifizieren. Verstehst du, was das bedeutet?«

»Oh Gott, nein.« Braig hatte sofort begriffen, was Neundorf da andeutete. »Der Anschluss gehört einem Typ mit einer höheren Funktion.«

»Einem der Unantastbaren, denen wir gewöhnliche Existenzen uns nur mit arschkriecherischer Unterwürfigkeit nähern dürfen. Wenn überhaupt.«

»Das kostet Zeit und Nerven«, wusste er aus Erfahrung. »Hast du die Staatsanwältin informiert?«

»Ja. Sie kümmert sich um die Sache. Zum Glück ist Kotzbrocken anderweitig beschäftigt. Sonst müsste ich mir erst stundenlang anhören, welche Gnade es bedeutet, mir minderwertigem Wesen den Zugang zu einer solch wertvollen Persönlichkeit zu verschaffen.«

»Lass mich bitte wissen, um wen es geht, sobald du Bescheid weißt. Und sei vorsichtig im Umgang mit dem Typ.«

»Ich werde mich bemühen. Was mir auch noch Rätsel aufgibt, ist das Blut, das wir im Kofferraum von Orbans Auto entdeckten. Es ist frisch, stammt aber nicht von ihm.«

»Dann ist es von seinem Mörder. Entweder es gab einen Kampf ...«

»Die Heilbronner Gerichtsmedizinerin, die am Tatort war, schließt das aus«, fiel Neundorf ihm ins Wort. »Orban wurde, wohl auf der Flucht vor seinem Verfolger, mehrere Meter von seinem Wagen entfernt überfahren und anschließend in die verfallene Hütte geschleift, wo er am nächsten Tag entdeckt wurde. Wenn das Blut im Kofferraum seines Autos wirklich vom Mörder stammt, muss der sich wahrscheinlich im Anschluss an die Tat dort zu schaffen gemacht und sich dabei verletzt haben. Der hat wohl nach etwas gesucht. Fragt sich nur, nach was?«

»War das der Grund für die Verfolgung und den Mord? Der Täter wollte etwas, das er bei Orban vermutete, und weil er es nirgends fand, durchsuchte er auch noch seinen Kofferraum?«

»Möglicherweise. Ich werde seine Witwe danach fragen, um was es sich handeln könnte. Vielleicht kann sie mir weiterhelfen. Sie werde ich jetzt besuchen. Ich habe sie von Kollegen über seinen Tod informieren lassen. Du warst gestern bei ihr?«

»Gestern Mittag, ja. Nachdem ich Orbans aggressives Auftreten und den heftigen Streit während der Fernsehdiskussion gesehen hatte.«

»Können wir den Streit endgültig außen vor lassen?«

»Endgültig? Was heißt schon endgültig?«

»Also bist du dir auch noch nicht hundertprozentig sicher?«

»Ich fürchte, ich muss erst die Firmenwagen der Storms untersuchen lassen, um darauf eine Antwort zu geben.«

»Das Alibi dieses Storm ist wasserdicht?«

»Ich bin gerade auf dem Weg zu ihm. Das werde ich überprüfen. Wir hören voneinander«, sagte Braig.

Neundorf beendete das Gespräch, klopfte an die Tür des Bauwagens.

Bahreis schien auf sie gewartet zu haben, öffnete sofort. Sein mürrischer Gesichtsausdruck war nicht zu übersehen. »Und? Sind Sie jetzt zufrieden?«, maulte er.

»Zufrieden?«, konterte die Kommissarin. »Zufrieden bin ich erst dann, wenn wir den Mörder von Herrn Orban festgenommen haben. Vorher nicht.«

»Ja, gut, das kann ich verstehen«, räumte Bahreis ein. »Aber dann sind Sie bei mir an der falschen Adresse. Ich habe damit nichts zu tun.«

13. Kapitel

Der Stuttgarter Westen war neben dem eigentlichen Zentrum der einzige Teil des im Talkessel gelegenen Stadtareals, der über weite Strecken auf ebener Fläche errichtet werden konnte. In der Mitte des 19. Jahrhunderts als Erweiterung der alten Kernstadt gebaut, erstreckten sich hier die typischen, auf dem Reißbrett entworfenen, rechtwinklig verlaufenden Straßenzüge mit hohen, meist fünfstöckigen Gebäuderiegeln, die auf engstem Raum sehr vielen Menschen Heimat boten. Halbmondförmig auf drei Seiten von Bergen eingerahmt kletterten die Straßen mit Ausnahme der nach Osten führenden an den Rändern allesamt in die Höhe. In überraschend großer Anzahl fanden sich im Stuttgarter Westen heute noch kleine Läden, Handwerksbetriebe, Kneipen und Lokale. Grünanlagen oder größere Parks freilich waren hier kaum vorhanden, stattdessen etliche mehrspurige Asphaltschneisen mit den gewohnten Begleiterscheinungen.

Braig kannte die Bebelstraße von mehreren Besuchen, war dennoch aufs Neue schockiert von der Hektik, dem alles durchdringenden Lärm und widerlich stinkenden Abgasen, denen er sich augenblicklich ausgesetzt sah, sobald er die Stadtbahn verlassen und auf die Straße getreten war. Obwohl man über weite Strecken versucht hatte, das Tempo der Autos zu verlangsamen, schoss Fahrzeug auf Fahrzeug an ihm vorbei. Giftige, mit Staub und Dreck vermischte Wolken stachen ihm in die Nase. Das Heulen und Toben wollte kein Ende nehmen. Obwohl der Weg von der Haltestelle zu seinem Ziel keine hundert Meter betrug, war Braig froh, als er *Storms Bio Veggie* unmittelbar vor sich sah. Erleichtert öffnete er die Tür, trat ins Innere.

Der winzige Laden wirkte wie ein Relikt aus einer längst vergangenen Zeit. Die massive Holztheke war randvoll bestückt mit großen, geflochtenen Körben voller Gemüse und Früchte, mit handtellergroßen, bunt gefüllten Papiertüten und einer stabilen, alten Kasse aus chromfarbenem Metall. An den Wänden breite, fast bis zur Decke reichende Regale, angefüllt mit einer fast unübersehbaren Vielzahl von Gläsern und in kleine Papiertüten gefassten Kräutern. Allen Produkten gemeinsam waren die anscheinend handgemalten, liebevoll verzierten Etiketten. *Storms Bio Veggie Hack, Storms Bio Veggie Geschnetzeltes, Storms Bio Veggie Gourmet-Aufstrich.*

Dieselben Regale, die gleiche Aufmachung, das haargenau identische intensive Kräuteraroma wie draußen in dem Aussiedlerhof bei Tamm, ging es Braig durch den Kopf, nur von der Größe her um einiges reduziert. Der Vergleich mit einer überdimensionierten Puppenstube, der ihm heute Morgen eingefallen war – hier passte er erst recht. Ein unverhofftes Schmuckstück an dieser stark befahrenen Straße mitten im Stuttgarter Westen – der Kontrast war nicht zu toppen. Ein Juwel mitten in einem von heulenden Motoren und giftigen Abgaswolken terrorisierten Umfeld.

Dass die Storms die richtige Aufmachung für ihre Produkte gewählt hatten, zeigte die Menschenmenge, die sich in dem winzigen Verkaufsraum drängte. Junge Frauen und Männer mit Körben und Taschen. Ein völlig normaler Donnerstag im Juni kurz nach 17 Uhr, und Braig hatte Mühe, sich in *Storms*

Bio Veggie Lädle, wie das bunte, handbemalte Plakat im Schaufenster verkündete, frei zu bewegen. Julian Storm und eine junge, mit einem hellroten T-Shirt und grünen Jeans bekleidete Frau kümmerten sich um die Wünsche ihrer Kundinnen und Kunden. Der Kommissar wartete, bis er es direkt an die Theke geschafft hatte, nickte dem Besitzer freundlich zu.

»Oh Gott, Sie schon wieder!« Julian Storms Gesicht verdüsterte sich augenblicklich, als er ihn bemerkte. »Haben Sie den Täter noch nicht gefunden?«

»Nein.« Braig blieb ruhig. »Das ist uns leider noch nicht gelungen. Können wir kurz miteinander sprechen?«

»Jetzt? Sie sehen doch, was hier los ist.«

»Tut mir leid«, beharrte Braig. Es war spät genug, er hatte keine Lust, jetzt noch lange zu warten.

Storm seufzte vernehmlich, wandte sich der Frau neben ihm zu. »Fünf Minuten«, sagte er. »Schaffst du das?«

Sie musterte Braig mit scharfem Blick, nickte. Storm entschuldigte sich bei seiner Kundschaft, winkte dem Kommissar, ihm zu folgen. Sie traten durch die Tür links neben der Theke, standen in einer Art fensterlosem Lager, das mehrere Kisten mit Storms Produkten sowie zwei Fahrräder und einen an die Wand gelehnten Fahrradanhänger beherbergte. Storm betätigte den Lichtschalter, schloss die Tür hinter sich. »Was wollen Sie jetzt schon wieder?«, polterte er.

»Orban ist tot. Er wurde ermordet«, antwortete Braig.

»Orban?« Storm musterte ihn mit fragender Miene. »Und?«

»Sie hatten heftigen Streit mit dem Mann. Vorgestern Abend. Wenige Stunden später war er tot.«

»Damit habe ich nichts zu tun.«

Braig ließ sich vom Einwand seines Gesprächspartners nicht beirren. »Wo waren Sie am Dienstagabend nach der Fernsehsendung?«, erkundigte er sich stattdessen.

»Sie glauben allen Ernstes ...« Storm schüttelte den Kopf, warf Braig einen verächtlichen Blick zu. »Ich war hier im Laden, aufräumen.«

»Wann?«

»Direkt nach der Sendung. Der Vollidiot hatte mich genervt, das haben Sie sicher gesehen. Ich musste mich abreagieren. Das geht am besten mit körperlicher Arbeit. Ich marschierte durch die halbe Stadt hierher und brachte den Laden in Ordnung.«

»Zeugen?«

»Die Kisten und Gläser hier«, spottete Storm.

»Sie haben also niemanden ...«

»Mein Gott, wer soll denn dabei gewesen sein, wenn ich die leeren Packungen und Gläser aus dem Laden schaffe und sie durch volle ersetze?«

»Wie lange sind Sie geblieben?«

»Die ganze Nacht. Ich habe oben geschlafen. In unserem Dachzimmer.«

Braig erinnerte sich an Storms Aussage vom Vortag, die diese Worte bestätigte. »Haben Sie in der Zeit telefoniert?«

»Am Abend nach der Sendung?«

Braig nickte.

»Und ob«, antwortete sein Gesprächspartner. »Den halben Abend. Das Handy war fast dauernd in Betrieb. Freunde, Kunden, meine Frau. Wegen der Sendung. Die wollten alle darüber reden.«

»Ihre Nummer, bitte. Damit wir das überprüfen können.« Er bemerkte Storms misstrauische Miene. »Haben Sie immer noch nicht begriffen, worum es geht? Ralf Orban wurde ermordet, kaum dass Sie sich mit ihm ...«

»Ja, ja, ja. Hier, bitte.« Storm reichte Braig sein Handy, wartete, bis der Kommissar die gewünschten Daten übermittelt hatte. »Sonst noch was?«

»Ihre Geschäftsfahrzeuge«, erklärte Braig. »Wo finden wir die?«

Er hatte Schanz' roten Astra auf dem Parkplatz in Lichtenstein begutachtet und nach intensiver Untersuchung winzige Partikel hellen Lacks an den Kratzern neben der Beifahrertür entdeckt, anschließend sofort die Spurensicherer alarmiert. Die Kollegen waren bereits dabei, das Auto zu untersuchen.

Gerd Wiechner telefonisch zu erreichen, war nicht gelungen. »Meinem Mann wurden gestern alle vier Weisheitszähne gezogen«, hatte Wiechners Frau ihm fernmündlich erklärt. »Der hat Fieber und schläft tief. Versuchen Sie es morgen noch mal, vielleicht geht es ihm dann besser.« Braig hatte zugesagt, sich am nächsten Morgen noch einmal zu melden, das Handy enttäuscht weggesteckt. Es wollte einfach nicht vorwärtsgehen. Frustriert und hungrig hatte er sich in der Reutlinger Bahnhofswirtschaft eine Portion Maultaschen mit Kartoffelsalat sowie zwei Tassen Kaffee gegönnt und sich dann auf den Weg nach Stuttgart gemacht.

»Unsere Geschäftsfahrzeuge?«, wiederholte Storm. Die Falten auf seiner Stirn nahmen zu. »Was wollen Sie mit unseren Rädern?«

Braig war dabei, die Geduld zu verlieren. Er war müde und hungrig, hatte keine Lust, sich wie ein Idiot behandeln zu lassen. »Ich rede nicht von Ihren Rädern«, verschärfte er den Ton seiner Stimme. »Es geht um Ihre Autos!«

»Unsere Autos?«, maulte sein Gesprächspartner. Er wies auf die verschiedenen Gegenstände im Raum. »Sehen Sie hier irgendwo Autos?«

»Jetzt reißen Sie sich zusammen!«, polterte Braig. »Das ist kein Spiel. Ich möchte Ihre Geschäftsfahrzeuge sehen. Alle!«

Storm schien zu entspannen. Er musterte sein Gegenüber, nahm dessen zunehmende Erregung fast amüsiert zur

Kenntnis. »Verehrter Herr Kommissar, ich glaube, Sie haben noch nicht ganz mitbekommen, was wir produzieren und worauf wir mit unserem Unternehmen besonderen Wert legen. Mit allen Kräften mithelfen, unseren Planeten mit zunehmendem Tempo in einen glühenden Gasball zu verwandeln, das ist nicht unser Ziel. Die Böden, die Pflanzen, unsere Atemluft mit immer neuen Giften zu kontaminieren, ebenfalls nicht. Das tun andere zur Genüge. Wie hoch entwickelte Säugetiere in unseren Massenhaltungslagern gequält werden, muss ich Ihnen wohl kaum erklären. Wir bemühen uns, gesunde und jedem Leben verträgliche Nahrungsmittel herzustellen. Und da sind Herbizide und Pestizide genauso fehl am Platz wie lärmende, Gift sprühende und Menschen ihren Lebensraum raubende Karossen. Wenn Sie also die Geschäftsfahrzeuge der Firma Storm suchen, hier sehen Sie einen Teil vor sich.«

Braig glaubte, nicht richtig zu hören. »Sie wollen mir doch nicht weismachen ...«

»Wir haben«, fiel Storm ihm mitten ins Wort, »vier E-Bikes, zwei E-Bike-Lastenräder, mehrere Fahrräder und doch, zugegeben, einen älteren benzinbetriebenen Karren. Der steht im Hof unseres Betriebes bei Tamm, wird allerdings nur selten benutzt.«

»Das meinen Sie nicht wirklich ernst.«

»Doch«, erklärte der Mann. »Das ist kein Spaß. Gehen Sie mal in den Laden und öffnen Sie die Tür zur Straße. Dann verstehen Sie, wovon ich spreche.«

»Danke. Die zwei Minuten von der Stadtbahnhaltestelle haben mir gereicht.« Braig musterte die Miene Storms, sah, dass er jeden ironischen Zug abgelegt hatte.

»Oh«, wunderte sich sein Gesprächspartner. »Ein Kommissar, der auf die Dienstkarosse verzichtet?«

»Sie sind nicht der Einzige, der Verantwortung zeigt. Wir sind auch privat auf E-Bikes umgestiegen.«

»Respekt!« Storm pfiff leise, nickte mit dem Kopf.

»Trotzdem«, hakte Braig nach. »Wie transportieren Sie Ihre Waren hierher?«

»Per E-Bike und S-Bahn.« Storm bemerkte die skeptische Miene seines Gegenübers und lachte. »Die Leute reagieren alle gleich, wenn sie es hören. Ich sehe es an Ihrem Gesichtsausdruck. Wir haben extra einen kleinen Film gedreht, um es zu demonstrieren. Ich maile ihn Ihnen zu, wenn Sie möchten. Im Übrigen ist es viel einfacher, als es sich anhört. Mit der Verpackung fängt es an. Wir haben gelernt, Platz zu sparen, kommen mit wenigen Transporttaschen aus. Mit den E-Bikes zum Bahnhof ist es nicht einmal anstrengend. Und die S-Bahnen sind morgens gegen zehn Uhr immer nur schwach besetzt, da ist es kein Problem. Von Tamm zur Haltestelle Schwabstraße sind es gerade mal achtundzwanzig Minuten. Ohne Umsteigen. Die Station liegt keinen Kilometer vom Laden entfernt. Das mache ich zwei, manchmal drei Mal die Woche. Je nach Bedarf.«

Braig musterte den Mann, sah keinen Anlass, ihm nicht zu glauben. »Sie sind ja wirklich sehr engagiert.«

»Meine Tochter. Sie hat uns endgültig dazu gebracht.«

»Ihre Tochter?«, fragte Braig. *Das Kind, das draußen auf den Feldern überfahren wurde?*, lag es ihm auf der Zunge.

»Die Anfälle kamen von einem Tag auf den anderen.« Storms Gesicht hatte jeden Anflug eines Lächelns verloren. »Zwei Wochen nach ihrem dritten Geburtstag.« Er richtete den Blick nach unten, schien am liebsten in den Boden versinken zu wollen.

Braig verfolgte die Veränderung in der Körperhaltung des Mannes, verzichtete auf weitere Fragen. Wenn Storm ihn am

Schicksal des Kindes teilhaben lassen wollte, musste er das aus freien Stücken tun. Das Thema traf den Mann mitten ins Herz, nur ein Blinder konnte das übersehen.

»Von einer Sekunde auf die andere fing sie an zu röcheln. Ihre Haut verfärbte sich. Die Lungen … Es war so grauenvoll, ich kann nicht beschreiben, wie sich das anhörte. Sie kämpfte um Luft. Mehrere Minuten lang. Und ich stand dabei und konnte nicht helfen. Verstehen Sie?«

Braig nickte lautlos mit dem Kopf.

»*Asthmatischer Schock*. Mehr konnten die Ärzte nicht sagen. Auch nicht, was wir dagegen unternehmen sollten.«

»Asthmatischer Schock«, wiederholte Braig leise.

»Alle paar Tage«, hauchte Storm. Braig hatte Mühe, ihn zu verstehen. Draußen dröhnten die Motoren der Fahrzeuge. »Alle zwei, drei Tage. Fast regelmäßig. Wir rannten von Arzt zu Arzt. *Allergisch bedingte asthmatische Anfälle*. Mehr bekamen wir nicht zu hören.« Storm hielt einen Moment inne, stampfte mit dem rechten Fuß auf den Boden. »Melis Gesundheitszustand verschlechterte sich zunehmend. Sie nahm ab, konnte fast nichts mehr essen, musste sich nach den Anfällen oft auch noch übergeben. Mit dreieinhalb wog sie gerade noch neunzehn Kilo.« Er zog die Nase hoch, fuhr sich übers Gesicht. »Wir stellten die Ernährung vollkommen um, unterzogen die Wohnung hier oben«, er hob die Hand, wies in die Höhe, »einer grundlegenden Sanierung. Alle Böden raus, alle Teppiche, alle Wandbeläge. Dazu die Hälfte des Mobiliars. Keine Chemikalien mehr in der Umgebung, nur noch Naturprodukte. Ergebnis: null. Nicht ein Anfall weniger. Wissen Sie, wie man sich da als Vater und Mutter fühlt?«

Braig ersparte sich eine Antwort.

»Ziehen Sie raus aus der Stadt! Das war das Einzige, was uns die hoch bezahlten Herren Lungenfachärzte raten konnten. Wenn Ihnen die Gesundheit und das Leben Ihrer Tochter etwas bedeuten, ziehen Sie raus!« Storm schüttelte den Kopf, stampfte erneut auf den Boden. »Sie wussten nämlich genau, woher es kam. Sie hatten es die ganze Zeit gewusst, aber keiner hatte es uns erklären wollen. Bis mich einer der Herren mal auf die Seite nahm. Wir sollten nicht länger um den heißen Brei herumreden, meinte er. Die Ursachen der meisten allergisch bedingten Asthmaanfälle sind wissenschaftlich inzwischen bis ins Detail belegt. Ausgelöst von den vor allem in den Städten Ostdeutschlands nach der politischen Wende explosionsartig gestiegenen Erkrankungen und Todesfällen haben das verschiedene Wissenschaftsteams genau erforscht. Schuld an der Misere ist die zunehmende Stickoxidbelastung durch den Autoverkehr. In ihrem natürlichen Zustand harmlose Pflanzenpollen mutieren unter dem Einfluss der Stickoxide zu extrem aggressiven, die Schleimhäute und Bronchien angreifenden und zersetzenden, hochgefährlichen Substanzen. Im Zusammenwirken mit dem übrigen hochgiftigen Abgascocktail hat das für unzählige Menschen, vor allem auch Kinder, lebensbedrohende Konsequenzen. Da Politiker kein Interesse haben, an der Abgasbelastung etwas zu ändern, bleibt Ihnen nur eines: Ziehen Sie raus aus der Stadt. Es gibt keinen anderen Weg!« Storm holte tief Luft, richtete sich wieder zu voller Größe auf. »Ich könnte kotzen ohne Ende über dieses Scheiß-Land. Nicht die Verursacher müssen fliehen, sondern die Opfer. Ziehen Sie raus! Es gibt keinen anderen Weg!«

Braig hatte Mühe, ruhig zu bleiben. Er konnte die Aggressionen des Mannes voll verstehen. »Und dann zogen Sie raus auf die Felder bei Tamm?«, fragte er.

»Wir hörten zufällig von Freunden, dass das Anwesen zum Verkauf stand. Ein alter Demeter-Betrieb, der Vorgänger aus

Altersgründen ausgeschieden. Meine Frau und ich sind beide Chemiker und Biologen, wir waren vorher in der Lebensmittelüberwachung tätig. Wir nahmen Urlaub, zogen probeweise dort ein. Nach zwei Wochen waren Melis Anfälle vorbei. Damit war die Sache entschieden. Wir übernahmen den Hof, bauten mithilfe meiner Schwiegereltern unsere kleine Firma auf. Fünf Jahre. Bis zu Melis Tod.«

Braig wusste später nicht mehr, wie das Gespräch mit dem Mann weitergegangen war. Storm hatte kaum mehr Kraft gefunden, auf seine Fragen einzugehen, ihm nur das Aussehen des Firmenwagens beschrieben.

»Der alte Ford? Er ist dunkel. Schwarz, um es genau zu sagen. Wir haben ihn gebraucht gekauft, weil er preiswert war. Völlig verrückt, einen Karren mit der Farbe anzuschaffen. Sieht eher nach einem Leichenwagen aus. Kein gutes Image für eine Firma. Zum Glück wird er nur selten benutzt.«

»Den möchte ich aber trotzdem untersuchen lassen. Ihre Frau und Ihre Schwiegermutter sind zu Hause?«

»Ich denke schon. Sie können das Auto gerne überprüfen. Auch wenn Sie damit nur unnötig Steuergeld verschwenden.«

»Nur um mich der Staatsanwaltschaft gegenüber abzusichern«, hatte Braig erklärt. Er hatte sich von Storm verabschiedet, dann den Technikern den Auftrag erteilt. »Lack und Reifen. Und das Handy-Bewegungsprofil von Julian Storm in der Nacht von Dienstag auf Mittwoch.«

14. Kapitel

Rabenschwarze Wolkengebirge türmten sich am Himmel über der Stadt und ihrer Umgebung, als Braig am Freitagmorgen wenige Minuten nach zehn Uhr in Ulm auf den Bahnsteig trat. In der Ferne hörte er es donnern, Blitze zuckten gleißend über den dunklen Horizont. Noch blieben die Schleusen über ihm geschlossen, ein kurzer Blick in die Höhe verriet jedoch, dass es sich wohl nur noch um wenige Minuten handeln konnte. Er beeilte sich, den Bahnhof zu passieren, folgte der Fußgängerzone zum Münsterplatz.

Dass er sich etwas mehr als eine Stunde zuvor entschlossen hatte, in die Stadt an der Donau zu fahren, war den neuen Erkenntnissen seiner aktuellen Ermittlung zu verdanken. Schon wenige Minuten, nachdem er das Haus verlassen hatte, war ihm der Eingang einer Mail auf seinem Handy signalisiert worden.

DNA-Abgleich Kamm/Zahnbürste identisch mit Leiche in Tamm. Gez. Rössle.

So schrecklich diese Nachricht für die Angehörigen des Opfers auch sein mochte, er hatte sich augenblicklich besser gefühlt. Wenigstens eine offene Frage war geklärt. Die Identität des Mannes, der am Mittwochmorgen am Anwesen der

Storms tot aufgefunden worden war, warf nicht länger Fragen auf: Es handelte sich um Gernot Schanz.

Im Büro angelangt, hatte er sich die Telefonnummer sowie die Adresse von Schanz' Eltern besorgt und seinen Besuch angekündigt.

»Wir kommen ursprünglich aus Nossen und sind nach Ulm gezogen, damit wir näher bei Gernot sind«, hatte ihm die Frau mitgeteilt. »Ich habe eine Stelle in einem Seniorenheim begommn. Und mein Mann ist sowieso schon in Rente.« Ihre fast durchgehend hochdeutsche Aussprache war nur ab und an von einem sächsischen Idiom unterbrochen worden. Er hatte unwillkürlich an seine Sekretärin denken müssen.

»Dann haben Sie ein enges Verhältnis zu Ihrem Sohn, nehme ich an.«

»Ja, klar. Oder glauben Sie, wir wären sonst in seine Nähe gezogen? Hierher, zu den Schwoobn?«

Schwoobn. Besonders begeistert hatte das nicht geklungen.

»Wieso wollen Sie das wissen?«

Die Betonung der Frau, dass sie extra in die Nähe ihres Sohnes gezogen seien, hatte ihn endgültig von der Notwendigkeit eines persönlichen Gesprächs überzeugt. Wenn die Familie wirklich ein enges Verhältnis gepflegt hatte, wussten die Eltern wohl über die meisten Leute in seinem Umfeld Bescheid. Dann war es ratsam, sich persönlich mit ihnen zu unterhalten, um an weitere Informationen über den Mann zu gelangen.

Braig hatte den Münsterplatz gerade passiert, als der Regen einsetzte. Urplötzlich begann es, wie aus Kübeln zu schütten. Natürlich hatte er keinen Schirm dabei. Er spurtete ein paar Meter weiter, suchte dann unter einem Vordach Zuflucht. Wasser rann ihm über die Stirn, tropfte ihm aus den Haaren. Was soll's, überlegte er, es kann nicht nur sonnige Tage geben.

Der düstere Himmel passte ohnehin besser zu der Gemütslage, in der er sich befand, als strahlender Sonnenschein.

Die Nachricht vom Tod eines Menschen zu überbringen, gehörte zu den Schattenseiten seines Berufes, ganz besonders, wenn es sich um nahe Angehörige des Verstorbenen handelte. Oft genug hatte er miterleben müssen, wie Menschen dadurch entwurzelt, wie ihnen der Boden unter den Füßen entzogen wurde. Und jetzt war er schon wieder gezwungen, die grauenvolle Botschaft weiterzugeben, einem oder mehreren Menschen den Schlaf und das Glück zu rauben, sie möglicherweise wochenlang währendem psychischem Stress auszusetzen. In solchen Momenten hasste er seinen Beruf; oft genug verfiel er ins Grübeln, wie lange er sich das noch antun wollte. Gab es keine sinnvollere Tätigkeit, warum hatte er sich ausgerechnet diesen Job aussuchen müssen?

Das abrupte Ende der Niederschläge riss ihn aus seinen düsteren Gedanken. So schnell wie der Regen begonnen hatte, so schnell war er wieder vorbei. Gerade noch war eine Gruppe Jugendlicher mit lautem Kreischen und aufgeregtem Geschnatter unter das Vordach gestürmt, um sich vor der Nässe in Sicherheit zu bringen, als der Himmel von Westen her abrupt aufklarte. Die letzten Tropfen fielen zu Boden, da tauchten gleißend helle Sonnenstrahlen den Münsterplatz schon in ein fast unwirkliches Licht. Das Geschrei der jungen Leute gewann an Intensität. Braig sah, wie sie gestikulierend in die Höhe starrten, bemerkte den kräftigen Regenbogen hoch über dem Münster erst, als sie den Platz unter dem Vordach geräumt hatten und auf die andere Straßenseite gestürmt waren. Scharen von Passanten taten es den jungen Leuten gleich: Die Gesichter in die Höhe gereckt, Smartphones in den Händen, fotografierten sie das einzigartige Schauspiel, das sich in dieser Kombination nur hier bot: der höchste Kirchturm der Welt aus dem Boden scheinbar direkt in den Himmel ragend, gekrönt vom intensiv bunten Farbspiel eines außergewöhnlich gut entwickelten Regenbogens.

Braig blieb stehen, gab sich der Faszination des Naturereignisses hin. Es hielt nur wenige Minuten an, löste sich in einen zunehmend blauen Himmel auf. Wenn das die seit Wochen sehnsüchtig erwarteten Niederschläge gewesen waren, gab es keinen Grund, aufzuatmen, überlegte er. Das reichte nicht einmal aus, die Oberfläche zu durchnässen, geschweige denn, die von der Hitze der vergangenen Monate völlig ausgedörrten, tieferen Bodenschichten mit Wasser zu versorgen.

Braig merkte, wie wieder Leben in die Menge auf dem Münsterplatz einkehrte, setzte sich ebenfalls wieder in Bewegung. Die Frauenstraße war nicht mehr weit entfernt. Er benötigte nur wenige Minuten, dann hatte er die angegebene Hausnummer erreicht. Er läutete, hörte das Summen des Türöffners, folgte der Treppe nach oben. Als er im dritten Stockwerk anlangte, las er das Namensschild an der Wand. *Anna und Martin Schanz.* Er klopfte an der Tür, hörte Schritte.

Die Frau, die ihm öffnete, wirkte verschlafen. Sie hatte schüttere, braune Haare, faltige Wangen, eine bleiche, fast durchsichtige Haut. Ihre Haare hingen strähnig ins Gesicht, der Muskel unter ihrem rechten Auge zuckte alle paar Sekunden. Sie war mit einem dunklen Hausmantel bekleidet, musterte ihn mit fragendem Blick.

»Braig«, stellte er sich vor und zeigte ihr seinen Ausweis, »vom Landeskriminalamt. Wir haben miteinander telefoniert?« Er sah ihr zustimmendes Nicken, erinnerte sich an ihre Aussage, in einem Seniorenheim zu arbeiten. Wahrscheinlich war sie erst am frühen Morgen vom Nachtdienst nach Hause gekommen und hatte sich jetzt ins Bett gelegt. »Sie haben geruht?«, fragte er deshalb.

Anna Schanz winkte ab. »Ich hatte Nachtschicht. Und mein Mann ist gerade einkaufen gegangen. Er kommt erst in ein, zwei Stunden zurück.«

»Es tut mir leid, dass ich Sie geweckt habe, aber …« Er hielt inne, sah ihre unruhig hin und her huschenden Augen.

»Ich weiß immer noch nicht, was Sie von uns wollen«, brachte sie etwas kurzatmig hervor. »Ich habe Sie schon am Telefon gefragt. Gernot ist doch nichts passiert?«

Braig fühlte sich zunehmend unwohl, wies ins Innere. Hier draußen, zwischen Tür und Angel, wollte er auf keinen Fall auf das schlimme Geschehen zu sprechen kommen. »Könnten wir vielleicht …?«

Anna Schanz musterte grübelnd sein Gesicht, reagierte erst nach mehreren Sekunden. »Aber ja«, sagte sie dann. Sie bat ihn in die Wohnung, lief vor ihm durch die schmale Diele, öffnete die Tür zu einem kleinen, gemütlich eingerichteten Raum.

Er nahm auf dem schmalen, anthrazitgrauen Sofa Platz, wartete, bis sie es ihm gleichtat. Die Wände des Zimmers waren mit unzähligen in Rahmen eingefassten Fotografien geschmückt. Braig ließ seinen Blick über sie schweifen, entdeckte immer wieder die gleichen Personen: eine junge Frau und einen jungen Mann, mal allein, mal gemeinsam, die verschiedensten Orte im Hintergrund. »Ist das Ihr Sohn?«, fragte er, auf die Bilder weisend.

Anna Schanz nickte. »Gernot und Tanja. Unser Sohn und unsere Tochter.«

»Ihre Tochter.« Braig atmete insgeheim auf. Der Ermordete war nicht das einzige Kind der Familie. Dann gab es zumindest einen weiteren, den Eltern nahestehenden Menschen, der ihnen helfen konnte, über den Verlust ihres Sohnes hinwegzukommen. Das machte das schreckliche Verbrechen nicht ungeschehen, milderte die Folgen für die nächsten Angehörigen aber vielleicht etwas ab. »Sie wohnt in der Nähe?«

Anna Schanz' Gesicht schien zu erstarren. Ihre ohnehin schon bleiche Haut verlor den letzten Rest an Farbe, die Falten auf den Wangen und der Stirn vervielfachten sich, ihr Atmen ging in ein ungesundes Rasseln über. Braig sah, wie sie den Mund öffnete, um ihm zu antworten, dann aber kein Wort hervorbrachte. Er wusste nicht, was sie so außer Fassung gebracht hatte, bemerkte die Tränen, die ihr über die Wange liefen. Irgendetwas war nicht in Ordnung.

»Was ist mit Ihrer Tochter?«, fragte er.

Anna Schanz schüttelte den Kopf, wischte sich mit der rechten Hand übers Gesicht. Er wartete mehrere Minuten, gab ihr Zeit, sich zu sammeln. Die Worte kamen ihr nur bruchstückhaft über die Lippen. »Motorrad. Unfall.«

»Ihre Tochter?«

Sie bewegte ihren Kopf fast unmerklich auf und nieder. Es war nur die Andeutung eines zustimmenden Nickens. Auch das kurze Wort, das sie anschließend mit ihren Lippen formte, war nicht zu verstehen. Ihr völlig verkrampftes Gesicht vor Augen, hatte er dennoch begriffen.

Tanja, ihre Tochter, war bei einem Motorradunfall verstorben.

15. Kapitel

Braig wusste später nicht mehr genau, wie die folgenden Minuten verlaufen waren. Er hatte seinen Beruf verwünscht, den Moment verflucht, in dem er sich entschlossen hatte, diese Laufbahn einzuschlagen. Was war das für ein Job, der einen immer wieder aufs Neue verpflichtete, Menschen, die ohnehin schon bis zum Hals in der Scheiße steckten, mit weiteren Eimern Jauche zu überschütten? Die unübersehbar vom Leben gezeichnete Frau vor ihm hatte den Verlust ihrer Tochter noch längst nicht überwunden und da kam er daher und …

Wozu sollte es gut sein, sie jetzt auch noch mit dem Tod ihres Sohnes zu konfrontieren? Die Botschaft würde ihr Leben vollends zur Hölle werden lassen, ihr die letzte Hoffnung auf irgendeinen Sinn in diesem Universum rauben – er wusste es aus Erfahrung, hatte Menschen schon zu oft in ähnlichen Situationen erlebt, *erleben müssen*, als fast alltägliche Begleiterscheinung dieses verfluchten Berufs …

Irgendwann im Verlauf der folgenden Minuten war ihm klar geworden, dass er Anna Schanz in diesem Zustand, allein, erschöpft von der Nachtwache, nicht mit seiner grauenvollen Botschaft überfallen durfte – auch wenn er deswegen nach Ulm gefahren war. Er hatte noch versucht, ihr Informationen über das Umfeld ihres Sohnes zu entlocken, sie auf dessen ehemalige und aktuelle Freunde zu befragen, war aber komplett gescheitert. Die Erinnerung an den Tod ihrer Tochter hatte sie derart mitgenommen, dass ein tiefgründigeres Nachdenken über mögliche Konfliktpunkte im Leben des Ermordeten nicht möglich war. Schließlich hatte er sich nach einer ihr nahestehenden Person erkundigt und war so auf Monika Parler gestoßen. Mit der an Multipler Sklerose erkrankten, zeitweise an den Rollstuhl gefesselten, etwa gleichaltrigen Frau hatten sich Anna und Martin Schanz unmittelbar nach ihrem Umzug nach Ulm angefreundet. Sie lebte im Erdgeschoss des Hauses und wurde von ihnen mit den wichtigsten Einkäufen versorgt.

»Moni hat uns geholfen«, hatte Anna Schanz mit tränenverschleierter Miene erklärt, »als im Frühling das mit Tanja passiert ist.«

»Sie ist heute Morgen zu Hause?«, hatte er gefragt.

»Moni ist immer zu Hause. Es sei denn, Martin oder ich haben Zeit und begleiten sie in die Stadt oder an die Donau.«

Braig war der Treppe nach unten gefolgt, hatte die Nachbarin informiert.

Monika Parler hatte sein Anliegen sofort verstanden. »Seit Tanjas Tod leidet Anna an depressiven Anfällen«, hatte sie erklärt. »Aber das ist verständlich, oder? Wenigstens hat sie noch ihren Mann und ihren Sohn, sonst …«

Er hatte nur stillschweigend genickt, sie dann auf ihre Aufforderung hin die Treppe hoch in die Nachbarwohnung begleitet, sie teilweise stützend, teilweise tragend. Obwohl die Frau keine fünfundvierzig Kilo wog und heute, wie sie meinte, *einen guten Tag* habe, war er froh, als sie sich oben auf dem Sofa niedergelassen hatte. Schweißnass von der Anstrengung hatte er sie der Obhut ihrer Nachbarin überlassen, sich dann verabschiedet. Keine der Frauen hatte ihn nach dem Grund seiner Anwesenheit gefragt, beide waren zu sehr mit ihren eigenen Problemen beschäftigt gewesen, Gedanken dieser Art aufkommen zu lassen. Braig hatte beschlossen, das Gespräch nachzuholen, sobald Martin Schanz wieder zurückgekehrt war.

Er machte sich auf die Suche nach einem Lokal, nahm am entgegengesetzten Ende des Münsterplatzes ein frühes Mittagessen zu sich, gebackenes Seelachsfilet mit Kartoffelsalat. So sehr er sich bemühte, den Anlass seines Besuches in Ulm wenigstens für ein paar Minuten zu vergessen, es wollte nicht gelingen. Nur mit Mühe und Not schaffte er es, die ohnehin nicht allzu große Portion zu sich zu nehmen. Auch der anschließende Kaffee konnte den faden Geschmack nicht vertreiben. Kurz vor zwölf Uhr machte er sich erneut auf den Weg zu Anna und Martin Schanz.

Der Hausherr, den beiden vollen Taschen in der Diele nach offensichtlich erst vor Kurzem vom Einkaufen zurück, empfing ihn mit großen Augen. »Polizei?«, wunderte sich der schmächtige, von einer weit ausladenden Stirnglatze gezeichnete Mann. »Heute Morgen war schon ein Kollege von Ihnen hier. Das hat mir unsere Nachbarin erzählt. Darf ich wissen, um was es geht?«

»Heute Morgen«, erklärte Braig, »das war ich.« Er bat darum, die Wohnung betreten zu dürfen, fand Monika Parler auf demselben Platz auf dem Sofa vor, zu dem er sie vor mehr als einer Stunde begleitet hatte. Sie unterhielt sich gerade mit Anna Schanz, schaute überrascht zu ihm auf.

»Haben Sie etwas vergessen, Herr Kommissar?«

Braig schüttelte den Kopf, ließ sich am anderen Ende des Sofas nieder. Er lauschte der Frau, die Martin Schanz ausführlich darüber in Kenntnis setzte, wie sie an diesem Tag in die Wohnung gelangt war. Die Dankbarkeit dem fremden Polizeibeamten gegenüber war jedem ihrer Worte zu entnehmen.

»Aber was führt Sie zu uns?«

Noch über zwei Stunden später, als er längst wieder in der Bahn Platz genommen und die Rückfahrt angetreten hatte, klang Braig die Frage in den Ohren. Das Foto der tödlich verunglückten Motorradfahrerin und ihres ermordeten Bruders vor Augen war er auf sein Anliegen zu sprechen gekommen. Martin Schanz hatte die Nachricht zwar weit gefasster aufgenommen als seine Frau, ihm irgendwelche Informationen zu seinem Sohn zu vermitteln, die Braig in seinen Ermittlungen weitergebracht hätten, war dem Mann jedoch nicht gelungen. Das Verhältnis der Eltern zu Gernot war eng und von den üblichen Belastungen einer normalen Eltern-Kind-Beziehung abgesehen weitgehend ungetrübt, sein persönliches Umfeld den Eltern jedoch aufgrund der räumlichen Trennung nur in Teilen bekannt gewesen. Gerd Wiechner und Peter Stenger, hatte Martin Schanz die Handballfreunde seines Sohnes namentlich aufgezählt, von der aktuellen Liaison mit einer Frau jedoch nichts gewusst. Nach dem Scheitern seiner letzten Beziehung über zwei Jahre zuvor sei sein Sohn äußerst zurückhaltend mit Äußerungen über eine etwaige Liebschaft gewesen, hatte der Mann erklärt, zu diesem Thema könne er daher leider nichts beitragen.

Braig hatte sich den Namen der ehemaligen Freundin, einer Laura Kimmich aus Stuttgart notiert, sich dann von der Familie und ihrer Nachbarin verabschiedet. Außer der Tatsache, drei Menschen mitten in ihrem Alltag mit einer grauenvollen Botschaft überfallen und für die nächsten Monate, wenn nicht gar Jahre traumatisiert zu haben, war dieser Besuch weitgehend sinnfrei ausgefallen. Dass die beendete Beziehung mit Laura Kimmich irgendetwas mit dem Tod Gernot Schanz zu tun haben könnte, erachtete Braig bis zum Beweis des Gegenteils als äußerst unwahrscheinlich. Um ganz sicherzugehen, hatte er auf dem Weg zum Ulmer Bahnhof seine Sekretärin mit der Überprüfung der Frau beauftragt.

Braig schaute aus dem Fenster, sah, dass sich der Zug die Geislinger Steige hinunter ins Vorland der Alb schlängelte. Er atmete kräftig durch, versuchte, sich von den deprimierenden Stunden dieses Vormittags zu lösen und wieder in seine Ermittlungen zu finden. Wiechner fiel ihm ein, der Kollege von Gernot Schanz, den er am Vormittag nicht erreicht hatte. Der Mann, der, wie er gehört hatte, in Esslingen, einer der nächsten Stationen des Zuges wohnte.

Er zog sein Handy vor, gab dessen Nummer ein. Es dauerte mehrere Sekunden, bis der Mann sich meldete. Braig nannte Namen und Beruf.

»Polizei?«, nuschelte Wiechner. »Was wollen Sie von mir?«

»Es geht um Gernot Schanz. Ich habe gehört, Sie seien befreundet.«

»Gernot ist ein guter Kumpel, ja. Was ist mit ihm?«

Braig hatte Schwierigkeiten, den Mann zu verstehen. Er erinnerte sich, dass seine Frau von einer Weisheitszahnoperation gesprochen hatte, führte die seltsame Aussprache Wiechners darauf zurück. »Herr Schanz hatte einen Unfall. Sie haben noch nichts davon gehört?«

»Einen Unfall? Ist er verletzt?«

Braig ersparte sich eine konkrete Antwort, fragte stattdessen nach der Intensität der Beziehung. »Sie kennen sich gut?«

»Ja, schon«, nuschelte Wiechner. »Wir sind beide Handballfans und oft zusammen unterwegs zu Spielen. Natürlich kennen wir uns gut. Was ist mit ihm?« Er sparte immer wieder Konsonanten aus, zwang seinen Gesprächspartner, sich Teile der Antwort selbstständig zu erschließen.

Braig beschloss, die Sache abzukürzen. »Ich würde gerne persönlich mit Ihnen sprechen. In einer Stunde etwa. Ist das möglich?«

»Ja, ich bin zu Hause. Heute noch krankgeschrieben. Aber was ist denn mit Gernot? Ist der Unfall so schlimm?«

Braig vertröstete den Mann auf seinen Besuch, ließ sich die Wohnlage genau beschreiben. Wiechners Haus lag am Rand der Esslinger Altstadt, einem der Stadtquartiere, die Braig wie kaum ein anderes schätzte. Er verabschiedete sich von dem Mann, betrachtete die mehr und mehr zugebaute und mit Schnellstraßen verschandelte Landschaft, die draußen vorbeiflog.

16. Kapitel

Kurz nach neun Uhr an diesem Freitag hatte Marianne Herdegger, die die Ermittlungen betreuende Staatsanwältin, Neundorf den Namen der hinter der Geheimnummer verborgenen Person mitgeteilt. Meinrad Bröhr, so entnahm es die Kommissarin seiner offiziellen Vita, war zuerst als Jurist in einer Anwaltskanzlei, dann für mehrere Legislaturperioden als Bundestagsabgeordneter tätig gewesen. Im Anschluss daran hatte er sich als Berater selbstständig gemacht. Was immer das bedeuten mochte. Zurzeit wohnte er in Stuttgart.

Den Mann zu sprechen, hatte sich als schwieriges Unternehmen erwiesen. Neundorf hatte drei Mal vergeblich versucht, ihn zu erreichen. Bei jedem Anruf hatte sie die dringende Aufforderung, sich umgehend bei ihr zu melden, auf der Mailbox hinterlassen. Eine andere Möglichkeit, den Mann zu kontaktieren, war ihr nicht bekannt. Kurz vor zwölf waren ihre Bemühungen dann endlich von Erfolg gekrönt. Bröhr hatte das Gespräch angenommen und ihren Wunsch nach einem kurzfristig anberaumten persönlichen Gespräch ohne Widerspruch akzeptiert.

»Ich bin auf einer Tagung im Schloss Solitude. Meine Mittagspause reicht bis 13.30 Uhr. Bis zu diesem Zeitpunkt stehe ich Ihnen zur Verfügung«, hatte er erklärt.

Neundorf hatte ihm zugesagt, sich sofort auf den Weg zu machen.

Das kleine, barocke Schloss lag am westlichen Rand Stuttgarts. Wie die meisten Schlösser der Umgebung entstammte auch Solitude der Regentschaft des Herzogs Carl Eugen in der zweiten Hälfte des 18. Jahrhunderts. Die Errichtung mehrerer pompöser Prachtbauten und das verschwenderische Luxusleben dieses seine Untertanen in unerträglichem Ausmaß schikanierenden Despoten hatten Württemberg damals an den Rand des Staatsbankrotts gebracht.

Neundorf wusste um die Geschichte des Bauwerks, kannte seine von dichtem Wald und einem Park gesäumte Lage, die zu seinem Namen, der *Einsamkeit* bedeutete, geführt hatte. Angesichts des Lärms der unweit vorbeiführenden Wildparkstraße und der zahlreichen Besucher Solitudes wollte dieses Gefühl heute zwar nur selten aufkommen, das weitgehend autofreie Umfeld des Schlosses atmete dennoch eine besondere Atmosphäre. Mehrere Gruppen in gemeinsame Gespräche vertiefter Männer verteilten sich rings um die Gebäude, fast alle mit weißem Hemd und Krawatte bekleidet, die Anzugjacke lässig über die Schulter gelegt. Nur vereinzelt waren Frauen zu sehen. Obwohl seit dem frühen Mittag auch heute wieder fast tropische Temperaturen herrschten, war es hier oben im Schutz des dichten Waldes weit besser auszuhalten als in den vor Hitze flirrenden Straßenschluchten der Stadt.

Neundorf genoss die frische Luft, atmete tief durch. Sie musterte die ihre Mittagspause genießenden Leute, stutzte. Die Silhouette eines nur wenige Meter entfernt in eine lautstarke Unterhaltung involvierten Mannes kam ihr bekannt vor. Die korpulente, große Gestalt ragte aus der ihn umgebenden Gruppe hervor: Söderhofer. Der hatte ihr gerade noch gefehlt. Sie beeilte sich, die Tagungsräume im angrenzenden

Gebäude zu erreichen, steuerte die Tür an, die ins Innere führte. Zwei Frauen und drei Männer standen davor, Zigaretten in den Händen oder zwischen den Lippen. Neundorf überlegte, nach Bröhr zu fragen, verzichtete angesichts der Qualmwolken aber darauf, öffnete stattdessen die Tür. Hier war die Luft wieder erträglicher. Sie betrat den angrenzenden Tagungsraum, sah sich zwei großen Whiteboards und mehreren mit Plakaten bestückten Stellwänden gegenüber.

Unsere Argumente gegen eine Reform der Verkehrspolitik, prangte in dicken Lettern über der mittleren Wand. Darunter war eine fast unübersehbare Menge verschiedener Punkte aufgezählt.

Immer Angst machen, dass Arbeitsplätze verloren gehen.

Immer die daraus folgende Verarmung beschwören: Wollt ihr so vegetieren wie in Afrika?

Immer das Steinzeit-Argument bringen: Sollen wir alle wieder zu Fuß gehen?

Immer behaupten: Die Klimaveränderung wird gar nicht so schlimm. Sie bringt auch Vorteile.

Immer die Grenzwerte von Schadstoffen lächerlich machen: Behaupten, dass die völlig beliebig seien.

Immer darauf verweisen: Andere Länder machen überhaupt nichts! Wieso dann ausgerechnet wir?

Immer warnen: Das ist Propaganda grüner Spinner, die vom Ausland gesteuert werden, um die Konkurrenzfähigkeit unserer Industrie zu zerstören.

Neundorf glaubte, nicht richtig zu lesen. Was war das hier? Eine Hexenküche zur Verbreitung moderner Lügen, übler Hetzkampagnen und politischer Indoktrination?

Sie kam nicht dazu, die Parolen weiter zu verfolgen, hörte den scharfen Ton einer bellenden, männlichen Stimme hinter sich.

»Darf ich wissen, was Sie hier zu suchen haben?«

Sie wandte sich um, sah einen kleinen, auffallend gut gekleideten Mann vor sich. »Neundorf vom Landeskriminalamt«, stellte sie sich vor. »Ich suche einen Herrn Bröhr.« Sie musste an sich halten, nicht auf die verlogenen Parolen einzugehen, musterte ihr Gegenüber.

»Der bin ich. Wir haben miteinander telefoniert?«

Sie nickte, folgte seinem Fingerzeig in den Nachbarraum. Es schien sich um eine Art Abstellkammer zu handeln, außer Stapeln von Stühlen und mehreren Tischen waren nur Kisten mit leeren Flaschen zu sehen. Der Mann schloss die Tür hinter sich, zog zwei Stühle von einem der Stapel. Er wartete, bis sie Platz genommen hatte, tat es ihr dann nach.

Neundorf beschloss, direkt zum Thema zu kommen. Bröhr hatte lange, dunkle, von Naturlocken geprägte Haare, ein etwas streng wirkendes, kantiges Gesicht. Er trug eine dezent gelbe Jacke zu einer grauen Krawatte und einem weißen Hemd. Die helle Kleidung ließ seinen gebräunten Teint vorteilhaft zur Geltung kommen, das schmal geschnittene Hemd unterstrich die kräftige Statur seines Oberkörpers. Entweder er war häufig in einem Fitnessstudio zu Gast, oder er zeigte regelmäßiges sportliches Engagement, anders konnte sie sich seinen Körperbau nicht erklären.

»Ralf Orban«, sagte sie, sein Gesicht fokussierend. »Wann hatten Sie zum letzten Mal Kontakt?«

»Mit Orban?«, fragte Bröhr. Er schien nicht überrascht. »Vor ein paar Tagen. Mitten in der Nacht. Er holte mich mit seinem Anruf aus dem Schlaf.«

Neundorf wunderte sich über die schnelle und offene Antwort des Mannes, präzisierte ihre Frage. »Wann war das genau?«

Ihr Gesprächspartner musste nicht lange überlegen. »In der Nacht von Dienstag auf Mittwoch. Nach Mitternacht.«

»Macht er das öfter?«

Bröhrs Miene verlor ihre Strenge. »Nein, das macht er nicht öfter«, gab er zur Antwort. »Aber es kann vorkommen. Unter alten Sportskameraden ist es üblich, sich gegenseitig zu helfen.«

»Darf ich wissen, was er so spät von Ihnen wollte?«

Der Mann beugte seinen Oberkörper nach vorne, musterte Neundorf mit fragendem Blick. »Wieso interessiert sich die Polizei für den Inhalt meiner Telefongespräche?«

Bröhr war ein verteufelt guter Schauspieler, daran hatte sie keine Zweifel mehr. Er wusste genau, was mit Orban geschehen war. »Weil Sie entweder der Letzte oder der Vorletzte waren, mit dem Herr Orban vor seinem Tod noch Kontakt hatte.«

»Er starb noch in derselben Nacht?« Die Mimik des Mannes ließ keinerlei Aufregung erkennen. Seine gesamte Körperhaltung signalisierte nach wie vor selbstbewusste Gelassenheit. Die Attitude eines Mannes, der alles unter Kontrolle hatte: sowohl den Inhalt des Gesprächs als auch die Antworten, mit denen er sich aus der Affäre zog.

»Wann haben Sie von seinem Tod erfahren?«

»Gestern Nachmittag«, erklärte Bröhr ohne Zögern. »Ich wusste aber nicht, dass das schon in der Nacht, in der er mich aus dem Schlaf holte, geschehen war.«

»In derselben Nacht«, bekräftigte sie. »Nur wenige Minuten nach Ihrer Unterhaltung. Ich denke, Sie verstehen jetzt, weshalb ich Informationen über den Inhalt Ihrer Gespräche benötige.«

Bröhr nestelte an seinem Hemdkragen, zog seine Krawatte zurecht. Er hatte die kurze Pause offenkundig benötigt, sich eine Antwort zurechtzulegen. »Herr Orban hatte Probleme. Große Probleme«, sagte er.

»Was für Probleme?«

»Mit sich selbst«, erklärte der Mann. »Er war mit sich selbst nicht im Reinen.«

Blablabla, überlegte Neundorf. Sie musste an sich halten, nicht deutlich aggressiver aufzutreten. »Es war lange nach Mitternacht. Er rief zwei Mal an. Noch dazu Ihre Geheimnummer, die, nehme ich mal an, nicht allzu vielen Leuten bekannt sein dürfte. Nur weil er mit sich selbst nicht im Reinen war?«

»Orban war in Panik. Er fühlte sich wieder einmal verfolgt.«

»Von wem?«

»Von einem Bauunternehmer, dem er Geld schuldete. Ziemlich viel Geld.«

»Nannte er einen Namen?«

»Bahreis«, erklärte Bröhr. »Er erwähnte ihn mehrfach, deshalb habe ich ihn behalten.«

»Sie kennen den Mann?«

»Tut mir leid, nein.« Die Antwort kam schnell, sehr schnell, ohne jede Emotion.

»Orban fühlt sich von diesem Bahreis verfolgt«, nahm Neundorf die Aussage des Mannes auf. »Er ist in Panik, schuldet dem Mann viel Geld. Wieso ruft er dann Sie an? Mitten in der Nacht?«

»Wir spielten vor langer Zeit in derselben Mannschaft. Fußball. Er Verteidiger, ich Stürmer. Das ist zwar lange her, aber es verbindet. Und wenn Sie dann irgendwann in Not sind, erinnern Sie sich daran. Das gemeinsame Team, der gemeinsame Fight. Das schweißt zusammen, wie das Sprichwort so sagt. Früher hat er mich oft angerufen. Er war oft in Not.«

»Orban war oft in Not? Weshalb?«

»Ich sagte Ihnen doch, er hatte schon immer Probleme, sein Leben auf die Reihe zu kriegen. Schon damals, als wir gemeinsam Fußball spielten. Er war mit sich selbst nicht im Reinen. Noch nie.«

Mit sich selbst nicht im Reinen. Wenn er jetzt noch ein einziges Mal … Neundorf kämpfte mit sich, ihre Aggressionen zurückzuhalten. »Das macht Ihnen und Ihrer Familie, Ihrer Frau und Ihren Kindern nichts aus, wenn ein alter Fußballkumpel nach Mitternacht nicht mit sich im Reinen ist?«, wiederholte sie die Worte ihres Gesprächspartners.

»Ich lebe allein. Und unter Teamkollegen, auch ehemaligen, ist es üblich, sich bei Problemen gegenseitig zu helfen. Sich die Sorgen von der Seele reden, nannte man das früher, oder? Und dann ist da auch noch meine altruistische Ader. Ihretwegen ging ich in die Politik, um mich für die Interessen unserer Bevölkerung einzusetzen, verstehen Sie?«

Neundorf dachte an die verlogenen Parolen im Nachbarraum, spürte einen starken Würgereiz in ihrem Hals. Sie versuchte, die Worte des Mannes nicht an sich heranzulassen. Seine *altruistische Ader, derentwegen er in die Politik ging.* Sie biss die Zähne zusammen, bis es schmerzte, hatte Mühe, ruhig zu bleiben. »Orban war oft mit schnellen Autos unterwegs«, erklärte sie stattdessen. »Gemeinsam mit alten Freunden. Sie waren dabei?«

»Nein, das ist nichts für mich.« Bröhr reagierte mit der Andeutung eines Kopfschüttelns. »Orban war schon immer exzentrisch veranlagt. Seine verrückten Autotouren gehörten dazu. Ein absurder Spleen. Aber typisch für ihn.«

»Welchen Rat haben Sie ihm gegeben, als er Sie anrief?«

»Ich sagte ihm, er solle sich beruhigen. Das hört sich jetzt seltsam an, aber Orban litt ab und an unter Wahnvorstellungen, müssen Sie wissen. Jetzt, nach seinem Ableben kann ich Ihnen das ja anvertrauen. Er konsumierte zeitweise Psychopharmaka und auch Drogen.«

»Sie sprechen von Koks?«

»Ich rede von härteren Stoffen. Und Unmengen von Psychopharmaka. Seit der Sache mit dem defekten Balkon und der schiefen Garage. Das nahm ihn ganz schön mit.«

»Wovon sprechen Sie?«

»Ein Balkon. Bei der Einweihungsparty gab das Geländer nach und stürzte in die Tiefe. Zwei Leute wurden schwer verletzt.«

»Von Orban gebaut?«

»Von seiner Firma. Es kam wochenlang in den Medien.«

Neundorf konnte sich nur vage daran erinnern. »Zwei Leute wurden dabei verletzt?«

»Einer lag lange im Krankenhaus«, erklärte Bröhr. »Der andere? Berufsunfähig, soweit ich weiß.«

»Es kam zum Prozess?«

»Schludrige Arbeit eines Subunternehmers. Der musste deswegen Insolvenz anmelden. Aber Orban hing mit drin.«

»Und was war mit der Garage?«

»Fragen Sie nicht mich. Irgendwie nicht stabil gebaut oder so. Der Typ startete gerade seinen Wagen, als sie nachgab.«

»Und?«

»Es gab keine Toten, das nicht. Aber die Brüder des Besitzers nahmen Orban in die Mangel. Russen. Wie er die schilderte, handelte es sich um aggressive, gewaltbereite Russen. Seit dieser Sache habe ich ihn fast nur noch zugedröhnt erlebt. Der wusste nicht mehr ein noch aus.«

»Was heißt das: Die nahmen Orban in die Mangel?«, hakte Neundorf nach.

»Ich weiß nur, dass die ihm aufgelauert und ihn verfolgt haben. Mehrfach.«

»Russen?«

»Reiche Russen, ja.«

»Und die haben ihn verfolgt?«

Bröhr stutzte, als ihm die Brisanz seiner Aussage bewusst wurde, nickte dann mit dem Kopf. »Was er mir erzählt hat: Ja, die fuhren ihm hinterher auf seine Baustellen und bedrängten ihn. Denen traue ich es zu. Vielleicht waren die Dienstagnacht hinter ihm her. Dann war es nicht dieser Bauunternehmer, wie er glaubte, sondern die Russen. Und es war Rache. Rache für die eingestürzte Garage.«

17. Kapitel

Die zwischen den Anhöhen des Schurwalds und dem heutigen Flusslauf des Neckars gelegene Altstadt Esslingens bot mit einer traumhaften Kombination aus schmalen Gassen, frisch restaurierten Hausfassaden und romantischen Winkeln und Plätzen die weitläufigste mittelalterliche Szenerie der gesamten Region rund um Stuttgart. Weitgehend vom motorisierten Verkehr befreit, faszinierte Esslingens Zentrum mit einer einzigartig stimmungsvollen Atmosphäre. Unzählige, historische Gebäude, darunter die ältesten Fachwerkhäuser des ganzen Landes blieben erhalten, ebenso viele Relikte der alten Befestigungsanlagen wie das Schelztor, das Wolfstor oder der Pliensauturm.

Die günstige Lage an einer ausgeprägten Furt des alten Neckarlaufs bewirkte, dass sich hier schon früh Menschen niederließen. Archäologen stießen in den letzten Jahrzehnten auf prähistorische Funde und auf römische Grundmauern. Die doppeltürmige, das Stadtbild prägende Kirche St. Dionys ragte heute dort in die Höhe, wo Alemannen im achten Jahrhundert das erste Gotteshaus errichteten. Dreihundert Jahre später kam Esslingen in den Besitz der Staufer, 1212 erhob der spätere Kaiser Friedrich II. die Siedlung zur Reichsstadt.

Die unmittelbare Nachbarschaft zu den Niederlassungen der Württemberger – Beutelsbach, Urach, Stutengarten – provozierte ständige Auseinandersetzungen. Seit Ulrich I., dem ersten Grafen Württembergs, wurde Esslingen mehrfach angegriffen, weshalb die Stadt gezwungen war, sich rundum mit den heute noch teilweise sichtbaren wuchtigen Befestigungsanlagen zu schützen. Auch die im Volksmund als Burg bezeichnete, mächtige Anlage auf dem Berg über der Stadt diente nie als Niederlassung eines Rittergeschlechts, sondern wurde als Festung zur Sicherheit der Bewohner errichtet.

Esslingens rasant anwachsende Bedeutung und der daraus resultierende Reichtum der Stadt basierte auf der Lage an einem der wichtigsten mittelalterlichen Fernhandelswege, der von Holland nach Norditalien führte. Bei Esslingen weitete sich das Flussbett des Neckar zu einer fast das ganze Jahr über begehbaren Furt, was unzählige Händler und Fuhrwerke aus ganz Westeuropa anlockte. Immer mehr Menschen suchten eine feste Bleibe in der Stadt. Deshalb wurde jenseits des damaligen Flusslaufs, der heutigen Maille, eine zusätzliche Siedlung errichtet. Um den Stadtkern mit ihr zu verbinden, wurde im 13. Jahrhundert die fast hundertfünfzig Meter lange *Innere Brücke* erbaut. Jetzt war man nicht mehr abhängig vom Wasserstand des Neckar. Das auf zehn Pfeilern und elf Steinbögen ruhende Bauwerk war mit einem Turm und zwei Stadttoren gesichert. In der Folgezeit wurde die Brücke mit unzähligen Häusern bebaut. Handwerker und Geschäfte reihten sich aneinander.

Weil häufige Hochwasser des vom Schwarzwaldrand herströmenden Flusses die Vorstadtbewohner oft in größte Not brachten, wurde ihm mit großer Mühe ein neues Bett gegraben und mit der Äußeren Brücke überspannt. Drei Türme schützten das Bauwerk vor Angriffen. Seither überquerte die heute vorbildlich restaurierte, von prächtigen Hausfassaden gesäumte *Innere Brücke* nur noch die schmalen Kanäle des Roßneckar und des Wehrneckar, zudem die weitläufigen, mitten in die Altstadt ragenden Rasenflächen der Maille. Dieser in den warmen Monaten von unzähligen spielenden Kindern, miteinander schäkernden und flirtenden Jugendlichen sowie vielen Spaziergängern bevölkerte Park hatte seinen Namen vom alten Zeitvertreib des Paille Maille, bei dem Holzstücke mit Stöcken um die Wette zu einem bestimmten Ziel geschlagen wurden – Braig war die Geschichte Esslingens von vielen Besuchen der Stadt gut bekannt. Er versuchte jeden Aufenthalt in der außergewöhnlichen Atmosphäre des weitgehend vom Autoverkehr befreiten Zentrums zu genießen.

Aus dem Bahnhof in die schmalen Gassen der Fußgängerzone eintauchend, glaubte er sich auch heute wieder in eine längst vergangene, weniger lärmende und hektische Zeit versetzt. Ein einzigartiger Zauber schien von all den vielen verträumten Winkeln, lauschigen Plätzen und von anmutig herausgeputzten Hausfassaden gesäumten Gassen auszugehen. Kaum war man von den lärmenden, stinkenden, Stress und Hektik verbreitenden Blechkarossen befreit, gewann das Leben an neuer, sonst unbekannter Qualität. Was für ein Kontrast zu den überall sonst gewohnten, vom Autoterror geplagten Straßen und Stadtvierteln!

Miteinander scherzende, sich unterhaltende Menschen schlenderten ihm entgegen. Frauen trugen Einkaufstaschen, schoben Kinderwagen, riefen ihren Nachwuchs zu sich her. Ältere Männer spazierten mit aufmerksamen Blicken durch die Menge, trafen sich mit Freunden, palaverten lauthals miteinander. Jugendliche beiderlei Geschlechts flanierten in kleinen und größeren Gruppen durch die Gassen, neugierig die Köpfe reckend und nach Gleichaltrigen spähend. Kinder schleckten Eis, von Hormonschüben aus der Bahn katapultierte Pubertierende versuchten mit lautstark verkündeten unflätigen Ausdrücken auf sich aufmerksam zu machen. Girlies stöckelten in hochhackigen Schuhen übers Pflaster, kreischten, junge Männer im Blick, laut auf, stellten ihre neu erworbenen Kleidungsstücke zur Schau. Mittendrin hechelnde, an ihren Leinen zerrende Hunde, durch die Luft flatternde Tauben. Sommerlich warme Luft strich durch die Gassen, der Duft von frisch gebrühtem Kaffee wechselte mit einem Potpourri teurer Parfums aus nahe gelegenen Läden. Braig mäßigte sein Tempo, genoss jeden Schritt. Mitgerissen von der Faszination dieses bezaubernden Siedlungsensembles schlenderte er um die Ecken. Ein städtebauliches Juwel, das weit und breit seinesgleichen suchte.

Er erreichte die pittoreske Szenerie der *Inneren Brücke*. Laden reihte sich an Laden. Er passierte die kleine Nikolaus-Kapelle, führte es allein auf das schwäbische Understatement zurück, dass Esslingens *Innere Brücke* nicht in einem Atemzug mit dem *Ponte Vecchio* in Florenz oder der *Krämerbrücke* in Erfurt genannt wurde. Am einzigartigen Zauber der Atmosphäre hier lag es jedenfalls nicht.

Er warf einen Blick auf die von unzähligen Menschen bevölkerten Grünanlagen der Maille, die sich unterhalb der Brücke von den schmalen Läufen des Roßneckar- und des Wehrneckarkanals umgeben erstreckte, bog zum Hafenmarkt hin ab. Von dort war es nicht mehr weit zum Haus Gerd Wiechners.

Braig sah das kleine Namensschild neben der stämmigen Haustür, läutete. Die Fassade schien frisch hergerichtet, das zarte Gelb kontrastierte angenehm mit dem dunklen Anthrazit der Pflastersteine. Rot blühende Geranien säumten die beiden Fenster im Erdgeschoss. Der Mann, der die Tür öffnete, schien gesundheitlich angeschlagen. Er war höchstens 1,70 Meter groß, schmal, von auffallend blasser Gesichtsfarbe. Trotz der sommerlichen Temperaturen war er mit einer langen Hose und einer Wollweste bekleidet.

Braig zeigte seinen Ausweis, stellte sich vor. »Herr Wiechner?«, fragte er.

Sein Gegenüber nickte. »Sie müssen entschuldigen«, sagte der Mann. »Ich bin nicht so gut beieinander. Gestern habe ich mir die Weisheitszähne ziehen lassen. Alle auf einmal. Das war keine so gute Idee.«

»Das tut mir leid. Ich möchte Sie auch nicht lange belästigen. Sie wissen ja, es geht um Gernot Schanz. Ich benötige dringend Informationen zu seiner Person. Deshalb …«

»Was ist mit Gernot? Ich habe Sie am Telefon schon gefragt. Er hatte einen Unfall, sagten Sie. Ist es so schlimm?«

Braig wies ins Innere des Hauses. »Könnten wir vielleicht …«

»Ja, bitte. Entschuldigen Sie.« Wiechner trat zurück, bat seinen Besucher, ihm zu folgen. Er führte ihn durch den Vorraum in eine schmale, dunkle Diele, öffnete die Tür zu einem kleinen, gemütlich eingerichteten Raum. Ein älteres, dunkelblaues Sofa, zwei Sessel, mittendrin ein heller, runder Tisch mit einem kleinen Stapel Zeitungen, die *Esslinger Zwiebel* obendrauf.

Wiechner wies auf das Sofa, bat seinen Besucher, Platz zu nehmen. »Darf ich Ihnen etwas anbieten?«, fragte er, setzte dann, als er Braigs Zögern bemerkte: »Ich war gerade dabei, Kaffee zu kochen, als Sie läuteten«, hinzu.

»Oh, schön, dann nehme ich eine Tasse«, antwortete der Kommissar.

Der Hausherr verließ das Zimmer, kam kurz darauf mit einem vollen Tablett zurück. Er verteilte Tassen und Teller, stellte zwei Kannen sowie Milch und Zucker auf den Tisch neben den Zeitungsstapel. »Das ist Kaffee«, erklärte er, auf die kleinere Kanne deutend, »und das hier Kamillentee. Wegen meiner Wunden.« Er wies auf seinen Mund. »Den trinke ich schon den ganzen Morgen. Aber jetzt brauche ich Kaffee. Sonst werde ich überhaupt nicht wach.«

Braig nahm eine Tasse Kaffee entgegen, füllte sich Milch dazu.

»Was ist mit Gernot?«, fragte Wiechner. »Was war das für ein Unfall?«

Braig wartete, bis sich sein Gesprächspartner in einem der Sessel niedergelassen hatte, hielt sich die Tasse prüfend vor die Nase. Kleine, graue Wolken lösten sich von der Oberfläche der dunklen Flüssigkeit, stiegen in die Höhe, verschwanden im Nichts. Binnen weniger Sekunden verbreitete sich der aromatische Duft im ganzen Raum. »Es tut mir leid, Ihnen das sagen zu müssen, aber Herr Schanz ist tot.«

»Tot?« Wiechner lehnte scheinbar leblos in seinem Polster, nahm die Hiobsbotschaft mit offenem Mund entgegen.

»Leider, ja.«

»Aber wieso?«

Braig wollte ihn jetzt nicht länger im Ungewissen lassen. »Er wurde ermordet. Wir wissen nicht, von wem.« Er beobachtete sein Gegenüber, bemerkte dessen erschöpfte, wie von einer Krankheit gezeichnete Körperhaltung.

»Gernot«, nuschelte Wiechner nach einer Weile.

Braig nippte vorsichtig am Kaffee, spürte, dass er heiß und kräftig war, nahm einen vollen Schluck. Er ließ ihn langsam über die Zunge gleiten, versuchte, Worte zu finden, die der Situation gerecht wurden, aber dennoch nicht zu aufwühlend wirkten. Der Kaffee war milchig braun, schmeckte sehr aromatisch. Genauso, wie er es liebte. »Hatte Herr Schanz mit jemandem Streit?«

»Streit?«, wiederholte der Mann. »Mit wem?«

»Ihnen fällt niemand ein?«

Wiechner schnupperte an seiner Tasse. »Gernot ging es gut. Sehr gut. Er war verliebt. Er hatte eine neue Freundin.«

Braig wurde hellhörig. »Wissen Sie zufällig ihren Namen?«

Sein Gesprächspartner zog die Augenbrauen hoch. »Den Namen seiner neuen Freundin?«

Braig nickte. »Hat er ihn erwähnt?«

Wiechner griff sich an seine schmerzende Wange. »Ja, er hat mir erzählt, dass er sich mit ihr treffen wollte. Aber ihr Name …« Er schaute sich wie nach einer Antwort suchend im Zimmer um. »Mhm, er sagte, er wolle sich mit …«

»Lassen Sie sich Zeit«, schlug Braig vor. »Versuchen Sie sich an Ihre Unterhaltung mit ihm zu erinnern, vielleicht fällt er Ihnen dann wieder ein.«

Der Mann stöhnte leise. »Wenn das nur so einfach wäre.« Er überflog die Bilder an der Wand, starrte ins Leere, ließ seinen Blick dann zum Tisch schweifen. Plötzlich schrie er laut auf. »Aber ja, natürlich!« Er sprang aus dem Sessel, griff nach der Zeitung, die oben auf dem Stapel lag. »Hier, da steht es doch!«

Braig nahm das Blatt entgegen, sah, dass es sich um die *Esslinger Zwiebel* handelte. *Im Juli wird es noch heißer*, prangte auf dem Titel. »Ich verstehe nicht ganz«, sagte er.

Wiechner trommelte mit dem Zeigefinger auf das Papier. »Juli«, sprudelte er los. »So nannte er sie. *Juli, meine neue Freundin.*«

»Juli?«, fragte Braig überrascht. »Wie noch?«

»Sie meinen den Nachnamen?«

»Ja. Wie lautet der Nachname der Frau?«

Sein Gesprächspartner reagierte wie in Zeitlupe. Er nahm die *Esslinger* Zwiebel an sich, ließ sich wieder in den Sessel nieder. An seinem Kaffee nippend, schüttelte er den Kopf. »Juli. Das ist alles. Mehr weiß ich nicht.«

»Haben Sie sie mal gesehen? Zusammen mit Herrn Schanz?«

»So lange kennen die sich noch nicht.« Der Mann verfiel ins Präsens, als wäre sein Freund noch am Leben. »Erst seit ein paar Wochen.«

»Aber Sie wissen, wo diese Juli wohnt. Oder arbeitet.«

Wiechner sog Luft durch die Nase. »Gernot blockt immer ab, wenn ich ihn auf sie anspreche.«

»Warum?«

»Keine Ahnung. Ist sonst nicht seine Art.«

»Sie wissen also nicht, wo die Frau lebt? Oder sonst was zu ihrer Person? Welchen Beruf sie hat? Wie alt sie ist? Welches Auto sie fährt? Ihre Haarfarbe oder sonst irgendwas?«

»Gernot ist sehr vorsichtig, was seine Juli betrifft. Vielleicht, weil die Sache noch nicht ganz in trockenen Tüchern ist.«

»Er soll sich hier in Esslingen in einem Lokal mit ihr getroffen haben, erzählte mir Herr Stenger. Wissen Sie was davon?«

»Hier in Esslingen?« Wiechner schien überrascht. »Das höre ich zum ersten Mal.«

»Wer könnte noch von der Frau wissen?«, fragte Braig.

»Peter. Sie haben ihn gerade erwähnt. Peter Stenger.«

»Und sonst?«

»Sonst? Ich weiß es nicht.«

»Was ist mit dem Beinahe-Unfall letzte Woche? In Zell. Herr Schanz soll nachts zu schnell gefahren sein und dabei an einem Kombi ein paar Beulen und Kratzer verschuldet haben.«

Wiechner stellte seine Tasse auf den Tisch. »Peter hat was angedeutet. Aber mit Gernot konnte ich darüber noch nicht reden. Ist er deshalb …?«

»Wir wissen es nicht«, bekannte Braig. »Er wurde außerhalb von Tamm bei einer kleinen Firma, die biologische und vegetarische Lebensmittel herstellt, gefunden. *Storm* heißt die Firma. Sagt Ihnen das etwas?«

»*Storm*?«, wiederholte Wiechner. »Bei Tamm?«

Braig nickte.

»Was wollte er dort?«

»Das möchte ich gerne wissen.«

»Umgebracht, ja?«

»Ziemlich brutal. Kein schöner Tod.«

Wiechner lehnte sich wieder zurück, blies Luft von sich. »Gernot.« Er schüttelte den Kopf, musterte seinen Besucher. »Und Sie haben sich das angeschaut?«

»Das ist mein Beruf«, sagte Braig.

»Ihr Beruf? Immer, wenn hier in der Gegend was passiert?«

»Ja«, bekannte der Kommissar.

»Alle paar Tage ein neues Opfer? Vergewaltigt, erstochen, erwürgt? Junge Frauen, Kinder, Männer wie Gernot?« Wiechner schaute müde zu ihm her. Er war immer noch bleich wie ein erschöpfter, von einer langen Krankheit gezeichneter Mensch, saß in seine Weste gehüllt mit angezogenen Beinen in seinem Sessel. »Mein Gott, wie halten Sie das nur aus?«, fragte er.

Braig nippte an seiner Tasse. »Ich weiß es nicht«, antwortete er. »Manchmal ist es nur schwer zu ertragen.«

Sein Gesprächspartner beugte sich nach vorne, schnupperte an seinem Kaffee, fuhr sich dann mit dem rechten Handrücken über die Stirn. »Das dürfte bei Ihrem Beruf ein fast alltäglicher Zustand sein.«

Braig wusste nicht, was er antworten sollte. Ein fast alltäglicher Zustand? Er hatte sich verändert in den letzten Jahren, ohne Zweifel, war nüchterner, sachlicher geworden. Auch frustrierter, von depressiven Anfällen geplagt? Vielleicht nicht mehr so sensibel. Der Abstand zwischen ihm und dem Elend, das sich fast jeden Tag vor ihm türmte, war größer geworden. Er ließ es nicht mehr so nahe an sich heran, war nicht länger bereit, sich voll und ganz mit allen Sinnen dem Leid der Opfer auszuliefern.

»Ich könnte es nicht«, sagte Wiechner. »Ich fürchte, ich würde wahnsinnig, wenn ich das auf Dauer mitmachen müsste. Oder gewalttätig. Gegen jeden Verdächtigen, der mir in die Hand fiele.« Er führte die Tasse an den Mund, schlürfte den Kaffee.

Braig musterte den Mann, gestand ihm insgeheim zu, seine eigenen Empfindungen voll und ganz getroffen zu haben. Natürlich hatte er in besonders aufrührenden Fällen mit sich zu kämpfen, seine Emotionen in Schach zu halten, aufkommende Aggressionen gegen vermeintliche, leugnende oder ihre Schuld bekennende Straftäter nicht über sich Herr werden zu lassen. Obwohl er sich selbst für einen weitgehend ausgeglichenen Charakter hielt, fern jeder cholerischen oder jähzornigen Anwandlungen, wusste er aus jahrelanger beruflicher Erfahrung, wie schwer es manchmal fiel, sich nicht zu Gewaltakten gegen hartnäckig die Unwahrheit behauptende Verdächtige hinreißen zu lassen, insbesondere dann, wenn es seiner Kollegin und ihm trotz aller Bemühungen nicht gelang, genügend Fakten zusammenzutragen, die zu einer Festnahme ausreichten.

»Die Hand ist Ihnen noch nie ausgerutscht?«, fragte Wiechner.

»Gegen einen Verdächtigen?«

Braig starrte auf seine Tasse, sah die kleinen Wolken, die sich immer noch von ihr lösten. Die Hand noch nie ausgerutscht? Was wollte der Mann hören? Dass es sich bei ihm um einen Engel, ein außerirdisches Wesen handelte? Welcher Polizeibeamte, Tag für Tag aufs Neue damit beschäftigt, im Sumpf der Gesellschaft zu wühlen, sich mit denen zu befassen, die sich in besonders eklatanter Weise auf Kosten anderer austobten, war nicht in Gefahr, dass ihm die Hand ausrutschte?

»Ich will nicht wissen, mit wem Sie sich manchmal auseinandersetzen müssen«, warf Wiechner ein. »Ich fürchte aber, ohne Einsatz körperlicher Gewalt ist das oft nicht zu bewältigen.«

Braig wusste nur zu gut, wie recht der Mann hatte. Konflikte mit aggressiven Personen waren nicht nur Kriminalbeamten, sondern auch den Kollegen der Schutzpolizei vertraut. Angetrunkene, pöbelnde, um sich schlagende Männer gehörten inzwischen fast schon zu jedem gewöhnlichen Dorf-, Vereins- oder Straßenfest, Schlägereien immer übleren Ausmaßes ebenso wie rowdyhaftes Verhalten im Autoverkehr zum alltäglichen Geschehen. Große Teile der Gesellschaft nahmen die fortschreitende Verrohung vor allem jüngerer Männer als gottgegeben hin, ohne nach den Ursachen und vor allem den *Verursachern* zu fragen. Dass die Polizei im Notfall einschritt, die Beamten oft unter Einsatz ihrer Gesundheit und ihres Lebens die aggressivsten Streithähne auseinanderreißen mussten, galt als selbstverständlich. Irgendein Idiot musste die Drecksarbeit eben verrichten. Dass es sich dabei aber um normale Menschen mit allen natürlichen Instinkten, Trieben und Emotionen handelte, blieb außen vor. Polizeibeamtinnen und -beamte hatten zu funktionieren, gleichgültig in welcher Situation. Und wehe, einem von ihnen rutschte die Hand aus.

»Ich könnte es auf jeden Fall nicht«, unterbrach Wiechner seine Gedanken. »Stillhalten, gleich, mit wem ich es zu tun habe.«

Braig verzichtete auf eine schnelle Antwort. Natürlich wusste er, dass es Kollegen gab, die Schwierigkeiten damit hatten, immer stillzuhalten. Wie in jedem anderen Beruf auch waren in den verschiedensten Abteilungen der Polizei Leute tätig, die für sich und ihr berufliches Auftreten Sonderrechte beanspruchten und sich zeitweise nicht an alle Gesetze gebunden fühlten. Es gab Kollegen, auch in seinem unmittelbaren Umfeld, die ihren Launen freie Bahn ließen und im Umgang mit Verdächtigen eine Willkür an den Tag legten, die mit rechtsstaatlichen Gepflogenheiten nicht zu vereinbaren war. Proteste betroffener Bürger und Vorwürfe kritischer Journalisten gegen bestimmte Polizeipraktiken waren oft genug berechtigt, das wusste er aus eigener Erfahrung, auch wenn man intern geneigt war, möglichst viel davon unter den Teppich zu kehren. Er brauchte nicht weit zu gehen, hatte seinen Kollegen Felsentretter vor Augen, dessen Verhalten bei gemeinsamen Ermittlungen zeitweise nur schwer zu ertragen war.

Wir sind eben auch nur ein Spiegel der Gesellschaft, ging es ihm durch den Kopf, wieso sollte es innerhalb der Polizei nur Engel geben, wo überall in der Politik und der Wirtschaft, aber auch im ganz normalen Leben so viele Teufel unterwegs waren? Er konnte nur für sich selbst sprechen und sein eigenes Verhalten kontrollieren. »Ich bemühe mich, gesetzeskonform zu handeln«, sagte er deshalb. »Ich hoffe, dass mir das meistens gelingt.«

»Aber nicht immer«, ergänzte Wiechner.

»Nicht immer, nein«, bestätigte Braig.

18. Kapitel

Kurz nach 15 Uhr machte sich Braig wieder auf den Weg ins Amt. Er spürte seinen knurrenden Magen, besorgte sich bei einem Bäcker in der Esslinger Fußgängerzone eine Butterbrezel und einen Kaffee. Die Tasse war nur noch mit einem Rest der hellbraunen, wohlschmeckenden Flüssigkeit gefüllt, als er Neundorfs Anruf entgegennahm.

»Störe ich?«, fragte sie.

»Nur bei einer Brezel«, erklärte er.

»Dann lass es dir schmecken«, empfahl sie. »Ich will dich nur kurz über meinen Besuch bei Bröhr informieren. Der Herr mit der Geheimnummer. Ein ehemaliger Bundestagsabgeordneter. Inzwischen als *Berater für die Autoindustrie* tätig. Er wohnt in Stuttgart. Ein eiskalter Lobbyist. Ich habe ihn mitten in der Verbreitung seiner verlogenen Parolen erwischt.«

»Deshalb die geheime Nummer. Wie erklärte er die beiden Anrufe mitten in der Nacht?«

»Orban war angeblich in Panik. Er glaubte, er werde verfolgt.«

»Das hat dieser Bahreis doch auch behauptet.«

»Richtig. Und Bröhr erzählte, laut Orbans Aussage habe es sich bei dem Verfolger um einen Bauunternehmer gehandelt, dem Orban Geld schuldete. Ziemlich viel Geld. Der sei hinter ihm her gewesen, um es sich zu holen.«

»Dieselbe Aussage wie von Bahreis. Dann scheint es zu stimmen, dass Orban das vermutete, oder?«

»Schon, ja. Orban wurde anscheinend aber noch von anderen Leuten bedroht.«

»Wer soll das gewesen sein?«

»Bröhr erzählte vom Balkon eines Neubaus, dessen Geländer in die Tiefe stürzte, und von einer Garage, die ihren Besitzer unter sich begrub. Angeblich von Orbans Firma verursacht. Seither sei er von den Angehörigen, aggressiven, gewaltbereiten Russen, verfolgt worden. Die hätten ihm in der letzten Zeit ständig Schwierigkeiten gemacht.«

»Du hast es überprüft?«

»Noch nicht. Ich bin aber auf dem Weg zu Orbans Büro in Vaihingen. Vielleicht finde ich dort Unterlagen dazu. Seine Sekretärin erwartet mich. Die klang recht auskunftsfreudig.«

»Was hat Bröhr mit all dem zu tun? Ich meine, wieso hat Orban ihn mitten in der Nacht angerufen? Noch dazu zwei Mal. Wenn er sich ernsthaft verfolgt und bedroht fühlte, sollte man doch annehmen, dass er darum bemüht war, Hilfe zu holen. Die konnte er sich von Bröhr aber nicht erhofft haben, der wohnt viel zu weit weg«, fragte Braig.

»Orban sei ein alter Fußballkamerad, meinte er. Früher spielten sie in derselben Mannschaft. Das gemeinsame Team, der gemeinsame Fight, das verbinde. Deshalb sei es selbstverständlich, dass man sich bei Problemen gegenseitig helfe. Und Orban habe viele Probleme, er sei oft in Not.«

»Orban sei in Not? Wegen des Pfuschs seiner Firma?«

»*Er war mit sich selbst nicht im Reinen*«, zitierte sie Bröhrs Aussage mit spitzer Zunge.

»Wie bitte? Seit wann liebst du Geschwafel?«

»Das war ein Originalzitat meines Gesprächspartners.«

»Oha. War die gesamte Unterhaltung so ergiebig?«

»Bröhr war lange Politiker, das habe ich dir doch gemailt. Drei Mal darfst du raten, bei wem.«

»Oh Gott, nein. Mir reicht Söderhofer. Und es macht dem Herrn und seiner Familie nichts aus, wenn er mitten in der Nacht zur Problemlösung aufgefordert wird?«

»Er lebt allein«, antwortete Neundorf.

»Trotzdem. Mitten in der Nacht. Kennt er Bahreis?«

»Angeblich nicht.«

»Dann ist Bröhr auch keiner von Orbans Rallye-Freunden?«

»Nein, ist er nicht. Er wusste zwar von diesen Touren, hielt sie aber für einen absurden Spleen. Er meinte, Orban sei schon immer exzentrisch veranlagt gewesen.«

»Welchen Rat hat er seinem alten Fußballkameraden gegeben?«, erkundigte sich Braig.

»Er solle sich beruhigen. Orban habe ab und an unter Wahnvorstellungen gelitten, erklärte er mir. Außerdem, jetzt nach dessen Ableben könne er das ja sagen, habe er Psychopharmaka und Drogen konsumiert. Seit der Auseinandersetzung mit den Russen fast jeden Tag. Bröhr meinte, er sei ziemlich fertig gewesen.«

»Koks?«

»Ja, aber auch härtere. Er wollte nicht damit herausrücken. Ich tippe in die Richtung von Crystal Meth. Und Massen von Psychopharmaka.«

»Was sagt die Gerichtsmedizinerin? Hat sie etwas identifiziert?«

»Bisher habe ich nichts gehört. Ich werde aber nachhaken.«

»Es ist also möglich, dass Orban sich die Verfolgung nur einbildete. Weil er unter Psychopharmaka oder Drogen stand«, folgerte Braig.

»Das wollte Bröhr andeuten. Entweder Drogenwahn oder Verfolgung wegen der Sache mit der Garage.«

»Aber Beweise dafür konnte er keine liefern.«

»Nein.«

»Vom Drogenwahn wird man aber nicht überfahren.«

»Vor allem nicht am Rand eines Parkplatzes. Wenn es auf einer verkehrsreichen Straße passiert wäre … Aber so sicher nicht.«

»Und jetzt?«, fragte Braig.

»Ich habe Vanessa Orban angerufen und sie mit dem Vorwurf des Drogenkonsums konfrontiert.«

»Und?«

»So viel habe er nicht eingeworfen. Das sei Verleumdung. Mal sehen, was sich ergibt. Jetzt habe ich Orbans Büro fast erreicht.«

Braig beendete das Gespräch, gab die Tasse zurück, machte sich auf den Weg zum Esslinger Bahnhof. Eine halbe Stunde später war er im Amt angelangt.

Mandy Prießnitz trank mit kleinen Schlucken ein großes Glas mit einer giftgrünen Flüssigkeit, als er auf sie zutrat. Sie sah auf, stellte das Glas auf ihrem Schreibtisch ab. Es war noch fast zur Hälfte gefüllt.

»Das grüne Wunder«, frotzelte er. »Für ewige Gesundheit.«

»Sie müssn gor nich läsdern«, schoss sie zurück. »Das ist wirklich gesund, ob Sie's gloobn oder nich.«

»Das bezweifle ich nicht«, meinte er, die einer hochtoxischen chemischen Paste ähnliche Flüssigkeit im Blick. »Ich habe allerdings keine Ahnung, welches wunderbare Naturprodukt Sie sich da angelacht haben.«

»Een selbst zubereiteter Smuhfie«, antwortete die Sekretärin. »Hier vor wenign Minudn in meinem eigenen Mixer hergestellt.« Sie deutete auf die Anrichte neben dem Waschbecken. »Brokkoli. Darf ich Ihnen eenen Schlugg anbiedn?«

»Oh, Frau Prießnitz, das ist sehr freundlich von Ihnen! Ich habe aber gerade eine Brezel gegessen und bin satt.«

»Ich värstähe! Eene Brezel, das ist doch gar nichts! Sie wolln sich bloß davor drückn, mal was für Ihre Gesundheit zu dun! Dabei sind Sie ooch nich mehr der Jüngste!« Sie fuhr mahnend mit dem erhobenen Zeigefinger der rechten Hand durch die Luft. »Lassn Se sich von der Farbe nich däuschn! Das is een wunderbarer Geschmack.«

»Herzlichen Dank! Aber, wie gesagt, die Brezel!« Er entfernte sich sicherheitshalber ein paar Schritte von ihrem Schreibtisch, blieb erst wieder stehen, als sie ihn auf die neuesten Ermittlungen ansprach.

»Übrigens: Die Lisden der Delefonade von dem Storm und dem Schanz sind gegommn. Von den Handys, wenn Sie verstähn.«

»Oh, prima. Haben Sie schon mit der Auswertung begonnen?«

»Die Lisde von dem Storm, ja. Da wolldn Se ja das Bewegungsprofil. Ob der in der Nacht wirklich in Stuttgart war.«

»Und?«

»War er, ja. Jedenfalls von 19.30 Uhr bis morgens um 6.50 Uhr. Und von 21.15 Uhr an bis 1.30 Uhr wurde der fast pausenlos angerufn.«

»Dann hat er mir die Wahrheit erzählt. Vorausgesetzt, er war selbst am Apparat. Da müssten wir noch ein paar der Anrufer über …«

»Ist schon erlädischd«, erklärte die Sekretärin. »Fünf Leude hab ich gefragt. Alle fünf haben beschdädigd, dass se mit ihm gesprochn haben. Wenn Se denen gloobn wolln.«

»Vielen Dank. Wenn alle fünf das bestätigen, nehme ich es vorerst mal als wahr an. Was ist mit den Anrufen von Gernot Schanz. Sind es viele?«

»Schon, ja. Fast fünfzig Anrufe. Ne ganze Menge.«

»Oh je. Dann werde ich sie mal durchsehen. Vielleicht schaffen wir sie heute noch gemeinsam.«

»Heute ist Freitag und schon ganz schön spät.«

»Wir versuchen es«, schlug Braig vor. »Sind die Untersuchungsergebnisse vom Auto der Storms schon da?«

»Sie finden se auf Ihrem Schreibtisch.«

Er lief zu seinem Platz, sah den Ausdruck direkt vor der Tastatur des Computers liegen. Die Techniker hatten sich alle Mühe gegeben und das Fahrzeug gründlich untersucht. Es wies zwar Beulen und Kratzer an den verschiedensten Stellen auf, hatte aber mit den an Schanz Astra entdeckten Lackresten nichts gemein. Auch bezüglich der Reifen hatte sich nichts ergeben: Die von den Spurensicherern im Vorfeld der Firma Storm auf der Straße identifizierten Abdrücke stammten von einem anderen Fahrzeug.

Julian Storms Aussagen hatten sich als korrekt erwiesen, überlegte Braig. Dass die sterblichen Überreste Schanz' bei der kleinen Firma abgelegt worden waren, schien also eher dem Zufall geschuldet. Oder gab es doch irgendeinen Zusammenhang?

Er wusste im Moment nicht weiter, schaltete seinen Computer ein, um sich die Liste der letzten von Gernot Schanz geführten Handy-Gespräche anzuschauen. Sie war in der Tat sehr umfangreich. Braig überflog die Zahlenreihen, kam auf achtundvierzig verschiedene Verbindungen im Zeitraum von sieben Tagen. Die letzten interessierten ihn am meisten. Schanz war in der Nacht von Dienstag, den 26. Juni, auf Mittwoch, den 27. Juni, getötet worden. Das letzte Telefongespräch, das er geführt hatte, war um 20.32 Uhr auf seinem Handy eingegangen. Braig kam die Ziffernfolge irgendwoher bekannt vor, überprüfte sie.

Überrascht nahm er den Namen des Anrufers wahr. Gerd Wiechner. Der Esslinger Kollege war der Letzte, der mit Schanz telefoniert hatte. Warum hatte er ihm nichts von seinem späten Anruf erzählt?

Braig beschloss, den Mann sofort darauf anzusprechen, gab seine Nummer ein. Es dauerte eine Weile, bis er Wiechners nuschelnde Stimme am Ohr hatte.

»Ja, was gibt's?«

»Braig, der Kommissar. Ich bin's wieder.«

»Und?«

»Es geht noch mal um Gernot Schanz. Wissen Sie, mit wem er das letzte Telefongespräch seines Lebens führte?«

»Mit wem?«

»Mit Ihnen.«

»Mit mir?«

»Dienstag, 26. Juni, 20.32 Uhr. Sie haben ihn angerufen. Darf ich wissen, was Sie von ihm wollten?«

»Letzten Dienstag«, wiederholte Wiechner. Er schien nachzudenken. »Ach so, ja. Es ging um meine Operation. Ich erinnerte ihn daran, dass ich am nächsten Tag, also vorgestern, krankgeschrieben war und er deshalb meinen Posten in der Firma übernehmen solle. Das ist bei uns so geregelt.«

»Weshalb haben Sie ihm das nicht schon am Mittag mitgeteilt?«

»Ich war am Montag und Dienstag auf Montage. Da haben wir uns nicht gesehen.«

»Das war alles?«

»Ja, wieso?«

Die Antwort des Mannes schien plausibel, überlegte Braig. Es gab aber noch eine andere Sache, die ihn brennend interessierte. »Dieser Anruf am Dienstagabend. Wissen Sie, wo Herr Schanz gerade war, als Sie mit ihm sprachen?«

»Wo Gernot war?«

»Ja.«

»Woher soll ich das wissen?«

»Hat er nichts erwähnt? Oder …« Braig formulierte die Frage neu. »Haben Sie ihn nicht gefragt, ob Sie stören, als Sie so spät anriefen?«

»So spät war das doch nicht! Um halb neun ist es zurzeit doch taghell!«

»Ja gut, das ist richtig. Mir geht es darum, zu erfahren, wo Herr Schanz sich um diese Zeit aufhielt. Und ob jemand bei ihm war. Vielleicht sogar die Person, die seinen Tod …«

»Um Gottes willen, was sagen Sie da!«, fiel Wiechner ihm ins Wort. »Sie meinen, Gernots Mörder …«

»Ausschließen kann ich das nicht«, bestätigte Braig.

»Aber …« Der Mann verstummte, meldete sich erst nach einigem Überlegen wieder zurück. »Vielleicht …«

»Ja?«

»Ich weiß nicht genau, ob ich das noch richtig in Erinnerung habe, aber möglicherweise war da ganz am Anfang, als Gernot das Gespräch annahm, eine Frauenstimme zu hören.«

»Was sagte die Frau?«

»Das weiß ich doch nicht! Ich kann ja nicht mal mehr sagen, ob das wirklich … Doch, wenn ich mich nicht vollkommen täusche, am Anfang, aber nur kurz, ganz kurz, hörte ich die Stimme einer Frau.«

»Eine jüngere Frau?«

»Sie stellen Fragen!« Wiechner brummelte irgendwas vor sich hin. »Tut mir leid, das weiß ich nicht. Das war nur im Hintergrund.«

»War er vielleicht mit dieser Juli zusammen?«

»Keine Ahnung! Vielleicht, vielleicht nicht.« Der Mann wurde immer patziger, schien zunehmend überfordert.

Braig bedankte sich für die Auskunft, bat Wiechner, telefonisch erreichbar zu bleiben, falls er weitere Fragen habe, beendete das Gespräch. Er lief zu seiner Sekretärin, erkundigte sich, ob die Handy-Ortung des Gerätes von Gernot Schanz für dessen letzte Tage schon in Auftrag gegeben worden sei.

»Also, mich hat noch niemand gäbätn, das zu tun«, gab Mandy Prießnitz etwas verschnupft zur Antwort.

»Dann veranlassen Sie das bitte. Die Nummer haben wir ja.«

Er ging zurück zu seinem Schreibtisch, konzentrierte sich wieder auf die Anrufliste. Die vorletzte Verbindung stammte von einem Prepaid-Handy. »Verdammter Mist«, schimpfte er. Ihm war klar, welchen Aufwandes es bedurfte, den Besitzer dieses Anschlusses herauszufinden. Wenn sie Pech hatten, handelte es sich um ein gestohlenes Gerät, oder der Anschluss war unter einem Fantasienamen angemeldet, dann hatten sie überhaupt keine Chance. Er sah, dass der Anruf um 18.52 Uhr bei Schanz eingegangen war und fast genau zehn Minuten gedauert hatte. Eine längere Sache also. Er überflog die vorherigen Verbindungen, bemerkte, dass die Prepaid-Handy-Nummer noch zwei Mal auftauchte. Die identische Ziffernfolge. Um 12.32 Uhr und um 12.55 Uhr. In Schanz Mittagspause?

Braig notierte die Nummer, bat seine Sekretärin, sich um die Identifizierung zu kümmern. »Darin sind Sie doch Profi«, munterte er sie auf. »Das könnte doch wieder klappen.«

»So eenfach is das nich«, dämpfte sie seine Erwartungen.

Er arbeitete die übrigen Verbindungen durch, stellte fest, dass es sich meistens um Gespräche mit den Eltern von Gernot Schanz sowie Gerd Wiechner und Peter Stenger handelte. Dazu fünf weitere, bisher noch unbekannte Ziffernfolgen sowie drei Mal die Prepaid-Handy-Nummer, um deren Identifizierung er seine Sekretärin gebeten hatte. Er machte sich daran, die Anschlüsse zu überprüfen, notierte Namen und Adressen der Leute, die mit Schanz gesprochen hatten.

Es war schon kurz vor halb sechs, er spürte seine zunehmende Erschöpfung, als Mandy Prießnitz aufgeregt in sein Büro stürmte. »Endlich! Ufn lätzdn Drücker! Gerade wollte ich ufgäben, no hats doch noch geklappt«, brachte sie etwas gehetzt hervor.

Braig war zu müde, sofort zu begreifen. »Ja?«

»Die Prepaid-Nummer. Ich hab sie gäfundn.«

»Oh, das ist wunderbar, Frau Prießnitz! Ich hab's doch gewusst. Sie sind einfach ein Genie!«

Die Sekretärin ließ sich nicht beirren. Sie begleitete seine Worte mit heftigem Kopfschütteln, kam unvermittelt zur Sache. »Es handelt sich um eine Julia Sohns, Südendstraße 31 in Karlsruhe. Die Nummer wurde am 4. Februar diesen Jahres angemeldet.«

Braig fühlte sich augenblicklich erleichtert. Endlich eine erfreuliche Nachricht, schoss es ihm durch den Kopf, ein – wenn auch kleiner – Fortschritt in den Ermittlungen. Julia Sohns also hieß die Person, mit der Gerald Schanz auffallend viele Handy-Gespräche geführt hatte. Julia Sohns. Er erinnerte sich noch gut an den Namen der neuen Freundin, den Gerd Wiechner ihm genannt hatte. Gernot war verliebt, hatte der ihm erklärt, in *Juli*, seine neue Freundin. Konnte das ein Zufall sein? Unmöglich.

Er merkte, dass Mandy Prießnitz auf den Beginn des Feierabends schielte, bat sie, vorher noch kurz zusammenzustellen, was sie an Informationen über Julia Sohns herausfinden konnte. Wenn er Glück hatte, konnte ihm ein Gespräch mit der Frau entscheidend weiterhelfen, schließlich hatte sie in den letzten Tagen mehrfach mit Schanz telefoniert und wohl auch den letzten Abend gemeinsam mit ihm verbracht. Blieb nur die Frage, warum sie sich noch nicht bei ihnen gemeldet hatte, immerhin war ihr Freund seit drei Tagen tot. Weil sie von seinem Ableben nichts mitbekommen hatte? Oder weil es ihr ratsam schien, das Licht der Öffentlichkeit zu meiden?

Die doch recht außergewöhnliche Nutzung eines Prepaid-Handys sprach eher für die letzte Vermutung. Was aber konnte der Grund für diese Maßnahme sein? Musste er etwa darauf gefasst sein, dass sie in das Geschehen um Schanz' Tod involviert war?

Er wusste nicht, wie er die Frau einzuschätzen hatte, überlegte, ob es eventuell ratsam sei, Julia Sohns ohne telefonische Voranmeldung mit einem Besuch zu überraschen. Sie ohne jede Vorbereitung auf ihr Verhältnis mit Gernot Schanz anzusprechen, sie aber auch dahin zu befragen, weshalb sie sich nicht bei der Polizei gemeldet hatte, um bei der Aufklärung des ungeklärten Todes des Mannes behilflich zu sein. Nach Karlsruhe waren es etwa fünfzig Minuten Fahrt, je nachdem, in welchem Viertel die Straße zu finden war.

Er holte sich den Stadtplan auf den Bildschirm, sah, dass die Südendstraße nur einen Katzensprung vom Hauptbahnhof entfernt lag. Wenn er sich sofort auf den Weg machte …

Mandy Prießnitz meldete sich mit kräftigem Räuspern zurück. »Diese Frau in Garlsruhe«, meinte sie.

»Julia Sohns, ja«, bestätigte er.

»In Garlsruhe ist keine Frau dieses Namens gämäldet.«

Braig sprang von seinem Stuhl, musterte seine Sekretärin. »Wie bitte?«

»Es gibt keene Julia Sohns«, erklärte die Frau. »Jedenfalls nicht in Garlsruhe. Und ooch nicht in der Umgebung. Ettlingen, Bruchsal und Pforzheim habe ich ooch überbrüft. Ne Frau mit diesem Namen ist nicht zu finden!«

19. Kapitel

Das Büro der Bauunternehmung Orban im Stuttgarter Stadtteil Vaihingen machte vom ersten Moment an einen außergewöhnlich vorteilhaften Eindruck. Alles wirkte ordentlich aufgeräumt, nichts lag durcheinander, der Schreibtisch wie die Beistellschränke und auch der Boden glänzten wie frisch poliert. Die angenehm kühle Luft atmete das Aroma feiner Blüten; ob es von dem bunten Strauß Sommerblumen stammte, der mitten auf einem runden Glastisch gleich neben der Tür stand, oder eher vom Parfüm der Sekretärin, wusste Neundorf nicht zu beurteilen. Wahrscheinlich von beiden, überlegte sie, nachdem sie der Frau die Hand gereicht und sich vorgestellt hatte; der Duft wirkte auf jeden Fall sehr angenehm und die Luft in dem Raum nach der stickigen Tropenglut draußen geradezu erfrischend.

»Hier lässt es sich aber gut aushalten«, bekundete die Kommissarin ihren Respekt. »Wenn ich die Situation in meinem Büro damit vergleiche …«

Elena Schulz nahm das Kompliment erfreut an. »Hier bin ja auch ich die Hausherrin«, erklärte sie mit verkniffenem Lächeln.

Das markant rauchige Timbre ihrer Stimme ließ Neundorf aufsehen; irgendwie schien es nicht zu der feingliedrigen, dezent geschminkten Mittvierzigerin zu passen.

»Das trifft sich gut«, meinte die Kommissarin. »Vielleicht können Sie mir Hinweise geben, die uns helfen, den Tod von Herrn Orban aufzuklären.«

»Seinen Tod aufklären?« Die Überraschung im Gesicht der Frau war nicht zu übersehen. »Ich dachte …«

»Ja?«

»Seine Raserei«, antwortete Elena Schulz. »Ich dachte, er ist mit einem seiner Karren gegen eine Weinberghütte geprallt?«

»Ein Unfall?«

Die Sekretärin nickte zustimmend. »Orban hat schon manche Kiste zu Schrott gefahren.«

»Nein«, erwiderte Neundorf. »Diesmal hat jemand nachgeholfen.« Sie bemerkte den betroffenen Gesichtsausdruck der Frau, kam sofort auf ihr zentrales Anliegen zu sprechen. »Angeblich wurde Herr Orban seit Längerem belästigt. Wegen einer falsch gebauten Garage.«

Elena Schulz winkte ab. »Das schon wieder!« Sie wies auf die roten Schwingstühle hinter dem runden Glastisch. »Wollen wir uns nicht …«

Neundorf nickte, wartete, bis ihre Gastgeberin mit einer Flasche Wasser und zwei Gläsern zu ihr trat, nahm auf einem der Stühle Platz. Elena Schulz hielt ihr eines der Gläser fragend entgegen, schenkte es dann nach Neundorfs zustimmendem Kopfnicken voll.

»Vielen Dank.« Die Kommissarin nahm das Wasser entgegen, trank einen Schluck.

»Die haben ihn bedroht«, erklärte die Sekretärin. »Hier, vor meinen Augen.«

»In welcher Form?«

»Pah, das war nicht ohne! Drei Männer, der Alte und zwei Söhne. Die stürmten ins Büro, brüllten wie die Irren, alles auf Russisch natürlich …«

»Russisch?«

»Ja, das waren Russen. Die hatten uns beauftragt, eine alte Villa, die sie in Baden-Baden gekauft hatten, umzubauen. Das hat alles gut geklappt, nur später mit den Garagen gab es Schwierigkeiten. Die waren aber nicht von uns. Wir haben diesen Auftrag sofort weitergegeben an eine andere Firma, weil unser Architekt nicht damit klarkam. Die Hangneigung war zu groß für so einen Riesenkomplex. Deshalb lehnte Herr Orban es ab, das zu übernehmen. Und kaum waren sie gebaut, kam das Gelände ins Rutschen.«

»Was ist passiert?«

»Ich weiß es nicht genau. Zwei oder drei von ihren Luxusschlitten wurden demoliert, keine Ahnung.«

»Keine Verletzten oder gar Toten?«

Elena Schulz schüttelte den Kopf. »Zum Glück nicht, nein. Aber die Autos waren zertrümmert, ich habe die Fotos gesehen. Die Typen donnerten sie hier auf den Schreibtisch.« Sie wies durch den Raum. »Unangenehme Leute. Neureich, die schwimmen im Geld. Aber wie gesagt, es war nicht unsere Schuld.«

»Herr Orban wurde trotzdem bedroht.«

Elena Schulz prustete leise. »Das kann man sagen, ja. Ohne Pfefferspray ging ich nicht mehr ins Büro. Die fuhren ihm von Baustelle zu Baustelle hinterher, bis unsere Arbeiter sie verjagten.«

»Sie verjagten?«

»Pah, die machten denen klar, dass das so nicht läuft!«

»Handgreiflich?«, fragte Neundorf.

Elena Schulz zögerte mit ihrer Antwort. »Durchaus, ja«, erklärte sie dann.

»Herr Orban wandte sich nicht an die Polizei?«

»Um Gottes willen, nein! Nur kein Aufsehen. Die Sache nicht an die große Glocke hängen. Das ist schlechte Publicity.«

»Und dann?«

Die Sekretärin warf ihr einen ratlosen Blick zu. »Was meinen Sie?«

»Was passierte nach der handgreiflichen Attacke gegen diese Leute?«

»Nichts«, antwortete die Frau. »Was soll auch passieren? Die haben kapiert, dass man sich bei uns nicht so aufführt.«

»Oder auch nicht«, überlegte Neundorf laut. »Wann war das?«

»Die Aktion unserer Arbeiter?«

»Der Einsturz der Garage und auch die Aktion, ja.«

»Das mit dem Einsturz war letzten Herbst. Und die Sache mit unseren Arbeitern … vor fünf Wochen etwa.«

»Dann geben Sie mir bitte die Namen und die Anschrift dieser Russen. Und eine Kopie der Verträge mit ihnen. Sie haben sie hier?«

Elena Schulz nickte. »Sie glauben doch nicht …«

»So wie Sie den Konflikt schildern, kann ich nicht ausschließen, dass das mit seinem Tod zu tun hat.« Neundorf trank von dem Wasser. »Oder gibt es noch mehr Leute, die Herrn Orban bedroht haben?«

Die Sekretärin erhob sich von ihrem Stuhl, lief zum Schreibtisch. »Bedroht?« Sie blieb vor ihrem Computer stehen, fuhr sich mit der Hand übers Kinn. »Auseinandersetzungen gibt es bei uns öfter. Mal mäkeln Kunden wegen der Rechnung, mal weil sie mit unserer Arbeit nicht zufrieden sind. Aber das ist normal so im Geschäftsleben. Deswegen bringe ich doch niemanden um.«

»Was war mit dem defekten Balkongeländer?«

»Pah, das war doch nicht unsere Schuld!« Elena Schulz winkte mit der rechten Hand ab. »Unsere Firma war nur für die Rohbauten verantwortlich, und die wurden in einwandfreiem Zustand übergeben. Die Ausstattung der Balkone hat eine andere Firma übernommen, die waren darauf spezialisiert. Dass die uns das anhängen wollten, war eine Frechheit ohnegleichen. Da ging es um viel Geld. Zwei Leute wurden schwer verletzt, die Versicherungen machten Zicken. Herr Orban übergab die Sache einem Anwalt. Das war schnell vom Tisch.«

»In dem Zusammenhang kam es zu keinen Drohungen gegen ihn?«

Die Sekretärin schüttelte den Kopf. »Wir hatten nichts damit zu tun, wirklich!« Sie machte sich an ihrer Computertastatur zu schaffen, benötigte keine Minute, die angeforderten Unterlagen bereitzustellen. »Die Russen-Sache. Soll ich sie Ihnen mailen?«

Neundorf nickte, nannte den E-Mail-Account, erkundigte sich nach Orbans angeblichem Drogenkonsum. »Ich habe natürlich keine Ahnung, wie gut Sie Ihren Chef kannten.«

»Pah, also gut genug, um zu begreifen, dass es so nicht weitergehen konnte«, erklärte die Frau ohne Zögern. »Seit der Sache mit den Russen warf er ständig was ein. Das machte mir echt Sorgen, weil er immer wieder Termine versiebte oder die Baustellen durcheinanderbrachte. Ich habe versucht, seine Frau zu überreden, ihm eine Therapie zu vermitteln, aber die wollte nichts davon wissen. Ganz schlimm war es, wenn er mit seinen aufgemotzten Sportwagen die Gegend unsicher machte. Mit seinen Freunden. Deshalb dachte ich sofort an einen Unfall, als ich von seinem Tod hörte.«

20. Kapitel

Das laute Schimpfen war schon von Weitem zu hören. Irgendein heiser klingendes Stakkato missfälliger Bemerkungen. Die Person, zu der die schrille Stimme gehörte, bekam Braig erst in dem Moment zu Gesicht, als er vor Dr. Genkingers Haus angelangt war und einen Blick in den üppig blühenden Garten warf. Marietta Feiler war gerade dabei, zwei in bunte Farben gekleidete Männer mittleren Alters mitsamt einer großen, roten Katze inmitten des Pavillons auf ihren Chip zu bannen. Sie stakste mit ihrer Kamera hin und her, konzentrierte sich ganz auf ihr Motiv.

Die stämmige Gestalt am Rand des Gartens passte nicht ins Bild. Braig musterte den Mann, hörte irgendetwas von *Sünde* und *Unzucht*, trat auf den Fremden zu. »Hallo«, sagte er. »Haben Sie ein Problem?«

Der Mann drehte sich zur Seite, wies in die Richtung des Pavillons. Er hatte lichtes, dunkles Haar, zeigte von seinem Hinterkopf ausgehend einen zunehmenden Trend zur Glatze. Sein Gesicht war von breiten Wangen geprägt, buschige Brauen wölbten sich über den Augen. Er trug ein dunkelgrünes T-Shirt mit Schwitzflecken unter den Achseln, dazu blaue Latzhosen, schien um die fünfzig. »Die versündigen sich«, erklärte er mit einem harten Akzent. »Der Herr duldet keine Unzucht.«

Braig folgte seinem Fingerzeig, nahm jetzt erst die zärtliche Pose wahr, mit der sich die beiden Männer umarmten. »Die haben sich und ihre Katze gern«, sagte er.

»Das ist Unzucht!«, schimpfte der Mann vor ihm. »Der Herr hat es verboten.«

»Was hat er verboten? Dass sich zwei Menschen gern haben?«

»Das Gericht wird über sie kommen. Der Herr lässt sich nicht verspotten. Er wird sie mit ewigem Höllenfeuer bestrafen.«

Braig fühlte sich zunehmend genervt, hatte keine Lust, sich das Gelaber des Homophoben noch länger anzuhören. Der Mann gehörte wohl einer jener fundamentalistischen Gruppierungen an, die glaubten, ihr intolerantes Verständnis von Sexualität allen Menschen als allein gültiges Gesetz überstülpen zu müssen. »Was will er denn, der Herr?«, maulte er. »Dass sich die zwei da vorne totschlagen?«

Sein Gegenüber schüttelte missbilligend den Kopf, hob mahnend seinen rechten Zeigefinger. »Sodom und Gomorrha. Pestilenz und Verderben herrschen. Sünde treibt die Menschen. Der Satan hat seine Hände überall im Spiel.« Er verschärfte den Ton seiner Stimme. »Aber das Endgericht steht unmittelbar bevor. Bald werden sie vor dem Thron des Herrn stehen. Keiner wird seinem Zorn entgehen. Er wird selbst die kleinste Sünde nicht unbestraft lassen.«

Braig hatte Mühe, ruhig zu bleiben. Verbohrte fundamentalistische Hassprediger gleich welcher Couleur schienen überall auf der Welt aus dem Boden zu schießen und ihre Umgebung mit dem Gift ihrer menschenverachtenden Ideologien zu verseuchen. Unter Berufung auf irgendwelche uralten, nur von ihnen selbst korrekt interpretierten Schriften sorgten die bornierten Hetzer für Hass und Streit und verursachten oft genug lebensbedrohende Auseinandersetzungen. »Es wäre besser, Sie kümmern sich um Menschen in Not, als im Intimleben anderer Leute zu schnüffeln«, warf er dem Mann deshalb entgegen.

Der Glatzkopf zuckte zusammen, seine Augen verengten sich zu schmalen Schlitzen. Zornesröte flutete sein Gesicht. Er wollte gerade zu einem neuen Sermon ansetzen, als vom Pavillon her lautes Lachen ertönte. Überrascht wandte er sich zur Seite, sah die beiden Männer eng umschlungen nebeneinanderstehen, die rote Katze auf beider Schultern geschmiegt. Die Fotografin hatte alle Hände voll zu tun, die einzigartige Pose von verschiedenen Seiten aus einzufangen. Das Tier drückte seine Nase ins Gesicht des einen, tapste dann zurück, rieb sich an der Wange des anderen. Die Männer lachten um die Wette.

»Sodom und Gomorrha«, keuchte es neben Braig. Mit vor Wut verzerrtem Gesicht verfolgte der Hassprediger das Treiben des Paares. »Das Gericht des Herrn wird alle Sünder vernichten«, geiferte er. »Auch die, die das Treiben der Unzüchtigen dulden und nicht dagegen einschreiten.«

Braig hörte eine bekannte Stimme, wandte sich zur Seite. Ann-Katrin kam mit großen Schritten auf ihn zu.

»Was war das denn?«, fragte sie, auf den Mann deutend, der sich in die andere Richtung davonmachte. »Hat der dich angemosert?«

»Mich weniger. Mariettas Liebespaar hat seinen Zorn erregt.« Er wies in den Garten.

»Die beiden Typen mit ihrer Katze? Was hat ihn gestört?«

»Sodom und Gomorrha«, äffte Braig die Stimme des Mannes nach. *»Das ist Unzucht!«*

»Oh nein!«, zischte Ann-Katrin. »Welchem Planeten ist der entwichen?«

»Das wüsste ich auch gern.« Braig trat auf sie zu, küsste sie auf die Wange. »Wo ist die Kleine?«

»Oben. Wir haben übers Wochenende eine Schildkröte. Zur ärztlichen Begutachtung.«

»Unsere Tochter spielt die Ärztin?«

Ann-Katrin lachte. »So etwa, ja.« Sie knuffte ihm in die Seite, wies in den Nachbargarten. »Weißt du, wo ich war?«

Er merkte, wie sich ihre Miene verfinsterte, ahnte augenblicklich, was sie bewegte. »Du hast sie gefragt?«, überlegte er, Söderhofers Anwesen im Blick.

Sie nickte. »Frau Mander kehrte den Gehweg, als ich aus der Praxis kam. Da lief ich zu ihr rüber.«

»Und?«

»Sie trug ein kleines Pflaster. Auf der rechten Wange.«

»Du hast sie darauf angesprochen?«

»Keine Angst. Erst etwas Small Talk. Wie lange es wohl noch so heiß und trocken bleibt, wie es in der Praxis läuft, was ihre Tochter macht.«

»Was macht ihre Tochter? Ich erinnere mich da an ein äußerst lebhaftes Einweihungsfest.«

»Sie pubertiert«, antwortete Ann-Katrin. »Mal mehr, mal weniger heftig. Mit der Betonung auf *mehr*.«

»Das kann ich mir gut vorstellen. Die Party haftet fest in meinem Gedächtnis.«

»Und die junge Dame würde gern mal wieder einen Tag mit dem Herrn Hauptkommissar verbringen.«

»Oh, nein. Vielleicht sollte ich sie zu Felsentretter schicken, der wäre der Richtige.«

»Fels…« Ann-Katrin verzichtete darauf, den Namen vollends auszusprechen. »Nein, das hat sie nicht verdient. Auch wenn sie noch so sehr pubertiert.« Sie schüttelte energisch den Kopf. »Ich wollte aber weniger über die Tochter sprechen als über die Mutter.«

»Was ist mit der Verletzung auf ihrer Wange? Hat sie es zugegeben?«

»Dass er sie schlägt?« Sie beantwortete ihre Frage selbst. »Nein.«

»Wie erklärt sie es dann?«

»›Haben Sie sich verletzt?‹, habe ich sie gefragt. Vorsichtig, auf das Pflaster deutend. ›Ach, das, nicht der Rede wert‹, hat sie geantwortet. Es handle sich um eine allergische Reaktion auf das neue Desinfektionsmittel, das sie bei der Arbeit benutzt.«

»Das kaufst du ihr ab?«

»Natürlich nicht«, erklärte Ann-Katrin. »Aber das konnte ich ihr doch nicht ins Gesicht sagen, oder?«

Braig schüttelte den Kopf. »So direkt nicht, nein.«

»Oder hätte ich darauf bestehen sollen? Etwa: ›Haben Sie keine bessere Ausrede?‹«

»Nein«, wiederholte er. »So nicht.«

»Wie dann?«

Er zögerte. »›Oh, ich dachte, Sie hätten sich verletzt.‹ Vielleicht so.«

»Das habe ich getan. Fast im gleichen Wortlaut. ›Ach, und ich habe schon befürchtet, Sie hätten sich bei der Gartenarbeit gekratzt. An einer der Hecken dort vorne.‹«

»Sie ging nicht darauf ein?«

»›Nein, nein, nur eine allergische Reaktion‹, beharrte sie. ›Das legt sich wieder. Das ist nur eine Affäre von ein paar Tagen. Ich habe das Mittel schon ausgetauscht.‹«

»Und jetzt?«

»Sobald ich sie wieder schreien höre, gehe ich rüber und donnere an die Tür. Und sei es mitten in der Nacht.«

21. Kapitel

Neundorf hatte am Samstagvormittag extra ihr Büro aufgesucht, um das Material aus Orbans Büro durchzuarbeiten und sich über die Vorfälle mit dem defekten Balkongeländer und der eingestürzten Garage zu informieren. Den Informationen zufolge, die sie von Meinrad Bröhr und Elena Schulz erhalten hatte, war Orban in den letzten Monaten mehrfach von den Mitgliedern einer russischen Familie belästigt worden, die ihm und seiner Firma die Schuld für den Einsturz einer neu errichteten Garage zugewiesen hatten. Ob für die Instabilität des Bauwerks verantwortlich oder nicht, Orban war offenkundig wochenlang von mehreren Männern verfolgt und bedroht worden, bis einige seiner Arbeiter gewaltsam für eine Ende der Belästigung gesorgt hatten.

Neundorf hatte Elena Schulz später noch eingehend befragt, wie diese finale Auseinandersetzung konkret ausgefallen sei, dazu jedoch nur vage Andeutungen erhalten.

»Ich war nicht dabei«, hatte die Sekretärin erklärt. »Ich weiß nur, dass zwei von den Typen verprügelt und der Luxusschlitten, in dem sie unterwegs waren, ziemlich ramponiert wurde. ›Für den brauchet die keine Garage mehr‹, habe ich gehört.«

»Und seitdem wurde Herr Orban von diesen Leuten nie mehr belästigt oder verfolgt?«, hatte sie nachgehakt.

»Ich habe nichts mehr mitbekommen«, war Elena Schulz verblieben. »Aber er war seither extrem nervös. Und seine ständige Kifferei … Seit der Sache mit den Russen war er außer Rand und Band.«

Die Schlägerei, oder wie immer man den Vorfall bezeichnen wollte, war vor etwas mehr als einem Monat erfolgt. Hatten sich die Opfer dieser Auseinandersetzung in den folgenden Wochen wirklich von weiteren Attacken auf Orban zurückgehalten oder waren sie nur deshalb ruhig geblieben, um ihre Rache umso effektvoller durchzuführen? Und war die Angst vor dieser Rache der Grund seines exzessiven Drogenkonsums?

Neundorf hatte keinen Zweifel, dass sie die Leute genau überprüfen musste, gleich welcher Nationalität sie waren. Sie konzentrierte sich auf die vorliegenden Ausführungen eines Gutachters zum Einsturz des Garagenkomplexes, entnahm dem umständlich und mit unzähligen Fachausdrücken formulierten Text, dass Orbans Firma keinerlei Schuld traf. Sie war zwar als Generalunternehmer für das gesamte Gebäude beauftragt, mit der Errichtung und der Überprüfung der Stabilität der Garagen aber in keiner Weise befasst gewesen.

Mitten in Neundorfs Lektüre läutete ihr Telefon. Die Nummer auf dem Display war ihr nicht bekannt. Sie blieb vor ihrem Schreibtisch sitzen, nahm das Gespräch an.

Ein Beamter der Schorndorfer Polizeidienststelle war in der Leitung. Er erzählte irgendetwas von einer Anruferin, die eine wichtige Beobachtung zu Protokoll geben wolle.

»Friederike Bach?«, wiederholte Neundorf den Namen, den der Kollege erwähnt hatte. »Wer soll das sein?«

»Na, diese Frau aus Buoch, die diesen Orban beobachtet hat.«

»Ralf Orban?«

»Sage ich doch«, erklärte der Beamte. »Sie sind die für diesen Mordfall zuständige Ermittlerin, oder?«

»Richtig. Was will denn diese Frau Bach? Ist es dringend?«

»Ich denke schon. Am besten, Sie hören es sich selbst mal an. Ich stelle sie durch, okay?«

»Tun Sie das, ja.« Neundorf wartete ein paar Sekunden, dann hatte sie eine weibliche Stimme am Ohr.

»Es geht um Herrn Orban. Sie sind zuständig, ja?«

»Das bin ich, ja«, bestätigte sie. »Mein Name ist Neundorf. Darf ich wissen, wer Sie sind und wo Sie wohnen?«

»Friederike Bach. Ich wohne in Buoch und habe Herrn Orban bei einem heftigen Streit beobachtet.«

»Sie sprechen von Ralf Orban, der einem Verbrechen zum Opfer fiel?«

»Ja.«

»Sie kannten ihn?«

»Kennen ist zu viel gesagt«, antwortete Friederike Bach. »Die wohnen noch nicht lange im Ort, deshalb hatten wir noch keinen persönlichen Kontakt. Aber vom Sehen her war er mir bekannt. Buoch ist nicht so groß, dass man da lange anonym bleibt.«

»Wann fand dieser Streit statt, den Sie beobachtet haben?«

»Diese Woche am Dienstagabend. So gegen 22 Uhr.«

Neundorf bemerkte den Fehler sofort. »Moment. Sprechen Sie vom Dienstag dieser Woche?«

»Ja, sage ich doch. In der Nacht soll er getötet worden sein.«

»Und an dem Abend wollen Sie ihn gesehen haben? Wo genau?«

»Vor seinem Haus«, erklärte Friederike Bach. »Im Vorgarten.«

»Aber doch nicht gegen 22 Uhr.«

»Vielleicht ein paar Minuten vorher. Fünf oder zehn Minuten vor zehn. Auf keinen Fall früher. Es war gerade dunkel geworden. Ich drehe jeden Abend um diese Zeit eine kleine Runde. Durchs Dorf und ein Stück weit auf die Wiese und in den Wald.«

»Das kann aber nicht sein. Sie täuschen sich im Tag. Wahrscheinlich haben Sie den Streit am Montag …«

»Nein!« Die Stimme der Frau drohte sich zu überschlagen. »Ich bin mir absolut sicher. Das war am Dienstag. Ich habe mich gerade beim Frühstück mit meinem Partner darüber unterhalten. Er hat mich darauf aufmerksam gemacht, dass das, was in der Zeitung steht, so nicht stimmen kann.«

»Was meinen Sie?«

»Na, die schreiben, Frau Orban habe ihren Mann bei einer Diskussion im Fernsehen zwischen 20 und 21 Uhr zum letzten Mal gesehen. Zu Hause am Bildschirm. Das kann aber nicht sein. Der heftige Streit war erst danach.«

Neundorf hielt einen Moment inne, überlegte. »Sie behaupten also, am Dienstagabend gegen 22 Uhr Herrn Orban vor seinem Haus in einem heftigen Streit gesehen zu haben. Um diese Zeit war es aber schon dunkel, haben Sie selbst erwähnt. Kann es sein, dass Sie Herrn Orban mit einem anderen Mann, der ihm ähnlich sieht …«

»Nein«, fiel Friederike Bach ihr mit schneidender Stimme ins Wort. »Es handelte sich um Herrn Orban. Ich habe ihn nicht verwechselt. Die wohnen direkt am Ortsrand, deshalb hörte ich das Geschrei erst in dem Moment, als ich fast unmittelbar vor dem Grundstück stand. Da sah ich die beiden Männer keine zehn Meter von mir entfernt. Und bei dem einen handelte es sich um Herrn Orban. Ich erkannte ihn am Umriss seines Körpers und auch an seiner Stimme. Die war nicht zu überhören.«

»Zwei Männer«, überlegte Neundorf. »Haben Sie den anderen ebenfalls erkannt?«

Ihre Gesprächspartnerin musste nicht lange überlegen. »Da kann ich Ihnen nicht helfen. Den habe ich nicht richtig gesehen.«

»Sie können ihn nicht beschreiben?«

»Es war zu dunkel«, gab Friederike Bach zur Antwort. »Und der hielt sich fast die ganze Zeit im Schatten eines dichten Busches auf. Den sah ich nur schemenhaft.«

»Frau Orban war nicht dabei?«

»Nicht direkt. Aber hinter den beiden im Eingangsbereich des Hauses stand eine Frau. Die Tür war halb geöffnet, deshalb konnte ich nur ihre Umrisse erkennen. Aber doch, ich nehme an, das war sie.«

»Sie stand dort und schaute zu, wie sich die Männer stritten?«, fragte Neundorf.

»Na ja, die versuchte wohl zu schlichten. Ich hörte nur, dass sie ihnen etwas zurief, konnte aber nicht verstehen, was. Gegen deren Gebrüll kam die nicht an.«

»Und wie ging es weiter?«

»Keine Ahnung«, antwortete Friederike Bach. »Ich blieb nur kurz stehen und warf einen Blick auf die beiden Streithähne. Die lagen aber derart heftig miteinander im Clinch … Das war mir zu heikel. Ja, ich weiß, man sollte eingreifen, aber … Mein Gott, das sind Nachbarn, erst vor Kurzem zugezogene Nachbarn. Ich dachte, es sei indiskret und auch ein Stück weit unverschämt, wenn ich da stehen bleibe und mir deren Streitereien ansehe. Oder mich gar einmische. Ich konnte doch nicht ahnen, dass Orban noch in derselben Nacht ermordet wird!« Sie verstummte, ließ Neundorf Zeit, nachzudenken.

Wenn es wirklich stimmte, was die Frau da erzählte, mussten sie ihre Ermittlungen neu ausrichten. Dann hatte Vanessa

Orban sie belogen, ihnen den Streit mit dem bisher noch Unbekannten verschwiegen, warum auch immer. Es sei denn, die Frau am Telefon täuschte sich doch im Tag …

»Glauben Sie, ich hätte es verhindern können?«, riss Friederike Bach sie aus ihren Überlegungen.

»Was?«

»Na, wäre Orban noch am Leben, wenn ich mich eingemischt hätte?«

»Möglicherweise, ja«, antwortete Neundorf, immer noch in Gedanken.

»Oh Gott, warum bin ich dann nicht dazwischengegangen?«, kreischte die Frau.

»Darüber sollten Sie sich jetzt nicht den Kopf zerbrechen«, versuchte die Kommissarin zu beschwichtigen. »Das bringt uns keinen Meter weiter.«

»Aber dann wäre das nicht passiert! Das haben Sie selbst gesagt«, beharrte Friederike Bach.

»Das weiß kein Mensch. Herr Orban wurde getötet. Daran können wir nichts mehr ändern.« Das war die fatale Grundlage, auf der sie und ihre Kollegen arbeiteten. Wann immer sie gerufen wurden, es war längst geschehen. Sie kamen jedes Mal zu spät. Was auch passiert war, es war nicht mehr rückgängig zu machen. Ob Mord, Totschlag oder Vergewaltigung, ihnen blieben nur die Opfer. »Frau Bach«, erklärte sie dann. »Ich muss mich jetzt doch noch einmal vergewissern. Dieser Streit, den Sie beobachtet haben – das war ohne jeden Zweifel am Dienstag dieser Woche gegen 22 Uhr?«

»Ohne jeden Zweifel«, wiederholte die Frau in überraschend ruhigem Tonfall. »Mein Partner ist sich ebenfalls absolut sicher, wir haben vorhin ausführlich darüber gesprochen. Er hat mich extra darauf angesprochen, weil er gerade den Zeitungsbericht gelesen hat. Das kann so nicht stimmen, meinte er. Und ich weiß genau, dass ich Orban erst so spät gesehen habe. Es war gerade dunkel geworden, ich habe es Ihnen erzählt.«

»Dann bedanke ich mich für Ihren Anruf. Sie haben uns sehr geholfen. Kann ich Sie heute noch kurz persönlich sprechen?«

»Bei uns hier in Buoch?«

»Wenn das möglich wäre? In einer Stunde etwa?«

»Kein Problem«, antwortete die Frau. »Samstags bin ich zu Hause. Ich will mich heute rund ums Haus nützlich machen.«

»Dann werden wir uns sehen. Bis später.« Neundorf beendete das Gespräch.

Sie fuhr ihren Computer hoch, überprüfte Friederike Bach. Gegen die Frau lag nichts vor. Warum sollte sie bei der Polizei anrufen und absichtlich die Unwahrheit sagen? Ein Nachbarschaftsstreit? Nachtreten gegen die Frau, die gerade durch ein Verbrechen ihren Mann verloren hatte?

Neundorf schien das höchst unwahrscheinlich. Die Beobachtung Friederike Bachs veränderte die Ausgangslage ihrer Ermittlungen in erheblichem Maß: Wenn Ralf Orban am Dienstag gegen 22 Uhr vor seinem Haus mit einem anderen Mann in eine heftige Auseinandersetzung geraten war, lag die Möglichkeit nahe, dass das Geschehen kurz darauf in einen Kampf mit zumindest für Ralf Orban tödlichen Folgen eskaliert war. Sie musste also alles daran setzen, die Identität dieser Person zu klären. Wer, wenn nicht Vanessa Orban, die vermeintliche Zeugin dieses Streits, konnte ihr dabei behilflich sein?

Die Wut auf die Frau überflutete sie ohne Vorwarnung. Vanessa Orban hatte nicht nur sie selbst, sondern auch ihren Kollegen aufs Übelste belogen. Nicht als Teilnehmer einer Fernsehdiskussion, sondern weit über eine Stunde später hatte sie ihren Ehemann zum letzten Mal gesehen, persönlich, im Eingangsbereich ihres Hauses. Warum hatte sie ihnen diesen Sachverhalt verheimlicht? Weil sie wusste, dass die Auseinandersetzung, in die Ralf Orban dort involviert war, kurz darauf zu seinem Tod geführt hatte? Verursacht von der Person, die ihn gegen 22 Uhr attackiert und anschließend, den Telefonaten des Opfers nach, mitten in der Nacht verfolgt hatte?

Neundorf donnerte vor Wut mit der Faust auf den Schreibtisch. Was hatten sie sich von dieser Frau an der Nase herumführen lassen! Stundenlange Auswertungen von Orbans Telefonaten, Besuche und intensive Gespräche mit Bahreis und Bröhr in Ludwigsburg und Stuttgart. Alles vollkommen unnötige Bemühungen. Arbeit, die sie sich samt und sonders hätte ersparen können – wäre Vanessa Orban nicht derart dreist zu Werk gegangen.

Neundorf hatte Mühe, ihre Aggressionen gegen die Frau zu zügeln. Sie fluchte laut vor sich hin, griff zum Telefon, gab Braigs Nummer ein.

Er meldete sich schmatzend, die laute Stimme seiner Tochter im Hintergrund.

»Es ist Samstagmorgen, ich weiß. Störe ich?«, fragte sie.

»Wir sind gerade mit dem Frühstück fertig. Es hat so lange gedauert, weil meine Frau Tochter sich die meiste Zeit um eine Schildkröte kümmern musste. Die Dame wird übers Wochenende von ihr betreut.«

»Interessant«, frotzelte Neundorf. »Dann weiß ich natürlich nicht, ob ich dich wirklich belästigen kann.«

»Kannst du. Um was geht es?«

»Unsere Ermittlungen. Ich glaube, uns hat jemand ganz schön verarscht. Dich und mich.«

»Keine Ahnung, worauf du anspielst«, gab er zu.

»Ich wollte gerade die Unterlagen durchsehen, die ich gestern in Orbans Büro mitgenommen habe, da erhielt ich den Anruf einer Frau Bach.«

»Bach? Der Name sagt mir nichts.«

»Sollte er aber«, erklärte Neundorf. »Die Frau hat etwas Interessantes beobachtet.«

»Was denn?«

»Vanessa Orban. Wir wurden eiskalt ausgetrickst.«

22. Kapitel

Kurz vor elf Uhr an diesem Samstagmorgen standen Braig und Neundorf vor Vanessa Orbans Haustür. Sie hatten ihren Besuch telefonisch angekündigt und trotz heftigen Widerstrebens der Frau darauf bestanden.

»Mein Mann ist tot. Er wurde umgebracht. Was wollen Sie denn schon wieder von mir? Warum lassen Sie mich nicht in Ruhe?«, hatte sie Neundorf gegenüber gejammert. »Muss das wirklich sein?«

»Es muss. Jawohl!«, hatte die Kommissarin erklärt.

Um ganz sicherzugehen hatten sie zuerst Friederike Bach aufgesucht. Die Frau war mit Gartenarbeiten rund ums Haus beschäftigt und deshalb rustikal mit einem weiten, bunten T-Shirt und angeschmutzten Jeans bekleidet gewesen. Mit einem breitkrempigen Sommerhut hatte sie versucht, sich vor der bereits jetzt am Morgen unbarmherzig brennenden Sonne zu schützen. Sie hatten sich vorgestellt, waren sofort auf das Geschehen, den vergangenen Dienstagabend betreffend, eingegangen.

»Ich bin mir absolut sicher, dass ich Herrn Orban an diesem Dienstag gesehen habe«, hatte Friederike Bach bekräftigt. »Ich sehe die beiden Männer noch vor mir, wie sie einander beschimpfen und aufeinander einschlagen.«

»Wie steht es mit Orbans Kontrahenten? Wir haben hervorragende Grafiker, die Ihnen helfen könnten, ein Porträt zu zeichnen«, hatte Neundorf vorgeschlagen.

»Das hat keinen Sinn. Ich konnte nur die Umrisse des Mannes erkennen. Der hielt sich die ganze Zeit im Schatten eines dichten Busches auf.«

»Und die Frau im Eingangsbereich. Es handelte sich um Frau Orban?«

»Ich müsste mich schwer täuschen, wenn sie es nicht war. Ich war vom Licht der Wohnung geblendet, sodass ich nur ihre Silhouette sehen konnte, und das Gebrüll der Männer übertönte auch ihre Stimme. Aber mittendrin ging denen für einen Augenblick die Kraft aus, da hörte ich sie. Sie war es, eindeutig.«

Sie hatten sich bei Friederike Bach für die Information bedankt und auf den Weg durch den Ort gemacht. Die Sonne stand bereits hoch am Himmel; ihre Gluthitze ließ die Temperatur selbst in dieser Höhe auf weit über 30 Grad Celsius steigen. Ab und an war ein leichter Luftzug zu spüren, der durch die Lücken zwischen den Häusern strich, eine kurze Abkühlung, Sekunden später schon wieder versiegt. Zahlreiche am Ortsrand angebrachte Plakate wiesen auf die Folgen hin, die aus der wochenlangen Hitze und Trockenheit resultierten. *Achtung! Waldbrandgefahr!*

Braig wunderte sich nicht über die mahnenden Worte, war der kleine Ort doch ringsum von Wald umgeben. Seit einem Vierteljahr etwa hatte es kaum mehr geregnet, der kurze Gewitterschauer, in den er am Vortag in Ulm geraten war, hatte nur lokal für die dringend notwendigen Niederschläge gesorgt.

»Jetzt bin ich aber gespannt, wie die trauernde Witwe reagiert«, riss Neundorf ihn aus seinen Gedanken, auf den frisch überholten Altbau weisend, der sich von Büschen, üppig blühenden Blumenrabatten und akkurat geschnittenem Rasen gesäumt vor ihnen erhob. Sie läutete an der Glocke neben dem offenstehenden Gartentor, lief zum Haus.

Vanessa Orban öffnete, von Kopf bis Fuß schwarz gekleidet. Die blonden Haare zu einem Zopf geflochten, das Gesicht dezent geschminkt, brachte ein dunkler Hosenanzug ihre Trauer zum Ausdruck. Zögernd öffnete sie die Tür, musterte mit in Falten gelegter Stirn und misstrauischem Blick die Besucher.

»Wir müssen mit Ihnen reden, Frau Orban«, eröffnete Neundorf das Gespräch. »Am besten im Haus.« Sie wies ins Innere. »Das muss nicht jeder hören.«

Vanessa Orban reagierte wie in Zeitlupe. Sie benötigte mehrere Sekunden zu verstehen, gab dann die Haustür frei und lief ihnen voraus in den von dem riesigen Panoramafenster geprägten Raum. Die Aussicht war heute weniger grandios. Ein fast über die gesamte Fensterfläche hinwegreichender Lamellenvorhang verhinderte den freien Blick, zudem verschwanden die Feinheiten der Landschaft im von der übergroßen Hitze verursachten flirrenden Dunst.

Braig ließ sich, dem Beispiel seiner Kollegin folgend, auf dem hellen Ledersofa nieder, wo er ein paar Tage zuvor schon Platz genommen hatte, die Hausherrin in einem der Sessel gegenüber.

»Darf ich Ihnen etwas anbieten?«, fragte Vanessa Orban mit angestrengter Stimme.

Neundorf beschloss, auf eine Antwort zu verzichten und direkt zur Sache zu kommen. »Sie haben uns belogen«, erklärte sie stattdessen. Ihr aggressiver Tonfall war nicht zu überhören.

Die Frau schaute überrascht zu ihr hin, erbleichte sichtbar. »Belogen?«

»Ihr Mann war am Dienstagabend noch hier. Nach seinem Auftritt in der Fernsehsendung. Er hatte einen heftigen Streit mit einer anderen Person. «

Vanessa Orban wandte ihren Blick in die Weite der Landschaft hinter dem Fenster. Ihre Augen schweiften unstet hin und her.

»Sie haben sowohl mir als auch meinem Kollegen gegenüber behauptet, ihn im Fernsehen zum letzten Mal gesehen zu haben. Weshalb haben Sie uns den heftigen Streit hier vorm Haus verschwiegen?«

Ihr Gegenüber zeigte keine Reaktion. Vanessa Orban schien im Polster des Sessels verschwinden zu wollen. Sie bewegte sich nicht, fand erst nach einer kleinen Ewigkeit zu einer Handvoll Worten. »Mein Mann ist tot«, hauchte sie, »ermordet.«

»Wer war es? Was wissen Sie darüber?« Neundorf war nicht bereit, das Spiel der trauernden Witwe mitzumachen.

»Ich?«, fragte die Frau. Sie richtete sich vorsichtig auf, konzentrierte den Blick auf die Kommissarin. »Sie beschuldigen mich?«

»Wann sahen Sie Ihren Mann zum letzten Mal?«, warf Braig ein.

»Sie wissen es doch.« Die Antwort kam unvermittelt, ohne jede Überlegung. »Am Dienstagabend. Nach seinem Auftritt im Fernsehen.«

»Aha.« Neundorf musterte sie überrascht. »In den vergangenen Tagen haben Sie das noch anders erzählt. Wieso diese Lüge?«

Vanessa Orban fuhr sich mit der rechten Hand sanft über die Haare, spielte mit ihrem Zopf. »Das tut mir leid. Ich wollte Sie nicht anlügen. Wirklich nicht. Warum auch? Ich war völlig durcheinander. Ralf war verschwunden, spurlos. Ich wusste nicht mehr ein noch aus. Am Abend hatte ich diesen aggressiven Kerl im Fernsehen gesehen, der ihn so rabiat angegangen war, und dann kamen Sie und nannten sofort den Namen dieses Mannes. Der war Ihnen also bekannt, Ihnen, den Polizeibeamten, die es ständig mit den übelsten Typen zu tun haben. Da war mir klar, dass die Sache schreckliche Folgen gehabt haben musste.«

»Was war am Dienstagabend hier los?«, insistierte Neundorf.

»Ich weiß es nicht.« Vanessa Orbans Stimme drohte zu versagen. »Es war gerade dunkel geworden, als ich draußen Geräusche hörte. Ich öffnete die Tür, sah Ralf und einen anderen Mann miteinander schreien und aufeinander einschlagen. Voller Angst brüllte ich den Kerl an und forderte ihn auf, sofort aus unserem Garten zu verschwinden. Der ließ sich nicht beirren, schrie weiter, drängte Ralf zurück. Ein paar Minuten später verschwanden beide aus meinem Blickfeld. Seitdem habe ich Ralf nicht mehr gesehen.«

Neundorf musterte die Frau mit skeptischem Blick. »Das fällt Ihnen jetzt auf einmal wieder ein? Vorgestern, als ich mich mit Ihnen unterhielt, hatten Sie das anscheinend vergessen.«

Vanessa Orban lehnte sich in ihrem Sessel noch weiter zurück. »Sie haben noch nie Ihren nächsten Angehörigen verloren, oder?« Sie verstummte, Tränen rannen ihr über die Wangen. »Mein Mann wurde ermordet, und Sie kommen hierher und beschuldigen mich, ich sei dafür verantwortlich. Ich! Wieso?«

»Niemand behauptet das«, blaffte Neundorf. »Der Mann vor Ihrer Tür: Sie sagen, der schrie. In welcher Sprache?«

»In welcher Sprache?« Vanessa Orban schien nicht zu verstehen.

»Ja«, fuhr Neundorf fort. »War das deutsch?«

Ihr Gegenüber schien verstummt.

»Haben Sie verstanden, was der schrie?«

Vanessa Orban reagierte mit bedächtigem Kopfschütteln.

»Sie haben es nicht verstanden?«

»Nein«, hauchte die Frau.

»Warum? Weil er in einer anderen Sprache schrie?«

Frau Orban wusste keine Antwort.

»Warum haben Sie den Mann nicht verstanden?«, wiederholte Neundorf.

Vanessa Orban rang um Luft. »Weil … weil … ich war so durcheinander.«

»Kann es sein, dass der Mann russisch sprach?«

»Russisch?«

»Ja. Haben Sie ihn deshalb nicht verstanden, weil er in einer fremden Sprache schrie?«

»In einer fremden Sprache?« Vanessa Orban schien überhaupt nichts mehr zu begreifen. »Russisch?«, wiederholte sie mit letzter Kraft. »Wieso russisch?«

Es hatte keinen Sinn, sie noch länger zu belästigen. Ihr Zustand verlangte einen Menschen, der sie tröstete, keine Polizeibeamten, die ihren Ermittlungen nachgingen. »Kann ich jemand rufen, der Ihnen zur Seite steht?«, erkundigte sich Braig.

Sie benötigte eine Weile, zu einer Antwort zu finden. »Meine Schwester kommt«, hauchte sie dann. »Es kann nicht mehr lange dauern. Sie ist unterwegs.«

»Was hältst du von der Frau?«, fragte Neundorf. »Ist sie wirklich so fertig, oder spielt sie uns was vor?«

Sie befanden sich auf dem Rückweg von Buoch, hatten die ersten Häuser von Grunbach erreicht.

»›Ich wollte Sie nicht anlügen. Wirklich nicht. Warum auch. Ich war völlig durcheinander. Ralf war verschwunden, spurlos. Ich wusste nicht mehr ein noch aus‹«, zitierte Braig Vanessa Orban. Er fuhr sich über die Stirn, holte tief Luft. »Die Sätze habe ich mir gemerkt.«

»Du glaubst ihr?«

»Na ja, ich kann nachvollziehen, dass sie aufgeregt war. Ihr Mann war weg. Ich erinnere mich an meinen ersten Anruf bei ihr, als ich mit Orban sprechen wollte. Ich hatte die Diskussion im Fernsehen gesehen und wusste in dem Moment noch nicht, dass sie ihn vermisste. Sie klang echt besorgt. Wie weit das gespielt war, keine Ahnung.«

»Wieso hat sie uns erst heute erzählt, dass sie ihren Mann nach dem Fernsehauftritt noch einmal sah, vor ihrer Haustür?«, fragte Neundorf. »Warum hat sie den Streit vor der Haustür weder dir noch mir gegenüber bei unseren Gesprächen erwähnt? Kein Hinweis, nichts?«

»Weil sie sich schuldig fühlte, die beiden Streithähne mit ihrem Geschrei von ihrem Grundstück vertrieben zu haben. Behauptet sie jedenfalls.«

»Du kaufst ihr das ab?« Neundorf musterte ihren Kollegen mit skeptischer Miene.

»Ich weiß es nicht«, erklärte er.

»Und was ist mit ihrem Verdacht Storm gegenüber? ›Am Abend hatte ich diesen aggressiven Kerl im Fernsehen gesehen, der ihn so rabiat angegangen war, und dann kamen Sie und nannten sofort den Namen dieses Mannes. Da war mir klar, dass die Sache schreckliche Folgen gehabt haben musste.‹ Damit versucht sie doch, Storm die Schuld zuzuschieben, oder?«

»Das kam mir auch so vor. Storm kann es aber nicht gewesen sein. Sein Handy war den ganzen Abend bis zum nächsten Morgen in Stuttgart eingeloggt und bis nachts um halb zwei erhielt er einen Anruf nach dem anderen. Kommentare und Gespräche zu seinem Fernsehauftritt, erklärte er mir.«

»Und er war wirklich selbst an seinem Handy?«

»Frau Prießnitz befragte fünf Anrufer. Die behaupten unisono, ja.«

»Oh, so ein verdammter Mist!« Neundorf fluchte sich den Frust von der Seele. »Dann müssen wir die ganze Sache jetzt erst einmal sacken lassen. Mir raucht der Schädel. Ich muss mich jetzt erst mal ausruhen, um überhaupt noch was auf die Reihe zu kriegen. Und dir wird's auch nicht viel besser gehen, oder?«

»Nicht viel, nein«, bekannte Braig.

23. Kapitel

Mitten in der Nacht schreckte er aus dem Schlaf hoch. Er wusste nicht, weshalb, hatte plötzlich wieder die seltsamen Geräusche im Ohr. Mehrere dumpfe Schläge, ein leises Wimmern, erneute Schläge, dann die Schmerzensschreie eines Menschen. Irgendwo in der Nachbarschaft.

»Hörst du das?«, hauchte es neben ihm.

Braig schielte zur Seite, sah Ann-Katrins Augen aufs Fenster gerichtet. Es war geklappt, ließ frische Luft ins Zimmer.

»Da schreit jemand«, flüsterte sie. »Vor Schmerzen.«

Er blieb ruhig, lauschte. Entfernte Geräusche fahrender Autos, das Quietschen von Bremsen, das an- und abschwellende Heulen einer Sirene. Polizei, Feuerwehr oder Rettungswagen? Plötzlich wieder die dumpfen Schläge, lautes Schreien, dann Ruhe.

»Wir müssen was unternehmen.« Ann-Katrin stemmte sich in die Höhe. »Das geht schon eine Weile so.«

Braig hatte Mühe, vollends in die Realität zu finden. »Du bist schon länger wach?«

»Ein paar Minuten«, bestätigte sie.

Er streckte sich, holte tief Luft. »Söderhofer?«, fragte er.

Ann-Katrin schien zu überlegen. »Wer denn sonst?«, flüsterte sie dann.

Braig schob die Bettdecke zur Seite, stakste vorsichtig zum Fenster. Durch die Luken des nur unvollständig geschlossenen Ladens sah er die Umrisse ihres Gartens, daneben die Silhouette des Nachbarhauses. Hinter keiner der Scheiben war Licht zu entdecken. Allein die etwas entfernte Straßenlampe ließ die Konturen der Büsche, Bäume und des Gebäudes zum Vorschein kommen.

»Was ist?«, hörte er ihre Stimme.

So leise wie möglich zog er den Laden hoch, öffnete das Fenster. Nächtlich gedämpfter Verkehrslärm, mehrere Sekunden lang das Röhren eines weit entfernt dahinrasenden Autos, dann das Rauschen der Blätter im Wind. Er lauschte nach allen Seiten, spürte Ann-Katrins Hand auf seinem Rücken. »Nichts«, flüsterte er. »Im Moment ist es ruhig.« Er trat zur Seite, ließ ihr den Vortritt.

Sie streckte den Kopf ins Freie, spähte nach links, geradeaus, dann nach rechts. Er atmete kräftig durch, verharrte ohne jede Bewegung neben dem Fenster. Das Rauschen der Blätter schien verstummt, dafür machte sich das Heulen verschiedener Motoren umso deutlicher bemerkbar.

»Und?«, hauchte Braig. Er spürte eine flüchtige Berührung an seinem linken Bein, dann eine Art sanfter Massage, wie sie nur ein einziges Wesen zu vollziehen vermochte. »Tinnitus«, flüsterte er. Er beugte sich nach unten, nahm den zärtlich seinen Kopf an seinem Knöchel reibenden Kater zu sich hoch, spürte dessen feuchte Nase im Gesicht. Braig kraulte das vor Wonne kräftig schnurrende Tier, wog es in seinen Armen hin und her. Der Vierbeiner wusste vor Vergnügen nicht mehr ein noch aus, fuhr mit seiner Zunge ausgiebig über die rechte Hand seines Herrchens. Sein Schnurren übertönte jedes andere Geräusch.

Draußen schien sich nichts zu tun. Braig bemerkte, dass Ann-Katrin mit ihrem Oberkörper unruhig auf und ab wippte, sich dann ins Innere des Zimmers zurückzog.

»Nichts«, sagte sie in gedämpftem Tonfall. »Ich weiß nicht, woher es kam. Kein Licht, kein geöffnetes Fenster. Ich konnte jedenfalls keines entdecken.«

»Dann können wir nichts …« Ein kurzer schriller Schrei ließ ihn mitten im Satz verstummen.

Wie von einer Feder getrieben schnellte sie zurück, starrte in die Nacht. Er sah, wie sie Meter um Meter die Umgebung musterte.

»Wo war das jetzt?«, fragte er, viel zu laut, wie er selbst bemerkte.

Sie hielt sich mahnend den linken Zeigefinger vor die geschlossenen Lippen, stierte weiter in die Dunkelheit. Statt ihm zu antworten, schüttelte sie den Kopf.

Braig spürte Tinnitus' feuchte Nase mitten in seinem Gesicht, schob ihn auf seine Schulter hoch. Das Tier schlang sich um seinen Hals, machte es sich unter heftigem Schnurren auf seinem Rücken bequem.

»Wir müssen jetzt etwas unternehmen. Alle paar Nächte diese Schmerzensschreie, und wir sitzen untätig herum«, erklärte Ann-Katrin. »Ich will wissen, wer der Gewalttäter ist. Der darf nicht grad so davonkommen, auch wenn es sich um Söderhofer handelt, Oberstaatsanwalt und Gemeinderat hin oder her. Andere Menschen anklagen und mit Gefängnisstrafen bedrohen, mit seinen Parteifreunden kungeln, die Öffentlichkeit belügen und sich im Licht der Scheinwerfer aalen. Aber nachts in den eigenen vier Wänden die Partnerin schlagen. Die Typen schätze ich ganz besonders. Und weil ihm das kein Mensch zutraut und die Zahnärztin sich schämt, ihre

Tortur zuzugeben, muss der Kerl mit keinerlei Sanktionen rechnen. Nein, das darf nicht sein.«

»Vielleicht kommen die Geräusche von der Rückseite seines Hauses. Weil dort ein Fenster offensteht.«

»Das kannst du nur draußen vom Garten aus sehen.«

Braig seufzte. »Also gut. Ich schaue nach«, sagte er. »Aber du bleibst da. Nicht dass die Kleine aufwacht.« Er legte Tinnitus auf seinem Kopfkissen ab, suchte nach einer Jacke. Sein Handy in der Rechten stapfte er auf Zehenspitzen in die Diele. Er schlüpfte in seine Schuhe, trat ins Treppenhaus. Mehrere Stufen knarzten, dann tauchte ein kräftiger Schatten lautlos aus Dr. Genkingers halb geöffneter Wohnungstür. »Cannabis«, flüsterte Braig, als der Hund sich schwanzwedelnd an ihn drückte. Er kraulte sein dichtes Fell, lief dann zur Haustür. Sie quietschte leise, als er sie öffnete. Der Vierbeiner folgte ihm nach draußen.

Angenehm lauwarme Luft strich ihm entgegen. Die Büsche und Sträucher um ihn herum bildeten ein dichtes, fast undurchsichtiges Bollwerk, ab und an bewegten sich einzelne Blätter im Wind. Braig lauschte, vernahm nur das Rascheln des Laubs. Keine Schläge, kein Schreien. Er wartete mehrere Sekunden, schlug sich dann quer durch die Büsche an Dr. Genkingers Fotolaube vorbei zur Rückseite des Nachbargebäudes, Cannabis immer dicht an seiner Seite. Zweige schrammten ihm ins Gesicht, die Dornen eines Rosenstrauchs stachen ihm in den Arm. Er versuchte, Abstand vom eigenen Haus zu gewinnen, um den Tierarzt und dessen Partnerin nicht zu wecken, kämpfte sich vollends zum Rand des Grundstücks vor. Das Knattern eines weit entfernt dahinrasenden Motorrads war zu hören, dann hatte er Söderhofers Rückfront erreicht. Steine, Betonverschalung, kahle Wände.

Er schob sich vollends um die Ecke, starrte der Steinskulptur, die sich einen Meter vor dem Gebäude erhob, in die toten Augen. Was immer das Kunstwerk darstellen mochte, einen Alien vom Mars oder einem anderen Planeten oder ein prähistorisches Wesen aus der Epoche der frühen Menschwerdung, Braig schenkte ihm keine Aufmerksamkeit. Er starrte nur zu dem von einem massiven Gitter geschützten Fenster hoch, dessen Flügel weit geöffnet waren.

Braig blieb mehrere Minuten stehen, Cannabis an seiner Seite unruhig im Gebüsch schnuppernd. Die Augen auf die Gitterstäbe und das offene Fenster gerichtet, lauschte er auf Geräusche aus dem Inneren. Ein vergebliches Unterfangen, wie er schnell bemerkte. Mal waren es Blätter oder Zweige der Büsche und Bäume neben und über ihm, die sich im sanften Nachtwind bewegten, mal entfernter Verkehrslärm, der jeden akustischen Zugang zu dem Raum hinter den geöffneten Fensterflügeln verhinderte. Da stehe ich jetzt mitten in der Nacht am Haus unserer Nachbarn, ging es ihm durch den Kopf, und versuche festzustellen, ob der Kerl, der mich schon seit Jahren beruflich nervt und schikaniert, nicht auch noch seine Partnerin verprügelt oder sonst wie malträtiert …

Plötzlich zerschnitt ein lautes Zischen die Ruhe in seiner Umgebung. Ein kurzes, kräftiges Zischen, wie von einem Tier, etwa einer Katze, die sich überraschend einem fremden Wesen gegenübersieht. Er versuchte einzuschätzen, woher es gekommen war, wurde vom nervösen Gebell des Hundes daran gehindert. Braig stieß Cannabis leicht in die Seite, zischte durch die Zähne. Der Vierbeiner starrte zu ihm hoch, ließ ein durchdringendes Jaulen vernehmen. Irgendwo in der Nähe preschte ein Tier durch die Büsche. Als der Hund endlich verstummte, flammte Licht über ihm auf. Braig schaute zum Fenster, sah ein vom Schlaf gezeichnetes Gesicht über der Brüstung.

»Sie, Herr Kommissar«. Nicolette Mander hatte Mühe, ihre Stimme in Gang zu setzen. Sie musterte ihn voller Verwunderung.

»Das Schreien«, versuchte er sich zu rechtfertigen. »Schreien und Schläge.«

»Schon wieder?« Sie krächzte immer noch, beugte sich ein Stück weit aus dem Fenster, blinzelte nervös in die Umgebung.

Braig wusste nicht, was er antworten sollte. Hatte es etwa nichts mit ihr zu tun? »Sie haben es auch gehört?«, fragte er.

»Vor ein paar Tagen«, gab sie zur Antwort. »Aber bis ich aus dem Bett war …«

»Ihr Mann …« Er zögerte, war froh, dass sie ihm mitten ins Wort fiel.

»Teddi hat es nicht gehört. Der lag im tiefen Schlaf. Und heute ist er nicht da.«

»Er ist nicht da?«, platzte es aus ihm heraus. Seine Überraschung war nicht zu überhören.

»Seine Schwester«, erklärte sie. »Ihr ging es schon die ganze Woche schlecht. Er konnte vorher nicht zu ihr, weil er fast die ganze Woche wichtige Konferenzen hatte. Gestern schon wieder. Da war er auf Schloss Solitude. Deshalb blieb ihm nur das Wochenende.«

»Seine Schwester?«, wiederholte Braig. Was für eine erbärmliche Ausrede! Söderhofer hatte noch nie etwas von einer Schwester erzählt. Warum gab sie nicht zu, dass der Kerl sie schlug, selbst jetzt, wo er direkt vor ihrem Fenster stand? Weil Söderhofer hinter ihr lauerte und nur darauf wartete, bis er wieder verschwunden war? Braig schielte nach oben, versuchte, ihre Gesichtszüge zu erkennen.

»Sie lebt in Bayern. Auf dem Land. Etwas abgelegen. Deswegen bleibt er über Nacht dort. Morgen Mittag will er aber wieder zurück sein. Und Katharina, meine Tochter ist übers Wochenende mit ihrer Clique unterwegs.«

»Sie haben die Schreie auch gehört?«, fragte er.

»Heute Nacht?«

»Und in den vergangenen Tagen und Wochen.«

»Einmal, ja. Ich hatte aber keine Ahnung, dass das schon öfter vorkam.«

»Sie wissen nicht, woher …?«

Die Frau fuhr sich verlegen übers Gesicht. »Tut mir leid. Ich hatte geschlafen und wurde von dem Schrei geweckt. Aber dann …«

»Uns ging es ähnlich. Meiner Frau und mir.« Braig wusste nicht, was er noch fragen sollte.

»Jetzt scheint es ruhig«, meinte Nicolette Mander.

»Das Bellen hat den Täter wohl gewarnt«, überlegte er.

»Das ist zu befürchten, ja. Aber dann ist wenigstens Ruhe.«

»Ich hätte den Kerl nur gerne überführt. Wenn er alle paar Nächte zuschlägt …«

»Ich werde Teddy darauf ansprechen. Wenn wir gemeinsam darauf achten …«

»Tun Sie das«, stimmte Braig ihr zu. »Wenn ich den Schläger erwische, knöpfe ich ihn mir vor. Acht Ohren hören auf jeden Fall besser als vier.«

24. Kapitel

Die Mail war am späten Samstagabend eingegangen. Neundorf hatte mit ihrem Partner eine Party bei guten Freunden in Winnenden besucht, war deshalb erst am Sonntagmorgen dazu gekommen, die Zeilen zu lesen. Elena Schulz, die Sekretärin Orbans hatte sie geschrieben.

Sie erwähnten bei Ihrem Besuch, der Chef sei Opfer eines Verbrechens geworden. Mir fiel ein, dass vor etwa fünf Wochen in seiner Wohnung in Markgröningen eingebrochen wurde. Der Chef nahm es nicht ernst. Er wollte nicht einmal, dass die Polizei ermittelt. Wahrscheinlich hat das nichts mit seinem Tod zu tun, aber weil es mir gerade einfiel, wollte ich es Ihnen doch mitteilen.

Mit freundlichen Grüßen Elena Schulz

Neundorf nahm die Nachricht verwundert wahr. Orban besaß eine Wohnung in Markgröningen, in die vor Kurzem eingebrochen worden war? Nicht nur das zeitnahe Delikt, auch die unmittelbare Nähe zum Anwesen der Storms, mit dessen Besitzer Orban wenige Stunden vor seinem Tod in eine heftige Auseinandersetzung verwickelt gewesen war, weckte ihr Interesse. Erst der Einbruch, Wochen später dann der Mord? War das Zufall? Oder gab es einen Zusammenhang? Was bedeutete zudem die Bemerkung, Orban habe nicht gewollt, dass die Polizei ermittelt? Weil er dort etwas zu verbergen hatte? Was Neundorf außerdem aufstieß, war die Tatsache, dass Vanessa Orban sie weder über die Existenz der Wohnung noch über den Einbruch informiert hatte. Weil auch sie wusste, dass es besser war, der Polizei dort keinen Zugang zu verschaffen?

Sie beschloss, sich genauer über die Angelegenheit zu informieren, gab die Handynummer der Sekretärin ein, die sie sich am Freitag notiert hatte.

»Ah, Frau Kommissarin«, sprudelte Elena Schulz los, kaum dass Neundorf sich vorgestellt hatte. »Ich habe damit gerechnet, dass Sie anrufen. Ich weiß ja nicht, ob der Einbruch etwas zu bedeuten hat …«

»Herr Orban hat eine Wohnung in Markgröningen?«, fragte Neundorf.

»Ein Haus«, berichtigte die Frau. »Vor ein paar Jahren gekauft. Zuerst wollte er es umbauen, Eigentumswohnungen und so, aber dann ging ihm das Geld aus. Na ja, das behauptete er jedenfalls.«

»Was ist jetzt mit dem Haus?«

»Eine Wohnung ist vermietet. An eine alte Frau, die schon ewig dort lebt. Die andere hat er selbst behalten. Für seine Männerabende. An den Wochenenden oder wenn er seine Ruhe haben will. Vor seiner Frau zum Beispiel. Ich muss ihr dann ausrichten, dass er auf einer der Baustellen unterwegs ist, wenn sie anruft. Dass er in Markgröningen hockt, soll sie nicht wissen.«

»Weil er sich dort mit seiner Geliebten trifft«, folgerte Neundorf.

»Davon habe ich nichts bemerkt. Ehrlich«, antwortete Elena Schulz. »Er hat dort eine große Garage, in der ein oder zwei seiner Autos stehen, je nachdem. Ich hatte immer den Eindruck, dass er mit seinen Rallyefreunden an den Fahrzeugen herumschraubt. Das behauptete er mir gegenüber immer.«

»Was ist mit dem Einbruch? Wurden Autos gestohlen?«

»Die Garage blieb verschont. Die Tür seiner Wohnung wurde aufgebrochen.«

»Er hielt sich zu dem Zeitpunkt nicht dort auf?«

»Nein. Ihre Kollegen haben ihn informiert. Das war mitten in einem wichtigen Kundengespräch gewesen, ich weiß es noch. Er ließ alles stehen und liegen und fuhr sofort hin.«

»Was wurde gestohlen?«

»Das kann ich Ihnen nicht sagen. Er war nur auffällig nervös in den folgenden Tagen.«

»Diese Russen, von denen Sie mir erzählt haben«, überlegte Neundorf. »Die Männer, die ihn verfolgt und bedroht haben, wussten die von dieser Wohnung?«

»Unmöglich. Woher denn? Soviel ich weiß, steht nicht einmal sein Name auf dem Klingelschild.«

»Aber diese Leute könnten ihm dorthin gefolgt sein, ohne dass er es bemerkte.«

»Na gut«, gab Elena Schulz zu. »Das schon, ja. Sie meinen, der Einbruch war ein kleiner Racheakt für die Prügel, die die Typen ein paar Tage vorher bekommen hatten?«

»Das war erst ein paar Tage vorher?«

»Eine oder zwei Wochen, schätze ich. So genau habe ich das noch nicht überlegt.«

»Und er wollte nicht, dass meine Kollegen sich um die Sache kümmern?«

»Oh ja, das war ihm wichtig. Er habe keine Wertsachen in der Wohnung aufbewahrt, hat er der Beamtin zwei oder drei Mal am Telefon erklärt, das habe ich selbst gehört. Deshalb könne auch kein großer Schaden entstanden sein. Er wollte nichts mit der Polizei zu tun haben, das war ihm wichtig.«

»Wegen der Sache mit den Russen?«, fragte Neundorf. »Er hat sich die Leute gewaltsam vom Leib geschafft, kurz vorher, das hatte ich richtig verstanden, oder?«

»Schon, ja«, gab die Sekretärin zu. »Ob er Ihre Kollegen aber deshalb abwimmeln wollte, keine Ahnung.«

»Wer hat die Schlüssel zu der Wohnung und der Garage? Seine Frau, nehme ich an?«

»Na ja, ich weiß nicht.« Elena Schulz zögerte. »Also, mir kam es immer so vor, als wollte er sie dort nicht dabeihaben. Ich weiß, das klingt seltsam, aber ich habe nie mitbekommen, dass seine Frau in der Wohnung war. Er trug die Schlüssel immer bei sich.«

»Alle?«, nahm Neundorf die Aussage ihrer Gesprächspartnerin auf. »Oder gibt es irgendwo Ersatzschlüssel?«

»Ein Bündel liegt im Büro. Als Ersatz, für den Notfall.«

»Im Büro? Sie wissen, wo?«

»Natürlich weiß ich das. Das Büro ist mein Reich. Haben Sie das nicht bemerkt?«

»Das habe ich bemerkt, allerdings«, bekannte Neundorf. »So sauber und aufgeräumt Sie es dort haben, dazu die Blumen und die angenehme Luft … Männern liegt das nicht unbedingt, so viel Lebenserfahrung wurde mir schon zuteil.« Sie hörte Elena Schulz laut lachen, erkundigte sich nach ihrem derzeitigen Aufenthaltsort.

»Wir sind zu Hause. In Möhringen am Probstsee. Ins Freibad haben wir es noch nicht geschafft.«

»Sie wohnen nicht weit von Ihrem Büro entfernt?«

Die Frau am anderen Ende begriff sofort, worauf Neundorf anspielte. »Sie wollen die Schlüssel, richtig? Wann kommen Sie vorbei?«

Etwas mehr als eine Stunde später war Neundorf vor Orbans Haus in Markgröningen angelangt. Sie hatte ihren Partner und ihren Sohn gebeten, sich gemeinsam ums Mittagessen zu kümmern, war dann telefonisch bei Vanessa Orban vorstellig geworden, die Erlaubnis zum Besuch ihrer Wohnung in Markgröningen einzuholen. Die Frau hatte ihren Wunsch verwundert zur Kenntnis genommen, sich dann für die Wohnung nicht zuständig erklärt.

»Da lagert nur altes Gerümpel«, war sie verblieben. »Vielleicht noch die ein oder andere Schrottkarre in der Garage. Aber schauen Sie es sich ruhig an, wenn Sie glauben, dass es Ihnen weiterhilft.«

Das Haus war nicht schwer zu finden, lag keine hundert Meter vom Ortsrand entfernt. Es handelte sich um ein unauffälliges, hellgrau gestrichenes Gebäude mit angrenzendem Garagenensemble. Neundorf sah im Hintergrund den Hohenasperg aufragen, als sie zur Haustür lief. Sie merkte, dass nur das Klingelschild der unteren Wohnung beschriftet war, konnte nirgendwo einen Hinweis auf Orban entdecken. Wenn also die Russen hinter dem Einbruch steckten, mussten sie ihm unbemerkt hierher gefolgt sein, oder sie hatten von einer anderen Person einen Hinweis auf seine Wohnung hier erhalten.

Neundorf folgte der alten, etwas abgewetzten Treppe ins obere Stockwerk, trat an die Tür. Überrascht nahm sie wahr, dass es sich um ein außergewöhnlich massives Modell mit zwei verschiedenen Schlössern handelte. Eines in der Mitte der Tür, dazu ein zweites etwa zehn Zentimeter über dem Boden. Jetzt verstand sie auch, weshalb Elena Schulz ihr fünf verschiedene Schlüssel mitgegeben hatte. Einen für den Eingang zum Haus, zwei für die beiden Garagen und weitere zwei für die Wohnung hier oben. Sie musterte die Einfassung der Tür, sah in der Höhe der Schlösser deutliche Spuren des Einbruchs. Das Holz war zwar notdürftig wieder hergerichtet worden, Risse und Einkerbungen zeugten aber immer noch davon, dass hier jemand mit einer Art Brecheisen zugange gewesen sein musste.

Wieso war diese im Obergeschoss gelegene Wohnung, in der nach Aussage von Vanessa Orban nur altes Gerümpel lagerte, derart gesichert? Weshalb waren ausgerechnet diese Räumlichkeiten Opfer eines Einbruchs geworden? Sie musste sich unbedingt bei den örtlich zuständigen Kollegen über die genauen Umstände des Vorfalls erkundigen.

Neundorf nahm die Schlüssel zur Hand, versuchte, die passenden Schlösser zu finden. Sie benötigte mehrere Minuten, schob dann die Tür zurück, trat in die Diele. Die Luft roch muffig und abgestanden, wie sie das oft bei der Durchsuchung fremder Räumlichkeiten erlebte. Hier schien sich schon längere Zeit niemand mehr aufgehalten zu haben. Sie schloss die Tür hinter sich, warf einen Blick in die Küche und die anderen Zimmer. Zwei Räume, alle von der Dachschräge gezeichnet. Was war hier so wertvoll, dass es derart geschützt werden musste?

Je länger sie sich umsah, desto klarer wurde ihr, dass niemand auf Dauer in diesen Zimmern lebte. Das Mobiliar wirkte alt, hausbacken und abgenutzt. Schränke, Stühle, Tisch im einen Raum, ein großes Sofa, ein kleines Sideboard und ein gigantischer Fernsehbildschirm im anderen, mit Ausnahme des TV-Geräts alles aus den siebziger oder achtziger Jahren des vergangenen Jahrhunderts. Neundorf konnte sich nicht erinnern, je einen so großen Bildschirm gesehen zu haben – vielleicht auf einem Werbeplakat oder in einem Werbespot, niemals aber in der Realität. Der war sicher mehrere tausend Euro wert. Seltsam, dass ihn die Einbrecher nicht hatten mitgehen lassen. War es bei dem Delikt um etwas ganz anderes gegangen, oder war das Gerät zu groß, um es transportieren zu können? Ein Mann allein hätte es wohl kaum geschafft. Und auch zwei Leute hätten den Diebstahl wohl nur mit einigem Aufsehen durchführen können.

Sie durchsuchte die beiden Schränke und die Küche, machte sich dann am Sideboard im Fernsehzimmer zu schaffen. Der Raum wirkte wie ein kleines Kino. Hatte sie es hier mit Orbans privatem Porno-Schuppen zu tun? Er und seine Kumpane in einem vom Zutritt Unbefugter geschützten privaten Raum?

Sie öffnete das Sideboard, entdeckte drei Aktenordner sowie eine Sammlung teilweise unbeschrifteter DVDs, dazu ein winziges Kästchen mit zwei kleinen Schubladen. In der oberen Schublade befanden sich mehrere USB-Sticks, die untere war leer. Sie blätterte in den Papieren, stieß schon im ersten Ordner auf die Schreiben einer Bank, in denen es um die Zuteilung zweier Kredite ging. Neundorf las Orbans Namen und Adresse, bemerkte an den aufgeführten Summen, dass es sich um insgesamt hunderttausend Euro handelte. Den angeführten Daten nach hatte er sich das Geld im vergangenen Winter geliehen.

Hunderttausend Euro, überlegte sie, auch für einen gut verdienenden Bauunternehmer waren das keine Peanuts. Wofür hatte er das Geld verwendet? Für die Einrichtung dieser Wohnung auf jeden Fall nicht.

Sie blätterte weiter, stieß auf die Kaufverträge mehrerer Autos. Sie waren ein, zwei und drei Jahre zuvor ausgestellt worden und beinhalteten jeweils horrende Summen. Neundorf pfiff laut vor sich hin, als sie ihr Volumen bemerkte. Alle drei im sechsstelligen Bereich. *Autos* war wohl der falsche Begriff für diese Karossen. Es musste sich um Luxusgefährte gehandelt haben.

Sie studierte die aufgeführten Marken, sah, dass es sich in allen drei Fällen um besonders schnelle, mit hochgetunten Motoren ausgestattete Wagen handelte. Zwei BMW, ein Audi. Die Kaufverträge waren zudem allesamt älter als die beiden Kredite, somit konnte da kein Zusammenhang bestehen. Blieb nur die Frage, wo der Mann die Luxusschlitten abgestellt hatte, sofern sie zuletzt überhaupt noch in seinem Besitz gewesen waren. Unten, in der Garage, in der Firma oder in Buoch? Sie musste später noch einen Blick in die Garage werfen.

Neundorf heftete die Kaufverträge wieder in den Ordner, griff nach dem nächsten. Dieser war anders als sein Vorgänger. Zwei blickdichte, mit Tesa verklebte Kladden, deren Inhalt in keiner Weise ersichtlich war. Neundorfs Interesse war augenblicklich geweckt. Sie lief in die Küche, suchte nach einem scharfen Messer, öffnete beide Kladden. Sie legte das Messer weg, zog den Inhalt vor. Mehrere belanglos anmutende Papiere, alle mit computergeschriebenen Texten und einer von Hand ausgeführten Unterschrift versehen. Jedes Mal die gleiche Unterschrift. Ein Name, der nur schwer zu lesen, Neundorf aber in jedem Fall unbekannt war. *Roland Hacke.* Oder *Häck*? Es konnte auch *Höcke* bedeuten.

Neundorf löste sich von der Unterschrift, konzentrierte sich auf die jeweiligen Texte. Sie waren identisch. Auf jedem Blatt die gleichen Zeilen. Es dauerte zwei, drei Sekunden, dann hatte sie den Sinn der Aussagen begriffen. Mit der gesamten Tragweite, die sie beinhalteten.

Wenn sie die Zeilen hier richtig interpretierte, sah sie einen gewichtigen Grund vor sich, weshalb der Bauunternehmer hatte sterben müssen.

25. Kapitel

Braig räumte gerade den Rest des Geschirrs vom Mittagessen in die Schränke, als ihn Neundorfs Anruf erreichte. Sie hatten den Sonntagmorgen zu einem frühen Schwimmbadbesuch genutzt, waren aber kurz nach zwölf Uhr wieder nach Hause aufgebrochen, weil das Bad angesichts der hohen Lufttemperatur schon um diese Zeit aus allen Nähten zu platzen drohte. Ann-Sophie hatte anfangs zwar heftig gegen die viel zu frühe Rückkehr protestiert, die elterliche Entscheidung aber nach mehrmaligem langen Anstehen an der Kinderrutsche ohne weiteres Gemotze akzeptiert.

»Wir gehen unter der Woche schwimmen, gleich nach der Schule«, hatte Ann-Katrin ihr versprochen. »Dann ist es nicht so voll. Und wenn wir jetzt nach Hause kommen, gibt's Fischstäble.«

Die Erwähnung der Lieblingsmahlzeit hatte wie üblich Wunder bewirkt.

Braig erkannte auf dem Display Neundorfs Nummer, nahm das Gespräch an. »Du bist im Büro?«

»Tut mir leid, dass ich dich an deinem dienstfreien Sonntagmittag störe«, sagte sie. »Aber ich muss dich etwas fragen.«

»Ich wollte sowieso kommen. Wir waren heute Morgen schon im Bad. Um was geht es?«

»Orban«, erklärte sie. »Er hat eine Wohnung samt großer Garage in Markgröningen. Fast könnte man sagen: ein kleines Versteck.«

»In Markgröningen?«

»Du hast richtig gehört, ja.«

»Ist das ein Zufall?«, fragte er.

»Die Nähe zum Anwesen der Storms, meinst du?«

»Genau«, bestätigte Braig.

»Ich weiß es nicht. Ich habe mich nur gewundert, mit welchem Aufwand er die Wohnung gesichert hat.« Sie erklärte ihm den Sachverhalt.

»Eine massive Tür mit zwei Sicherheitsschlössern im Obergeschoss?«, vergewisserte sich Braig. »Und ausgerechnet die wurde aufgebrochen?«

»Im Rahmen einer Einbruchserie vor vier Wochen, ja. Ein Nachbarhaus war ebenfalls betroffen, allerdings die Erdgeschosswohnung. Vielleicht haben die Diebe hinter der so gut geschützten Tür eine besonders wertvolle Beute erwartet? Ich habe mich mit der Kollegin der Schutzpolizei unterhalten. Eine Frau Runding, sie war selbst vor Ort.«

»Nicole Runding. Ich habe sie diese Woche getroffen«, erklärte Braig. »Marios Freundin.«

»Marios Freundin?«, rief Neundorf überrascht. »Daran habe ich nicht gedacht. Sie kam mir aber gleich bekannt vor.«

»Sie hat den Einbruch selbst protokolliert?«

»Persönlich, ja. Sie erinnerte sich noch genau daran, weil sich Orban so seltsam aufführte.«

»In welcher Weise?«

»Die Nachbarin im Erdgeschoss, eine ältere Frau um die achtzig, war aus ihrem Mittagsschlaf erwacht, weil sie auffällige Geräusche gehört hatte. Bis sie auf den Beinen war, stürmten zwei vermummte Typen aus dem Haus. Deshalb rief sie die Kollegen. Fast zur gleichen Zeit war ein Notruf aus dem Nachbarhaus eingegangen. Als Frau Runding und ihr Kollege vor Ort eintrafen, waren die Einbrecher verschwunden. Die sofort eingeleitete Fahndung brachte nichts. Die B 10 und die Autobahn führen in unmittelbarer Nähe vorbei, die Gegend ist die optimale Lage für professionelle Einbrecher. Frau Runding und ihr Kollege begutachteten die Tatorte, deren Bewohner zum Zeitpunkt des Geschehens alle außer Haus waren. Sie benötigten eine Weile, die betroffenen Leute ausfindig zu machen und zu benachrichtigen. Die Leute aus dem Nachbarhaus reagierten betroffen, wie sollte es auch anders sein. Orban dagegen …«

»Ja?«

»Sie erreichte ihn erst nach einer Weile über sein Handy. Er zeterte und schimpfte, wollte ihnen verbieten, sich um den Einbruch in seine Wohnung zu kümmern. Als Frau Runding ihm erklärte, dass es dafür zu spät sei, weil es sich um ein Offizialdelikt handle und sie die Ermittlungen bereits aufgenommen hatten, drohte er regelrecht auszurasten. Er verbot ihnen, die Wohnung zu betreten und sich die Schäden anzusehen, schrie und tobte. Zum Glück alles am Handy. Aber er machte sich sofort auf den Weg und war etwa eine halbe Stunde später vor Ort.«

»Das klingt doch höchst verdächtig«, überlegte Braig. »Wenn einer seine Wohnung derart sichert und bei einem Einbruch so reagiert, hat der doch was zu verbergen. Wurden die Kollegen nicht neugierig? Ich an ihrer Stelle hätte mir die Wohnung mal genauer angesehen.«

»Das hatten sie auch vor. Frau Runding bekannte, dass sie sofort misstrauisch wurde. Aber sie kamen nicht dazu, sich die Zimmer genauer anzuschauen, weil sie einerseits mit der Fahndung und andererseits mit der Sicherung der Erdgeschosswohnung im Nachbarhaus beschäftigt waren. Und als sie sich dann endlich Orbans Wohnung zuwenden wollten, war er persönlich vor Ort und überwachte jeden Schritt. Er bewahre nichts Wertvolles auf, deshalb könne auch nichts von Wert abhandengekommen sein, behauptete er.«

»Das glaubst du doch selbst nicht.«

»Nein, das glaube ich nicht. Als ich die Wohnung vorhin durchsucht habe, fiel mir nämlich einiges in die Hände.«

»Was hast du gefunden?«

»Eine ganze Menge DVDs und USB-Sticks, deren Inhalt ich noch nicht kenne. Es dürfte sich aber um Pornos handeln, dem Riesenbildschirm in der Wohnung zufolge. Hardcore, nehme ich mal an. Umsonst wird die Tür ja nicht so gut gesichert sein. Das ist aber nicht alles. Ich habe Kaufverträge für mehrere Luxusschlitten entdeckt. Aufgemotzte Karren, einer teurer als der andere. Für seine Rallye-Touren, denke ich. Und dann bin ich noch auf Hinweise auf dubiose Zahlungen gestoßen, die Orban geleistet hat.«

»Dubiose Zahlungen?«

»Orban wurde für irgendetwas zur Kasse gebeten. So interpretiere ich jedenfalls die Papiere, die mir in einem gut verschlossenen Ordner in die Hände fielen. Keine Ahnung, worum es sich dabei handelt.«

»Du meinst, er wurde erpresst?«

»Möglicherweise, ja.«

»Weil er etwas getan hat, das nicht bekannt werden darf?«

»So in etwa, ja«, sagte Neundorf. »Er zahlte insgesamt hunderttausend Euro, zwei Mal fünfzigtausend im Abstand von einem Monat. Ich nehme an, bar auf die Hand. Möglicherweise hat das mit seinem Tod zu tun. Weil er nichts mehr rausrücken wollte, zum Beispiel. Ich muss versuchen, den oder die Verantwortlichen zu ermitteln.«

»Du kennst ihre Identität?«

»Noch nicht«, bekannte sie. »Deshalb rufe ich an. Es gibt nur eine Unterschrift. Nicht ganz einfach zu entziffern. Es könnte *Roland Hack* oder *Hacke* heißen, vielleicht auch *Häck* oder *Häcke*. Oder *Höcke*.«

»Roland Höcke?«

»Möglicherweise, ja. Ich habe nachgeschaut und bin dabei auf deine Ermittlungen vom letzten Jahr gestoßen. Die Sache mit den *Menschenschindern*. Der Tote auf dem Volksfest, du erinnerst dich?«

»Natürlich erinnere ich mich«, erklärte Braig. »Der Tote auf dem Wasen. Von diesem großkotzigen Bürgermeister entdeckt, der einfach hinter eine der Buden pinkelte. Wir glaubten zuerst, bei dem Opfer handle es sich um einen friedlichen Rosenzüchter, der keiner Fliege ein Haar krümmen könne. Und dann stellten wir fest, dass der Typ eine Spedition besaß und seine Angestellten wie den letzten Dreck behandelte.«

»Genau den meine ich. Ihr hattet ziemlich schnell ein paar Verdächtige zur Hand. Konkurrenten dieses Spediteurs, die wohl ebenfalls nicht gerade zimperlich waren. Ein Roland Höcke …«

»Ja, jetzt weiß ich, wen du meinst«, fiel Braig ihr ins Wort. »Ein verschlagener Halunke. Ich war mit Mario bei ihm in Leonberg.« Er hielt inne, seufzte laut. »Oh nein, das war Marios letzte Ermittlung. Mittendrin …«

Aupperle war von einem Tag auf den anderen zusammengebrochen. Braig hatte sein heftiges Husten noch im Ohr, das ihm seit Wochen zugesetzt hatte. Er müsse zum Arzt, hatte er ihn bedrängt, nicht wissend, dass der junge Kollege bereits mehrfach untersucht worden war …

»Verdammter Mist!«, schimpfte er. »Mario.«

Er war mehrere Jahre bei der Verkehrspolizei im Außendienst, war Dr. Schäffler nach der Obduktion deutlich geworden, *das erklärt alles. Verkehrsreiche Straßen sind der sicherste Weg zum Selbstmord. Aupperles Lunge ist rabenschwarz und derart von Gift zerfressen, als hätte er zweihundert Zigaretten geraucht. Pro Tag. Dabei weiß ich, dass er zeitlebens Nichtraucher war.*

»Tut mir leid, dass ich dich daran erinnere«, entschuldigte sich Neundorf. »Aber wir verdrängen zu oft, dass die freie Entfaltung der Autofahrer in unserer Gesellschaft viel wichtiger ist als die Gesundheit und das Leben von Mensch und Tier.«

»Wir sprachen von diesem Höcke«, versuchte Braig, das Gespräch wieder auf den Anlass ihres Anrufs zurückzuführen. »Du meinst, er könnte Orban erpresst haben?«

»Wie gesagt, die Unterschrift ist nicht eindeutig klar. Traust du es dem Typ zu, so wie du ihn in Erinnerung hast?«

Braig musste nicht lange überlegen, zu einem Urteil zu finden. »Dem traue ich alles zu. Alles, bis zum Schlimmsten.«

Er hatte die Szene wieder vor Augen, wie er mit Aupperle vor dem verschlossenen Tor der Spedition stand. Höcke feixend und sie mit immer neuen Ausreden hinhaltend drinnen und sie um Einlass bittend und drohend draußen. Und als er sie dann endlich in den miefigen Kabuff, den er als Büro ausgab, geführt hatte, war er von einer Lüge in die andere verfallen, bis es ihnen gelungen war, seinen flüchtigen, zur Fahndung ausgeschriebenen Kumpanen in seinem Haus zu verhaften.

»Dann werde ich mir den Kerl vornehmen und zur Rede stellen. Einfach so auf gut Glück«, erklärte Neundorf.

»In Sachen Orban.«

»Als möglicher Erpresser«, sagte sie. »Und Mörder.«

»Heute Mittag?«

»Jetzt im Anschluss. Ohne Voranmeldung. Sonst ist er verschwunden.«

»Okay. Dann komme ich mit. Der Kerl ist gefährlich. Wie gesagt, dem traue ich alles zu.«

26. Kapitel

Der Sitz des Unternehmens wirkte nicht gerade wie Leonbergs beste Adresse. Zwei recht schmuddelige, einstöckige Gebäude mit flachen Dächern, zwischen denen ein etwa mannshoher, schätzungsweise sechs, sieben Meter langer Maschendrahtzaun verlief, dahinter ein staubiger, von Schlaglöchern übersäter, nur notdürftig asphaltierter Platz, auf dem zwei Lastwagen parkten. Dass es sich um eine Spedition handelte, war nur dem großen Kunststoffbanner zu entnehmen, das auf dem breiten Metalltor prangte. *Höcke und Loibl – Transporte aller Art.*

»Da hat sich überhaupt nichts verändert«, brummte Braig, als sie das schäbig wirkende Gelände erreicht hatten. »Nichts ausgebessert, nichts aufgemöbelt. Alles genauso verkommen wie letztes Jahr.«

Die Luft flimmerte vor Hitze. Neundorf läutete an dem breiten Klingelbord, das sowohl *Höcke* als auch *Loibl* zur Auswahl bot. Sie drückte auf beide Knöpfe, hörte etwas entfernt einen sanften Gong. Nichts regte sich.

»Wahrscheinlich liegt der doch irgendwo am Wasser«, seufzte Braig. Schweißtropfen perlten ihm über den Rücken. »Oder …« Er verstummte, betrachtete den Mann, der wenige Meter hinter dem Tor misstrauisch um die Gebäudeecke schielte.

»Ja?«, schallte es ihnen entgegen.

Braig erkannte ihn sofort wieder. »Hallo, Herr Höcke«, grüßte er.

Der Mann verharrte auf der Stelle, ließ über und über tätowierte Arme und seine die Halbglatze nur notdürftig bedeckende, strähnige Haare sehen. Bekleidet war er mit einem schmuddeligen, grünen Muskel-T-Shirt und einer kurzen, am linken Bein eingerissenen, grellgelben Hose. Er wirkte verschlafen, hatte Mühe, seine Augen offenzuhalten. »Was ist los?«, krächzte er.

»Polizei«, erklärte Braig. »Wir haben ein paar Fragen.«

»Die Bullerei?« Höcke machte keine Anstalten, näherzukommen. »Was ist los?«, wiederholte er.

»Öffnen Sie das Tor«, forderte Neundorf ihn auf.

Er starrte misstrauisch zu ihnen her, ließ keinerlei Reaktion erkennen.

Genau wie im letzten Jahr, erinnerte sich Braig. Der Kerl hatte sich offensichtlich nicht verändert. Die Datenbank des LKA verzeichnete unter seinem Namen Gesetzesverstöße in fast unüberschaubarer Anzahl, davon hatten sie sich vor ihrer Abfahrt überzeugt. Von Geschwindigkeitsüberschreitungen mit Fahrzeugen aller Art über illegale Beschäftigungsverhältnisse, Transporte mit unzureichend gesicherter Ladung oder defekten Wagen bis hin zu Trunkenheitsfahrten und mehreren Anklagen wegen Körperverletzung.

»Jetzt machen Sie endlich auf!« Neundorfs Geduld schien endgültig am Ende.

»Weshalb?« Höcke trat näher, ließ ein hämisches Grinsen sehen. Die Sache schien ihm Spaß zu machen.

»Den buchten wir ein«, erklärte die Kommissarin mit drohendem Unterton. »Behinderung kriminalpolizeilicher Untersuchungen. Das reicht für drei Nächte.«

»Behinderung?«, höhnte ihr Gegenüber. »Wieso denn? Macht euch die Hitze so zu schaffen?« Er trat vollends ans Tor, musterte Braig. »Den kennen wir doch, oder?«

»Allerdings. Die übelsten Gestalten besuche ich jedes Jahr.«

»Oha.« Höcke pfiff laut durch die Zähne. »Ganz schön forsch, der Herr. Was habt ihr euch diesmal ausgedacht, anständige Leute zu schikanieren?«

Sie warteten, bis er das Tor endlich aufgeschlossen hatte, schoben es zurück. Der intensive Gestank nach abgestandenem Schweiß, der von ihm ausging, ließ Braig auf der Stelle verharren. Er sah, wie seine Kollegin die Nase rümpfte, verzichtete darauf, Eintritt in Höckes Haus zu verlangen. Neundorf nickte ihm stillschweigend zu, blieb mehrere Schritte vor der ungepflegten Gestalt stehen.

»Orban«, erklärte sie mit schneidender Stimme. »Was sagt Ihnen der Name?«

»Orban?« Höcke wiederholte das Wort, markierte den Unwissenden. Er schaute fragend von einem seiner Besucher zum anderen, schüttelte den Kopf.

»Wir können auch anders«, knurrte Neundorf. Sie griff in ihre rückwärtige Hosentasche, zog ein Paar Handschellen hervor. »Wir nehmen ihn mit«, erklärte sie dann, »als dringend tatverdächtig.«

»Okay, okay.« Höcke trat einen Schritt zurück. »Was ist mit Orban? Der wollte doch unbedingt die Bullerei raushalten.«

»Was mit Orban ist? Das wissen Sie doch ganz genau!« Neundorf stampfte mit dem rechten Fuß auf den Boden, trat einen Schritt auf den Mann zu, hielt die Handschellen hoch. »Ich denke, wir beschleunigen die Sache. Sonst wird das nichts«, sagte sie. »Es geht um Mord. Und Sie sind unser Hauptverdächtiger.«

»Mord? Wen hat's erwischt?«

»Orban«, sagte Neundorf, die Miene ihres Gegenübers im Blick.

Höcke schien sein bisher zur Schau gestelltes Selbstbewusstsein zu verlieren. Das Grinsen verschwand aus seinem Gesicht, wurde von misstrauischem Argwohn ersetzt. »Orban?«

»Womit haben Sie ihn erpresst?«, brüllte Neundorf.

Höcke schnappte nach Luft. »Ich habe ihn nicht erpresst«, schnaufte er.

»Womit?«, wiederholte sie in unverminderter Lautstärke.

»Die Drecksau«, schimpfte der Mann. Er musterte seine beiden Besucher mit in Falten gelegter Stirn, schien aus ihren Gesichtern lesen zu wollen, ob ihre Botschaft wirklich der Wahrheit entsprach. »Er ist echt hinüber?«, fragte er.

Braig nickte, als er die Augen des Mannes auf sich gerichtet sah.

»Also gut«, erklärte Höcke. »Aber gleich, was die Bullerei mir wieder unterjubeln will, ich habe nichts mit seinem Tod zu tun.«

»Warum hat er Ihnen so viel gezahlt?«

»Ich habe ihn erwischt.«

»Erwischt?«, wiederholte Neundorf. »Wobei?«

»Der Kerl nietet vor meiner Haustür einen Radfahrer um und macht sich einfach so davon.«

»Wann?«

»Letzten Herbst.«

»Vor der Haustür?« Neundorf hielt ihren Kopf schief, brachte deutlich zum Ausdruck, dass sie ihm nicht glaubte.

»Da!« Höcke wies zum Tor, durch das sie gekommen waren. »Keine hundert Meter entfernt.«

»Vor Ihrer Einfahrt?«, spottete die Kommissarin. »Warum sollte er das tun?«

»Was weiß ich? Fragen Sie ihn doch!« Höcke verstummte, verzog sein Gesicht. Die Absurdität seiner Aussage schien ihm klar geworden zu sein. »Der raste jedenfalls wie ein Verrückter vorbei und erwischte einen Radfahrer, der auf der Straße unterwegs war.«

»Der Radfahrer wurde verletzt?«

»Allerdings. Zum Glück waren die Sanitäter schnell da. Sonst …«

»Das Opfer hat überlebt.«

»Der lag mehrere Wochen im Krankenhaus. Aber jetzt geht es ihm wohl besser. Habe ich gehört.«

»Sie kennen ihn?«

»Nur vom Sehen. Der kam öfter vorbei. Arbeitet weiter vorne bei einem der Betriebe.«

»Woher wollen Sie wissen, dass Orban der Täter war? Wurde er von unseren Kollegen überführt?«

»Nix mit Bullerei.« Höcke winkte mit weit ausholender Geste ab. »Fahrerflucht. Mehr brachten die nicht zustande.«

»Aber Sie. Sonst hätten Sie ihn nicht erpressen können. Der zahlt doch nicht einfach so hunderttausend Euro.«

Höcke erbleichte sichtbar, als er die Zahl hörte. Er schaute fahrig von Neundorf zu Braig, schüttelte den Kopf. »Ich habe den nicht erpresst. Das Geld war Orbans Idee. Das habe ich schriftlich.«

»Orbans Idee?« Die Kommissarin lachte laut. »Der Kerl hält uns für bescheuert. Der glaubt, wir kaufen ihm das ab.«

»Gut. Zuerst war es weniger. Dem musste ich etwas auf die Sprünge helfen. Aber die Sache mit Geld aus der Welt zu schaffen, leuchtete ihm schnell ein. Das habe ich schriftlich. Kann die Bullerei gerne sehen.«

»Was Sie nicht alles schriftlich haben! Auch, dass Sie ihn ins Jenseits befördern sollen?«

»Damit habe ich nichts zu tun!«

»Wie viel war er ursprünglich bereit zu zahlen?«

Höcke fuchtelte mit beiden Händen abwehrend durch die Luft, winkte ab. »Der hat genug. Bauunternehmer. Wisst ihr, wie der die Leute abzockt?«

»Womit haben Sie ihn erpresst? Haben Sie den Vorfall selbst beobachtet?«

Der Mann blieb ruhig, starrte auf den Boden.

»Wenn Sie nicht auf der Stelle auspacken, nehmen wir Sie mit«, drohte Neundorf. »Orban hat Ihnen mindestens hunderttausend gezahlt, das wissen wir. Das war Ihnen aber nicht genug. Wann sollte er die nächsten fünfzigtausend abliefern? Oder wollten Sie noch mehr? Gleich hunderttausend?«

»Nein«, fauchte Höcke. »Nichts davon. So ist es nicht. Die hunderttausend waren verabredet. Damit ist die Sache gebongt. Ich will überhaupt nichts mehr. Die letzte Geldübergabe ist über ein halbes Jahr her, seitdem haben wir keinen Kontakt mehr. Das war so ausgemacht. Wenn der wirklich hinüber ist – ich habe nichts damit zu tun. Ich bin ein Ehrenmann. Ich halte mich an meine Abmachungen.«

Neundorf lachte laut los. »Sie sind ein Ehrenmann, oh ja!« Sie schüttelte den Kopf. »Wie haben Sie ihn dazu gebracht, zu zahlen? Entweder Sie …«

»Die Kamera«, kam Höcke ihrer Drohung zuvor. »An meinem Lkw.«

»Sie haben den Vorfall aufgenommen?«

»Zufällig«, bekannte der Mann. »Ich war zwei Tage unterwegs, in Polen. Weil wir dort und in der Slowakei schon zwei Mal überfallen und bestohlen wurden, habe ich drei Kameras eingebaut. Eine im Führerhaus und eine an jedem Außenspiegel. Die sind winzig, die siehst du kaum. Dafür liefern die aber irre Bilder. Unglaublich, wie scharf die sind. Ich hatte den Wagen draußen geparkt, nur kurz, weil ich einen Teil der Ladung noch abliefern musste. Da ist es passiert.«

»Orban ist zu erkennen?«

Höcke grinste über beide Ohren. »Und ob! Und sein Nummernschild sowieso!«

»Unsere Kollegen. Sie haben die Aufnahmen …« Neundorf sah, wie sich ihr Gegenüber von ihr abwandte, brach mitten im Satz ab. Sie musterte den Rücken des Mannes, pfiff leise vor sich hin. »Unsere Kollegen wissen nichts von der Kamera, weil Sie ihnen nichts davon erzählten. Sie fuhren den Lkw schnell weg, bevor sie auftauchten.«

Der Mann beugte den Kopf nach vorne, wand sich hin und her. »Ich musste noch einen Teil der Ladung abliefern, deshalb …«

»Wo sind die Aufnahmen jetzt?«

»Orban«, erklärte Höcke. »Ich habe sie ihm …«

»Das Original«, brüllte Neundorf. Sie trat bis auf wenige Zentimeter an ihn heran, reckte den Kopf zur Seite, um sich die schlimmsten Ausdünstungen zu ersparen. »Halten Sie uns nicht für blöd! Ich rede vom Original, nicht von der Kopie.«

»Ähm …«

»Wo?«, wiederholte sie mit unverminderter Lautstärke.

Der Mann deutete ohne ein Wort zu verlieren aufs Haus.

»Gut. Das übergeben Sie uns nachher, bevor wir Sie einkassieren. Dienstag auf Mittwochnacht«, fuhr Neundorf fort. »Wo waren Sie da?«

Höcke zögerte, schien zu überlegen. »In Aalen«, fügte er dann hinzu.

»Zeugen?«

»Zeugen?« Höcke schien wieder Oberwasser zu gewinnen. Seine Miene entspannte sich zusehends. »Fünftausend«, sagte er.

»Fünftausend«, wiederholte Neundorf. »Also nicht eine einzige konkrete Person.« Sie ließ die Handschellen aufschnappen, streckte sie ihm entgegen. »Kein Alibi«, erklärte sie. »Wir nehmen Sie mit.«

»Was denn?«, rief Höcke. Er sprang einen Schritt zurück, schüttelte den Kopf. »Natürlich gibt es Zeugen. Ich war für den Sound zuständig. Die Lautsprecherboxen.«

»Wie *zuständig*?«

»Die Boxen.« Er wies auf den kleineren der Lastwagen. »Wir verleihen sie für Konzerte. Und sind vor Ort für sie verantwortlich. Jetzt im Sommer an jedem Wochenende. Und manchmal auch unter der Woche.«

»Verantwortlich?«

»Klar doch!«, rief er. »Wir müssen die ständig im Auge behalten. Standortsicherheit, Stromversorgung, Nässeschutz. Was glauben Sie!«

»Wann genau waren Sie damit beschäftigt?«

»Oh Bullerei!« Höcke stöhnte laut auf. »Mittags gegen drei Abmarsch hier auf dem Hof. Aufbau dort bis nach sechs. Danach Probeläufe bis gegen sieben. Und dann ging's schon los.«

»Bis wann?«

»Eine Stunde vor Mitternacht«, erklärte er. »Das war unsere Bedingung. Wir benötigten schließlich zwei Stunden für den Abbau und noch eine für die Rückfahrt. Gegen zwei waren wir wieder hier.«

»Wer garantiert mir, dass Sie zwischendurch nicht weg waren?«

»Warum ist die Bullerei immer so misstrauisch?«

»Langjährige Erfahrung mit Figuren Ihres Kalibers«, antwortete Neundorf.

»Wie soll ich wegkommen, wenn ich die ganze Zeit aufpassen muss, dass alles funktioniert? Glauben Sie, die zahlen, wenn die Boxen mittendrin aussetzen? Haben Sie eine Ahnung, wie oft wir dem Geld hinterherrennen müssen?«

»Ohne Zeugen kommen Sie trotzdem nicht davon.«

Höcke begann erneut laut zu fluchen.

»Wird's bald?«, maulte Neundorf.

»Meine Frau. Sie schläft. Wollen Sie sie wirklich wecken?«

»Sie war die ganze Zeit dabei?«

»Na klar. Loibl, meine Frau und ich. Sonst packen wir das nicht.«

»Wo ist dieser Loibl?«

»Im Schwimmbad. Was weiß ich, wie lange. Erreichen kann ich den nicht. Ins Bad nimmt der kein Handy mit.«

»Okay. Dann gehen wir zu Ihrer Frau. Gemeinsam.«

»Was?« Höcke setzte zu energischem Protest an, wurde von Neundorf lauthals unterbrochen. »Und anschließend stellen Sie uns Unterlagen zur Verfügung, die beweisen, dass das Konzert wirklich stattgefunden hat. Und das Original. Sie wissen schon, die Aufnahmen mit Orban.«

Ihr Gesprächspartner schien zu resignieren. Er stöhnte laut auf, verfiel erneut ins Fluchen.

»Ihre Frau«, erinnerte Neundorf. »Wir reden mit ihr, bevor Sie sich von ihr ein Alibi zurechtschustern lassen.«

Ohne ein weiteres Wort zu verlieren, wandte Höcke sich dem Gebäude neben dem Tor zu, seine Besucher unmittelbar hinter ihm. Braig reckte den Kopf in die Höhe, kämpfte um Luft. Die Schweißfahne des Mannes war kaum zu ertragen. Sie betraten das Haus, folgten Höcke an der Treppe vorbei in die Diele, dann ins Schlafzimmer. Seine Frau schien wirklich zu schlafen. Sie lag auf der Seite, schnarchte leise.

Sanfter als Neundorf vermutet hatte holte Höcke sie in die Realität. Er strich ihr unbeholfen über die Stirn, flüsterte ihr ein paar kaum verständliche Worte ins Ohr. Schlaftrunken öffnete die Frau ihre Augen, musterte überrascht die fremden Besucher vor ihrem Bett.

»Die Bullerei«, erklärte Höcke. »Sie wollen wissen, wo ich Dienstag auf Mittwochnacht war.«

Neundorf entschuldigte sich für ihr unangekündigtes Eindringen, stellte sich und ihren Kollegen vor. »Wir müssen wissen, wo sich Ihr Mann Dienstag auf Mittwochnacht aufhielt«, bestätigte sie seine Darstellung.

Die Frau gähnte, richtete sich vorsichtig auf. »Da war doch das Konzert in Aalen«, sagte sie. »Bis in den frühen Morgen. Warum erzählst du das nicht selbst? Oder Alois, der war doch auch dabei?«

»Die Bullerei. Du weißt doch, die sind nicht die Schnellsten. Die brauchen alles doppelt und dreifach, bis sie es endlich begreifen.«

»Sie können genau bezeugen, dass Ihr Mann die ganze Zeit anwesend war?«

»Sie sind gut. Roland ist der Einzige, der die Technik bis ins Detail beherrscht. Er *muss* dabei sein, die übersteuern doch ständig.«

Neundorf musterte die Frau, nickte ihr zu. »Vielen Dank für Ihre Auskunft. Wir möchten jetzt nur noch den Vertrag und die Original-Aufnahmen sehen.«

Höckes resignierte Miene begleitete sie bis in sein Büro.

27. Kapitel

Die Hitze war kaum mehr zu ertragen. Jede noch so kleine Bewegung ließ die Ströme von Schweiß anschwellen, die die Haut am ganzen Körper überfluteten, jeder Atemzug schaufelte neue Mengen viel zu heißer Luft in die Lungen. So sehr sie sich bemühten, während der Rückfahrt ein Resümee des Besuchs bei Roland Höcke zu ziehen, die hohen Temperaturen schienen selbst die Fähigkeit zu logischen Gedankengängen zu beeinträchtigen. Erst als sie den Großteil des Weges bereits zurückgelegt hatten, sah Neundorf sich zu einem vorläufigen Ergebnis imstande.

»So widerlich ich den Kerl auch finde: Der wusste nichts von Orbans Tod. Ich habe ihn genau beobachtet. Der war völlig von den Socken, als wir ihm das präsentierten«, meinte sie.

»Warum soll er ihn auch umbringen?«, stimmte Braig ihr zu. »Der Tod Orbans bringt ihm nur Nachteile. Wahrscheinlich war er längst mit dem Gedanken beschäftigt, dem Typ noch mehr Geld abzuknöpfen. Die nächsten fünfzigtausend etwa. Der benötigt den lebendigen Orban als Kuh, die er weiterhin melken kann. Von einem Toten ist nichts mehr zu holen.«

»Das ist der einzige Punkt, in dem ich nicht konform mit ihm gehe: Der hat Orban erpresst, ohne jeden Zweifel. Hunderttausend Euro. Das ist aber eine andere Baustelle. Die hat mit unseren Ermittlungen nichts zu tun. Sollen sich die Kollegen darum kümmern.«

Höcke hatte ihnen sowohl den offiziellen Flyer des Rockkonzerts als auch seinen Vertrag mit dessen Veranstaltern gezeigt. Die Unterlagen schienen korrekt, das Alibi des Mannes damit bestätigt. Lediglich ihr Drängen auf die Herausgabe der Kamera-Aufzeichnungen war erneut auf Höckes Widerstand gestoßen. Unablässig vor sich hin schimpfend hatte er sich an einer Art Safe zu schaffen gemacht, einem kleinen Metallkasten, der unter seinem Schreibtisch in den Boden eingelassen war. Vor ihren Augen hatte er ihm eine undurchsichtige Kladde mit mehreren Blättern sowie einen schmalen Stick entnommen und sie mit mürrischer Miene an sie weitergereicht. Sie hatten den Stick an sich genommen, den Inhalt der Kladde dann vor seinen Augen begutachtet. Zwei Blätter, beide mit demselben Text.

Hiermit bestätige ich, von Ralf Orban 50.000 erhalten zu haben.

Roland Höcke

Einzig die beigefügten Termine waren verschieden.

»Jetzt wird's nichts mehr mit den nächsten fünfzigtausend.« Neundorfs Kommentar hatte dem Mann nur eine neue Serie meist unverständlicher Flüche entlockt.

Nein, es gab kein auf logischen Überlegungen basierendes Argument, Höcke als Mörder Orbans anzuklagen. Selbst wenn er noch mehr Geld von dem Bauunternehmer hatte erpressen wollen – Orban zu töten, hätte jeden weiteren Versuch ad absurdum geführt.

»Und jetzt?«, fragte Braig. »Willst du am späten Sonntagnachmittag bei der Affenhitze wirklich noch ins Amt?«

»Nur Höckes Aufnahmen kurz in Augenschein nehmen«, meinte sie.

Braig erklärte sich einverstanden. Sie suchten ihre Büros auf, erfrischten sich kurz, nahmen sich den Stick des Mannes vor. Neundorf schaltete ihren Computer ein, öffnete die Datei des Sticks. Kurz darauf hatte sie das Motiv in erstaunlich guter Qualität auf dem Bildschirm. Das breite Tor mit dem großen Kunststoffbanner: *Höcke und Loibl – Transporte aller Art*, davor die grauen, teilweise beschädigten Platten des Bürgersteigs und die Straße. Ein Radfahrer kam von rechts ins Bild, langsam, am Rand der Fahrbahn und dann plötzlich, bevor sie den Mann genauer betrachten konnten, ein dunkler Schatten von der Seite her. Wie ein riesiges Geschoss, das über den Asphalt katapultiert wird, raste die Silhouette eines Autos durchs Bild, füllte es für einen Augenblick ganz aus. Es jagte von rechts nach links, dann war es wieder verschwunden – genauso schnell, wie es vorher aufgetaucht war. Das Fabrikat des Wagens war ebenso wenig zu erkennen wie sein Fahrer, nur die vor Schmerzen verkrümmte Gestalt des Radfahrers direkt vor den Metallstreben des Tores war zu sehen. Braig konzentrierte sich auf das am oberen Bildrand eingeprägte Datum samt Uhrzeit – 5.11. 17.15 – dann war das Motiv weg, der Bildschirm von heftigem Flimmern überzogen.

Die Pause währte nicht lange. Kurz darauf dieselbe Szenerie, jetzt von einer anderen Kamera mit einer weitaus kleinräumigeren Perspektive aufgenommen. Links das Tor der Spedition, geradeaus die daran vorbeiführende Fahrbahn samt Gehweg, rechts die unweit des Tores einmündende Seitenstraße. Das gleiche Datum, dieselbe Uhrzeit. Der langsam die Einfahrt zu Höckes Unternehmen passierende Radfahrer, jetzt deutlich zu erkennen, ein junger, kaum dreißigjähriger Mann in dunkelgrüner Arbeitskleidung, dann von rechts ein dunkelblauer BMW mit halb geöffnetem Fenster mit weit überhöhter Geschwindigkeit heranschießend. Das Auto jagte ohne abzubremsen in die scharfe Linkskurve, schleuderte zur Seite, katapultierte den Radfahrer in die Luft. Das Opfer flog mehrere Meter weit über den Bürgersteig, prallte unmittelbar vor dem Tor auf den Boden.

Braig versuchte, den Mann am Steuer zu erkennen, sah ihn einen Moment bis ins Detail genau vor sich. Die Haare, die Wangen, die Nase, die Augen, den Mund.

»Orban«, zischte Braig. »Das ist er. Ich kenne ihn von der Fernsehdiskussion her.«

Das Auto raste davon, verschwand aus dem Bild. Jetzt war nur noch die offenkundig schwer verletzte Gestalt des jungen Radfahrers zu sehen, zwei, drei Sekunden lang vor den Metallstreben des Speditionstores auf den Gehwegplatten liegend, dann wechselte das Motiv wieder zu heftigem Flimmern.

Neundorf hielt es nicht länger auf ihrem Stuhl. Sie sprang auf, lief unruhig in ihrem Büro hin und her. »Wenn es der Radfahrer war – ich kann ihn verstehen«, bekannte sie lauthals.

»Fragt sich nur, ob der dazu imstande wäre. So wie es den erwischte, wundert es mich nur, dass er noch lebt.«

»Nur weil die Drecksau so rasen muss!« Sie ballte die rechte Hand zur Faust, donnerte aufs Fensterbrett.

»Auf jeden Fall müssen wir uns nach dem Befinden des Radfahrers erkundigen«, meinte Braig.

»Um ihn zu verhaften, wenn er es war?« Neundorf schniefte kräftig, starrte aus dem Fenster. Die Grabkapelle der Königin Katharina leuchtete in der Spätnachmittagssonne. Das anmutige Bauwerk, an dessen Stelle einst die Stammburg der Württemberger gethront hatte, schwebte malerisch über den trotz der fast tropischen Sommerhitze immer noch grünen Rebenhängen. »Der gehört nicht bestraft«, sagte sie. »Der verdient eine Ehrenmedaille. Für eine besonders gute Tat.« Sie lief zu dem kleinen Kühlschrank, holte eine Flasche Wasser, öffnete den Verschluss. »Ich würde mich weigern, den Mann festzunehmen. Das war garantiert nicht das einzige Mal, dass Orban mit seiner Raserei ein Menschenleben in größte Gefahr brachte. Denk nur an die Kaufverträge für die aufgemotzten Karossen, die ich bei ihm entdeckte. Wer immer den Kerl aus dem Verkehr gezogen hat, er hat ein gutes Werk getan.« Sie setzte die Flasche an den Mund, trank in großen Schlucken.

28. Kapitel

Braig hatte Mühe zu sich zu kommen, als der Wecker am Montagmorgen läutete. Noch halb im Schlaf versunken streckte er den Arm unter der Bettdecke vor, schaffte es erst im dritten Anlauf, das tobende Ungetüm zur Ruhe zu bringen.

Mitten in der Nacht hatten ihn erneut unbekannte Geräusche wach werden lassen, zwanzig Minuten vor eins, wie er bei einem Blick auf die Uhr festgestellt hatte. Hilfeschreie eines Menschen aus der Nachbarschaft? Er wusste es nicht. Ann-Katrins gleichmäßige Atemzüge neben sich, hatte er darauf verzichtet, das Bett zu verlassen und aus dem Fenster zu spähen, stattdessen auf neue, den nächtlichen Frieden störende Geräusche gelauscht. Außer dem immer wieder auf- und abklingenden Dröhnen und Aufheulen verschiedener Motoren war ihm jedoch nichts mehr aufgefallen. Betäubt von zunehmender Erschöpfung hatte er wieder in den Schlaf gefunden.

Umso überraschter nahm er am frühen Morgen die Wunde im Gesicht seiner Nachbarin wahr. Er war nach einem kurzen Frühstück und der Verabschiedung von seiner Frau und seiner Tochter vor das Haus getreten, sah wenige Meter entfernt Dr. Nicolette Mander über den Gehweg zu ihrem am Straßenrand geparkten Auto huschen. Sie winkte ihm freundlich zu, hatte es dann aber auffallend eilig, zu ihrem Fahrzeug zu gelangen. Bis er reagieren und sie ansprechen konnte, war sie bereits darin verschwunden. Die Zeit hatte dennoch gereicht, die Verunstaltung auf ihrer rechten Wange zu erkennen. Ein fast handtellergroßer, rötlicher Placken unter dem linken Auge. Natürlich hatte ihn die Erinnerung an die nächtlichen Geräusche sofort eingeholt. Waren es die Schmerzensschreie der Zahnärztin gewesen, die ihn geweckt hatten?

Er ärgerte sich über sich selbst, dass er sein nächtliches Phlegma nicht überwunden und ins Nachbarhaus gestürmt war, um den tobsüchtigen Schläger nach frischer Tat zur Rede zu stellen, machte sich mit großen Schritten auf den Weg ins Amt. Angesichts der unübersehbaren Verletzung der Frau gab es kaum noch Zweifel, woher die Geräusche der vergangenen Nächte stammten. Beißende Wut drohte ihn zu übermannen, wenn er an die grobschlächtige Gestalt Söderhofers dachte. Genau so hatte er den Oberstaatsanwalt über die Jahre hinweg eingeschätzt: Die Leute in aller Öffentlichkeit mit seinem großkotzigen Gelaber von Recht und Gerechtigkeit zuzumüllen, um dann im Schutz der eigenen vier Wände und der Nacht die Sau rauszulassen und die eigene Partnerin zu drangsalieren. Zum Kotzen. Wenn er ihm jetzt vor dem Amt begegnete …

Braig musste an sich halten, stürmte am Augsburger Platz unter vielfältigem Gehupe über die Fahrbahn. Schweißtropfen perlten ihm von der Stirn, liefen den Nacken abwärts. Er überlegte, ob er Ann-Katrin über die Beobachtung informieren sollte, entschied sich nach einigem Hin und Her, darauf zu verzichten. Was konnte er damit schon bewirken, außer seine Partnerin in Aufregung zu versetzen? Er fluchte leise vor sich hin, wischte sich den Schweiß von der Stirn. Die Luft hatte schon wieder viel zu hohe Temperaturen erklommen.

Mandy Prießnitz sah überrascht auf, als er in sein Büro stürmte. »Nu, was für eene Laus is Ihnen so frühe schon über de Leber gelaufn?«, musterte sie ihn von Kopf bis Fuß. »So genne ich Sie gor nich!«

Braig winkte ab, versuchte sie mit einer freundlichen Bemerkung zu beruhigen. »Guten Morgen, Frau Prießnitz. Ich hoffe, Sie hatten ein erholsames Wochenende und Ihre Diät wartet heute mit einem besonders guten Schmankerl auf Sie.«

»Das dut se, uf jedn Fall! Heute gibt's Garottn-Smuhfie. Die schmeckn wunderbar! Darf ich Ihnen eene anbiedn?« Sie griff in ihre Tasche am Fuß des Schreibtischs, streckte ihm eine große Mohrrübe entgegen. »Die is Bio, Dämätär, wenn Se das gennen.«

»Natürlich kenne ich Demeter.« Er nahm die Frucht entgegen, bedankte sich.

»Meine Mail ham Se erhalten?«

»Ja, vielen Dank. Das erklärt natürlich einiges.«

Kurz bevor er das Haus verlassen hatte, war die Nachricht eingegangen. *Julia Sohns, Südendstraße, Karlsruhe ist am 3. Februar diesen Jahres verstorben,* hatte Mandy Prießnitz mitgeteilt. *Deshalb ist Frau Sohns nirgendwo gemeldet.*

Julia Sohns, hatte er sich sofort erinnert, die Person, auf deren Namen das Prepaid-Handy angemeldet war, mit dem Gernot Schanz mehrere Gespräche geführt hatte.

»Dann wurde der Frau das Handy vor ihrem Tod gestohlen und anschließend vielleicht sogar weiterverkauft«, überlegte Braig. »An eine unbekannte Person. Und wir haben nicht den Hauch einer Chance, den jetzigen Benutzer zu ermitteln.«

»Nur mal nich so bessimistisch«, wandte die Sekretärin ein. »Mir ist nämlich was aufgefalln.«

Braig bemerkte die vor Begeisterung leuchtenden Augen der Frau, wartete gespannt auf ihre Erklärung.

»Das Datum«, erklärte sie. »Das is der springende Bunkt: Frau Sohns is am 3. Februar gestorbn. Und wissen Se noch, wann das Handy angemeldet wurde?«

»Da müsste ich nachschauen«, bekannte Braig.

»Müssn Se nich, ich hab's hier.« Mit triumphierender Miene wies sie auf ihren Monitor. »Eenen Dag später, am 4. Februar.«

»Wie bitte?«

»Wie ich es gerade erklärt habe. Gestorben am 3. Februar, angemeldet eenen Dag später. Auf den Namen Julia Sohns.«

»Aber ...« Braig wusste nicht weiter.

»Also aus dem Jenseits wird se das nicht gedan haben.«

»Das kann nur jemand aus dem direkten Umfeld der Frau gewesen sein«, überlegte er. »Andere wussten zu dem Zeitpunkt noch nichts von ihrem Tod.«

»Das habe ich mir ooch gedacht. Und deswegen habe ich nach dem *direkten Umfeld*, wie Sie die Leute nennen, gesucht. Und wissen Se, wo ich die gefundn hab?«

Braig schüttelte den Kopf.

»Hier«, erklärte Mandy Prießnitz. »Guckn Se sich das an.« Sie wandte sich ihrer Tastatur zu, gab den Befehl zum Drucken. »Gleich werden Se verstähn, was ich meine.« Sie wartete, bis das Blatt aus dem Gerät flippte, reichte es ihm.

Braig atmete kräftig durch, nahm das Papier an sich. Verwundert sah er die vergrößerte Kopie einer schwarz umrandeten Anzeige vor sich. »Eine Todesanzeige?«, fragte er.

Mandy Prießnitz nickte.

»Wir nehmen Abschied von Julia Sohns«, las er laut vor. *»Gestorben am 3. Februar in Karlsruhe.«*

»Ganz genau«, bestätigte seine Sekretärin. »Und, ham Se gesähen, wer da alles unterschriebn hat?«

Braig begriff augenblicklich, was die Frau meinte. Üblicherweise unterschrieben die Angehörigen, oft auch die engsten Freunde die Todesanzeige mit ihren Namen. In seltenen Fällen fand sich auch eine kurze Erklärung des verwandtschaftlichen Verhältnisses, in dem sie zu der oder dem Verstorbenen standen. Er wandte sich wieder der Anzeige zu, sah, dass sie von drei Personen unterzeichnet war.

Herbert Sohns

Marita Assauer

Vanessa Orban

Vanessa Orban? Braig starrte überrascht auf den Namen. Was hatte die Frau hier zu suchen? Oder handelte es sich um eine Person, die zufällig genauso hieß wie die Witwe des ermordeten Bauunternehmers?

Irritiert schaute er von der Anzeige auf, sah die Augen seiner Sekretärin erwartungsvoll auf sich gerichtet.

»Und?«, fragte sie. »Was saachn Se nu?«

Braig schüttelte den Kopf. »Sie glauben doch nicht wirklich, dass es sich bei der Person, mit der Gernot Schanz so oft telefonierte, um Vanessa Orban handelt, die Frau aus Buoch? Wissen Sie, wie unverblümt die uns im Zusammenhang mit dem Tod ihres Mannes verar…, ich meine, an der Nase herumgeführt …« Er verstummte mitten im Satz, spürte seinen Widerstand gegen diese Vermutung rapide schwinden. Vanessa Orban hatte sowohl Neundorf als auch ihn selbst bewusst belogen, als sie sie wegen des Verschwindens ihres Mannes beziehungsweise dessen Tod aufgesucht hatten. Und ihnen dann später ungerührt die Erklärung für diese Täuschung nachgeliefert …

»Der Arbeitskollege von Herrn Schanz«, unterbrach Mandy Prießnitz seine Gedanken. »Sie haben mit ihm gesprochn. Er erzählte Ihnen, dass Herr Schanz oft mit einer neuen Freundin unterwegs war und nannte Ihnen auch den Vornamen der Frau. Erinnern Sie sich noch?«

»Ja, klar«, erklärte Braig. »Gerd Wiechner in Esslingen. *Juli*, sagte er, Gernot Schanz habe eine Frau namens *Juli* erwähnt.«

»So, und nu guckn Se mal, was ich da gefundn hab.« Sie winkte Braig, näherzutreten, wies auf den Monitor ihres Computers.

Er folgte ihr, musste nicht lange überlegen, was er da vor sich sah. Ein großflächiges Porträtfoto der auffällig zurechtgemachten Frau, über die sie sich gerade unterhielten, überschrieben mit ihrem Namen.

Vanessa Julia Orban

Expressive Arts Trainerin

Identität ist beeinflusst von der Umgebung. Identität ist ständig in Bewegung. Identität hat keine Grenzen. Wir stellen uns Fragen über unsere eigene Identität und wie andere uns wahrnehmen. Ob wir das, was wir selbst wahrnehmen, auch widerspiegeln. Methoden der Expressive Arts helfen uns, diese Fragen zu beantworten. Diese Praktiken fördern neue Ausdrucksformen und die Wiederentdeckung von kreativem Ausdruck, die überraschend neue Perspektiven eröffnen. So schaffen wir Raum für neue Ideen. Wir suchen und finden unsere eigenen kulturellen Wurzeln und versuchen, diese in Reflexion zu anderen Menschen hinsichtlich Gemeinsamkeiten und Unterschieden zu verstehen.

»Das ganze Gedöns mit dieser gomischen Identidät müssen Se nich läsn«, riss die Sekretärin ihn aus seiner Lektüre. »Mir geht's nur um die Vornamen der Frau. Den *zweiten* Vornamen, um es genau zu sachn.«

»Ich verstehe«, sagte er, sich von dem Text auf der Website lösend. »Vanessa *Julia* Orban.«

»Und? Gloobn Se mir jetzt?« Mandy Prießnitz reckte ihren Kopf in seine Richtung, starrte ihn mit großen Augen erwartungsvoll an. Sie rutschte unruhig auf ihrem Stuhl hin und her, wartete auf seine Reaktion.

Auf sein *Lob*, wie er ahnte. Er arbeitete seit mehreren Jahren mit ihr zusammen, hatte inzwischen längst begriffen, wie sehr sie auf anerkennende Worte für ihre Tätigkeit wartete. Sie wollte nicht einfach die Tippse sein, die nur Handlangerdienste ausführte, sondern zumindest ein Stück weit aktiv an der Aufklärung der Ermittlungen mitwirken.

»Ich war das halbe Wochenende damit beschäfdigd, Ihre ganzen Untersuchungen sauber zu brodogollieren. Vor lauter Arbeit und Aufrächung ist mir dann ooch noch ein Fähler in meiner Diät unterlaufn.«

»In Ihrer Diät?«, wiederholte er, in Gedanken vollkommen mit den Konsequenzen der neuen Erkenntnisse beschäftigt.

»Nuja, ich habe zwee Dage hintereinander Sellerie-Smuhfie gedrunkn.«

»Und was hätte es stattdessen geben sollen?«

»Garottn-Smuhfie nadierlich. Nuja, gibt's die eben heude! Hauptsache, wir sind hier een Stück weiter!«

»Ja, also ich denke …« Braig stockte, überlegte, wie er seine Anerkennung für ihre Arbeit formulieren konnte, ohne allzu blumig und dadurch unglaubwürdig zu klingen. Noch wusste er nicht, was Mandy Prießnitz' Entdeckung tatsächlich bedeutete. War es wirklich möglich, dass es gelungen war, Vanessa Orban als die Person zu identifizieren, mit der Gernot Schanz mehrfach telefoniert und die er Kollegen gegenüber als seine neue Freundin bezeichnet hatte?

Braig hatte Schwierigkeiten, das zu akzeptieren; zu abwegig kam ihm dieser Gedanke vor. Allerdings: Sollte er sich bewahrheiten, waren sie in der Tat einen großen Schritt weitergekommen. Wie sie im Moment vermuteten, hatte Schanz die letzten Stunden seines Lebens in der Gesellschaft der neuen Freundin verbracht. In der Gesellschaft von Vanessa Orban? Noch dazu in deren Haus in Buoch, vor dem es am späten Abend dieses Tages zum tödlichen Konflikt zwischen Ralf Orban und …

Braig hielt mitten in seinem Gedankengang inne. Noch war nicht geklärt, mit wem der Mann den Streit ausgefochten hatte. Vanessa Orban hatte Julian Storm als Kontrahenten angedeutet, weil der sich während der Fernsehübertragung vor aller Augen schon verbal mit ihm angelegt hatte. Das war der Frau allerdings erst bei Braigs und Neundorfs zweitem Besuch eingefallen. Beim ersten Treffen hatte sie davon noch nichts wissen wollen. Was, wenn sie sie dann erneut belogen hatte? Etwa, weil es sich bei dem nächtlichen Streit vor ihrem Haus um eine Auseinandersetzung zwischen ihrem Mann und Gernot Schanz gehandelt hatte? War Ralf Orban vielleicht – aufgeputscht von dem Zoff mit Julian Storm in der TV-Aufzeichnung – früher als gedacht nach Hause gekommen und hatte sie in flagranti mit Schanz überrascht? Die beiden Männer waren aneinandergeraten und dann …

Irgendetwas stimmte nicht, arbeitete es in Braig. So konnte es nicht gewesen sein. Er hatte sich zu sehr von seiner Phantasie leiten lassen. Schließlich waren sowohl Schanz als auch Orban in dieser Nacht Opfer eines Verbrechens geworden. Opfer *zweier* Verbrechen, um es genau zu formulieren. Sie konnten sich nicht gegenseitig getötet, einer den anderen umgebracht haben, waren sie doch an zwei verschiedenen, weit voneinander entfernten Orten gefunden worden.

Es sei denn …

»Das Bewegungsprofil vom Handy von Herrn Schanz. Ham Se das gesähn?« Mandy Prießnitz' neugierige Miene riss ihn aus seinen Überlegungen.

»Das Bewegungsprofil. Es ist da?«

Sie gab einen neuen Befehl ein, wies auf den Bildschirm. »Der Dienstagabend. Der dürfte Sie doch interessieren, oder?«

Braig warf einen Blick auf die Aufzeichnungen vor ihm, glaubte, nicht richtig zu sehen. Bis kurz vor 18 Uhr war das Handy des Mannes an jenem Tag in Reutlingen eingeloggt, um sich dann zielstrebig nach Norden zu bewegen. 18.45 Uhr Bad Cannstatt, 19.10 Uhr Waiblingen, 19.25 Uhr Grunbach. Von 19.45 Uhr bis 22.20 Uhr in Buoch. Der letzte Standort war Breuningsweiler um 22.30 Uhr, danach gab es keine Verbindung mehr.

Braig ahnte, was das zu bedeuten hatte. Schanz hatte Schwierigkeiten mit den Augen, vor allem abends, hatte er gehört. Der Mann war offensichtlich mit der Bahn von Reutlingen nach Cannstatt gefahren, von dort dann nach Grunbach und schließlich nach Buoch. Was er dort gemacht hatte und weshalb sein Handy gegen 22.30 Uhr bei Breuningsweiler außer Funktion genommen worden war ... Er musste Vanessa Orban zur Rede stellen. Sie musste wissen, was in Buoch geschehen war. Auch wenn sie sie jetzt schon mehrfach belogen hatte.

»Ich muss mich wirklich für Ihre wertvolle Mitarbeit und Ihre Mühe bedanken«, bekundete er seiner Sekretärin Respekt. »Die Frau ist stärker in die Sache verwickelt, als wir das bisher gedacht haben. Möglicherweise hat sie nicht nur mehrfach mit Schanz telefoniert, sondern war sogar seine Geliebte. Dafür würde sprechen, dass sie ein Prepaid-Handy auf den Namen ihrer verstorbenen Verwandten angemeldet hat. Damit ihr Mann nichts von ihrem Verhältnis mitbekommt, zum Beispiel. Und auch die Geheimnistuerei von Gernot Schanz. Er hatte ein Verhältnis mit einer verheirateten Frau, deshalb erwähnte er nirgendwo ihren vollen Namen und zeigte sich mit ihr auch nicht vor seinen Freunden. Im Moment klingt das so verrückt, dass ich das erst noch mal sacken lassen muss. Aber gleich zu welchem Schluss wir kommen, wir müssen mit der Frau reden. Und zwar ziemlich schnell. Frau Neundorf und ich. Sie ist genauso in die Sache involviert wie ich.«

»Das ist 'ne gude Idee«, stimmte Mandy Prießnitz ihm zu. »Dann sollten Se Ihre Kollägin mal drüber infomiern.«

29. Kapitel

Simon Hägler humpelte mit schmerzverzerrter Miene auf Neundorf zu, reichte ihr die Hand. »Heute ist kein guter Tag«, meinte er, seinen rechten bandagierten Fuß im Blick.

Sie wartete, bis er an einem der Tische in der Cafeteria Platz genommen hatte, setzte sich ihm gegenüber. »Immer noch eine Folge des Unfalls?«, fragte sie.

Hägler zog die Nase hoch. »Unfall? Das war kein Unfall. Irgendein Saukerl rast mit 120 Sachen durch die Stadt, scheißegal, wen es dabei erwischt. Der wusste genau, was er tat. Der setzte bewusst mein Leben und meine Gesundheit aufs Spiel.«

Sie hatte sich nach der Identität des Radfahrers erkundigt, der vor Höckes Spedition angefahren worden war, hatte erfahren, dass er mit seiner Familie in Leonberg wohnte, seit zwei Wochen aber erneut zur Rehabilitation in Markgröningen weilte. Die Ermittlungen zur Feststellung des Täters waren bisher erfolglos geblieben, alle Ansätze, den Raser aufzufinden, im Sand verlaufen. Neundorf hatte die betroffenen Kollegen über die Videoaufzeichnungen Höckes und den Tod Orbans informiert, die Staatsanwaltschaft dann in Kenntnis der Unterschlagung von Beweismaterial und der Erpressung durch den Spediteur gesetzt. Der Prozess, den der Mann zu erwarten hatte, besaß für ihre weiteren Untersuchungen keinerlei Relevanz.

Simon Hägler hatte gerade seine erste Bewegungstherapie an diesem Morgen beendet, als Neundorf in der Klinik aufgetaucht war. »Polizei?«, hatte der Mann überrascht gefragt. »Was wollen Sie denn noch? Haben Sie den Verbrecher, der meine Gesundheit ruiniert hat, endlich erwischt?«

Sie hatte mit der Antwort gezögert, ihn stattdessen in die Cafeteria im Erdgeschoss des Empfangsgebäudes gebeten, die zu diesem Zeitpunkt nur von einer Handvoll Gäste besucht war.

»Das rechte Fußgelenk ist zertrümmert«, stöhnte Hägler. »Die haben immer noch nicht alle Knochensplitter ausgeräumt, wurde mir heute Morgen erklärt.«

»Sie wurden bereits operiert?«

»Ob ich ...« Der Mann schnappte nach Luft. »Vier verschiedene Operationen«, legte er dann los. »Zwei gebrochene Rippen, zwei angeknackste Wirbel, die Hüfte deformiert, das rechte Fußgelenk im Eimer. Was glauben Sie, was mit mir in den letzten Monaten los war?« Er schüttelte den Kopf. »Meine Frau und meine Tochter ... Die Kleine kennt mich bald nicht mehr. Sie sieht den Papa fast nur noch im Krankenhaus. Oder in der Reha, wie hier. Aber zu Hause, da wo er hingehört?« Er zog die Nase hoch. »Aber das interessiert Sie doch nicht die Bohne. Was wollen Sie von mir?«

Sie musste die Frage nicht stellen, war sich der Antwort bereits bewusst. Hägler kam nicht als Täter infrage, der Mann war zu angeschlagen, Orban verfolgt, angefahren und in die Hütte geschleift zu haben. Dazu fehlte ihm die physische, genauso aber auch die mentale Kraft, dessen war sie sich sicher. Ganz abgesehen davon, dass ihm die Identität Orbans wohl wirklich nicht bekannt war. »Der Kerl, der sie anfuhr ...«

»Sie wissen, wer es war?«, fiel er ihr ins Wort.

»Sie nicht?«

»Ich?« Hägler zog erneut die Nase hoch. »Glauben Sie mir, ich gebe viel dafür, zu erfahren, welcher Saukerl mir das angetan hat.« Er zeigte auf seinen Leib. »Aber wenn nicht einmal Ihre Kollegen dazu fähig sind …«

»Wir haben den Täter ermittelt«, sagte sie.

»Sie …« Hägler warf seinen Kopf nach vorne, starrte sie mit weit aufgerissenen Augen an.

»Ich wollte Sie darüber informieren. Deshalb bin ich hier.«

Der Mann rutschte auf seinem Stuhl schwerfällig hin und her. »Sie haben den Kerl?«

Neundorf nickte. »Aber ich werde Ihnen keinen Namen nennen. Heute noch nicht. Und ich erkläre Ihnen auch, weshalb.«

Hägler legte seine Stirn in Falten, musterte sie mit stechendem Blick.

»Er ist tot«, sagte sie. »Deshalb.«

Ihr Gegenüber schien in eine Art Schockstarre zu verfallen. Er bewegte sich nicht, fixierte sie nur mit seinen Augen.

»Geben Sie uns ein paar Tage. Wir werden Ihnen seinen Namen mitteilen«, sagte Neundorf. »Sobald wir wissen, wer ihn getötet hat.«

Braigs Anruf erreichte sie auf der Rückfahrt.

»Vanessa Orban«, begann er. »Punkt zwölf Uhr habe ich schon wieder einen Termin bei der Frau.«

»In Buoch? Weshalb?«

»In Böblingen. Ihre Schwester hat sie zu sich genommen. Bis zur Beerdigung, hat sie mir erklärt.«

»Was willst du von ihr?«

»Das Blut in Orbans Wagen. Im Kofferraum, du erinnerst dich?«

»Es stammt nicht von ihm«, antwortete Neundorf. »Das haben wir überprüft.«

»Nein, es stammt nicht von ihm. Seit zehn Minuten weiß ich aber, von wem es stammt.«

»Du machst es aber spannend.«

»Es handelt sich um das Blut von Gernot Schanz.«

»Wie bitte?« Neundorf kämpfte um Luft. »Du willst mir gerade weismachen, dass das Blut …« Sie verstummte mitten im Satz, ließ mehrere Sekunden nichts von sich hören.

»Du bist noch da?«, fragte Braig.

»Was hat das zu bedeuten?«, wollte sie wissen.

Er berichtete ihr von Mandy Prießnitz' Entdeckung, sprach von seiner Schlussfolgerung, Gernot Schanz' DNA mit der des Blutes in Orbans Kofferraum zu vergleichen. »Wie gesagt, identisch.«

»Also wissen wir, dass Schanz in Orbans Auto war.«

»Im Kofferraum, um es genau zu sagen, ja«, bestätigte Braig. »Wahrscheinlich schwer verletzt oder gerade gestorben.«

»Verdammt! Wie kam er dorthin?«

»Da gibt es nicht allzu viele Antworten, oder?«

»Den vielen Telefonaten nach handelt es sich bei Schanz um den Geliebten von Vanessa Orban«, überlegte Neundorf. »Der Frau mit dem zweiten Vornamen Julia.«

»Davon gehe ich inzwischen aus, ja«, stimmte Braig zu. »Zumal sein Handy an dem Abend ab 19.45 Uhr in Buoch eingeloggt war.«

»Die Nachbarin, die den Streit zweier Männer beobachtet hat. Am Dienstag, nach der Fernsehaufzeichnung. In der Nacht, in der sowohl Orban als auch Schanz getötet wurden. Dann ist wohl klar, wen sie gesehen hat.«

»Schanz und Orban«, ergänzte Braig. »Zusammen mit Vanessa Orban.«

»Wie kann es dazu gekommen sein? Wurde das Liebespaar in flagranti vom gehörnten Ehemann erwischt?«

»Möglicherweise. Wütend von seiner Auseinandersetzung mit Julian Storm rast Orban nach Hause. Überraschend früh. Viel früher als sonst. Damit hat seine Frau nicht gerechnet. Wie auch? Normalerweise hockt er doch abends oft in seinem Porno-Bunker in Markgröningen. Der Bildschirm dort ist ja groß genug, sich ablenken zu lassen. Er überrascht seine Frau mit ihrem Geliebten, rastet vollends aus. Die Männer gehen aufeinander los, Orban gelingt es, Schanz niederzumachen. Außer sich vor Wut überfährt er ihn, packt die Leiche in seinen Kofferraum und rast zu Storms Anwesen. Dort wirft er Schanz' Leiche auf die Straße, direkt vor die Anlagen des Mannes, der ihn kurz vorher während der Fernsehaufzeichnung in Rage gebracht hatte.«

»Und dann?«, fragte Neundorf. »Wer tötete Orban?«

»Vielleicht seine Frau?«, spekulierte Braig. »Sie musste mit eigenen Augen ansehen, wie er ihren Geliebten ermordet hat. Sie folgt ihm, sieht, wie er Schanz' Leiche bei Storm zurücklässt, rast ihm hinterher. Orban, in seiner grenzenlosen Wut, kann nicht mehr klar denken. Er verrennt sich in den Gedanken, wegen seiner vielen Rasereien von einem der Opfer verfolgt zu werden, und sucht Hilfe bei einem seiner Freunde. Als er auf den Parkplatz an dem Weinberg abbiegt und dort aussteigt, kann Vanessa Orban ihre Rache endlich verwirklichen. Sie fährt ihn über den Haufen und schleift seine Leiche in die verfallene Hütte. Und am nächsten Morgen verständigt sie unsere Kollegen, ihr Mann sei nach seinem Auftritt im Fernsehen nicht mehr zu Hause aufgetaucht. Das ist auch der Grund für die erste Version der Story, die sie uns auftischte.

Sie konnte ja nicht zugeben, dass er nach der Sendung noch nach Hause kam. Jetzt wissen wir, warum.«

»Dann müssen wir jetzt wirklich zu ihr«, erklärte Neundorf. »Ich komme mit. Vielleicht können wir unsere Ermittlungen in Böblingen erfolgreich abschließen.«

30. Kapitel

Die schmale Fußgängerzone Böblingens führte fast geradlinig vom Bahnhof zur Altstadt oberhalb des Unteren Sees.

»Wir wohnen keine zweihundert Meter vom Bauernkriegsmuseum entfernt«, hatte ihm Vanessa Orbans Schwester am Telefon erklärt. »Die Zehntscheuer, falls Ihnen das etwas sagt.«

Braig hatte sich für den Hinweis bedankt, kannte das sehenswerte kleine Museum von verschiedenen Besuchen. Ein liebevoll eingerichtetes Schmuckstück, das über eine der dunkelsten Epochen und einen der schlimmsten Teufel des deutschen Südwestens eindrucksvoll Zeugnis ablegte. Vor fast genau fünfhundert Jahren, am 12. Mai 1525, war das Umland von Böblingen Schauplatz eines Massakers geworden, dem mehrere tausend verzweifelte Bauern zum Opfer gefallen waren. Die Verelendung breiter Bevölkerungsschichten sowohl in den Städten als auch auf dem Land hatte 1524 vom Südschwarzwald ausgehend immer mehr Menschen in den Protest gegen die ständige Erhöhung ihrer Abgabenlasten an die im Luxus schwelgenden Machthaber getrieben. Hunger und durch Unterernährung um sich greifende Krankheiten waren der Grund, dass sich Bauern und Tagelöhner dem Aufstand in immer größerer Anzahl anschlossen. Ihre seit Jahrzehnten erhobenen Forderungen waren vergleichsweise bescheiden: freie Wahl des Pfarrers, Aufhebung der Leibeigenschaft, Minderung der Frondienste, Freigabe des Waldes, der Jagd und des Fischfangs zur eigenen Versorgung und Verpflegung. Die Reaktionen der Machthaber folgten dem seit Jahrhunderten üblichen Muster: Die Abgabenverpflichtungen der Bauern wurden weiter erhöht.

Daraufhin weigerten sich vom frühen Sommer 1524 an weite Teile Südwestdeutschlands vom Hochrhein bis nach Thüringen, noch länger für das Schmarotzerleben der Ausbeuter zu bluten. Bei Stühlingen am Hochrhein kam es zu den ersten Protesten. Nach vielen weiteren Erhebungen stürmten am Ostersonntag im April 1525 mehrere tausend Bauern die württembergische Amtsstadt Weinsberg. Neun Tage später nahmen sie Stuttgart ein, woraufhin die dort regierenden österreichischen Habsburger nach Tübingen flohen.

Die um ihre Privilegien besorgten Despoten riefen Georg III. Truchsess von Waldburg zu Hilfe, der bereits 1508 dem württembergischen Herzog Ulrich geholfen hatte, den aus völliger Verelendung erwachsenen Aufstand des Armen Konrad im Remstal bei Beutelsbach mit brutaler Gewalt niederzuschlagen. 1517 hatte der fromme Truchsess von Waldburg eigens eine Wallfahrt nach Santiago de Compostela unternommen. Derart in seinem Glauben gestärkt, war er bereit, mit einem Heer miserabel bezahlter Söldner eine Blutspur durch ganz Südwestdeutschland zu ziehen. Wo immer sich Gruppen verelendeter und verzweifelter Menschen ihrer Ausplünderung verweigerten, wurden sie von dessen Schlächtern niedergemacht. Im April bei Leipheim, in Wurzach und in Gaisbeuren, am 12. Mai dann bei Goldberg zwischen Böblingen und Sindelfingen. Das Massaker an den Bauern wurde begleitet vom Sturm auf Böblingen: Voller Angst vor den Drohungen des Menschenschlächters, die Einwohner der Stadt »samt ihren Weibern und Kindern zu erwürgen« und Böblingen schleifen zu lassen, falls sie sich seinen verrohten Horden noch länger verweigerten, ließen die Honoratioren der Stadt die Tore öffnen.

Das Massaker von Böblingen stellte für Georg III. Truchsess von Waldburg aber nur ein kurzes Intermezzo dar. Unmittelbar danach setzte er seine blutige Spur durch ganz Süddeutschland fort. Dem sehenswerten Museum blieb es vorbehalten, wenigstens die Erinnerung an diese dunkle Epoche zu bewahren.

Neundorf bemerkte schon von Weitem, dass Vanessa Orbans Schwester tatsächlich keine zweihundert Meter von der Zehntscheuer entfernt wohnte. Sie sah die Hausnummer, steuerte direkt darauf zu. »Assauer«, sagte sie, »das war doch der Name der Schwester, oder?«

Braig nickte, ließ seiner Kollegin den Vortritt. Sie betätigte die Glocke, hörte deren Widerhall im Inneren des Hauses. Es dauerte mehrere Sekunden, bis endlich eine Reaktion erfolgte. Neundorf war gerade dabei, den Glockenton erneut auszulösen, als die Tür geöffnet wurde. Vanessa Orban, in eine dunkle Bluse und schwarze Jeans gekleidet, stand vor ihnen.

»Wir kennen uns, Frau Orban«, erklärte Neundorf mit schneidender Stimme. »Ihre Schwester hat Ihnen mitgeteilt, dass wir Sie noch mal sprechen müssen?« Sie drückte sich an der Frau vorbei ins Haus, achtete nicht auf deren verblüffte Miene.

»Sie hat es mir erzählt, ja«, antwortete Vanessa Orban.

»Wo können wir uns setzen?«, fragte Neundorf. Sie sah keinen Grund, betont höflich aufzutreten, ließ die Frau von Anfang an spüren, wie sie sie zu behandeln gedachte. »Möglicherweise hat die ihren Mann auf dem Gewissen. Aus Hass über den Tod ihres Lovers«, war sie Braig gegenüber deutlich geworden. »Und uns spielt sie tagelang die trauernde Witwe vor. Jetzt ist es vorbei mit den Samthandschuhen.«

»Am besten, wir gehen ins Wohnzimmer.« Vanessa Orban wies auf die zweite Tür, die einen Spalt offenstand. »Wir können es benutzen. Marita ist einkaufen und mein Schwager arbeitet.«

Braig folgte seiner Kollegin in den gemütlich mit einer großen, hellen Polstergarnitur und einem niedrigen Glastisch ausgestatteten Raum, wartete, bis Vanessa Orban sich in einem der Sessel niedergelassen hatte.

»Gernot Schanz, Ihr Geliebter«, erklärte Neundorf, ihre Gastgeberin im Blick. »Ihr Mann hat Sie beide am Dienstagabend in flagranti erwischt. Wir wissen Bescheid. Sie können sich Ihre Lügen sparen.« Sie hatte vor der Frau Aufstellung genommen, musterte sie mit strenger Miene.

Vanessa Orban erbleichte, klammerte sich an den Lehnen ihres Sessels fest. »Gerri …«, hauchte sie, brachte keinen weiteren Ton hervor.

»Der Streit vor Ihrer Haustür: Das waren Gernot Schanz und Ihr Mann. Sie sahen dabei zu, wie Ihr Mann Ihren Geliebten totschlug. Vor Ihrem Haus.«

»Nein, so war das nicht.« Vanessa Orbans Stimme drohte zu brechen.

»Sparen Sie sich Ihre Erklärungen. Sie haben uns schon so oft belogen, wir glauben Ihnen nichts mehr. Nicht ein Wort.«

»Aber …«

»Ihr Mann war an diesem Dienstagabend außer sich vor Wut. Erst der Streit im Fernsehen, vor allen Leuten, und dann erwischt er seine eigene Frau mit ihrem Liebhaber. Ist ja nicht unbedingt alltäglich, so etwas. Wahrscheinlich war er auch noch vollgepumpt mit einer Ladung Drogen, das scheint bei ihm in den letzten Wochen ja fast jeden Tag der Fall gewesen zu sein. Er verlor völlig die Kontrolle über sich, steigerte sich in Gewaltphantasien und schlug so lange auf Gernot Schanz ein, bis der sich nicht mehr regte. Und Sie schauten die ganze Zeit dabei zu.«

»Nein.«

»Anschließend überfuhr er den Sterbenden mit seinem Karren, packte ihn in seinen Kofferraum und raste zum Anwesen des Mannes, der ihn vorher während der Fernsehaufzeichnung so geärgert hatte. Er warf die Leiche in die Einfahrt zu der kleinen Fabrikation der Storms, machte sich dann schnell wieder davon. Dass Sie ihn die ganze Zeit verfolgten, hatte er in seinem Adrenalinrausch nicht bemerkt.«

»Ich?«, keuchte die Frau. »Aber wieso?«

»Gernot Schanz hat Ihnen viel bedeutet. Sehr viel. Er war weit mehr als nur ein kleiner Lover, kein unbedeutender One-Night-Stand. Die Beziehung mit ihm lief schon längere Zeit und wurde immer intensiver. Nicht nur für Sie, auch für ihn. Das war keine bedeutungslose Affäre. Da ging es nicht nur um Sex. Schanz hat sich sogar ein Bild Ihres Körpers auf den Oberarm tätowieren lassen. Und er erzählte Freunden von seiner *Juli*. Sie hatten von Ihrem Mann, seinen ständigen Autorasereien, überhaupt von seinem ganzen rüpelhaften Benehmen genug. Das proletarische Gehabe dieses grobschlächtigen Bautigers war schlicht und einfach nicht mehr zu ertragen. Sie hatten so was von die Schnauze voll! Da kam Gernot Schanz gerade recht. Sie hatten sich längst für eine feste Beziehung mit ihm entschieden. Er war zurückhaltend, vornehm und so sanft – ganz anders, als Sie es bisher hatten ertragen müssen. Der Sprung aus dem alten Joch stand unmittelbar bevor, die endgültige Trennung war nur noch eine Sache von wenigen Tagen oder Wochen. Und dann erwischt Sie die Bestie in flagranti, und Sie müssen mit ansehen, wie der verrohte Gewalttäter den Mittelpunkt Ihres neuen Lebens totschlägt, direkt vor Ihren Augen. Ihre seit Monaten oder sogar schon seit Jahren gewachsene Abneigung, Ihr Ekel vor diesem barbarischen Monster, mit dem Sie nur noch dem Schein nach zusammenlebten, wird vollends zum Hass. Sie versinken in einem Strudel von Wut und Rachegedanken. In dem Zustand rasen Sie ihm hinterher, sehen, wie er in Panik gerät, weil er sich von einem seiner bösartigen Konkurrenten verfolgt fühlt, und dann spüren Sie nur noch den Wunsch in sich, es ihm heimzuzahlen. Ihm sein Leben zu zerstören, so wie er Ihres in den vergangenen Jahren zerstörte. Und dann kommt die Chance. Als er endlich aussteigt, auf diesem Parkplatz am Weinberg, fahren Sie ihn einfach über den Haufen. Sie fahren ihn über den Haufen, schleifen seine Leiche in die abgelegene, baufällige Holzhütte und empfinden nicht einmal was dabei. Nichts, gar nichts. Im Gegenteil, Ihnen geht es erst einmal gut. Richtig gut. So war das. Jetzt haben wir das endlich geklärt.«

Vanessa Orbans Gegenwehr schien erstorben. Sie hing schlaff in dem Sessel, den Kopf leicht nach vorne gebeugt, die Augen auf den Boden gerichtet.

»Jetzt benötigen wir nur noch Ihr Geständnis und Ihre Unterschrift. Dann können wir gemeinsam gehen«, setzte Neundorf hinzu.

Braig sah die Tränen, die der Frau über die Wangen liefen, gab seiner Kollegin mit einem kurzen Fingerzeig zu verstehen, dass er die Sache übernehmen wolle. »Wie ist es gelaufen, Frau Orban? Wollen Sie es uns nicht erzählen?«

Sein Gegenüber lehnte schluchzend im Sessel, kämpfte mit sich selbst. Nach ein paar Minuten fand sie die Kraft, sich ein Stück weit aufzurichten. »Ich war es nicht«, stieß sie dann hervor. »Ich doch nicht.«

»Was ist passiert, Frau Orban?«, wiederholte Braig. »Erzählen Sie es uns!«

»Mein Mann hat uns überrascht«, gab sie mit brüchiger Stimme zu. »Ja, er kam viel zu früh nach Hause. Das hat er sonst nie getan. Er war doch bis spät in die Nacht mit seinen Verrückten unterwegs. Irgendwo auf den Straßen oder in seinem Kabuff in Markgröningen.« Sie verstummte, musste erst Luft holen, bevor sie fortfahren konnte. »Er war geladen, schon als er das Haus betrat. ›Dieser Saukerl, dieser elende Saukerl‹, brüllte er. Ich wusste nicht, wen er meinte. Gerri konnte es nicht sein, den hatte er in dem Moment ja noch nicht gesehen. Wahrscheinlich meinte er den Mann aus der Fernsehaufzeichnung, mit dem er dort in Streit geraten war. Sie haben ihn erwähnt, als Sie zu mir kamen. Ich wusste nichts davon, ich habe die Sendung ja nicht gesehen.« Vanessa Orban stockte, schaute sich um, erhob sich dann mühsam aus dem Sessel.

»Lassen Sie sich Zeit«, mahnte Braig.

Sie lief zu dem Glastisch, öffnete eine kleine Schublade, zog eine Packung Papiertaschentücher hervor. »Gerri wollte sich davonschleichen«, fuhr sie plötzlich ohne Übergang fort. »Aber da bemerkte er ihn.« Sie lief zurück, schnäuzte sich in eines der Taschentücher, nahm erneut in dem Sessel Platz. »Und schon ging es los«, heulte sie.

Braig wartete, bis ihre Tränen versiegten, wies auf die Taschentücher und ihre von der verlaufenen Wimperntusche verschmierten Wangen. Sie nickte ihm dankbar zu, begann, sich zu säubern.

»Und dann?«, fragte er.

Vanessa Orban ließ einen lauten Seufzer hören. »Er erwischte ihn kurz vor der Haustür. Ich weiß nicht, wie es dann weiterging. Er schleuderte mich mit seinem rechten Arm auf den Boden, als ich dazwischengehen wollte, brüllte und tobte. Er war nicht mehr er selbst. So habe ich ihn noch nie erlebt.«

»Aber Herrn Schanz gelang es, die Tür zu öffnen.«

»Ich bekam es nicht mit. Als ich endlich wieder auf den Füßen war, schrien und schlugen sie draußen aufeinander ein. Ich lehnte an der Tür, hatte keine Kraft, mich einzumischen. Und dann waren sie mit einem Mal verschwunden.«

»Und?«

»Nichts«, sagte die Frau.

»Sie haben nicht gesehen, wie Ihr Mann auf Herrn Schanz einschlug?«

»Die haben gebrüllt und aufeinander eingeprügelt. Und plötzlich waren sie verschwunden.« Vanessa Orban zog ihre Nase hoch, schnäuzte sich dann erneut in ein Taschentuch. »Mehr kann ich nicht sagen.«

»Sie fuhren ihnen hinterher«, mischte sich Neundorf wieder ins Gespräch. »Ihrem Mann. Sie folgten ihm mit Ihrem Wagen.«

»Nein!«, beharrte die Frau. »Wie denn? Ich war doch völlig benommen von dem schrecklichen Streit und dem Schlag, den er mir versetzt hatte.«

»Sie blieben einfach im Haus zurück, obwohl Sie wussten, dass es da draußen um Leben und Tod ging?«

Vanessa Orban kämpfte um Luft. »Ich blieb an der Tür stehen. Ich weiß nicht, wie lange. Irgendwann rief meine

Schwester an. Ich war völlig aufgelöst, konnte kaum sprechen. Sie spürte sofort, dass was nicht stimmte, kam gleich vorbei. Sie war in der Nähe, auf einem Seminar in Strümpfelbach. Marita tröstete mich, blieb die ganze Nacht bei mir. Ich war nicht weg. Sie können Sie fragen.«

31. Kapitel

Marita Assauer hatte die Aussagen ihrer Schwester bis ins Detail bestätigt. Sie hatte am Dienstagabend ein Seminar zum Thema *Umgang mit verhaltensgestörten Menschen* im Gemeindehaus der Kirche in Strümpfelbach im Remstal besucht und direkt im Anschluss daran gegen 22.30 Uhr bei ihr angerufen, weil der Ort nur wenige Kilometer von Buoch entfernt lag. Der von Heulkrämpfen geprägte Zustand Vanessa Orbans hatte sie sofort veranlasst, bei ihrer Schwester vorbeizuschauen.

»Juli war nicht mal fähig, einen einzigen Satz zu formulieren«, hatte sie Braig und Neundorf erklärt, »da war mir sofort klar, dass der Kerl wieder mal ausgerastet war.«

»Ihr Schwager war Ihrer Schwester gegenüber schon öfter gewalttätig geworden?«, hatte Neundorf nachgehakt.

»Mein Schwager?« Marita Assauer hatte die beiden Worte mit spitzer Zunge und von Abscheu und Verachtung gezeichneter Miene formuliert. »Sie sollten besser fragen, wann der nicht aggressiv oder gewaltbereit auftrat. Der grobschlächtige Typ konnte gar nicht anders. Gewalt war sein tägliches Brot.«

»Er hat Ihre Schwester misshandelt?«

»Ich weiß nur von einem Mal. Vor vier Wochen etwa. Irgendwas hatte ihn völlig aus der Bahn geworfen. Ein Einbruch, hat Juli behauptet. In eines seiner Baulager, ich glaube, in Markgröningen war eingebrochen worden. Er war derart außer sich, dass sie bei uns anrief. Mitten in der Nacht. Wir fuhren sofort hin, mein Mann und ich, und holten sie zu uns. Jan, mein Mann ist Anwalt. Er setzte ein Schreiben auf, in dem er den Kerl vor weiteren gewalttätigen Ausrastern warnte. Juli wollte unbedingt wieder zu ihm zurück, obwohl wir ihr zuredeten, endlich einen Schlussstrich zu ziehen. Zum Glück ist das jetzt nicht mehr nötig. Wer immer Orban zur Strecke brachte, er hat ein gutes Werk getan.«

»Wieso hat sich Ihre Schwester mit ihm eingelassen?«, hatte Braig gefragt. »War er früher nicht so?«

»Pah, von wegen!« Marita Assauers heftige abwehrende Handbewegungen hatten ihn einen Schritt zurückweichen lassen. »Juli war blind. Sie wollte nicht auf uns hören. Sie wissen doch, wie das läuft. Der Kerl war noch nie anders. Haben Sie den schon mal mit einer seiner aufgedonnerten Karossen erlebt?« Sie hatte sich selbst die Antwort gegeben. »Natürlich nicht. Aber was soll's. Orban ist der geborene Gewalttäter. Der konnte nicht anders. Meine Schwester hat sich von seinem Gesäusel und dem vielen Geld, mit dem er um sich warf, beeindrucken lassen.«

»Um wie viel Uhr kamen Sie am Dienstagabend nach Buoch?«

»Zwischen halb elf und elf. Genauer weiß ich das nicht mehr. Das Seminar war gegen 22.15 Uhr zu Ende, anschließend habe ich mit ihr telefoniert. Und danach bin ich sofort zu ihr.«

»Sie war allein?«

»In einem katastrophalen Zustand. Der Dreckskerl hat sie niedergeschlagen, ich musste sie erst mal verarzten. Dass sie nicht stärker verletzt wurde, wundert mich jetzt noch.«

»Aber Sie riefen keinen Arzt?«

»Juli wehrte sich mit Händen und Füßen gegen alles, was ich ihr vorschlug. Ich wollte sie mit zu uns nehmen, aber sie wollte unbedingt bleiben. Sie wartete auf einen Anruf von Gerri, das war ihr einziger Wunsch.«

»Aber der rief nicht mehr an.«

»Der rief nicht mehr an, nein.«

»Ihre Schwester hat nicht vermutet, der Streit könnte tödlich ausgegangen sein?«

»Nein. Sie wartete voller Sehnsucht auf seinen Anruf.«

»Wie lange blieben Sie bei ihr?«

»Die ganze Nacht. Bis gegen acht Uhr am nächsten Morgen.«

»Sie waren die ganze Zeit zusammen?«

»Was denken Sie? Juli war derart fertig, ich konnte sie nicht allein lassen. Bis sie irgendwann mitten in der Nacht, vielleicht gegen drei, endlich einschlief.«

»Hatten Sie keine Angst, dass Orban zurückkommen und auch Sie angreifen könnte? So gewalttätig, wie Sie ihn schildern, stand das doch zu befürchten?«

»Ich hatte mein Pfefferspray bei mir, jederzeit griffbereit. Der hätte nur versuchen sollen, mir etwas zu tun!«, hatte Marita Assauer mit hochrot angelaufener Miene erklärt. »Außerdem hatten wir die Schlafzimmertür von innen verschlossen. Ohne die Tür einzutreten, wäre der nicht reingekommen. Und dann hätte ich ihn mit meinem Spray traktiert. Mitten ins Gesicht.«

Braig und Neundorf hatten die beiden Frauen gebeten, mit ins Amt zu kommen, um den Verlauf der Nacht schriftlich zu dokumentieren. Sie hatten ihre Aussagen getrennt aufgenommen, sie dann mit der jeweiligen Unterschrift bestätigen lassen. Gegen 14.30 Uhr hatten sie sich von ihnen verabschiedet.

»Und jetzt?«, fragte Braig.

»Jetzt beauftrage ich die Bewegungsprofile der Handys der beiden Frauen von Dienstagabend und -nacht und dann besorge ich mir was zu essen, sonst kannst du meine Überreste vom Boden klauben.«

»Glaubst du, mir geht's besser? Mein Magen knurrt seit zwei Stunden.«

Sie besorgten sich in der Kantine belegte Brote und Kaffee, fanden bei ihrer Rückkehr ins Büro die Ergebnisse der Techniker bezüglich eines Vergleichs der beiden getöteten Männer vor. Die Faserreste an Gernot Schanz' Leiche stammten tatsächlich von der Jacke, dem Shirt und der Hose, die Roman Orban in der Tatnacht getragen hatte. Umgekehrt ergab sich das gleiche Resultat: Faserreste von Gernot Schanz' Kleidung hafteten an Orbans Hose und Jacke sowie unter dessen Fingernägeln. Hier fanden sich auch Spuren der DNA des Kontrahenten, sowohl unter zwei Fingernägeln der rechten als auch der linken Hand. Dasselbe Bild ergab sich aus der Untersuchung der Fingernägel von Gernot Schanz. Dessen Blut im Kofferraum von Orbans Wagen und die Übereinstimmung der Reifenprofile, die die Spurensicherer mit viel Mühe auf dem Asphalt neben Schanz' Leiche aufgenommen hatten, mit demselben Auto bestätigten den Tathergang, den Braigs und Neundorfs Ermittlungen ergeben hatten, vollends: Nach dem tödlichen Ende des Streits in Buoch hatte Orban die Leiche seines Nebenbuhlers in den Kofferraum seines Fahrzeugs gepackt, um sich ihrer vor Storms Anwesen wieder zu entledigen. Dem Bewegungsprofil seines Handys zufolge hatte er sich dann auf den Weg nach Brackenheim gemacht, wo er selbst Opfer seines bisher noch unbekannten Verfolgers geworden war.

»Bleibt nur die Frage, wer Orban auf dem Gewissen hat«, überlegte Braig.

»Vanessa Orban und ihre Schwester wohl kaum«, meinte Neundorf. »Hier sind die Bewegungsprofile ihrer Handys. Die waren die ganze Nacht im Bereich von Buoch eingeloggt. Es sei denn, sie wollten uns bewusst täuschen, indem sie die Geräte zurückließen, als sie Orban hinterherfuhren.«

»Das glaubst du doch selbst nicht«, wandte Braig ein. »Frau Assauer müsste dann ja bereits im Haus gewesen sein, als die Männer draußen aufeinander einschlugen. Sonst hätten sie Orban nicht sofort folgen können.«

»War ja auch nur eine Hypothese«, gab Neundorf zu. »Eine Hypothese, die ich ausschließen kann, wie ich gerade sehe.« Sie zeigte auf die Bewegungsprofile von Ralf Orbans und Marita Assauers Handys, die sich in jener Nacht niemals gleichzeitig am selben Ort eingeloggt hatten. Um 22.20 Uhr war Orban nach Norden Richtung Breuningsweiler gestartet, Frau Assauer dagegen erst um 22.50 Uhr von Süden von Grunbach her in Buoch angekommen. »Damit sind die Aussagen der beiden Schwestern bestätigt«, fügte Neundorf hinzu. »Und eine Gruppe weiterer Verdächtiger fällt ebenfalls weg, wie ich hier sehe.« Sie deutete auf eine andere Mail. »Die Kollegen aus Baden-Baden weisen darauf hin, dass sich diese russische Familie, die Orban bedrohte, seit vierzehn Tagen nachweislich in den USA aufhält. Die kommen also auch nicht mehr als Täter infrage.«

»Es sei denn, es handelt sich um einen Auftragsmord«, wandte Braig ein.

»Den kann dann aber jeder veranlasst haben«, erwiderte Neundorf.

»Das ist richtig«, gab er zu. »Hauptsache, ich kann endlich den Bericht für die Staatsanwaltschaft schreiben. Immerhin können wir dem Mörder von Gernot Schanz die Tat nachweisen. Wenn auch nicht mehr zu seinen Lebzeiten.«

32. Kapitel

Noch einmal würde er es Söderhofer nicht durchgehen lassen, das hatte er sich im Verlauf des Tages geschworen. Noch einmal weghören, wenn die Schläge und die Schmerzensschreie wieder durch die Nacht hallten, sich erneut taub stellen, um ja jeder zusätzlichen Auseinandersetzung mit dem aufgeblasenen Wichtigtuer, der ihm schon beruflich ständig zusetzte, aus dem Weg zu gehen. Um dann am nächsten Morgen das trotz aller kosmetischen und medizinischen Kunstfertigkeiten von dem erneuten nächtlichen Gewaltakt gezeichnete und seelisch zutiefst gedemütigte Opfer mit penetrant zur Seite gewandtem Gesicht und verkrampfter Körperhaltung an sich vorbeihuschen zu sehen. Nein, noch einmal würde ihm das nicht passieren, er hatte es sich selbst geschworen und auch Ann-Katrin versprochen.

Dass ihn sein neuer Vorsatz so schnell zum Handeln zwingen würde, hatte er nicht erwartet. Am späten Montagabend, Braig war gerade dabei einzuschlafen, spürte er Ann-Katrins Hand auf seiner Wange. Er benötigte zwei, drei Sekunden, wieder in die Realität zu finden, bemerkte trotz der Dunkelheit ihre aufgeregte Miene. »Hörst du es?«, hauchte sie.

Und tatsächlich, im gleichen Moment drangen die verdächtigen Geräusche wieder an sein Ohr. Eine Art klatschendes Schlagen, dann, lauter noch als in den vorangegangenen Nächten, Schreie – kurze, schrille Schreie.

Braig zögerte nicht länger, sprang aus dem Bett, schlüpfte in seine Hose. Er griff nach seinem Handy, warf einen Blick auf die Uhr. 23.10 Uhr. Früher als sonst, ging es ihm durch den Kopf.

Er bedeutete seiner Partnerin, in der Wohnung zu bleiben, reichte ihr Tinnitus, der sich schnurrend an ihn gedrückt hatte, trat ins Treppenhaus. Cannabis an der Seite, verließ er das Haus.

Die Geräusche waren verebbt, nur die gewohnte Hintergrundmelange fahrender und bremsender Fahrzeuge und ab und an aufheulender Motoren war zu hören. Die Luft war angenehm lau, ein würziges Aroma frisch gewässerter Pflanzen zu spüren. Braig verharrte einen Moment vor der Tür; den Hund, der seine Nase prüfend nach allen Seiten schwenkte, sanft tätschelnd. Plötzlich gellte ein schrilles Kreischen durch die Nacht, offensichtlich aus einem der umliegenden Häuser stammend. Cannabis spitzte die Ohren, ließ ein kurzes Knurren hören.

»Alles okay«, flüsterte Braig, für den Bruchteil einer Sekunde die keifende Stimme einer Frau im Ohr. Das war nicht aus Söderhofers Villa, sondern aus einem der Häuser dahinter gekommen.

Braig stapfte geradewegs in den Garten, leuchtete mit der Taschenlampenfunktion seines Handys den Weg vor sich aus. Er passierte den rückwärtigen Teil des Nachbargebäudes, kämpfte sich an Büschen und Sträuchern vorbei zum nächsten Haus. In einem der Räume im Erdgeschoss brannte Licht. Er sah, dass ein Fensterflügel geklappt war, hörte zwei Stimmen in gedämpfter Tonlage miteinander streiten. Ein Mann und, wenn er das korrekt interpretierte, eine jüngere Frau. Braig trat näher. Die Auseinandersetzung im Inneren des Hauses schien an Schärfe zu gewinnen, die Stimmen wurden lauter. Plötzlich waren wieder Schläge zu hören, gefolgt von Schmerzensschreien.

Braig spurtete zur Haustür, beleuchtete die Namensschilder, drückte auf die unterste Klingel. Im gleichen Moment verstummte das Geschrei.

Er hörte das nervende Surren, nahm den Finger nicht von der Glocke, bis endlich das Fenster, hinter dem er die Geräusche vernommen hatte, aufgerissen wurde.

»Was ist los?«, schimpfte ein Mann mit hartem Akzent.

Braig erkannte ihn sofort. Der homophobe Hassprediger, dem er vor wenigen Tagen vor Dr. Genkingers Haus begegnet war. »Polizei!«, bellte er. »Öffnen Sie sofort die Tür!«

»Die Tür öffnen? Warum?«

»Ich möchte Ihre Frau sehen. Sie wurde gerade geschlagen. Sie benötigt einen Arzt.«

»Meine Frau wurde nicht geschlagen. Sie benötigt überhaupt nichts. Verschwinden Sie!«

Braig nahm sein Handy her, gab den Notruf ein, erklärte der Kollegin die Situation. Sie versprach, sofort einen Streifenwagen vorbeizuschicken.

Der Mann am Fenster wurde nervös. »Was soll das? Sind Sie verrückt?«

»Sie haben Ihre Frau schon mehrfach geschlagen«, blaffte Braig zurück. »Das hat jetzt ein Ende. Wir schauen uns an, wie es um sie steht, und dann kommen Sie in Untersuchungshaft.«

»In Haft? Sind Sie verrückt?«

Im Haus entstand Unruhe. In den beiden oberen Stockwerken ging das Licht an, mehrere Fenster wurden geöffnet. Laute Stimmen gellten in die Nacht.

»Was ist da los?«

»Einbrecher?«

Braig spürte Wut in sich aufkommen, sah keinen Anlass, sich zu rechtfertigen. Wenn die Schläge und die Schreie bis zu ihm, zwei Häuser weiter, zu vernehmen waren, wie konnte man sie dann überhören, wenn man im gleichen Haus wohnte? Den Leuten, die sich jetzt derart echauffierten, musste längst bekannt sein, was in der Wohnung unter ihnen alle paar Nächte abging, und doch hatte sich offensichtlich niemand darum gekümmert. Was war das für eine Nachbarschaft?

»Was wollen Sie?«, hörte er einen Mann aus dem zweiten Stockwerk rufen.

Braig hatte Mühe, an sich zu halten. »Haben Sie die Schläge nicht gehört?«, rief er.

»Die prügeln sich doch dauernd«, gab der Nachbar zur Antwort. »Seit die hier wohnen.«

»Und da sehen Sie keinen Anlass, etwas zu unternehmen?«

»Was denn?«

»Was?« Braig glaubte, nicht richtig zu hören. »Den Kerl zur Rede stellen, die Polizei rufen ...«

»Wir haben die schon angesprochen«, fiel ihm der Mann ins Wort. »Aber Sie sehen doch, was es hilft. Warum lässt die Frau sich das bieten? Warum haut die nicht ab?«

Die Ankunft der uniformierten Kollegen ersparte ihm den Fortgang der Unterhaltung. Er stellte sich vor, schilderte den beiden Beamten die Situation. Die Polizisten verlangten lauthals Zutritt zur Wohnung, betraten gemeinsam mit Braig die Diele. Der Mann war mit einem dunklen Hausanzug bekleidet, starrte mit feindseliger Miene zu ihnen her.

»Sie schlagen Ihre Frau«, wiederholte Braig seinen Vorwurf.

»Das ist nicht wahr. Warum lügen Sie?« Der harte Akzent des Mannes war nicht zu überhören.

»Wir haben es gehört. Mehrfach. Und Ihre Nachbarn ebenfalls.« Er wies nach oben.

»Sie lügen. Wir sind Kinder des Herrn. Niemals würde ich meine Frau schlagen.«

»Kinder des Herrn?«, fragte Braig mit skeptischer Miene. Er konnte das hohle Gebläxe nicht mehr hören, verlangte die Frau zu sprechen. »Dann kann sie unsere Fragen selbst beantworten«, fügte er hinzu.

Sein Gegenüber zeigte keine Reaktion.

»Ihre Frau!«, wiederholte einer der Beamten Braigs Forderung.

Der Mann wischte sich mit der Rechten über seine weit fortgeschrittene Glatze. »Jetzt? Mitten in der Nacht?«

»Sie haben sie gerade verprügelt. Sie ist garantiert wach.«

Widerstrebend verschwand er hinter der nächsten Tür. Sie hörten eine kurze, lautstarke Diskussion, dann wurde die Tür wieder geöffnet und eine mit einem langen Rock, einer dunklen Weste und einer hellen Bluse bekleidete Frau erschien in der Diele. Sie blickte verschämt auf den Boden, schien ihr Gesicht bewusst im Schatten zu halten. Braig schätzte sie auf Mitte, Ende vierzig, glaubte, ihr schon auf der Straße begegnet zu sein. Er musterte ihr Gesicht, suchte vergeblich nach Spuren einer Verletzung. Weder auf den Wangen noch im Bereich des Mundes, der Nase oder der Augen war etwas zu bemerken. Selbst ihr Kinn und ihr Hals, soweit sie ihn nicht bedeckt hatte, waren nicht von einer Wunde oder einer Prellung gezeichnet. Der Kerl musste genau darauf geachtet haben, sie nur an Stellen zu treffen, die einfach unter der normalen Kleidung zu verstecken waren, überlegte er.

»Ich habe meine Frau nicht geschlagen«, erklärte der Mann. »Jetzt sehen Sie es selbst.«

Braig fühlte die überraschten Blicke der uniformierten Kollegen auf sich ruhen.

33. Kapitel

Fast zwei Stunden hatte Neundorf am Montagnachmittag mit der Durchsicht der Sticks und DVDs aus Orbans Markgröninger Wohnung verbracht. Hatte sie zuerst befürchtet, mit einer umfangreichen Sammlung pornografischer Machwerke konfrontiert zu werden, die der Bauunternehmer gemeinsam mit Freunden auf seinem Riesenbildschirm konsumiert hatte, war sie schnell eines Besseren belehrt worden: Die Filme, die ihr in endlosen Variationen präsentiert wurden, hatten fast ausschließlich als Motorsportveranstaltungen verbrämte Autorasereien zum Inhalt. Mal handelte es sich um eine abenteuerliche, wochenlange Strapazen erfordernde Trans-Sahara-Tour mit vierradgetriebenen Fahrzeugen, mal um einen Road-Trip quer durch den Mittleren Westen der USA. Fast immer waren es private, wohl von Orban oder einem seiner Freunde, nur selten kommerzielle, im Auftrag eines Fernsehsenders erstellte Aufnahmen. Orban tauchte jedenfalls immer wieder in verschiedenen Szenen auf. Mal sah sie ihn allein oder mit Freunden Räder eines im Sand oder Morast stecken gebliebenen Fahrzeugs ausbuddeln, mal lag er hinterrücks auf dem Boden und hantierte in seltsam verzerrter Haltung an einer der Karossen herum.

Gelangweilt und müde von den immer gleichen Motiven war Neundorf eine DVD nach der anderen, dann die Sticks meist im Schnelldurchlauf oder in der Betrachtung kurzer Ausschnitte durchgegangen. Sie konnte nicht begreifen, wie man seine Zeit freiwillig mit derlei hanebüchenen Tätigkeiten verbringen konnte. Sinnlose Touren quer durch die Pampa, vermischt mit stupiden Blechschraubereien. Dazu die ewig dämlichen Bemerkungen der Männerclique.

Irgendwann war es ihr zu viel geworden, sich das noch länger anzutun. Sollte sie je von der Hoffnung beseelt gewesen sein, aus den Aufnahmen Hinweise zur Ermittlung von Orbans Mörder zu erhalten, war dieser Gedanke mehr und mehr verflogen. Kurz nach 17 Uhr hatte sie es endgültig aufgegeben. Bis auf eine Handvoll Sticks hatte sie alle überprüft, den Rest auf den nächsten Morgen verschoben. Johannes, ihr Sohn, war voller Begeisterung über Monate hinweg mit der Theatergruppe seiner Schule, des Waiblinger Staufer-Gymnasiums beschäftigt gewesen, das furios inszenierte Theater-Musical *Friedrich II.* einzuüben. Schon vor Wochen hatte sie ihm versprochen, die Aufführung an der Seite ihres Partners zu besuchen. Der Abend war zu einem rauschenden Erlebnis geworden.

Aus reinem Pflichtgefühl nahm sie am nächsten Morgen eine halbe Stunde nachdem sie im Büro eingetroffen war, den kleinen Kunststoffbeutel mit den letzten Sticks zur Hand, die sie in der Schublade des kleinen Kästchens entdeckt hatte. Immer noch etwas müde von der kurzen Nacht griff sie nach dem ersten Stick und erteilte den Auftrag zur Öffnung der Datei. Dasselbe belanglose Blechkistengegurke wie am Vortag, ging es ihr durch den Kopf. Rasereien irgendwo in einer ihr unbekannten, nordeuropäisch anmutenden Landschaft. Angewidert kämpfte sie sich durch das Geschehen, verfolgte mehrere halsbrecherische Überholungen und zwei erst in allerletzter Sekunde verhinderte Frontalzusammenstöße auf schmalen, kurvenreichen Gebirgsstraßen. Hier waren nicht irgendwelche pubertären Spinner am Werk, hier handelte es sich um vorsätzliche, schlicht und einfach kriminelle Verhaltensweisen, die das Leben und die Gesundheit anderer Menschen in extremer Weise gefährdeten. Wie verkommen waren diese Verbrecher, sich derart rüpelhaft aufzuführen und ihr Rowdytum dann auch noch zu filmen, um sich später auf dem Riesenbildschirm daran ergötzen zu können!

Kopfschüttelnd wechselte Neundorf die Sticks, gab erneut den Befehl zur Öffnung der Datei. Unvermittelt sah sie sich mit der völlig verwackelten, nächtlichen Silhouette von Straßen und Häuserschluchten konfrontiert, die ihr höchst bekannt schienen. Stuttgart, sie erkannte es im ersten Moment. Das Zentrum und verschiedene Vororte aus der Perspektive eines in höllischem Tempo durch die nachtschlafende Stadt rasenden Autos. Sie sah die Umrisse des Landtags vorbeifliegen, die Rückfront des Neuen Schlosses, die breite, aus einem Fahrspurengewirr bestehende Fläche des Charlottenplatzes. Hin und her schleudernd, mit quietschenden Reifen bretterte das Fahrzeug völlig verkehrswidrig nach links, kurz darauf wieder nach rechts, jagte durch hohe Häuserschluchten den Berg hinauf. Es musste mitten in der Nacht von einer Person auf dem Beifahrersitz aufgenommen worden sein, die Kamera ohne festen Halt mal hierhin, mal dorthin schwenkend. Nur wenige Fahrzeuge waren unterwegs, aufgrund des irrsinnigen Tempos unmöglich zu identifizieren. Neundorf erkannte die weit geschwungenen Kurven der Neuen Weinsteige, über die der Wagen in die Höhe schoss, bemerkte dann, dass er bereits Degerloch erreicht hatte. Als wäre das Risiko aufgrund der völlig überhöhten Geschwindigkeit noch nicht genug, riss der Fahrer den Wagen plötzlich nach links. Eine Männerstimme schrie laut auf, üble Verwünschungen von sich gebend, von schrillem Lachen gekontert. Das Quietschen der Reifen war zu hören, dann schien das Fahrzeug Karussell zu fahren. Es schleuderte hin und her, die Kamera schwankte. Für einen Moment war der Beifahrer zu sehen – Orban, wie Neundorf bemerkte – und dann kam die Silhouette des Fahrers ins Bild. Sie erkannte ihn sofort. Neundorf hielt den Film an, holte sich das Standbild mit dem Gesicht des Mannes auf den Monitor. Bröhr. Unverkennbar Bröhr.

Was hatte er ihr geantwortet, als sie ihn nach Orbans Rasereien gefragt hatte? *Nein, das ist nichts für mich. Orban war schon immer exzentrisch veranlagt. Ein absurder Spleen. Aber typisch für ihn.* Sie erinnerte sich noch gut an seine Aussage. Und jetzt sah sie ihn hier am Steuer eines Autos, das mit geschätzt 150 Kilometern in der Stunde durch Stuttgart und seine Vororte raste.

Der Kerl hatte sie belogen. Nur in dieser Beziehung? Oder in weit größerem Umfang?

Jetzt wusste sie, wieso sie ihm von Anfang an nicht getraut hatte. Ihr Bauchgefühl, wenn man so formulieren wollte, ihr Bauchgefühl hatte sie von Anfang an misstrauisch gegenüber dem Mann gestimmt. Dem Mann, den Orban kurz vor seiner Ermordung zwei Mal angerufen hatte. *Er war mit sich selbst nicht im Reinen. Er fühlte sich von einem Bauunternehmer verfolgt,* hatte Bröhr den Inhalt der Gespräche beschrieben. *Und er konsumierte harte Drogen.* Und anschließend kam er mit der Story von den Russen und ihrer eingestürzten Garage. Das sollten die Gründe gewesen sein, weshalb Orban Bröhr angerufen hatte? Einen Mann, der über fünfzig Kilometer entfernt von dem Ort wohnte, an dem Orban sich bedroht fühlte?

Neundorf versuchte, sich wieder auf den Inhalt des Sticks zu konzentrieren. Die rasante Fahrt währte nur noch wenige Sekunden, dann war sie plötzlich ohne sichtbaren Anlass beendet. Eine neue Szenerie brandete auf. Eine Landschaft mit Büschen, Bäumen und mit Weinreben bepflanzten Berghängen im abendlichen Dämmer, wieder durch die Windschutzscheibe eines in abenteuerlichem Tempo dahinrasenden Wagens. Das Auto bretterte über eine normale Landstraße, überholte mehrere Fahrzeuge, passierte einen Parkplatz und näherte sich dann einer Siedlung oder einer Stadt. Neundorf kam die Szenerie augenblicklich bekannt vor. Sie sah, wie der Wagen bremste und dann in die Einfahrt zu einem der Häuser einbog. Eine schmucke Villa inmitten eines üppig grünen Gartens, eine breite Garage, dann kam das Auto zum Stehen. Zwei Männerstimmen, deren eine sie zu kennen glaubte, kurz darauf das Schlagen einer Autotür. Von links kam die Gestalt ins Bild, unmittelbar vor der Front des Wagens. Bröhr. Es war gerade noch zu erkennen, wie er einen Schlüssel zückte und damit die Haustür öffnete, dann war die Aufnahme beendet und der Bildschirm von kräftigem Flimmern überzogen. Im gleichen Moment wusste Neundorf, woher sie den Parkplatz kannte: Auf ihm war Orban seinem unbekannten Verfolger zum Opfer gefallen.

Sie holte sich die letzten Sekunden der Aufnahme noch einmal auf den Monitor, war sich absolut sicher, dass sie sich nicht täuschte. Der Parkplatz am Rand des Weinbergs, wenige hundert Meter weiter die Häuser Brackenheims. Das Auto kam in der Einfahrt der Villa zum Stehen, Bröhr stieg aus, zückte einen Schlüssel und öffnete die Haustür. Was hatte der Mann mit dem Haus zu tun?

Neundorf spürte den Verdacht siedend heiß in sich aufkommen. Orbans Telefonate unmittelbar vor seinem Tod.

Wieso mit Bröhr? Wieso war er hierhergefahren, wieso hier überfahren worden – in der Nähe dieses Hauses, dessen Tür Bröhr mit einem Schlüssel öffnete? Und wie kam Bröhr überhaupt zu diesem Schlüssel? Der Mann wohnte doch in Stuttgart, oder etwa nicht? Nagendes Misstrauen breitete sich in ihr aus.

Sie überlegte, wie sie weiter vorgehen sollte, hörte Braigs Stimme. Neundorf lief auf den Flur, sah den Kollegen in dessen Büro verschwinden. Sie folgte ihm, rief seinen Namen. »Hast du einen Augenblick Zeit? Ich möchte dir was zeigen.«

Braig legte einen Packen Papiere auf seinem Schreibtisch ab, trat dann auf seine Kollegin zu. »Um was geht es?«

»Eine kurze Szene. Auf meinem Monitor.«

Neundorf lief in ihr Büro zurück, wartete, bis Braig neben sie trat, holte die nächtliche Raserei auf den Bildschirm.

»Oh nein. Das stammt von Orban?«, fragte er.

»Einer seiner Sticks.«

»Von ihm selbst aufgenommen.«

»Zusammen mit Bröhr.«

»Bröhr?«, wunderte sich Braig. »Hat er dir nicht erklärt, mit Orbans Rasereien nichts zu tun zu haben?«

»Hier, das ist er«, sagte Neundorf, die Silhouette des Mannes für wenige Sekunden vor Augen. »Er hat mich offensichtlich belogen, ja.«

»Das sind mindestens 140, 150 Stundenkilometer. Und das mitten in Stuttgart.« Braig starrte auf den Monitor. »Bröhr am Steuer. Das müsste für eine Anklage reichen.« Er sah, wie die Szenerie wechselte, versuchte sich zu orientieren. »Wieder Orban und Bröhr?«

»Du wirst ihn gleich sehen. In voller Größe.«

Das Auto passierte den Parkplatz, erreichte die ersten Häuser. »Hier, das ist er«, erklärte Neundorf, als der Mann auf dem Bildschirm den Schlüssel zückte und die Haustür der Villa öffnete. Fast im gleichen Moment ging das Bild in kräftiges Flimmern über.

»Wo ist das?«, fragte Braig. »Du kennst das Haus?«

Sie holte die Szene zurück, wies auf den Parkplatz. »Brackenheim. Hier wurde Orban getötet.«

»Auf dem Gelände?« Braig starrte auf den Monitor. »Und keine fünfhundert Meter entfernt wohnt Bröhr? Den hat er doch angerufen, zwei Mal, kurz vor seinem Tod.«

»So ist es«, bestätigte sie. »Offiziell wohnt Bröhr allerdings in Stuttgart.«

»Wieso hat er dann den Schlüssel zu diesem Haus?«

»Das wüsste ich selbst gerne.«

»Das ist doch kein Zufall«, überlegte Braig. »Bröhr vor diesem Haus, in unmittelbarer Nähe zu dem Parkplatz, auf dem Orban getötet wurde. Und dann die beiden Anrufe in der Tatnacht …«

»Ich glaube auch nicht mehr an einen Zufall. Zunächst muss ich aber klären, was Bröhr mit diesem Haus zu tun hat. Und das kann eine Weile dauern, bei dem Status, den der Typ genießt.«

»Mit der jungen Staatsanwältin müsste es aber schneller gehen, solange Söderhofer außen vor …« Braig hielt mitten im Satz inne, presste seine Hände aufeinander. »Moment mal, da fällt mir was ein. Frau Prießnitz erzählte mir was von einer guten Bekannten in der Gemeindeverwaltung. War das nicht Brackenheim? Einen Augenblick, ich will sie kurz fragen.«

Braig eilte aus dem Büro, kam wenige Minuten später wieder zurück. »Frau Prießnitz und ihre Diät-Freundinnen. Man sollte nicht glauben, wozu außergewöhnliche Ernährungsstile manchmal gut sind. Sie hat die Frau schon an der Strippe. Vielleicht klappt's auf dem kleinen Dienstweg.« Er zeigte auf den Bildschirm. »Er hat noch mehr von dem Zeug gespeichert?«

»Wahnsinn ohne Ende. Autobahnrasereien, Überholmanöver, Vollbremsungen mit buchstäblich rauchenden Reifen, lauter kranke Gewaltakte«, stöhnte Neundorf. »Der Riesenbildschirm in der Wohnung in Markgröningen. Anscheinend benutzten sie ihn weniger für Pornos, als vielmehr für diese irren Autotouren.«

»Und Bröhr ist immer mit dabei?«

»Das kann ich nicht sagen. Ich hatte weder Zeit noch Lust, mir alles genau anzuschauen. Eine Weile kannst du dir das antun, aber dann reicht's. Diese Typen müsste man wegsperren, bevor sie noch mehr Unheil anrichten. Man sollte sie alle …« Sie verzichtete darauf, den Satz zu vollenden, winkte ab. »Was ist mit Kotzbrocken? Hat er heute Nacht wieder seine Frau verprügelt?«

Braig schüttelte den Kopf. »Du wirst es nicht glauben. Heute Nacht war tatsächlich wieder was los.«

»Und?«

»Nicht bei Söderhofer. Ein Haus weiter.«

»Er war es nicht?«, fragte Neundorf überrascht. »Wir haben ihn zu Unrecht verdächtigt?«

»Heute Nacht war er es jedenfalls nicht. In den letzten Wochen? Keine Ahnung. Gestern Abend hörte ich die Schläge und das Schreien, als ich am Einschlafen war. Kurz nach elf, früher als sonst. Deshalb war ich schnell draußen und konnte die Wohnung lokalisieren. Ich rief die Kollegen, und dann gingen wir rein.«

»Und? Wer ist der Schläger?«

»Ein religiöser Fundamentalist. Er verprügelte aber nicht seine Frau, sondern seine ältesten Töchter. Immer, wenn er sie dabei ertappte, dass sie zu spät nach Hause kamen.«

»Und dann fiel ihm nichts anderes ein, als sie zu schlagen?«

»Offensichtlich, ja.«

»Wie alt sind die Mädchen?«

»Zwanzig und einundzwanzig.«

»Wie bitte? Seit drei Jahren volljährig?«

»Der Herr wird sie für ihr Hurenleben bestrafen.«

»Oh Gott, nein, die armen jungen Frauen. Ein psychopathisches Arschloch als Vater. Was habt ihr mit dem Kerl gemacht?«

»Was wohl? Ein Protokoll erstellt, das war's.«

»Und die jungen Frauen?«

»Sie arbeiten beide als Verkäuferinnen, müssen aber ihr Geld zu Hause abliefern. Ann-Katrin will, dass wir uns um sie kümmern. Und sei es nur, sie aus den Klauen dieses Irren zu befreien und ihnen den Weg zu einem eigenständigen Leben zu ermöglichen. Ich fürchte nur, dass das nicht so einfach wird. Die sind Mitglieder einer religiösen Fundamentalistentruppe. Einundzwanzig Jahre Gehirnwäsche, die streifst du nicht so schnell ab.«

»Das dauert Jahre«, pflichtete Neundorf ihm bei. »Und wenn sie Pech haben, schaffen sie es überhaupt nicht, sondern landen in der Klapse.« Sie holte tief Luft, fuhr sich über die Stirn. »Dann ist Kotzbrocken außen vor? Jeder Verdacht gegen ihn unbegründet? Kaum zu glauben.«

»Wir waren beide davon überzeugt, dass es sich um ihn handelt. Ann-Katrin war genauso überrascht wie du, dass es nicht um ihn, sondern um diesen religiösen Spinner geht.« Braig schaute auf, sah Mandy Prießnitz auf der Türschwelle stehen.

»Also, ganz legal is es ja nich, was Sie da von mir wolldn«, beklagte sich die Frau.

»Aber wieso?«, konterte er. »Wir haben doch nur überlegt, Ihre guten Beziehungen zu nützen, Frau Prießnitz, um Zeit zu sparen.«

»Sie sind mir vielleicht een Hallodri! Der Mann, nach dem Sie mich gefragt haben, hat irschendeene besonders wichtige Funktion inne. Deswäschn dürfn die über den gar keene Auskunft gäbn.«

»Das ist uns bekannt. Für den offiziellen Dienstweg kann ich Sie auch gerne beauftragen, die Staatsanwaltschaft, also Herrn Söderhofer …«

»Um Gottes willen! Lassen Se den bitte aus'm Spiel! Ich hab doch alles erfahrn, was Sie hören wolldn. Also: Dieser Herr Bröhr: Offiziell wohnt der nicht dort. Wohl aber seine Schwäster mit ihrer Familie. Die is aber für zwee Jahre beruflich irschendwo im Ausland, meine Begannde gloobt, irschendwo in Afriga, und in der Zeit basst der Mann uf das Haus und den Garden von seiner Schwäster uf. Und wenn Sie jetzt ooch noch wissen wolln, ob der sich oft dort, also in dem Haus von seiner Schwäster aufhält, no kann ich Ihnen sachn …«

»Ja?«, fragte Braig.

»Ja. Ziemlich oft sogar. Zeitweise wohnt der sogar dort. In den letztn Wochen war er jedenfalls oft dort zugange. Bis vor sieben, acht Dagn. Seither hat se ihn nich mehr gesähn.«

»Sie sprechen von Ihrer Bekannten?«

»Nu, von wem denn sonst? Wir versuchen es beide seit Jahren mit den gleichen Diädn, das habe ich Ihnen doch erzählt! Und Judith wohnt grade mal zwee Häuser von der Schwäster von diesem Herr Bröhr entfernt, drum weeß die so genau Bescheid. Sind Se nu zufriedn mit dem kurzen Dienstweg, Herr Gommissar?«

»Voll und ganz, Frau Prießnitz! Sie wissen gar nicht, wie sehr Sie uns geholfen haben!«

34. Kapitel

Die Aussagen der Sekretärin hatten Braig und Neundorf endgültig von der Notwendigkeit überzeugt, Bröhr persönlich zur Rede zu stellen. Bis vor sieben, acht Tagen etwa, hatte Mandy Prießnitz von ihrer Bekannten erfahren, war der Mann im Haus seiner Schwester oft zugange, seither aber hatte sie ihn nicht mehr gesehen. Sieben, acht Tage – genauso lange war es her, dass Orban getötet worden war.

»Ich muss den Typ unbedingt noch mal sprechen«, hatte Neundorf erklärt. »Außerdem benötige ich eine Funkzellenauswertung seines Handys für die Tatnacht.«

Braig war sofort bereit, sie zu begleiten. »Der ist mit äußerster Vorsicht zu genießen. Wenn wir dem gegenüber andeuten, welchen Verdacht wir gegen ihn hegen, kreuzt der mit einer ganzen Armada hoch bezahlter Anwälte auf.«

Sie hatte Rössle die Mobilfunknummer Bröhrs mitgeteilt und ihn gebeten, das Bewegungsprofil für die Nacht von Dienstag auf Mittwoch der vergangenen Woche sowie seinen derzeitigen Aufenthaltsort zu erstellen.

»Und der Frau Hauptkommissarin pressiert's nadierlich wieder«, hatte der Techniker geknurrt.

»Granatenmäßig, wie immer«, hatte sie bestätigt.

Bröhr über sein Handy zu erreichen, war nicht gelungen. Neundorf hatte sich nach der Festnetzverbindung seines Büros erkundigt, dort seine Sekretärin an die Strippe bekommen. »Neundorf vom Landeskriminalamt. Ich hätte gern Herrn Bröhr gesprochen.«

»Das tut mir leid. Aber im Moment ist das leider nicht möglich«, hatte die Frau erklärt.

»Es ist aber dringend. Ich muss ihn heute noch sprechen. Wo hält er sich auf?«

»Ich würde Ihnen gerne helfen. Aber ich kann Herrn Bröhr im Moment selbst nicht erreichen. Er ist heute nicht im Büro erschienen.« Die Stimme der Sekretärin hatte besorgt geklungen. »Ich weiß nicht, weshalb. In einer Stunde hätte er einen Termin, einen sehr wichtigen sogar, aber ...«

»Wo wohnt er?«

»Oh, das darf ich Ihnen nicht ...«

»Mein Name ist Neundorf. Ich bin Kriminalhauptkommissarin im Landeskriminalamt. Polizei, verstehen Sie? Wir werden uns sofort um Herrn Bröhr kümmern. Dazu benötige ich allerdings seine Adresse. Also, wo wohnt er?«

Die Antwort der Frau war nach kurzem Zögern erfolgt. »Herr Bröhr wohnt in Botnang. Stuttgart-Botnang.«

Neundorf hatte sich die genaue Anschrift notiert, sich dann mit Braig auf den Weg gemacht.

Keine halbe Stunde später waren sie in Botnang angelangt. Der Stuttgarter Stadtteil lag am Rand eines weitläufigen Waldgebietes, vom Zentrum durch einen nach Westen wie Osten steil ansteigenden Bergsporn abgetrennt. Neben mehreren hoch aufragenden Betonkomplexen beherbergte Botnang in gepflegte Gärten gebettete Ein- und Zweifamilienhaussiedlungen, abseits der breiten Straßen ins hügelige Gelände geschmiegt.

Bröhrs Anwesen zeugte wie die seiner Nachbarn von gediegenem Wohlstand im typischen Stil schwäbischen Understatements. Kein protziger Neubau, kein zur Straße hin zur Schau gestellter bombastischer Prunk, kein Swimmingpool, nirgends demonstrativ vor dem Haus geparkte Luxuskarossen. Stattdessen hinter dichtes Buschwerk und hohe Bäume geduckte Häuser, flankiert von breiten Garagen, akkurat geschnittenen Rasenflächen und frisch gekehrten, schmalen Gehwegen.

»Du kannst vom Boden essen«, lästerte Neundorf, als sie sich dem Haus des Mannes näherten. »Hier haben selbst die harmlosesten Bakterien keine Überlebenschance.«

»Passt irgendwie nicht zu dem Verdacht, den wir gegen den Herrn hier hegen«, meinte Braig.

»Oder gerade doch«, konterte Neundorf. »Mir ist die Welt hier nach außen hin etwas zu perfekt gepflegt.«

Sie musterten das annähernd drei Meter hohe dichte Buschwerk, das das Anwesen gemeinsam mit einem massiven Maschendrahtzaun fast blickdicht von der Straße her abschirmte, konnten die Umrisse des Hauses und der unmittelbar daran angefügten Doppelgarage nur mit Mühe ausmachen. Ein zweistöckiger Bau mit breiten, von Metallgittern geschützten Fenstern, von einem roten Ziegeldach gekrönt. Das schrille Zirpen eines automatischen Rasensprengers war zu hören, untermalt von einem seltsamen gleichmäßigen Brummen. Ein würziges, nach frischem Gras duftendes Aroma lag in der auch hier schon wieder viel zu heißen Luft.

Neundorf war gerade dabei, sich nach der Eingangstür umzuschauen, als sie den Signalton einer Mail hörte. Sie zog ihr Smartphone vor, sah, dass es sich um eine Nachricht Rössles handelte.

Bröhrs Handy war vergangenen Dienstag von 21.10 Uhr an bis Mittwoch 6.35 Uhr am Ortsrand von Brackenheim eingeloggt. Im Moment ist es in Botnang verortet, seit gestern Abend 22.40 Uhr ohne Veränderung. Zufrieden mit der schnellen Erledigung Ihres Auftrages, Frau Kommissarin? Rössle.

»Und?«, fragte Braig. »Irgendwas zu Bröhr?«

»Hier, bitte.« Neundorf reichte ihm das Smartphone, wartete auf seine Reaktion.

»Also«, sagte er. »Der Herr war zur Tatzeit in der Nähe des Tatorts. Zum Glück führe ich meine Waffe bei mir.«

»Ja. Jetzt gibt es keine Ausflüchte mehr. Zur Tatzeit in der Nähe des Tatorts. Und zwei Mal mit dem Opfer unmittelbar vor dessen Tod telefoniert.«

»Fragt sich nur, worüber die sich wirklich unterhalten haben.«

»Orban wurde laut Bahreis bedroht«, überlegte Neundorf. »Was, wenn die Drohungen nicht von diesen obskuren Russen, sondern von Bröhr kamen?«

»Warum könnte Bröhr Orban bedroht haben?«, fragte Braig.

»Die Sticks mit den verrückten Rasereien. Bröhr ist mehrmals deutlich zu erkennen.«

»Du meinst, er forderte Orban auf, das Material zu vernichten, um zu verhindern, dass es irgendwann einmal in die falschen Hände gerät? Orban aber hatte so viel Spaß an den Aufnahmen, dass er sich weigerte?«

»Zum Beispiel«, bestätigte Neundorf. »Vielleicht zog er sich die Aufnahmen stattdessen mit immer neuen Freunden auf seinem Riesenbildschirm rein? Weißt du, wie viele Perverse es gibt, die es als Mordsgaudi empfinden, mit 150 Stundenkilometern durch die Stadt zu brettern? Vielleicht hatte Bröhr Angst, dass ihn irgendwann jemand erkennt und die Bilder an die Öffentlichkeit bringt?«

»Vorstellbar wäre das, ja. Was mich bei der Sache aber irritiert: Wer hat Orban in der Tatnacht verfolgt? Bröhr war es offenbar nicht. Sein Handy war den ganzen Abend in der Nähe des Tatortes eingeloggt. Hatte er jemand beauftragt, Orban in Panik zu versetzen?«

»Damit Orban ihm dann auf dem Parkplatz endlich die Sticks überreicht?« Neundorf musterte das Buschwerk vor sich, entdeckte den Eingang zu Bröhrs Grundstück. »Vielleicht gab es gar keinen Verfolger«, überlegte sie. »Vielleicht neigte er infolge seines Drogenkonsums wirklich zu Panikattacken, wie Bröhr es mir weismachen wollte? Und der nützte es dann aus?« Sie zeigte zum Anwesen des Mannes. »Ich denke, wir sollten es mal versuchen, oder?«

Braig nickte. Er lief zu dem hohen, fest verankerten Metalltor, das die mit Steinplatten ausgelegte Einfahrt zum Haus und der Garage schützte, sah, dass das Namensschild neben der Glocke mit *Eberhard Maier* beschriftet war. »Eberhard Maier«, sagte er laut. »Sind wir an der falschen Adresse?«

»Die Straße stimmt«, beharrte Neundorf, auf ihr Smartphone schauend, »und die Nummer … Vielleicht hat sich die Sekretärin versprochen.«

»Wir versuchen es trotzdem«, schlug er vor. »Mal sehen, wer die Tür öffnet.« Braig läutete, hörte nur das Zirpen eines Rasensprengers und das dumpfe, gleichmäßige Brummen. Wer immer hier wohnte, er schien nicht zu Hause.

Neundorf sah ein Auto die Straße entlangkommen, merkte, dass es sein Tempo verlangsamte und vor der Einfahrt des Nachbarhauses stoppte. Sie lief zu dem Wagen, spürte den misstrauischen Blick der älteren Fahrerin auf sich ruhen. Die Kommissarin zog ihren Ausweis, hielt ihn an die Scheibe.

Die Frau musterte das Dokument, öffnete nach einer Weile die Tür. »Polizei?«, erkundigte sie sich.

»Neundorf ist mein Name. Und dort sehen Sie meinen Kollegen Braig. Wir suchen Herrn Bröhr.«

»Sie sind wirklich von der Polizei?« Die Frau taxierte sie misstrauisch, machte keine Anstalten auszusteigen.

Neundorf reichte ihr den Ausweis noch einmal. »Wenn Sie ein Handy dabei haben, rufen Sie im Landeskriminalamt an und fragen nach unseren Namen. Ich warte solange.«

Die Frau betrachtete die Kennkarte erneut, schien ihre Skepsis zu verlieren. »Man hört so viel von falschen Polizeibeamten.«

»Kein Problem«, zeigte sich Neundorf verständnisvoll. »Sie haben richtig reagiert. Aber, wie erwähnt, wir möchten zu Herrn Bröhr.« Sie nahm den Ausweis wieder an sich, wies zum Nachbargrundstück.

»Normalerweise ist er aber um diese Zeit nicht zu Hause«, antwortete die Frau. »Der hat viele Termine.«

Neundorf bedankte sich für die Auskunft, lief zu Braig zurück. »Es ist auf jeden Fall die richtige Adresse«, sagte sie.

Braig drückte erneut auf die Glocke. Wieder keine Reaktion. Er schob das Buschwerk auseinander, starrte zum Haus. Die Fenster hinter den Metallstreben waren mit Vorhängen blickdicht abgeschirmt, nirgends eine Bewegung zu erkennen. Er schaute zur Garage, stutzte. Winzige, graublaue Wölkchen schienen links und rechts an beiden Seiten des rechten Tores hervorzuquellen. Waren das Luftspiegelungen oder handelte es sich wirklich um kleine, schmutzige Schwaden?

Er drückte das Buschwerk noch weiter auseinander, versuchte sich voll auf das rechte Garagentor zu konzentrieren.

»Was ist los?«, hörte er Neundorfs Stimme.

»Seltsam«, sagte er. »Das sieht aus wie …« Er hielt inne, spürte Unruhe in sich aufkommen.

»Was meinst du?«

»Winzige Schwaden von Rauch«, erklärte er. »Aus der Garage.« Er hörte das dumpfe, gleichmäßige Brummen, riss seinen Kopf zurück. »Nein, das ist kein Rauch. Da drin läuft ein Motor. Hörst du das?«

Neundorf musste nicht lange überlegen. »Du meinst das sonore Brummen? Ich frage mich schon die ganze Zeit, woher das Geräusch kommt.« Sie starrte durch die Lücke des Busches. »Die rechte Garage, meinst du, richtig?«

»Das ist keine Luftspiegelung«, sagte Braig. »Das sind Abgase. Die sind echt.«

»Denkst du dasselbe wie ich?«, fragte sie.

Braig blies seine Backen auf, stieß die Luft von sich. »Also, wenn ich zu einer Garage gerufen wurde, aus der solche Schwaden quollen wie bei der«, er wies auf Bröhrs Grundstück, »dann bedeutete es bisher immer dasselbe.«

»Dann sollten wir da rein und zwar ziemlich schnell. Oder?«

»Fragt sich nur, wie. Ich habe bereits zwei Mal geläutet. Und bei dem Typ nur auf Verdacht ...« Braig sparte sich den Rest des Satzes, schüttelte den Kopf. »Nach allem, was ich von ihm weiß, scheint er mir kein besonders angenehmer Zeitgenosse.«

»Das hast du sehr vornehm formuliert. Nein, das ist er wirklich nicht. Mir reichen Orbans Aufnahmen. Von Bröhrs beruflicher Tätigkeit ganz zu schweigen.« Sie zog ihr Handy vor, gab Rössles Nummer ein.

Der Techniker meldete sich schon nach dem ersten Läuten. »Zufrieden mit meiner prompten Auftragserledigung, Frau Kommissar?«

»Tausend Dank«, gab sie zur Antwort. »Wir haben aber ein Problem. Wir stehen vor dem Haus dieses Bröhr und kommen nicht rein. Und wir hören das sonore Brummen eines Motors und sehen kleine Wölkchen aus der Garage entweichen.«

»Alle Idiote von Sindelfinge, das klingt aber net gut.«
»Das klingt nicht gut, nein. Könntest du bitte überprüfen, ob sein Handy immer noch in Botnang eingeloggt ist?«
»Aber sofort. Du bleibsch in der Leitung?«
»Ich warte, ja.«
Rössle hatte offenbar den Ernst der Lage begriffen. Sie hörte ihn davoneilen, sah Braig erneut die Glocke läuten und durch das Buschwerk zum Haus schauen.
»Alles unverändert«, rief er ihr zu.
»Auch die Abgase?«
Braig nickte. »Auch die.« Er zog seine Hände aus der Pflanze zurück, trat auf sie zu. »Wenn der da drin in seinem Karren hockt, um sich ins Jenseits zu beamen, ist eh alles zu spät. Dann können wir gemütlich auf den Schlüsseldienst warten und …«
Neundorf winkte ab, weil sie Rössles Stimme hörte, vernahm das heftige Keuchen des Spurensicherers.
»I bin grad bissle außer Atem«, entschuldigte sich der Kollege. »Aber ja, das Handy von dem isch immer noch in Botnang. Seit gestern Abend. Was immer das heißt.«
»Das wissen wir nicht. Vielleicht ist er tatsächlich außer Haus, ohne das Ding. Aber seine Sekretärin vermisst ihn, obwohl er einen wichtigen beruflichen Termin hat und dann der Motor und die kleinen Wolken aus der Garage …«
»Er isch immer noch nicht in seinem Büro …«
»Moment, wir überprüfen das.« Neundorf bat Braig, Bröhrs Sekretärin zu fragen, sah kurz darauf das Kopfschütteln des Kollegen. »Nein, er ist nicht aufgetaucht«, bestätigte sie.
»Ihr wollt ins Haus?«, erkundigte sich Rössle.
»Na ja, was denkst du, wenn jemand nicht reagiert, in der Garage aber ein Motor brummt …«
»Dasselbe wie du.« Der Techniker zog seine Nase hoch.

»Das Problem ist nur: Das ganze Anwesen ist eine Festung. Und der Kerl ein Kotzbrocken. Nur auf Verdacht brechen wir die Tür nicht auf. Wenn wir uns täuschen, haben wir eine Armada von Anwälten am Hals. Und unsere Versetzung zur Straßenreinigung ist ebenfalls sicher. Könntest du bitte überprüfen, ob das Haus von Kollegen überwacht wird? Ich denke, bei dem Status, den der Typ genießt …«

»Wird erledigt, ein Moment.«

Neundorf hörte das Klappern einer Tastatur, hatte Rössles Stimme kurz darauf wieder am Ohr. »Das wird überwacht, jawohl. Am besten, ich verständige die Kollegen und schicke sie bei euch vorbei. So kommt ihr am schnellsten ohne Gewalt ins Haus. Einverstanden?«

Neundorf bedankte sich, informierte Braig über den Vorschlag des Technikers.

Der Kommissar machte sich auf dem Boden knieend am Schloss des Tores zu schaffen, stimmte ihr zu. »Das ist die beste Lösung. Ich habe hier keine Chance. Der Eingang ist elektronisch gesichert. Wahrscheinlich läutet inzwischen schon bei einem Sicherheitsdienst das Alarmsignal und die Sheriffs tauchen gleich hier auf.«

Neundorf musterte das etwa 2.50 Meter hohe Metalltor, das die Einfahrt versperrte, sah die spitz zulaufenden, eng nebeneinander angeordneten Zacken, mit denen es oben abschloss. »Ohne Verletzung kommen wir da nicht rüber«, meinte sie.

Das Polizeifahrzeug ließ nicht lange auf sich warten. Die uniformierten Kollegen musterten ausgiebig ihre Ausweise.

»Ihr seid die Leute vom LKA?«, fragte die junge Polizeikommissarin, die sich als Anne Garrecht vorstellte. »Wir wurden von einem Herrn Rössle informiert.«

»Die Abgaswolken aus der Garage.« Neundorf wies zum Haus.

»Das ist seltsam. Der Alarm ist nämlich seit gestern Abend deaktiviert.«

»Seit gestern Abend? Weshalb?«

»Keine Ahnung.« Anne Garrecht zog eine Codekarte vor, hielt sie in die Richtung des Türschlosses.

Sekunden später standen sie im Garten. Das sonore Brummen in der Garage war jetzt deutlich lauter zu hören. Sie näherten sich dem Tor, hatten plötzlich den Gestank giftiger Abgase in der Nase. Kleine, blaugraue Schwaden quollen unablässig aus dem Inneren. Braig und Neundorf nahmen rechts und links von der Garage Aufstellung, signalisierten der jungen Kollegin, das Tor zu öffnen. Es ächzte und knarzte, als wären seine Scharniere seit Jahren nicht mehr geölt worden, dann schob es sich zügig in die Höhe. Eine intensiv nach Abgasen stinkende Wolke schwappte aus der Garage, tauchte die Umgebung für den Bruchteil einer Sekunde in undurchdringlichen Nebel. Braig sprang zur Seite, schnappte nach Luft. Als er sich wieder umwandte, hatte sich der Großteil der Wolke bereits verflüchtigt; das Innere des Raumes lag in einen schwachen Dunst gehüllt vor seinen Augen.

Eine breite, dunkle Limousine nahm fast die gesamte Garage ein. Der leise laufende Motor ließ die Karosserie leicht vibrieren. Braig sah den dicken Schlauch, der vom rückwärtigen Teil des Autos zum Fenster neben dem Fahrersitz führte, versuchte die Scheibe mit seinem Blick zu durchdringen. Die Sonnenstrahlen, die sich auf dem Glas spiegelten, machten es fast unmöglich. Erst nach mehreren Sekunden bemerkte er die dichte Abgaswolke im Innenraum des Wagens. Langsam tauchte der auf das Steuerrad gesunkene Kopf eines Menschen aus dem Nebel. Braig sah den spärlichen Haarwuchs, begriff, dass es sich um einen Mann handelte. Bröhr?

Fast gleichzeitig mit seiner Kollegin löste er sich aus seiner Erstarrung, spurtete auf die Fahrertür zu, riss sie auf. Die giftige Wolke, die ihm entgegenströmte, drang für den Bruchteil einer Sekunde in seine Lungen. Er spürte die stechenden Schmerzen, warf sich zurück, schnappte nach Luft. Dann versuchte er es erneut. Er beugte sich nach vorne, schaltete den Motor aus, umklammerte den Körper des Mannes. Da war nur noch eine kalte, leblose Masse. Nichts mehr zu machen, war Braig sich augenblicklich bewusst. Der Tote hing im Gurt fest, ließ sich nicht bewegen.

Braig rang um Luft, ein Hustenanfall drohte ihm die Besinnung zu rauben. Er raffte sich auf, eilte aus der Garage. Seine Kraft reichte gerade noch, mehrere Meter Abstand zu gewinnen. Bohrende Schmerzen nagten in seiner Brust. Er ging in die Hocke, pumpte frische Luft in seinen Körper.

»Bröhr«, hörte er Neundorfs Stimme. »Der ist seit Stunden hinüber.« Sie kam zu ihm her, klopfte ihm auf den Rücken. »Alles klar? Ich verständige Rössle und die Gerichtsmedizin.«

Er hustete sich das Gift aus dem Leib, sah Neundorf mit ihrem Handy beschäftigt. »Das ganz große Besteck«, hörte er ihre Aufforderung. Er benötigte mehrere Minuten, einigermaßen fit zu werden, wies zum Haus. »Wir gehen rein?«

Neundorf nickte. Sie bat die uniformierten Kollegen, das Anwesen von der Straße her abzusperren, stülpte sich Plastiküberzüge über Schuhe und Hände, wartete, bis Braig es ihr gleichgetan hatte.

Sie traten in die Garage, querten sie mit schnellen Schritten. Der Abgasgestank lag immer noch wie ein bleierner Mantel in jedem Winkel des Raumes. Neundorf öffnete die Tür in der Rückwand der Garage, wartete, bis er bei ihr angelangt war. Sie erreichten eine breite, geräumige Diele, zu der von der anderen Seite her auch die Haustür Zutritt bot, schlossen die Tür hinter sich. Der Abgasmief war auch hier derart präsent, dass sie schnell den Weg ins Innere des Hauses suchten. Rechts führten zwei Treppen ins Obergeschoss und den Keller, die Türen in der Mitte zum Bad und der Toilette, eine weitere in die modern eingerichtete Küche. Sie öffneten eine nach der anderen, blieben in der letzten stehen, die den Blick auf den großen Wohnraum freigab. Ein breites, dunkelbraunes Ledersofa, flankiert von einem Sessel, in der Mitte ein schmaler Tisch, auf der anderen Seite ein heller, weitgehend offener Schrank mit integriertem Bildschirm. Der Monitor flimmerte, der Tisch erstrahlte im sanft gedimmten Licht der Deckenlampe.

Braig und Neundorf betraten das Zimmer, sahen das Blatt mitten auf dem Tisch ins Licht des Strahlers getaucht. Die Szene wirkte theatralisch, wie in einem Kammerspiel.

»Ist das echt?«, fragte die Kommissarin.

»Wie von einem cleveren Regisseur inszeniert«, nahm er ihren Gedanken auf. Er sah, wie sie Luft in ihre Nase sog, roch es im gleichen Moment. Der Hauch eines markant herb-fruchtigen Parfüms lag in der Luft. Nicht in seiner reinsten Form, den immer noch vorhandenen Abgasmief aber deutlich überdeckend.

»Parfüm«, meinte Neundorf.

Irgendwann hatte er genau diesen Duft schon mal in der Nase gehabt.

Das Blatt auf dem Tisch war nur in seiner oberen Hälfte beschrieben, der Stift, den der Schreiber benutzt hatte, unmittelbar daneben.

Stuttgart, 2. Juli, 23.30 Uhr.

Mein Gewissen plagt mich derart, dass ich nicht weiterleben kann. Ich habe Dinge getan, die unendliches Leid verursacht haben. Jawohl, ich bekenne, die Tochter der Familie Storm vor drei Jahren bei unserer Verfolgungsjagd über die Felder bei Ludwigsburg getötet zu haben. Orban, der dabei war und alles filmte, wollte mich mit diesen und anderen Aufzeichnungen unserer Touren erpressen. Ich gebe zu, Orban dazu verleitet zu haben, mit mir an Storms Sommerfest vorbeizurasen, um diese Leute zu provozieren. Orban drohte, die Filme ins Netz zu stellen, wenn ich ihm als einflussreiches Mitglied unserer Partei nicht endlich wieder den Bau einer neuen Straße zuschanzen würde. Das konnte ich mir nicht bieten lassen. Einmal angefangen, hat das kein Ende. Der Mann war unberechenbar. Seine Anrufe in der Nacht kamen gerade recht. Er fühlte sich verfolgt. Wahrscheinlich war er wieder einmal im Wahn. Ich lockte ihn auf den Parkplatz und überfuhr ihn dort. Damit hatte der Erpresser nicht gerechnet.

Es war nicht meine Absicht, selbst abzutreten. Aber die Aufnahmen auf meinem Bildschirm, mit denen Orban mich erpresste, lassen mein Gewissen nicht zur Ruhe kommen. Es muss sein.

Meinrad Bröhr

»Die Aufnahmen auf dem Bildschirm?«, überlegte Neundorf. Sie sah die Fernbedienung auf dem Tisch, nahm sie in die Hand, setzte die Aufzeichnung in Gang.

Das Bild brandete auf, bevor Braig noch etwas sagen konnte. Ein hin und her wogendes Inferno mit nur schwer erkennbaren Umrissen vor einem grau in grau flimmernden Hintergrund. Braig benötigte mehrere Sekunden, um zu begreifen, was er da vor sich hatte. Der Blick durch die Windschutzscheibe eines auf der Autobahn mit irrsinnigem Tempo hinter einem anderen Fahrzeug herrasenden Autos. Sie schienen eine Art Wettrennen zu veranstalten, scherten erst unmittelbar vor dem Erreichen eines langsameren Wagens auf die Überholspur aus, bretterten dort an unzähligen anderen vorbei. Dann plötzlich nach rechts auf eine Ausfahrt, immer noch hintereinander, das Tempo nur unmerklich verringert, jetzt auf eine normale Landstraße abbiegend. Wieder andere Fahrzeuge überholend, selbst bei Gegenverkehr erst in letzter Sekunde die Fahrbahn wechselnd. Die Aufnahme musste am Abend bei Anbruch der Dämmerung entstanden sein. An einem Sommerabend, ergänzte er seine Überlegung, denn ab und an erhaschte er den Blick auf das dichte Laubwerk am Rande stehender Bäume und Büsche. Häuser, Fabriken, Geschäfte flogen vorbei. Mit einem Mal bogen die beiden Wagen von der Landstraße ab, rasten auf einem schmalen, asphaltierten Weg weiter. Ihre Geschwindigkeit schienen sie nicht reduziert zu haben, im Gegenteil, auf der neuen Fahrbahn wirkte das Tempo umso irrsinniger. Jetzt passierten sie Felder und Äcker mit Getreide und anderen Früchten, dann schob sich ein breiter, von einer Festung gekrönter Berg ins Bild, plötzlich ein Gehöft … Das Fahrzeug schlingerte, schien auszuscheren, schaffte es in letzter Sekunde gerade noch um die Kurve …

»Mein Gott«, schrie Braig, »das ist ja …« Er verstummte, musterte überrascht seine Kollegin.

»Du hast es erkannt?«

»Der Asperg«, schnaufte er. »Die Felder drum herum und der Hof … Storms Anwesen. Ohne jeden Zweifel.«

»Ich habe es auch sofort bemerkt. Obwohl ich es nur von den Tatort-Fotos her kenne.«

Die höllische Tour ging unvermindert weiter. Hinter dem Gehöft ein flackerndes Feuer mit unzähligen Menschen, dann plötzlich ein durch die Luft fliegender Schatten, der mit ungeheurer Gewalt auf der Windschutzscheibe des Wagens aufschlug und im gleichen Moment zur Seite entwischte, das vorneweg rasende Auto jetzt nur noch wenige Zentimeter entfernt. Die Scheibe zeigte nur am äußersten Rand weiße Einfärbungen, deshalb war auch das, was jetzt noch folgte, weiterhin gut zu erkennen: Ein wildes Schlingern auf schmalen Wegen; Häuser, erst links, dann auch rechts; das plötzliche Einscheren in ein von Büschen und Bäumen gesäumtes Anwesen; schließlich der abrupte Stopp der beiden Fahrzeuge in einer breiten Garage. Die Fahrertür des vorderen Autos wurde geöffnet, ein Mann stieg aus – im gleichen Moment nur noch Flimmern.

»Bröhr«, äußerte Neundorf mit belegter Stimme. »Die Drecksau persönlich.«

Braig fühlte sich von den Bildern wie erschlagen, hatte Mühe, sich aus seiner Erstarrung zu reißen. Er sah, wie Neundorf sich an der Fernbedienung zu schaffen machte und die Aufnahmen auf den Moment fokussierte, als der dunkle Schatten auf die Windschutzscheibe prallte. Braig wandte sich wieder dem Monitor zu, glaubte von tausend Messerspitzen gleichzeitig traktiert zu werden. Ein Bild, das sich in sein Bewusstsein brannte wie eine riesige Brandfackel in einen seit Monaten ausgetrockneten Wald. Er streckte seinen Arm aus, stützte sich auf dem Tisch ab.

»Oh Gott, nein«, stöhnte es neben ihm. »Diese verfluchten Teufel.«

Das sterbende, auf die Windschutzscheibe geschleuderte Kind in überlebensgroßer Darstellung.

35. Kapitel

Den nächsten Tag hatte sich Braig freigenommen. Die Verbrechen, deren Aufklärung sie mehr als eine Woche in Atem gehalten hatten, waren geklärt, die Anzahl seiner Überstunden erneut gewachsen.

»Ich möchte noch mal raus zu den Storms«, hatte er Ann-Katrin am späten Dienstagabend erklärt. »Die Leute haben ein Recht, zu erfahren, wer ihr Kind auf dem Gewissen hat.«

Sie hatte spontan zugesagt mitzukommen. »Vielleicht kann ich etwas früher aus der Praxis. Dr. Genkinger schafft es auch ohne mich. Und Ann-Sophie ist sowieso mit Teresa unterwegs.«

Sein Anruf bei Julian Storm war überraschend freundlich aufgenommen worden. »Mittwoch- und Samstagnachmittag gibt es auf unserem Hof Kaffee und selbst gebackenen Kuchen, vegetarisch belegte Brötle und Getränke. Da sind viele Radfahrer und Spaziergänger zu Gast. Kommen Sie mit Ihrer Familie. Wir freuen uns.«

Kurz nach 17 Uhr waren sie auf dem Festplatz vor dem Anwesen der kleinen Firma angelangt. Sie hatten die Bahn in Tamm verlassen, waren dem Weg zu Fuß über die Felder gefolgt. Die Hitze hatte gegenüber den letzten Tagen etwas nachgelassen, kleine, weiße Wölkchen milderten ab und an die allzu ungestüme Kraft der Sonne.

Ein großes, weißes Zelt, nach zwei Seiten hin offen, bot mit mehreren Reihen von Bierbänken und Tischen Sitzgelegenheiten für die Gäste. Essen und Getränke wie die Produkte der Firma waren auf einer aus drei großen Holzwagen errichteten Theke an der Seite aufgereiht. Die Bänke waren gut besetzt, Scharen von Menschen im Zelt unterwegs.

»Die Lage ist noch beeindruckender, als du es geschildert hast«, meinte Ann-Katrin, die Silhouette des Hohenaspergs im Blick, der hinter dem Anwesen in die Höhe ragte.

Braig bemerkte die drei Frauen und den Mann, die mit dem Verkauf beschäftigt waren, stutzte. Er kannte alle vier, wunderte sich nur über die Anwesenheit einer der Frauen.

»Kaffee und Kuchen?«, fragte Ann-Katrin, auf die Theke mit den Angeboten deutend.

Er nickte, trat neben ihr an das Kuchenbord.

Julian Storm erkannte ihn sofort. »Sie, Herr Kommissar?« Er reichte ihm die Hand. »Dann haben Sie es wirklich wahr gemacht.«

»Gemeinsam mit meiner Frau.« Braig wies auf Ann-Katrin, ließ sich einen Obstkuchen reichen. »Vielleicht können wir uns nachher kurz unterhalten? Wenn es etwas ruhiger ist?«

»Sie meinten am Telefon, Ihre Ermittlungen seien abgeschlossen, die Täter überführt. Endgültig.«

»So ist es, genau. Ich habe mir heute freigenommen. Wir sind privat hier.«

»Dann bin ich aber beruhigt«, meinte Storm mit grinsender Miene.

Braig nahm seinen Teller und eine gefüllte Kaffeetasse, folgte seiner Partnerin an einen der Tische. Der Kuchen, eine außergewöhnliche Kreation aus saftigen Kirschen und herben Schokostreuseln schmeckte hervorragend. Ann-Katrin naschte eine kleine Portion von seinem Teller, ließ ihn zum Ausgleich von ihrer Erdbeercremetorte versuchen.

Das Zelt hatte sich zusehends geleert, als Julian Storm zu ihnen an den Tische trat. »Jetzt ist nicht mehr so viel Betrieb«, erklärte er. Er hatte die neueste Ausgabe der *Ludwigsburger Kreiszeitung* in der Hand, ließ sich auf der anderen Seite des Tisches nieder. »Sie schildern alles ausführlich«, sagte er, auf die Zeitung deutend.

»Ralf Orban«, meinte Braig. »Sie kannten den Mann?«

Storm nickte. »Wir hatten ihn in Verdacht. Als Melissas Mörder.«

»Wie kamen Sie auf ihn?«

»Ich sah ihn über die Felder rasen. Vor ein paar Monaten.«

»Und dann provozierte er Sie in der Fernsehsendung.«

Storm klopfte mit mehreren Fingern auf den Tisch. »Ein verkommenes Arschloch. Ich bin froh, dass es ihn erwischt hat.«

»Der Tote vor Ihrem Anwesen. Er hatte ein Verhältnis mit Orbans Frau. Orban tötete ihn und warf ihn dann hier vor Ihre Tür. Aus Rache für den Fernsehstreit, denke ich.«

»Wir wissen Bescheid. Die Zeitung hat ausführlich darüber berichtet.«

»Sie haben ihn zu Recht verdächtigt. Orban ist tatsächlich der Mörder Ihrer Tochter.« Braig hatte die Worte ohne jede Betonung formuliert, sah sein Gegenüber wie selbstverständlich mit dem Kopf nicken. »Wir haben die Beweise«, fügte er hinzu.

Storm wirkte nicht sonderlich überrascht. Er wusste offensichtlich Bescheid. Braig ahnte, wer ihn informiert hatte.

»Es waren zwei Autos«, erklärte Storm. »Mehrere Augenzeugen waren sich sicher.«

»Wir haben auch den anderen. Er trägt dieselbe Schuld.«

»Wer?«, fragte Storm.

»Bröhr«, erklärte Braig. »Er saß in dem zweiten Auto. Orban versuchte, ihn zu erpressen, deshalb überfuhr er ihn.«

»Bevor er sich selbst vergiftete«, ergänzte Storm. »Die Zeitung heute. Ich habe es gelesen.« Er wies auf das Blatt vor ihm.

»Orban und Bröhr«, betonte Braig. »Die beiden Mörder. Ich weiß, das hilft Ihrer Tochter nicht mehr. Aber beide Verbrecher hat es erwischt. Mehr kann ich Ihnen leider nicht sagen.«

»Ich danke Ihnen. Auch wenn es unsere Melissa nicht wieder lebendig macht.« Storm erhob sich, reichte Braig die Hand.

»Frau Runding«, sagte Braig. Er wies auf die Frau hinter der Theke, die neben Thea Storm und Marga Heinrich die Waren zusammenräumte. »Sie hilft Ihnen?«

Storm nickte. »Nicki ist eine gute Freundin meiner Frau.«

»Ich würde mich gerne mit ihr unterhalten«, sagte Braig. Er sah den Mann auf die Frauen zugehen, bat Ann-Katrin, auf ihn zu warten, lief dann zu der Theke.

»Sie möchten mit mir sprechen?« Nicole Runding musterte ihn mit fragendem Blick.

»Wenn Sie ein paar Minuten Zeit haben?« Er zeigte zum Ausgang, reichte ihr die Hand.

Die Frau begleitete ihn auf die Wiese, fuhr sich übers Gesicht. Sie war in Zivil, trug Jeans und ein hellrotes T-Shirt, hatte die Haare zu einem Pferdeschwanz gebunden. Der markant herb-fruchtige Duft ihres Parfüms strich ihm in die Nase.

»Ihr Parfüm. Ein außergewöhnlicher, sehr angenehmer Duft«, meinte er.

»Danke. Ich schätze es sehr«, bekannte Nicole Runding. »Es ist mit angenehmen Erinnerungen verbunden.«

»Ein Geheimtipp? Ich glaube, es ist nicht besonders verbreitet.«

»Es stammt aus einer winzigen Manufaktur. Ich habe es im Urlaub entdeckt.«

»Gestern hatte ich es wieder in der Nase.«

Sie warf ihm einen fragenden Blick zu.

»In Botnang«, fügte er hinzu.

Nicole Rundings Wangen verloren an Farbe.

»Ich bin privat hier«, betonte er. »Nicht als Polizeibeamter. Und, um das klar zu sagen: Unsere Ermittlungen sind abgeschlossen. Die Täter sind alle überführt.«

»Alle?«, fragte sie.

»Alle«, bestätigte er.

»Dann bin ich beruhigt«, bekannte sie.

»Dazu haben Sie alles Recht dieser Welt. Ich wusste nicht, dass Sie mit Frau Storm befreundet sind.«

»Schon lange. Wir waren in derselben Klasse. Und dann wurde ich Melissas Patin.«

»Melissas Patin?« Braig musterte sie überrascht. Jetzt war endgültig alles klar.

»Sie wissen ja, was passiert ist.«

»Ich weiß es, ja.«

»Seither haben wir sie gesucht.«

»Die Mörder des Mädchens.«

Nicole Runding nickte. »Mario war manchmal auch hier.«

»Davon hat er mir nichts erzählt.«

»Er half mir bei der Suche. Bis zu seinem Tod.«

Erst das Kind, dann ihr Partner, überlegte er. Die Frau hatte alles Recht dieser Welt. »Ich kann es verstehen«, sagte er.

»Sie können es verstehen?«

»Erst das Kind, dann Mario. Ich hätte genauso gehandelt.«

»Genauso?«, fragte sie.

»Ganz genauso«, bekräftigte Braig.

Sie musterten sich mehrere Sekunden schweigend, schienen nicht einmal mehr zu atmen.

»Ich glaube, ich weiß, wie Sie auf die Teufel aufmerksam wurden«, sagte er dann. »Der Einbruch in Orbans Wohnung in Markgröningen. Der Aufwand, mit dem er sie gesichert hatte. Und sein Gezeter, mit dem er verhindern wollte, dass Sie als Polizeibeamte die Wohnung betreten. Das machte Sie sofort misstrauisch.«

»Da wäre jeder misstrauisch geworden. So wie der sich am Telefon gebärdete, hatte der Entscheidendes zu verbergen, das war von Anfang an klar.«

»Sie hatten ihn sowieso schon in Verdacht. Herr Storm hatte ihn über die Felder rasen sehen.«

Nicole Runding deutete ein zustimmendes Nicken an.

»Und deshalb schauten Sie sich in der Wohnung um. In der kurzen Zeit, bis er dort auftauchte.«

»Es blieb nicht viel Zeit. Mein Partner war in dem anderen Haus beschäftigt, so ging ich die Zimmer durch.«

»Meine Kollegin fand die USB-Sticks letzte Woche in einem kleinen Kästchen«, sagte Braig. »Zwei Schubladen, berichtete sie. Die untere Schublade war leer.«

»Sie enthielt nur einen Stick. Den überprüfte ich zuerst. Die Anlage in dem Raum war leicht zu bedienen. Was ich sah, ließ mir den Atem stocken. Dabei war alles harmlos im Vergleich zu dem, was ich am Abend zu Hause zu sehen bekam.«

»Sie nahmen Sticks mit?«

»Nach dem Wahnsinn, den ich sofort zu sehen bekommen hatte, musste ich das tun. Vier Stück, drei von oben und den von unten. Als der Kerl auftauchte, war ich längst wieder draußen. Er gab den Verlust der Sticks nicht zu Protokoll.«

»Obwohl ihm bewusst war, dass sie bei dem Einbruch gestohlen worden waren. *Diese* Sticks muss er zuerst gesucht haben.«

Nicole Runding signalisierte ihre Zustimmung mit sanftem Nicken.

»Deshalb gebärdete er sich in den folgenden Wochen wie von Sinnen. Er pumpte sich mit Drogen voll, um sich abzulenken, fühlte sich bedroht und verfolgt und wusste genau, weshalb. Und an dem einen Abend kam es dann knüppeldick. Zuerst im Fernsehen der Streit mit Julian Storm, dann zu Hause die eigene Frau mit ihrem Lover.« Braig fuhr sich durch die Haare, atmete tief durch. »Er fühlte sich verfolgt, nachdem er den Storms die Leiche seines Nebenbuhlers vor die Tür geworfen hatte. Ich nehme an, das waren Sie. Haben Sie ihn überrascht?«

»Kontrolle mit unserem Zivilfahrzeug wegen der illegalen Raser, die die Felder unsicher machen. Ich sah nur ein Auto mit Höllentempo von Storms Anwesen wegjagen, versuchte zu folgen. Irgendwann, ich glaube hinter Besigheim, verlor ich es aus den Augen. Zum Glück habe ich darauf verzichtet, Kollegen zu Hilfe zu rufen.«

»Er suchte Zuflucht bei einem seiner vermeintlichen Freunde. Der sich von Orbans ständigem Ausrasten selbst bedroht sah. Das kostete ihn das Leben.«

»Dass der es war, erfuhr ich erst aus Ihren Ermittlungen. Hätte ich Orban unterwegs nicht verloren, hätte ich es getan. Sein *Freund*«, sie formulierte das Wort voller Verachtung, »kam mir nur zuvor.«

»Bröhr haben Sie sofort erkannt. Auf den Sticks.«

»Der steht ja ständig in der Öffentlichkeit. Ein Politschleimer ohnegleichen. Skrupellos, ohne jede Moral. Was kümmern ihn die Menschen – die treten nur dann in seinen Fokus, wenn es gilt, die nächste Wahl zu gewinnen.« Schwer atmend sah sie in die Ferne. »Mario. Es vergeht kaum ein Tag, an dem ich nicht an Mario denke. Warum musste er sterben?«

Braig spürte ihre Erregung.

»Bröhr ist schuld«, gab sie sich selbst die Antwort. »Der Kerl hetzte jahrelang für immer neue Straßen. Wo es nur ging, sorgte er dafür, Betonpisten in die Landschaft zu klotzen. Warnungen vor der zunehmenden Luftbelastung schlug er in den Wind. Stattdessen arbeitete er daran, jede Kritik im Keim zu ersticken. Dass Marios Lungen von den Abgasschwaden zerfressen wurden, was soll's? Wieso war Mario auch so dämlich, freiwillig als Verkehrspolizist zu arbeiten?« Sie hielt inne, kämpfte um Luft. »Und später erdreistete sich dieser Kerl auch noch, die Fakten zu verdrehen und die Gefahren durch Abgase lächerlich zu machen«, fuhr sie fort. »Ausgerechnet der Verbrecher, der Mario auf dem Gewissen hat.«

Braig sah, wie es in ihr arbeitete. Sie bewegte sich unruhig hin und her.

»Und dann stieß ich auf diese Sticks … Das war nicht mehr zu ertragen. Schon wieder Bröhr. Ich mailte ihm einen Auszug. Er empfing mich noch am selben Abend. Sie glauben nicht, wie viel Überwindung es mich kostete, diesen Verbrecher aufzusuchen. Ich nahm alle Kraft zusammen, überreichte ihm die Kopie seiner Rasereien mitsamt des Mordes an Melissa und erklärte ihm, dass ich die Aufnahmen gerade ins Netz gestellt hatte. Damit sich jetzt alle davon überzeugen konnten, was für ein skrupelloses Schwein er sei.« Nicole Runding stockte, fuhr sich mit der Hand über die Stirn.

»Die Konsequenzen, die er daraus zog? Das war letztendlich seine Entscheidung. Typisch für ihn, sich auf diese Weise der Verantwortung zu entziehen. Und fast schon makaber, wie er seine eigenen politischen Lügen ad absurdum führte.«

Sie lachte auf. »Womit bringt der Kerl sich um? Ausgerechnet mit diesen harmlosen Autoabgasen! Fünf Minuten haben wohl gereicht, seine Parolen zu widerlegen.«

Braig sah, wie sich die Frau zur Seite wandte, tat es ihr nach. Sein Blick fiel auf die majestätisch in die Höhe ragende Silhouette des Hohenaspergs, dessen Festungsanlagen im Licht der Sonne leuchteten. Unzählige Unschuldige hatten in den Gefängnisverliesen dort oben ihr Leben fristen müssen, weil sie einem der übelsten Despoten dieses Landes in die Quere gekommen waren. Der von 1744 bis 1793 ganz Württemberg tyrannisierende Carl Eugen hatte seinen zentralen Lebensinhalt darin gesehen, das Geld seiner bis aufs Blut ausgebeuteten Landeskinder für pompöse Feste, weite Reisen und ein verschwenderisches Luxusleben mit unzähligen Mätressen zu verprassen.

Mit sechzehn Jahren zum Herzog ernannt, gefiel sich der Despot über Jahrzehnte hinweg als allmächtiger Jäger, dem nicht nur unzählige Tiere und die von seinem schießenden Tross niedergetrampelte Ernte vieler Felder, sondern auch hunderte Frauen und Töchter seiner Landeskinder zum Opfer fielen. Bereits mit zwanzig Jahren verheiratet, schreckte der von Jähzorn und Rachsucht geprägte Despot weder davor zurück, seine erst sechzehn Jahre alte Gemahlin zu misshandeln, noch sie offen zu betrügen. Die Zahl seiner Mätressen bewegte sich in astronomischen Höhen. Tänzerinnen, Schauspielerinnen, Balletteusen wechselten einander ab. Unzählige bürgerliche Frauen kamen – oft unfreiwillig – hinzu. Aus Ludwigsburg, wo er zeitweise residierte, wurde berichtet, dass er trotz heftiger Proteste der Mutter ein sechzehnjähriges Mädchen habe entführen und kurz darauf zu einer seiner Mätressen erklären lassen. Die Zahl seiner unehelichen Kinder überstieg jede Vorstellungskraft. Bei jedem seiner zahlreichen Feste trug der Despot sein perverses Sexualverhalten stolz zur Schau: Scharen von Frauen und Mädchen erschienen dabei in aus blauem Atlas gefertigten Schuhen, ein Kleidungsstück, das seine Trägerin offen als sexuelle Beute des Herzogs auswies.

Zur Steigerung seines Luxuslebens sorgte er für den Bau des Neuen Schlosses in Stuttgart, in das er später übersiedelte. In Ludwigsburg ließ er das Schloss Monrepos, hoch über Stuttgart das Schloss Solitude, auf den Fildern das Schloss Scharnhausen und auf der Alb das Schloss Grafeneck errichten. Später kamen am Rand von Stuttgart noch das Schloss und der Park von Hohenheim dazu. Unzählige Reisen zu Oper- und Ballettaufführungen etwa in Venedig krönten seinen Lebensstil. Giacomo Casanova schrieb 1760: *Der Hof des Herzogs Carl Eugen ist der glänzendste von ganz Europa.*

Mit immer neuen Steuerforderungen versuchte der Despot, diesen Luxus zu finanzieren. Obwohl er unzählige seiner Untertanen in eine von Hunger und Elend geprägte Existenz trieb, stiegen seine Schulden ins Unermessliche. Wer diesen Lebensstil kritisierte, wie etwa Christian Friedrich Daniel Schubart, wurde für viele Jahre weggesperrt.

»Der höchste Berg des Landes. Denkst du gerade an die Scharen Unschuldiger, die dorthin verbannt waren?«

Ann-Katrins Worte rissen Braig aus seinen Gedanken. Er wandte sich zur Seite, sah seine Frau neben sich stehen. »Eher an den Teufel, der daran schuld war.«

»Herzog Carl Eugen.«

Braig nickte.

»Der Kerl schikanierte ein ganzes Land. Er trieb unzählige Menschen ins Elend und einen frühen Tod. Und trotzdem konnte er nie zur Verantwortung gezogen werden«, sagte Ann-Katrin.

»Da hat sich leider nichts verändert«, meinte Braig. »Die Teufel unserer Zeit werden ebenfalls nur allzu selten mit den Konsequenzen ihres Verhaltens konfrontiert. Bis auf zwei. Die kamen nicht gerade so davon.«

KBV KRIMINALROMAN

Klaus Wanninger

SCHWABEN-FEST

Taschenbuch, 416 Seiten
ISBN 978-3-95441-381-2
11,95 EURO

Der 19. Band der Erfolgsserie!

Loopings, Lichtermeer und Leiche - Mord auf dem Volksfest

Das Volksfest auf dem Cannstatter Wasen ist in vollem Gange, und es herrscht ausgelassene Stimmung. Doch mitten im Trubel geschieht plötzlich ein brutaler Mord. Bei der Leiche des Mannes, der als friedlicher Rosenzüchter bekannt ist, finden die Ermittler einen Zettel mit der Aufschrift »Menschenschinder«.

Die Untersuchungen der Kommissare Steffen Braig und Katrin Neundorf laufen auf Hochtouren, als in der Nähe des Ludwigsburger Schlosses ein weiterer Mann ermordet wird. Der Tote ist ein angesehener Arzt, und auch bei ihm stoßen sie auf den kryptischen Hinweis »Menschenschinder«.

Während Braig und Neundorf im Laufe ihrer Ermittlungen immer erschreckendere Erkenntnisse darüber gewinnen, wie skrupellos Menschen miteinander umgehen können, verdichtet sich ihre anfängliche Befürchtung zur Gewissheit: Der unbekannte Mörder hat es auf weitere Opfer abgesehen!